ISABEL VOSS
Die List der Grafentochter

Über die Autorin:

Isabel Voss interessiert sich für Rätsel der Geschichte, seit sie als Teenager EIN TROPFEN ZEIT von Daphne du Maurier las. Nach dem Studium arbeitete sie zunächst als Journalistin und Übersetzerin, bevor sie ihren ersten Roman schrieb. Voss reist gern und fühlt sich überall in der Welt zuhause, deshalb sind auch ihre Bücher an mehr als einem Schauplatz angesiedelt.

ISABEL VOSS

Die List der Grafen tochter

HISTORISCHER
ROMAN

Lübbe

Originalausgabe

Copyright © 2024 by Bastei Lübbe AG,
Schanzenstraße 6–20, 51063 Köln

Vervielfältigungen dieses Werkes für das
Text- und Data-Mining bleiben vorbehalten.

Textredaktion: Heike Rosbach, Nürnberg
Umschlaggestaltung: Guter Punkt, München |
www.guter-punkt.de unter Verwendung eines Motivs von
© iStock: DianaHirsch, © iStock/Getty Images Plus: wavipicture |
Photoshopped und © shutterstock: Groundback Atelier
Satz: hanseatenSatz-bremen, Bremen
Gesetzt aus der Stempel Garamond LT Pro
Druck und Verarbeitung: GGP Media GmbH, Pößneck

Printed in Germany
ISBN 978-3-404-19331-8

2   4   5   3   1

Sie finden uns im Internet unter
luebbe.de
Bitte beachten Sie auch: lesejury.de

GUNHILD

I

Anfang Dezember 785,
Erphesburg, Grafensitz der Hardrader

Der eiskalte Nordwind pfiff durch das Fenster. Obwohl Gunhild es mit zwei Lagen Schweinsblase abgedichtet hatte, fror sie wie schon lange nicht mehr. Das mochte auch daran liegen, dass sie schlecht geschlafen hatte. Heute wäre sie am liebsten liegen geblieben, aber es half nichts. Die Pflicht rief.

Sie nahm eine dicke Wolldecke und stieß Warmunt an, der nur unwillig brummte. Eine Öllampe spendete schwaches Licht, aber es genügte, um seine trotzige Reaktion zu sehen: Mit einer schnellen Bewegung zog er sich das Fell über den Kopf.

Es war so kalt geworden, dass Gunhild angeordnet hatte, alle sollten im Rittersaal schlafen, damit sie Holz sparen konnten. Üblicherweise stand ihr und ihren Brüdern ein eigener Raum zu, ebenso wie ihren Eltern, die im obersten Stockwerk des Burgfrieds ihre Schlafkammer hatten. Sie war nicht besonders groß, aber es passte ein Bett hinein, und es war Platz für zwei Truhen, in denen Mutter und Vater ihre Gewänder aufbewahren konnten. Daneben gab es die Schreibstube, vollgestopft mit Pergamentrollen, und die Kammer für sie und ihre Brüder, in der zwei Betten standen. Gunhild schlief in dem einen, ihre Brüder in dem anderen.

»Du nichtsnutziges Wiesel, steh auf und hilf mir.« Immer musste Gunhild Warmunt an der Hand nehmen oder besser gesagt ihm in den Allerwertesten treten. Das kostete eine Menge Kraft, die sie lieber für andere Dinge eingesetzt hätte. Wann würde das endlich aufhören?

Warmunt brummte wie ein junger Bär. »Du hast mir gar nichts zu sagen, du bist nur eine Frau. Du musst mir gehorchen. Ich bin ein Mann.«

Gunhild seufzte. Es würde nie aufhören. Warmunt würde niemals akzeptieren, dass sie die Herrin auf der Burg war, wenn Vater und Mutter auf Reisen waren. Noch schlimmer würde es werden, sobald er von Vater zum Mann erklärt wurde. Ab da würde er sich überhaupt nichts mehr sagen lassen, von niemandem. Bis dahin würde noch einiges Wasser den Erphes hinunterfließen, und Gunhild wäre dann schon längst verheiratet und hätte damit nichts mehr zu tun. Aber vorläufig kostete es sie einiges an Nerven.

»Ein Mann? Träum weiter.«

Warmunt war dreizehn, und eigentlich hätte er, so wie ihr Bruder Giselher es tat, viel mehr mit anpacken müssen. Gunhild missbilligte, dass Mutter ihn so verhätschelte und Vater das meistens durchgehen ließ. Seit dem späten Herbst hatte sich Warmunt gedrückt, wo es nur ging. Doch wenn der Winter vor der Tür stand, bedurfte es jeder Hand, die der hohen wie der niederen Leute, damit niemand hungern musste. Immerhin hatte Warmunt bei der Getreideernte helfen müssen, doch als es darum ging, Fisch zu salzen und zu trocknen, hatte er allerlei Ausreden erfunden. Die beste war gewesen, dass er von dem Salz einen Ausschlag bekäme, dazu hatte er seine roten Arme gezeigt. Doch ihr war klar, dass er sich Brennnesseln auf die Haut geschlagen hatte. Mutter hatte ihn daraufhin vom Einsalzen befreit, und Gunhild war keine Petze, auch wenn sie sich über Warmunt schwarz geärgert hatte. Aber wenn sie das Sagen hatte, kam er nicht so leicht davon.

Warmunt rührte sich nicht.

»Du kleine Kröte! Wenn du jetzt nicht sofort aufstehst und mithilfst, wirst du heute nichts zu essen bekommen, und du wirst mit den Knechten das Eis im Graben aufhacken und Wasser tragen, bis dir die Nase abfällt.«

Giselher, der ein Jahr älter war als Warmunt, sprang auf. Die beiden waren grundverschieden, nicht nur vom Wesen her. Warmunt hatte die zierliche Figur und das weiche Gesicht seiner Mutter geerbt, Giselher war stämmig wie sein Vater, hatte den Brustkorb eines Schmiedes und ebenso starke Muskeln. Dafür musste er nicht viel trainieren. Sie kamen wie von selbst, etwas, um das ihn Warmunt natürlich beneidete, der sich zweimal so viel in Kampftechniken üben musste wie sein Bruder, um auch nur annähernd so stark zu sein. Dafür konnte er viel schneller laufen als Giselher, und so glichen sich Stärken und Schwächen aus.

Gunhild selbst hatte von beiden etwas: Sie war schlank und hochgewachsen, ihre Haare waren lang und blond, sie war nicht zierlich, aber auch nicht stämmig wie eine Bauersfrau. Sie fühlte sich wohl in ihrem Körper, den Gott ihr verliehen hatte, und wenn sie ihren Eltern Glauben schenkte, dann hatte der Herr nicht mit seinen Zuwendungen gespart und ihr ein engelsgleiches Gesicht mitgegeben.

»Ich helfe dir gerne, Schwester, wirklich«, sagte Giselher jetzt und schaute sie flehend an.

Hier und da murrte jemand, dass man doch Ruhe geben sollte, es sei mitten in der Nacht. Gunhild konnte niemandes Gesicht sehen, denn alle hatten den Kopf unter den Decken und Fellen verborgen. Aber sie kannte ihre Stimmen. Es war Dado, der Hauptmann der Wache, der sich beschwerte, weil ihm nicht bewusst war, dass der Tag schon angebrochen war.

Ein Tag, auf den sich Gunhild seit Langem gefreut hatte, denn heute, so hatte es ein Bote vor einer Woche verkündet, würden Vater und Mutter zurückkehren von ihrem Besuch bei hohen Adligen, mit denen sie wichtige Dinge zu besprechen hatten. Zum Beispiel, dass Vater seit Monaten bei König Karl vorzusprechen versuchte, um ihn der Treue der Thüringer zu versichern und ihn zu bitten, deren althergebrachte Stammesrechte nicht noch weiter einzuschränken. Dass sie seit Generationen jedes Jahr fünfhundert Schweine als Tribut zahlen mussten, war Demütigung und Prüfung genug. Dass aber jetzt irgendwelche Beamte ohne edle Abstammung über die Thüringer herrschen sollten, das ging zu weit. Einige Fürsten murrten bereits, sprachen von Aufstand.

Für Vater kam das nicht infrage. Er würde im Frühling nach Aquis reisen und die Königspfalz nicht eher verlassen, bis Karl ihn angehört hatte. Die Sache war so wichtig, dass sie zu den adligen Herren aufgebrochen waren, obwohl eine Reise mitten im Winter nicht ungefährlich war. Zwar drohten keine Überfälle, denn kaum jemand hatte Lust, bei dieser Kälte zu kämpfen, und einem gut bewaffneten Zug von Edlen ging man sowieso lieber aus dem Weg. Aber wurde man von einem Schneesturm überrascht, konnte man sich verirren und wenn der Sturm länger andauerte, erfrieren. Im Frühling, wenn der Schnee schmolz, kamen immer wieder Leichen ans Tageslicht, steif gefroren, sogar Reiter, die auf ihren toten Pferden saßen. Einen von ihnen hatte Gunhild gesehen, und noch heute lief es ihr eiskalt über den Rücken, wenn sie daran dachte. Nicht so sehr wegen des Toten an sich, sondern weil er nicht ins Himmelreich eingelassen würde, da sein Kopf fehlte. Den mussten Tiere verschleppt haben, denn er war nirgends zu finden gewesen. Vater hatte ihn dennoch begraben lassen und seine Seele der Gnade Gottes anvertraut.

Gunhild hoffte, dass der Sturm, der in der letzten Woche übers Land gefegt war, Mutter und Vater verschont hatte. Sie wollte sich gar nicht vorstellen, welche Schwierigkeiten es geben würde, kehrten sie nicht wieder. Ganz abgesehen davon, dass es ihr das Herz brechen würde, wenn ihre Eltern tot wären. Sie liebte sie von Herzen, so wie ihre Brüder, und konnte sich ein Leben ohne sie gar nicht vorstellen.

Sie sah Giselher liebevoll an. »Ich weiß. Du wirst mir immer eine Stütze sein.«

Er strahlte sie an. Seine blauen Augen glitzerten. Warmunt hatte grüne Augen, und die goldenen Sprenkel darin glommen wie Feuer. Zuerst waren sie blau gewesen, wie bei Vater und Giselher, doch dann hatten sie diesen geheimnisvollen Ton angenommen. Da hatte Vater den kleinen Jungen zu einem Seher gebracht, der tief im Wald versteckt lebte, denn hätten die Franken ihn erwischt, er wäre auf der Stelle enthauptet worden. König Karl hatte strenge Regeln erlassen, eine davon hieß: »Wer die alten Götter verehrt oder den alten Kulten anhängt, der ist des Todes.« Doch Vater wollte sichergehen, dass Warmunt nicht von einem bösen Geist besessen war, wie es die Farbe seiner Augen nahelegte, sondern seinem Sohn ein besonderes Schicksal bestimmt war. Der Seher hatte die Runensteine geworfen, hatte den Jungen lange angesehen und ihm dann vorausgesagt, dass er eines Tages über Wohl und Wehe des Fränkischen Reiches entscheiden würde. Nachdenklich war Vater mit Warmunt zurückgekehrt, hatte ihm eingeschärft, niemandem von der Weissagung zu erzählen. Nur Gunhild, Giselher und Mutter hatte er eingeweiht. Und genau deshalb, wegen dieser Prophezeiung, ließen Vater und Mutter Warmunt fast alles durchgehen, vermutete Gunhild.

Hätte der Bischof davon erfahren, es wäre ihnen schlecht ergangen. Vielleicht hätte er sie nicht umgebracht, die Prophezeiung nur als Hexenglaube eingestuft, was ebenfalls einem Todesurteil nahegekommen wäre. Denn König Karl hatte verfügt, dass aller Hexenglaube unchristlich sei, und daher strikt untersagt, ihm nachzuhängen, und jeden, der es dennoch tat, exkommunizieren zu lassen.

Anfänglich hatte Warmunt die Voraussagung eher als Bürde denn als Geschenk empfunden, da ihm zum einen bewusst war, dass der Seher gegen die Gesetze verstieß. Zum anderen mied er selbst gerne jegliche Verantwortung, vor allem, wenn es um andere ging. Doch als er begriff, dass ihm eine besondere Behandlung zuteilwurde, dass er sich herausnehmen konnte, was andere, vor allem sein Bruder, nicht durften, war er immer aufsässiger geworden, besonders ihr gegenüber, denn sie war die Einzige, die ihn zur Arbeit anhielt und seine herausgehobene Stellung nicht anerkannte.

Giselher jedoch hatte sich Gedanken gemacht. »Wie soll Warmunt denn das Fränkische Reich retten?«, hatte er eines Tages gefragt. Es war einer der seltenen Augenblicke, in denen er seinen Bruder nicht in Schutz nahm. »So ganz allein, ohne Hilfe? Warmunt würde es ja noch nicht einmal gelingen, sich selbst zu schützen. Und welche Gefahr droht uns? Wir liefern jedes Jahr die fünfhundert Schweine, wir stellen Krieger und verteidigen das Reich gegen die Slawen. Und ist es nicht Gott der Allmächtige, der allein über unser Schicksal entscheidet?«

Gunhild war ehrlich gewesen und hatte zugegeben, dass sie das nicht wusste und dass Gottes Wege oftmals nicht vorhersehbar seien. Allerdings war es der Wille des Herrn, dass die Menschen sich für das eine oder andere entschieden. Gunhild liebte diese Gespräche, und sie musste eingestehen, dass Giselher ihr näherstand als Warmunt, der ihr immer wieder Probleme bereitete. Dennoch liebte sie ihre Brüder gleichermaßen und würde sie jederzeit mit ihrem Leben verteidigen.

Giselher war ein heller Kopf. Er hatte sie angegrinst und gefragt: »Aber es waren doch die alten, die verbotenen Götter, die das geweissagt haben? Gibt es sie also doch?«

»Du bist ein schlauer Junge, Giselher.« Sie hatte die Stimme gesenkt. »Vielleicht sind ja der Herrgott und die alten Götter ein und dasselbe? Aber das darfst du nicht laut sagen, hörst du? Niemals.«

Er hatte einen Finger auf den Mund gelegt. »Nichts davon wird je über meine Lippen kommen.«

Gunhild war sich nicht sicher, wie es sich mit den Göttern verhielt. Sie glaubte an den einen Gott und hielt die Verehrung von Bäumen oder Flüssen für Unfug. Aber letztlich steckte doch in jedem und allem der liebe Gott. Wenn sie also einen Baum betrachtete, so war der Gottes Werk, ebenso wie sie selbst und die ganze Schöpfung. Insofern hatte sie keine Zweifel an der Bibel, am Wort Gottes, und befolgte es, ohne jedoch die zu verurteilen, die es nicht begriffen oder ablehnten. So wie sie die Bibel verstand, forderte Gott sie auf, seine Regeln zu befolgen, sich bewusst zu entscheiden, stets von Neuem, was auch immer sie tat.

Am Tag des Jüngsten Gerichtes würde der Herr dann über sie richten, so wie über alle anderen Menschen. Dass der König die tötete, die den Glauben nicht annehmen wollten, hielt sie für falsch, denn niemand entging dem Gericht Gottes. Tötete man sie, nahm man ihnen die Möglichkeit, sich richtig zu entscheiden und gottgefällig zu leben.

Sie wandte sich wieder den alltäglichen Dingen zu. Als sie Giselher betrachtete, spürte sie, wie eine große Liebe zu ihm sie durchflutete.

Mit Freuden hätte er geholfen, doch Gunhild durfte Warmunt gegenüber keine Nachsicht walten lassen. Bestimmt ein Dutzend Mal, seit sie auf der Erphesburg das Zepter in der Hand hielt, hatte sie sich mit ihrem kleinen Bruder angelegt, und er hatte stets den Kürzeren gezogen. Immerhin kamen ihre Eltern ihr dabei nicht in die Quere. Das würde heute nicht anders sein. Er wusste das, lehnte sich aber dennoch auf und sehnte deren Rückkehr herbei.

»Warmunt«, zischte Gunhild. »Ich zähle bis drei.«

Der Junge verschanzte sich hinter seinem Fell. »Es ist kalt.«

Es war seit Wochen kalt, und Warmunt besaß die gottgegebene Eigenschaft, nur zu frieren, wenn man ihn einen halben Tag nackt in den Schnee stellte. Vater meinte, sein jüngster Sohn habe einen Kohlenmeiler im Bauch, deshalb könne ihm die Kälte kaum etwas anhaben.

»Eins.«

Inzwischen waren die Mägde erwacht, ebenso die Knechte und Wachen. Sie verfolgten gespannt den Machtkampf zwischen Schwester und Bruder.

Warmunt schaute sie trotzig an.

»Zwei.«

»Ich will aber nicht!«

Heute legte es Warmunt wirklich darauf an. Vielleicht lag es daran, dass Dado ihn gelobt hatte, weil er mit dem Bogen große Fortschritte gemacht hatte, und ihm prophezeit hatte, ein großer Krieger zu werden.

»Drei.«

Ihr Bruder fegte das Fell beiseite und verschränkte die Arme vor der Brust. »Ich erzähle alles Mutter, die wird …«

Weiter kam er nicht. Gunhild zerrte ihn an einem Arm auf die Beine, stieß ihn zur Tür, riss sie auf und stupste ihn nach draußen. Der Junge stolperte, fing sich aber, bevor er in den Schnee plumpste. Er war klug genug, keine Gegenwehr zu leisten, denn Gunhild hatte die starken Arme einer Schwertkämpferin und konnte ihn mühelos mit einer Hand auf Abstand halten.

»Du weißt ja, welche Knechte du dir als Hilfe mitnehmen darfst.« Dann machte sie die Tür zu, denn der eiskalte Wind blies Schnee in den Saal.

Emecha, die Vorsteherin der Mägde, schaute Gunhild kurz an, dann schlug sie die Augen nieder. »Herrin, seid Ihr sicher, dass Warmunt sich nicht erkältet? Vor allem, wenn er nichts zu essen bekommt?«

»Hat er sich erkältet, als er zwei Tage im Wintersturm umhergeirrt ist, weil er zu spät zum Sammelplatz gegangen ist und im Dunkeln den Abzweig verpasst hat?«

»Nein, Herrin.«

»Siehst du. Er kann sich warm anziehen, und eines sollte dir genauso klar sein wie mir.«

Emecha hob den Blick. »Er wird sich etwas zu essen besorgen, meint Ihr das?«

»Genau das meine ich. Wer außer mir kann seinem schmachtenden Blick schon widerstehen?« Gunhild wartete die Antwort nicht ab. Niemand konnte das, vor allem keine der Mägde. Sie machte eine Bewegung, die alle Dienerinnen mit einbezog. »Und jetzt genug über Warmunt. Heizt den Kamin an, kocht den Morgenbrei, und dann räumt und putzt, was das Zeug hält. Oder wollt ihr, dass meine Eltern glauben, ihr hättet mir nicht gehorcht und die ganze Zeit über nur am Feuer gesessen und euch Zoten erzählt?«

Gunhild wusste, dass Emecha niemals säumte, ihre Ansprache galt eher den Mägden, die sich gerne mal drückten.

Emecha verneigte sich, huschte davon und trieb die anderen mit deftigen Worten an. »Ihr habt die Herrin gehört, ihr unnützen Dinger! Los, los oder euch ereilt dasselbe Schicksal wie Warmunt.«

Die ganze Zeit hatte Giselher stumm neben Gunhild gestanden. Jetzt öffnete er den Mund, schloss ihn aber gleich wieder.

Gunhild wusste, was ihm auf der Seele brannte. »Nur zu, Bruder. Was willst du sagen? Heraus damit!«

»Darf ich Warmunt helfen? Er ist doch mein Bruder. Hat Vater nicht gesagt, wir müssen uns beistehen, was immer es sein mag?«

Gunhild strich Giselher über den Kopf. »Das hat er gesagt, und es sind weise Worte. Also. Lauf schon.«

Giselher lachte und drehte sich einmal im Kreis. »Du bist die beste Schwester!«

»Du hast ja keine andere«, rief sie ihm hinterher, aber er war schon durch die Tür verschwunden.

Sie brachte die Decke am Fenster an, um die Kälte ein wenig mehr draußen zu halten. Weitere Öllampen wurden entzündet, im Kamin loderte bald ein munteres wärmendes Feuer, und der Duft von Haferbrei zog durch den Saal. Die Männer räumten ihre Schlaffelle weg, gingen vor die Tür, um ihr Wasser abzuschlagen. Die Mägde fegten, räumten allerlei Kram beiseite, Kleider, Hörner, Waffen und Decken, damit die Tafel aufgestellt werden konnte. Zu neunt nahmen sie an ihr Platz. Gunhild sprach das Morgengebet. Sie liebte diesen Moment der Kontemplation, der sie auf den Tag einstimmte, ihr Kraft und Zuversicht gab, denn sie war sich sicher, dass Gott mit ihr war. Dann wurde der dampfende Brei ausgeteilt, in dem Apfelstücke schwammen. Die Ernte war hervorragend gewesen und würde bis zum Frühling reichen. Mit jedem Monat würden die Äpfel kleiner und süßer. Am meisten liebte Gunhild im Frühjahr die verschrumpelten, denn die war am süßesten.

Gunhild tauchte gerade ihren Löffel in die Morgenspeise, als ein Horn erklang. Kamen ihre Eltern bereits jetzt zurück? Alle hielten inne mit dem, was sie gerade taten. Erneut erscholl das Horn. Dado ließ seinen Löffel fallen und sprang auf. Gunhild erkannte, warum er so erschrak.

Das Horn, das da blies, war nicht das ihres Vaters, sondern das von Graf Sintwich, ihrem ärgsten Konkurrenten, der schon immer den Platz ihres Vaters hatte einnehmen wollen und nun, mitten im Winter und in dem Wissen, dass ihr Vater nicht anwesend war, die Erphesburg angriff, um sie im Handstreich zu nehmen.

2

Anfang Dezember 785,
Oldonastath, Winterlager König Karls

»Ganz langsam«, sagte Alkuin zu sich selbst. »Zuerst das eine Bein, dann das andere.« Alt zu werden, darauf hätte Alkuin gut verzichten können. Überall in seinem Körper zwickte und zwackte es, aber sein Knie brachte ihn an die Grenzen seiner Geduld.

Mühsam hatte er sich in seinem Bett aufgerichtet, nachdem er sich einige Zeit darauf konzentriert hatte, sich von seinem Lager zu erheben. Bei der heiligen Maria Mutter Gottes! Wo war die Zeit hingegangen? Gestern noch, so schien es ihm, war er ein junger Mann gewesen, der ohne Schlaf drei Tage marschieren konnte, dem Kälte nichts hatte anhaben können, der auf dem Rücken eines Pferdes geschlafen hatte wie andere in einem weichen Bett. Heute wäre er wie eine volle Schweinsblase aus dem Sattel gekippt, wenn er seinen Nachtschlaf versäumt hätte. Er musste grinsen. Seine eigene volle Blase war der Antrieb, aufzustehen. Er hätte Wignand, seinen Diener, rufen können, der sich bereits um das Frühstück kümmerte, aber das brachte er nicht über sich, das hätte seiner Ehre Abbruch getan. Seine Haltung widersprach dem, was er seinen Schülern an der Hofschule zu Aquis, allesamt Adlige aus dem ganzen Frankenreich, beibrachte.

»Eure Ehre sollt ihr immer bewahren. Wenn es irgend geht. Doch wenn das Bewahren Eurer Ehre denen Schaden zufügen würde, denen ihr verpflichtet seid, so ist es der falsche Weg, und ihr müsst einen anderen suchen.«

Natürlich fügte Alkuin seinem König Karl, dem Herrscher der Franken, nicht direkt einen Schaden zu, wenn er sich ohne Hilfe aus dem Bett quälte, obwohl ihn sein rechtes Knie Tag für Tag folterte. Nur wenn er durch sein Tun krank wurde und ihn nicht mehr beraten konnte, dann war das ein großer Schaden für den König und das Reich. Denn Karl brauchte seinen Rat, suchte ihn und hatte ihn, in aller Bescheidenheit, gerade jetzt dringend nötig.

Noch immer leisteten die Sachsen erbitterten Widerstand, obwohl Karl sie in vielen Schlachten besiegt hatte, obwohl er vierzig ihrer eidbrüchigen Stammesführer in Verden hatte hinrichten lassen, um der Schlange den Kopf abzuschlagen. Fünftausend Sachsen hatte er in den Süden des Reiches umgesiedelt, um ihren Widerstand zu brechen. Doch die Sachsen waren wie die Hydra. Erschlug man zehn, sprossen zwanzig aus dem Boden und warfen sich den fränkischen Panzerreitern voller Todesverachtung entgegen. Wenn ihnen das nicht erfolgversprechend erschien, griffen sie aus dem Hinterhalt an, schlugen zu und verschwanden wie der Morgennebel. Selbst die Frauen kämpften wie die Berserker. So lebendig waren die barbarischen germanischen Sitten bei den Sachsen. Jedoch nicht nur bei ihnen. Auch viele andere Stämme, die zum Frankenreich zählten, waren eher Germanen als Franken. Die Thüringer gehörten dazu, bei denen die alten Götter noch immer von vielen verehrt wurden, obwohl es strengstens verboten war, ebenso die Baiern und die Schwaben und besonders die Friesen waren in ihrem Herzen keine Franken, sondern beugten sich nur notgedrungen der Macht der Panzerreiter und dem eisernen Willen des Königs, der mit Feuer und Schwert über alle herfiel, die ihm nicht gehorchten oder, noch schlimmer, ihn verrieten.

Späher hatten berichtet, dass sächsische Adlige aufgerufen hatten, im Mai des nächsten Jahres aus allen Stämmen Sachsens ein Heer aufzustellen, um Padaribrunno und die Eresburg zurückzuerobern und die Franken von sächsischem Boden zu vertreiben. Ein aussichtsloses Unterfangen, das fränkische Heer war den Sachsen eins zu zehn überlegen. Und Karl hatte nicht gezögert, hatte wutentbrannt die Krieger um sich geschart und war aufgebrochen, hatte tief im Land der Sachsen das Winterlager aufschlagen lassen, um im Frühling einen letzten vernichtenden Schlag gegen sie zu führen. Alkuin überlegte einen Moment. Es wäre der zehnte oder elfte letzte vernichtende Schlag. So konnte das nicht weitergehen. Davon musste Alkuin seinen König überzeugen. Keine einfache Sache, die ihm schlechten Schlaf und Verdauungsprobleme bereitete.

In der Nähe lagen einige Gehöfte, die man Oldonastath nannte, ärmliche Hütten, da war nichts zu holen, die zivilisierte Welt war weit weg. Alkuin wäre lieber in Aquis geblieben, er ließ die Hofschule, die er seit einem Jahr leitete, ungern allein. Doch der eigentliche Grund war, dass er die warmen Stuben vermisste, die heißen Bäder und die Salben, die ihm der Medicus auf sein schmerzendes Knie auftrug. Natürlich zogen mit dem Heer Heiler, aber die waren bessere Metzger, die wahren Heiler blieben in Aquis, um Fastrada beizustehen. Das hatte Karl höchstpersönlich verfügt, auch wenn das hieß, dass er ohne seine Leibärzte ins Feld zog.

Karl selbst schien unverwüstlich. Außer einem vereiterten Zahn, der im Sommer hatte gezogen werden müssen, fehlte ihm nichts. Im Gegenteil. Er genoss es, bei Wind und Wetter durch die Lande zu ziehen. Er legte sich als Letzter nieder und stand als Erster auf. Alkuin vermisste also vor allem die Annehmlichkeiten der Königspfalz in Aquis, aber es schien ihm geboten, Karl zu begleiten und ihn nach Möglichkeit umzustimmen, ihn davon abzubringen, erneut mit Feuer und Schwert wahllos über die Sachsen herzufallen. Zu viele, die sich bereits dem wahren Gott zugewandt hatten, würden Opfer dieser Strafmaßnahmen, und das konnte Alkuin nicht gutheißen. Und je härter Karl zuschlug, desto erbitterter schlugen die Sachsen zurück. Auf seinem Zug hierher hatte er Abtrünnige bestraft, so manche Siedlung, so manche Motte verwüstet, und nicht immer hatte es die Richtigen getroffen.

Alkuin hatte das Schlimmste verhindern können, indem er, Straffeldzug hin oder her, dem König abgerungen hatte, dass ein jeder, der sich taufen ließ, verschont würde. Doch viele Seelen mussten ungetauft in den Tod gehen. Das lag nicht nur an Karls unerbittlicher Härte, sondern auch an Reichsmarschall Rantwig von Sölden und dessen Hass auf die Sachsen.

Durch Alkuins rechtes Knie schoss ein scharfer Schmerz. Er hatte nicht aufgepasst, war vor lauter Grübeln von der Bettkante abgerutscht und hatte das Gelenk zu weit gebeugt, hatte es mit dem ganzen Gewicht seines Oberkörpers belastet. Alkuin stöhnte laut auf. Sofort stürmte Wignand herein.

»Herr, was ist geschehen? Soll ich einen Heilkundigen rufen?«

Alkuin hob abwehrend eine Hand, obwohl sein Knie ihn folterte, und drückte sich mit der anderen hoch. »Nein, nein. Willst du mich umbringen? Lass mich. Das muss ich alleine schaffen. Bin ich denn ein Greis?«

Wignand blickte auf den Boden.

»Du hältst mich also für einen hinfälligen siechen Bettnässer?«

Wignand erschrak. »Aber nein, Herr, ganz und gar nicht.«

»Habe ich dir nicht beigebracht, der Lüge zu entsagen?«

»Aber Herr …«

Alkuin winkte ab. »Schon gut, Wignand. Verzeih einem alten Esel. Ich habe dich in ein Dilemma gestürzt. Was du auch antworten magst, es ist falsch.«

Alkuin legte eine Hand auf das Knie und drückte es vorsichtig durch. Es knackte, dann machte das Gelenk ein Geräusch, als risse eine Sehne. Doch statt noch größeren Schmerz empfand Alkuin Erleichterung. Anscheinend hatte sich durch das heftige Beugen und das Drücken etwas wieder eingerichtet, so wie bei einer ausgekugelten Schulter, die ein Heilkundiger mit einem Griff einrenken konnte.

Alkuin erhob sich, und siehe da, als wäre ein Wunder geschehen, konnte er das Knie belasten, ohne dass ihn erneut furchtbare Schmerzen heimsuchten. Er spürte nur einen dumpfen Druck unterhalb der Kniescheibe. »Ha!«, rief Alkuin triumphierend. Alle, die sich anmaßten, Meister der Medizin zu sein, hatten ihm stets gesagt, er solle es schonen, doch seine Hartnäckigkeit und die Gnade Gottes hatten sein Knie wieder in Ordnung gebracht.

»Geht es Euch gut, Herr?«

Alkuin strahlte Wignand an. »Schau doch nur! Der beste aller Heiler hat mich von den Schmerzen befreit. Der liebe Gott.«

Wignand schlug das Kreuz. »Die Gnade des Herrn ist unermesslich.«

»Das ist ein wahres Wort, mein lieber Wignand. Nun denn. Mein Magen knurrt. Kannst du dagegen etwas unternehmen?«

Wignand verbeugte sich. »Sofort, Herr.«

Der Diener eilte aus der Hütte, die Karl seinem Ratgeber großzügigerweise zugewiesen hatte, damit er nicht im Zelt schlafen musste wie die meisten anderen.

Sie hatten das Lager im Oktober errichtet. Karl hatte sogleich gegen die Sachsen ziehen wollen, doch ein ungewöhnlich früher Wintereinbruch hatte das verhindert. Zuerst hatte es geschneit wie sonst nur im Januar und Februar, dann war es warm geworden, und die Landschaft hatte sich in einen morastigen Sumpf verwandelt, in dem sich ein Heer von sechshundert Reitern, fünfhundert Bogenschützen und tausend Speerträgern nicht bewegen konnte. So hatten sie den lieben langen Tag fast nichts anderes zu tun, als blutrünstige Stechmücken zu erschlagen, die sich in Schwärmen auf die Krieger stürzten. Gut, dass sie den Standort des Lagers sorgfältig gewählt hatten, auf einer leichten Anhöhe, mit festem Untergrund.

Nur Boten waren derzeit unterwegs, die jedoch die doppelte Zeit benötigten. Täglich trafen Nachrichten ein, und täglich verließen Boten das Lager in alle Richtungen. Nicht alle erreichten ihr Ziel, nicht alle kehrten zurück. Gerieten sie in sächsische Gefangenschaft, so drohten ihnen Folter und Tod.

Alkuin wandte sich seinem Waschbottich zu. Er tauchte

die Hände in das eiskalte Wasser und spritzte es sich ins Gesicht. Immerhin hatte er keine Eisschicht aufschlagen müssen. Da ging die Tür auf, der Duft von Haferbrei mit Zimt und Honig drang ihm in die Nase.

»Stell ihn auf den Schemel, mein Bester, dann kannst du dich zurückziehen.«

»Wie Ihr befehlt.«

Alkuin erschrak, wandte sich um. Vor ihm stand Karl und grinste ihn an. In seinen Händen hielt er zwei Schalen voll köstlichem Brei. Hinter ihm kam Autkar von Grimoald, der trotz seiner erst fünfundzwanzig Jahre einer der mächtigsten fränkischen Fürsten war, Karl treu ergeben und einer der besten Schüler von Alkuin. Es gab nichts, das Autkar nicht interessierte. Wenn er mit Karl ins Feld zog, nahm er stets Abschriften von bedeutenden Gelehrten mit. Seine Burg lag am Bodan, dem großen See bei der Königspfalz Potamico, am Rand der Alpes. Ihm unterstand das Stammesgebiet der Alamannen, das von Worms bis zum großen See reichte und darüber hinaus auch noch über den westlichen Teil Schwabens. Bereits als Sechzehnjährigen hatte Karl ihn zum Gaugrafen ernannt, nachdem Autkars Eltern am Fieber gestorben waren, und der König hatte es nicht bereut. Autkar herrschte weise, gerecht und mit fester Hand, stets voller Bedacht, so wie Alkuin es sich öfter von Karl wünschte.

»Mein Freund, Ihr blickt drein, als hättet Ihr einen Geist gesehen. Ich weiß, dass ich mich seit Tagen nicht rasiert habe und mein Oberlippenbart dringend ein Messer benötigt. Dennoch. Wirke ich so furchterregend?«

»Nun, mein König, Ihr wisst, dass auch große Freude einen Menschen erbleichen lässt.«

Karl stellte die Schalen ab und setzte sich. »Ich muss gestehen, dass ich mich nicht mit Euch messen kann, wenn es um den Wettstreit der Worte geht. Ihr habt immer auf alles eine Antwort.«

Alkuin nahm dem König gegenüber Platz, Autkar blieb an der Tür stehen. Das bedeutete, dass er dem Gespräch zwar lauschen, sich aber nicht daran beteiligen würde, bis Karl ihn aufforderte.

»So wie ich mich nicht mit Euch messen kann, was die Kriegskunst angeht«, erwiderte Alkuin diplomatisch.

Karl löffelte von seinem Brei. Er grunzte. »Wie gut, dass ich Rodehard, den Koch, mitgenommen habe. Er ersetzt alle Ärzte und zaubert aus nichts ein köstliches Mahl.«

Alkuin kannte Rodehard. Es mochte stimmen, was Karl über ihn sagte, dass seine Kochkunst Krankheiten vorbeugte, nur dass Rodehard es noch nicht nötig gehabt hatte, etwas aus nichts zu kochen, zumal es nicht möglich war, aus nichts etwas zu erschaffen, es sei denn, Gott hatte seine Hand im Spiel. Doch diese Spitzfindigkeit wollte Alkuin jetzt nicht mit Karl diskutieren. Wenn dieser zu ihm kam, dann hatte er ein Problem, das er lösen wollte, oder eine Frage, auf die er eine Antwort suchte.

Karl schluckte, wischte sich mit einem Tuch den Mund ab. »Und dennoch wollt Ihr mir ständig den Krieg ausreden.«

»Ausreden will ich Euch gar nichts, mein König. Abgesehen davon, dass Ihr das nicht zulasst, wäre ich ein schlechter Ratgeber, wenn ich Euch nicht überzeugen könnte.«

Karl leerte seine Schüssel, Alkuin tat es ihm gleich.

»Seit fast dreißig Jahren bekämpfe ich die Sachsen, und es will kein Ende nehmen. Diese Barbaren kosten mich Unsummen Gold und viele gute Männer. Ich bin es leid. Ich denke, ich sollte ein für alle Mal aufräumen. Die Wälder durchkämmen und jeden Sachsen entweder erschlagen oder ins Frankenreich umsiedeln.«

Mit dieser Idee konnte sich Alkuin nicht anfreunden. Er hatte schon immer dafür plädiert, dass nicht das Schwert, sondern das Wort diese Menschen weitaus gründlicher und vor allem mit weniger Aufwand bekehrt hätte. Karls Härte war leider auch gespeist aus seinem Zorn darüber, dass ein Volk es wagte, sich ihm so lange zu widersetzen. Dass die Edlen der Sachsen heute einen Treueschwur ablegten und morgen Franken und Priestern mit der Axt den Kopf spalteten, Bischöfe aufspießten und Kirchen niederbrannten. Allen voran war es Widukind, der dem König nie einen Eid geschworen und es vermocht hatte, die meisten Stämme zu vereinigen und Karl eine empfindliche Niederlage beizubringen. Diese hatte allerdings nicht er selbst, sondern ein Heerführer zu verantworten gehabt, der für seinen Fehler bereits in der Schlacht, die er vom Zaun gebrochen hatte, mit dem Tode gebüßt hatte. Dennoch, allein wegen dieser Schmach hätte Karl die Sachsen allesamt am liebsten in die Weser geworfen. Doch Zorn war ein schlechter Ratgeber.

Hätte Karl seine Wut im Zaum halten können, wären die Sachsen schon längst Teil des Fränkischen Reichs, davon war Alkuin überzeugt. Schließlich gab es genug Edle, die sich ihm willig angeschlossen hatten, weil sie dafür mehr Land und mehr Macht erhalten hatten. Einige davon waren von Karl wieder abgefallen, da er ihnen zu viele Rechte genommen hatte, sie zu sehr gegängelt und den fränkischen Gaugrafen zu viel Handlungsfreiheit gelassen hatte.

Alkuin legte seinen Löffel neben die Schale. »Widukind ist besiegt, die Sachsen aber nicht. Deshalb wird er nicht aufgeben, es sei denn ...«

»Es sei denn?«, fragte Karl mit einem drohenden Unterton.

Autkar hob warnend die Augenbrauen. Sogar Alkuin musste dem König gegenüber seine Worte sorgsam wählen. Auch wenn Karl ihn ständig aufforderte, freiheraus zu sprechen, konnte das eine oder andere ihn so sehr in Rage bringen, dass er vergaß, wer Freund und wer Feind war. Das hatte er gemein mit einem anderen Großen seiner Zunft, dessen Name Alexander war, König der Griechen, Bezwinger der Perser, der im Streit seinen besten Freund und General erschlagen und mit der Umnachtung seiner Seele bitter gebüßt hatte. Dieses Schicksal, sowohl das des besten Freundes als auch das Alexanders, wollte er seinem König ersparen.

»Es sei denn, Ihr bietet ihm Freiheit und Wohlstand für sich und seine Sippe und alle, die mit ihm gehen.«

Karl sog scharf die Luft ein. Autkar wusste nicht so recht, wohin er blicken sollte. »Ich soll ihn dafür belohnen, dass er hunderte Franken gemeuchelt, die Häuser des Herrn geschändet und mich verhöhnt hat?«

Alkuin musste Karl einen Grund geben, warum er über seinen Schatten springen sollte, ja, springen musste.

»Denkt an die östlichen Grenzen des Reiches. Denkt an die Bretagne und an die Sarazenen. Ihr braucht den Frieden mit den Sachsen. Zumindest für einige Jahre. Denkt an die Sorben und die Slawen. Sie drängen immer wieder über die Grenzen, drohen ständig Thüringen einzunehmen, unterstützen die Sachsen und die Baiern in ihrem Streben, sich die Selbstständigkeit zu bewahren.« Karl wusste das alles, aber Alkuin musste es ihm immer wieder ins Gedächtnis rufen, hoffte, dass der kühle Verstand das heiße Herz zur Vernunft brachte.

»Haben wir dort nicht den Gaugrafen Hardrad, der sie mit schöner Regelmäßigkeit in ihre Schranken weist?«

»Hardrad ist ohne Zweifel ein treuer Gefolgsmann, er hat die Sorben schon mehrfach besiegt und sie zurückgedrängt, aber solange wir keinen Frieden in Sachsen haben, könnte es sein, dass die Sorben mit Widukind gemeinsame Sache machen. Ihr könnt Euch ausrechnen, was das bedeutet. Wir bräuchten dreimal so viele Männer. Ich mache Euch einen Vorschlag. Sendet mich zu Widukind. Er ist der Mann, der alles entscheidet. Ihm werden die meisten Sachsen folgen. Ich glaube, Widukind ist so weit, dass wir ihn kaufen können. Er ist müde, ausgelaugt, erschöpft. Er ist alt. Das würde wesentlich weniger kosten als ein erneuter Feldzug, bei dem wir es auch noch mit den Sorben zu tun bekommen könnten. Ich denke, ich kann ihn dazu bewegen, sich taufen zu lassen. Allerdings müsstet Ihr ihm zur Seite stehen und ...«

Alkuin ließ die Worte in der Luft hängen. Karl würde von sich aus darauf kommen, was nötig war, um Widukind ohne Schlacht zum Aufgeben zu bringen.

Karl schnellte hoch, schlug eine Faust in seine Hand. »Wisst Ihr, was Ihr da von mir verlangt, Alkuin?«

Karl wollte darauf keine Antwort, es war eine rhetorische Frage, eine Methode, die er von Alkuin gelernt hatte.

Karl lief eine Weile in der Hütte hin und her, das hieß, er machte drei Schritte in die eine, dann drei Schritte in die andere Richtung. Bei seiner Körpergröße maßen seine Schritte fast eineinhalbmal so viel wie die Alkuins, und der galt nicht als Zwerg.

»Ich soll den Taufpaten spielen?«

Aus den Augenwinkeln sah Alkuin Autkar kaum wahrnehmbar nicken. Also war er auf der richtigen Fährte und konnte den Faden wieder aufgreifen. »Ich bitte Euch, mein König. Begrabt den Groll, den Ihr gegen Widukind hegt, und gebt mir die Möglichkeit, ihn umzustimmen.«

Karl schnaubte. »Widukind wird Euch auf einen Spieß stecken und über kleiner Flamme rösten. Manchmal frage ich mich wirklich, warum ich Euch mir antue.«

»Weil Ihr ein kluger Herrscher seid, mein König.« Alkuin neigte sein Haupt ein wenig. Eine Geste der Demut, um Karl zu verstehen zu geben, dass er es nicht böse meinte.

Karls Lippen zuckten, dann verzogen sie sich zu einem schrägen Lächeln. »Ihr seid anmaßend, Alkuin!«

»Das ist es, was Ihr von mir erwartet, Herr.«

»Dennoch muss ich Euch strafen. Da ich weiß, wie sehr Ihr das Reisen im Winter verabscheut, befehle ich Euch: Ihr brecht sogleich auf zu Widukinds Lager. Ich gebe Euch zehn meiner besten Männer mit. Ich will sie unversehrt wiederhaben. Und dazu Widukind!«

Er wandte sich zu Autkar um. »Was meint Ihr?«

»Wenn Widukind auf unsere Bedingungen eingeht und sich daran hält, wenn er unverzüglich mit Euch nach Attigny reist, um die Taufe zu empfangen, dann wäre dies ein großer Erfolg. Wir könnten uns in aller Ruhe um die Sorben und Slawen kümmern, mit denen man nicht verhandeln kann.«

Karl nickte. »So ist es beschlossen.«

Alkuin ließ sich seine Freude und seine Erleichterung nicht anmerken. »Ich nehme Eure Strafe demütig an und werde tun, was Ihr verlangt. So wahr mir Gott helfe.« Und das hatte der Allmächtige ja bereits getan, als er sein Knie geheilt hatte, sonst hätte er die beschwerliche Reise kaum auf sich nehmen können.

Karl machte zwei Schritte und legte Alkuin die Hände

auf die Schultern. »Und sorgt dafür, dass Euch nichts zustößt. Versprecht mir das.«

Alkuin blickte seinem Herrn in die Augen, der ihn ansah, wie man einen Freund ansieht. Ganz gegen seine Ge-
wohnheit, etwas zu versprechen, von dem er nicht wusste,
ob er es einhalten konnte, sagte Alkuin:

»Ich werde Euch nicht enttäuschen.«

3

Radulf schleuderte die Axt mit aller Kraft, seine Leute johlten und klatschten. Sie verfehlte Bogumil nur um eine Handbreit und schlug in dem Eichenbalken ein, der die Hauptlast des Daches trug. Auf dem letzten Zug gegen die Sorben, einen der westslawischen Stämme, die einfach keine Ruhe geben wollten, hatte Radulf Bogumil zum Sklaven genommen, anstatt ihn zu erschlagen. Der Knabe, kaum elf Jahre alt, hatte sich erbittert gewehrt, mit bloßen Fäusten. Das hatte Radulf beeindruckt. Auch jetzt hielt er sich gut.

Natürlich würde er ihn nicht verletzen, dafür war der Junge zu wertvoll geworden. Er kannte sich aus bei den Sorben, schließlich war er der Sohn eines Häuptlings, den Radulfs Leute erschlagen mussten, weil er immer wieder in seine Ländereien und die der verbündeten fränkischen Grafen eingefallen war, Dutzende Höfe geplündert und einige hundert Bauern getötet hatte.

Die Sorben versklavten niemand, das war ihnen zu gefährlich, denn sie waren davon überzeugt, dass Sklaven bei jeder sich bietenden Gelegenheit versuchen würden, ihre Herren zu beseitigen. Damit hatten sie nicht unrecht. Das galt vor allem für Krieger. Die waren widerspenstig und mussten unschädlich gemacht werden.

Auch Frauen ließen sie in Ruhe, denn sie wollten ihr Blut rein halten. Das konnte Radulf nicht verstehen. Frauen, insbesondere Mütter, mit denen konnte man etwas anfangen, wenn man ihre Kinder verschonte. Dann waren sie dankbar und taten alles, um diese zu schützen. Bogumils Mutter, die Frau des Sorbenhäuptlings, war von einem seiner Männer umgebracht worden, als der sein Siegerrecht einforderte. Es war das Letzte, das er tat, denn sie hatte ihn getäuscht, ihm vorgespielt, dass sie nur auf ihn gewartet hätte, und ihm dann sein edelstes Teil abgebissen. Er konnte ihr, schon halbtot, nur noch den Dolch ins Herz stoßen, dann war er umgekippt und verblutet. Der dumme Kerl hatte bekommen, was er verdiente.

Radulf hätte die Frau gerne als Geisel genommen, und er musste sich eingestehen, dass er den Jungen geschont hatte, weil ihn das schlechte Gewissen plagte. Frauen zu schänden war das Recht des Siegers, ja, aber was, wenn er selbst eines Tages besiegt würde? Wenn die Adlerburg fiel, wenn die Slawen über das Land herfielen, wie manche fürchteten, da sie von Jahr zu Jahr stärker wurden. Oder die Stämme aus dem Fernen Osten, die, so berichteten es Händler, sich wie die Heuschrecken über die Länder hermachten und nichts als verbrannte Erde hinterließen?

Er schüttelte den Gedanken ab. Das würde nicht geschehen. Die Adlerburg und seine gesamte Familie standen unter dem Schutz Karls, des Unbesiegbaren, und seiner Gemahlin, die niemand anderes als Radulfs eigene älteste Tochter Fastrada war und in Aquis die Geschäfte des Königs am Hof versah, wenn dieser unterwegs war. Und das war er fast ständig, wie sonst hätte er seine Macht behaupten können? Besser konnte es nicht kommen. Obwohl, das war nicht ganz richtig. Es konnte noch besser kommen, doch dafür musste Radulf noch einiges tun. Und davon durfte seine Tochter nichts erfahren.

Er stand auf und klopfte Bogumil auf die Schulter. »Gut gemacht, Junge. Aus dir wird noch ein echter Franke.«

Bogumil neigte den Kopf. »Ich gebe mir alle Mühe, Herr.«

»Das glaube ich dir. Geh jetzt Holz holen und Wasser, nimm dir zwei Knechte mit.«

Bogumil war ein heller Kopf. Man musste ihm etwas nur einmal zeigen und erklären, schon konnte er es wiederholen oder ausführen. Radulf hatte ihm dargelegt, wie die Reiterattacke des fränkischen Heeres vonstattenging, und am nächsten Tag hatte Bogumil ihm eine Schwäche aufgezeigt.

»Wenn aber die Panzerreiter in schweres Gelände kommen, wo es nass ist und sumpfig, dann kann sich die Kraft des Angriffs nicht entfalten, Herr. Dann bleiben die Pferde im Morast stecken, und man kann die Reiter pflücken wie reife Pflaumen.«

Radulf hatte den Jungen lange angeschaut. Natürlich war das bekannt, aber Bogumil war von allein darauf gekommen. Dennoch wollte er ihn prüfen. »Was also müssen wir tun, wenn sich der Feind im Sumpf versteckt? Wenn er sich uns feige entzieht und die ehrenhafte Schlacht meidet?«

»Wir müssen seine Siedlungen angreifen und seine Motten. Dann müssen sie heraus aus ihrem Versteck.« Er hatte einen Moment gezögert und dann mit klarer Stimme, in der Radulf keinerlei Bitterkeit oder Hass erkennen konnte, gesagt: »So wie Ihr es bei uns gemacht habt.«

»Vater!«

Radulf hob den Kopf. »Sigismund, mein Sohn. Nimm Platz.«

»Danke, Vater.«

Sein Sohn räusperte sich. Immer wenn er das tat, hatte er etwas auf dem Herzen. Sigismund war im Herbst achtzehn geworden, er war ein furchtloser Krieger und ihm treu ergeben. Mit ihm hatte er Großes vor.

»Nur heraus damit, Sigismund.«

»Hast du entschieden, wen ich zum Weib nehmen soll?«

Das hatte Radulf noch nicht, zu viel hing davon ab, ob er seine Pläne in die Tat umsetzen konnte. Noch war es zu früh, noch hatte er nicht genug Kräfte gesammelt, die Zeit war noch nicht reif.

»Ich weiß, es ist geboten, mein Sohn, dass du dir eine Frau nimmst.«

Sigismund seufzte. »Wäre es nicht klug, Gunhild, die Tochter des Gaugrafen Hardrad, zur Frau zu nehmen? Damit könnten wir die zwei mächtigsten Familien der Thüringer vereinen. Gemeinsam würden wir von Isinacha im Osten bis an die östlichen Grenzen der sorbischen Mark herrschen.«

Das wäre in der Tat klug, aber Radulf konnte sich Hardrads nicht sicher sein. Er war ein treuer Gefolgsmann Karls, auch wenn er das eine oder andere zu bemängeln hatte. Außerdem hatte Hardrad jemand anderen im Blick für seine Tochter. Nein, er würde nicht einmal fragen, ob er seine Tochter Sigismund zur Frau geben wollte.

»Wahre Worte, mein Sohn. Doch ich bitte dich, ein wenig Geduld zu haben. Bald werde ich jemand für dich gefunden haben, der uns noch mächtiger macht, als es Gunhild und Hardrad je könnten.«

Sigismund nickte. »Wie du wünschst, Vater.«

Radulf nahm die Hände seines Sohnes. »Gunhild ist eine schöne Frau, sie ist stark und wehrhaft. Hardrad ist klug, ein großer Krieger und vermag es, die Herzen der Menschen zu erreichen. Gunhild ist also ohne Zweifel eine gute Wahl. Aber ich verspreche dir, du wirst von meiner Entscheidung nicht enttäuscht sein.«

Sein Sohn lächelte. »Ich vertraue dir, Vater.«

Radulf war stolz auf seinen Sohn. Er hatte ihn mit Strenge erzogen, aber auch mit Zuneigung, Geduld und Lob. Seine Mutter war bei seiner Geburt gestorben, Radulfs zweite Frau hatte ihm Fastrada geschenkt, die zweifelsohne von Gott begünstigt war, sah man von ihrer Kränklichkeit ab. Seine dritte Frau hatte ihm acht Kinder geboren, vier Töchter hatten überlebt, die er ebenfalls gut verheiratet hatte. Sigismund war sein einziger Sohn, er würde nicht nur sein Nachfolger und Stammhalter sein, sondern sich über alle Grafen und Edlen der Thüringer erheben und über das Reich der Franken herrschen. Doch von seinen Plänen durfte der Junge nichts erfahren. Schließlich hatte Radulf ihm Gottesfurcht und Gehorsam gegenüber dem König beigebracht.

Sigismunds Ehefrau würde die Tochter eines nordischen Königs sein. Nichts Geringeres. Dafür war Radulf bereit, alles zu wagen, und wenn es seinen Tod bedeutete.

4

Anfang Dezember 785, Erphesburg

Ihre Brüder! Sie waren mit Knechten irgendwo außerhalb der Palisaden, am Ufer des Erphes, da, wo das Wasser tiefer war und nicht bis zum Grund zugefroren, so wie an der Furt. Sie waren leichte Beute für Feinde, die sie als Geiseln nehmen würden, um sie zur Übergabe der Burg zu zwingen. Gunhild wäre am liebsten selbst losgestürmt, sie zu retten und sie mit dem Schwert zu verteidigen. Doch das durfte sie nicht. Sie war die Tochter des Grafen, und wenn die Eltern nicht anwesend waren, oblag ihr der Oberbefehl, auch wenn Dado der Hauptmann und ein erfahrener Krieger war. Sie musste ihn nur ansehen und wusste, dass er genauso handeln würde wie sie. Sie nickte ihm zu. »Verliert keine Zeit!«

Er winkte zwei Kriegern, die mit ihm losrannten, um Warmunt und Giselher so schnell es ging, in die Burg zu holen.

»Gott steh euch bei«, rief sie den Männern hinterher.

Dann rannte sie auf den Turm der Motte, den Vater im letzten Herbst hatte erhöhen und mit schweren Eichenbalken verstärken lassen, genau wie die Palisaden um die Vorburg. Sie sah Dado und die beiden Männer auf ihren Pferden im Trab aus dem Tor reiten. Sie konnten nicht galoppieren, das wäre zu gefährlich gewesen. Gunhild sandte ein weiteres Stoßgebet gen Himmel, fühlte die Angst um ihre Brüder in ihren Eingeweiden. Sie packte den Klöppel und ließ ihn in der Triangel wirbeln, während sie bis zwanzig zählte. Das metallene Geräusch drang in jeden Winkel. Krieger stürmten aus den beiden Schlafhäusern, und jeder, der eine Waffe tragen konnte, Mägde wie Knechte, griff sich ein Schwert, eine Lanze oder einen Bogen, und gemeinsam besetzten sie die Wehrgänge. Der Schmied und der Bäcker heizten die Pechkessel an, schon bald zog der Geruch des Todes durch die Burg. Ihre Gehilfen luden Steine in Tragen und hievten sie nach oben. Die Brücke, die den Wehrturm mit der Vorburg verband, wurde hochgezogen.

Gunhild rannte zurück, legte ihren Harnisch und den Schwertgurt an. Sie spannte die Sehne ihres Bogens, nahm den Köcher. Zwei Dutzend Pfeile steckten darin. Sollte Sintwich ihren Brüdern auch nur ein Haar krümmen, würden er und zehn seiner Männer es mit dem Leben bezahlen. Sie bezog mit den anderen Kriegern der Wache Stellung auf der Palisade, die den Wehrturm umgab, und beschattete die Augen gegen das gleißende Licht der Sonne, das der Schnee zurückwarf. Sie musste achtgeben, nicht zu lange ins Licht zu blicken, das konnte sie blind machen.

Dado ließ alle Vorsicht fahren und sprengte mit seinen Männern den Weg entlang, der nach Westen führte und nach einigen Meilen auf die alte Römerstraße nach Uulthaha führte. Giselher, Warmunt und die zwei Knechte kamen ihm entgegengerannt, denn auch sie hatten die Triangel gehört. Erneut erklang das Horn, und das unverwechselbare dumpfe Geräusch galoppierender Hufe auf Schnee kam näher.

Gunhilds Herz schlug schneller, ihr Atem beschleunigte

sich. Ein Wachmann zeigte zum Waldrand. Dort tauchten vier Reiter auf. Gunhild hob den Bogen, legte einen Pfeil ein, zog die Sehne aus und zielte. Nur eine Lanzenlänge von Giselher und Warmunt entfernt stieg eines der Pferde, der Reiter stürzte in den Schnee.

Gunhild stutzte, senkte den Bogen, ließ die Sehne locker. Der Mann war unbewaffnet. Ein anderer hing vornüber im Sattel, konnte sich kaum halten, aus seinem Rücken ragte ein Pfeil. Der dritte setzte das Horn an, doch als er blasen wollte, fiel es ihm aus der Hand. Dann rutschte er auf die Seite, verlor das Gleichgewicht und kippte ebenfalls aus dem Sattel. Sein Pferd blieb sofort stehen. Der letzte Mann, der unverletzt schien, parierte sein Ross durch, sprang in den Schnee, hievte den Mann zurück in den Sattel. Es war eindeutig Graf Sintwich. Gunhild überlegte nicht lange.

»Helft den Männern!«, befahl sie. »Öffnet das Tor. Bildet eine Phalanx. Schützt sie!«

Ohne Murren gehorchte die Wache, zwei Dutzend Männer strömten durch das Tor, bildeten eine Gasse, durch die Dado, der Gunhilds Plan erkannt hatte, ihre Brüder und die beiden Knechte hindurcheilten. Dann schloss sich die Phalanx, die Schilde krachten aneinander und formten eine undurchdringliche Mauer. Sie rückten vor, umkreisten Graf Sintwich und seine Männer, schlossen die Phalanx wieder, sodass auch diese hinter den Schilden geschützt waren.

Reiter erschienen. Slawen.

»Gebt ihnen eine Salve!«, brüllte Gunhild, hob erneut ihren Bogen, zog ihn aus, zielte und ließ die Sehne los. Kaum war der Pfeil in der Luft, legte sie den nächsten auf.

Zwanzig Schützen feuerten zugleich auf die nahenden Feinde, einen Pfeil nach dem anderen. Einige Kämpfer fielen getroffen, andere wurden von ihren verletzten und in Panik geratenen Pferden abgeworfen. Dennoch versuchten mehr als zehn Reiter, die Phalanx zu durchbrechen. Doch Speere und Schilde versperrten ihnen den Weg, sie konnten weder hindurch noch darüber hinweg. Als sie erkannten, dass sie wider Erwarten auf Widerstand stießen, kehrten sie um und flohen.

Gunhild atmete auf. Ihre Brüder waren gerettet, sie hatten den Angriff abgewehrt. Die Phalanx zog sich zurück, und schon bald schloss sich das Tor, und alle waren vorerst in Sicherheit. Gunhild hatte nicht einen einzigen Verlust zu beklagen, ja noch nicht einmal einen Verletzten.

Die Brücke zur Vorburg wurde heruntergelassen, Gunhild lief ihren Brüdern entgegen, nahm sie in die Arme und drückte sie so fest sie konnte.

»Du zerquetschst uns, Schwester«, nuschelte Warmunt.

Gunhild ließ sie los. »Verzeiht, aber ich hatte solch eine Angst.«

»Ich auch«, sagte Giselher mit zitternder Stimme. »Ich habe Gott schon um die Vergebung meiner Sünden angefleht.«

Warmunt war bleich wie der Tod. »Die hätten uns umgebracht, oder?«

Gunhild streichelte Warmunt über den Kopf, was er normalerweise mit heftigem Protest abgelehnt hätte. »Nein, sie hätten euch als Geiseln genommen.«

Warmunt schluckte hart. »Das wäre nicht viel besser gewesen, denn weder Vater noch du hätten ihre Forderungen erfüllt, nicht wahr?«

Gunhild konnte ihren Brüdern nichts vormachen. »Wenn sie Gold und Silber verlangt hätten, schon. Nicht aber, wenn ich ihnen die Burg hätte übergeben sollen.«

»Der Sohn des Grafen zu sein hat Vor- und Nachteile«, stellte Giselher fest.

Gunhild hätte gerne noch mit ihren Brüdern geredet, aber sie musste sich um Graf Sintwich kümmern, der bereits von Folclind, der Heilerin, versorgt wurde. »Geht in den Turm, wärmt euch, esst etwas und ruht euch aus.« Vor allem musste sie erfahren, was da eigentlich vor sich ging, warum Slawen den Grafen bis an die Erphesfurt verfolgt hatten und warum er nur mit vier Männern unterwegs war. Denn die Reiter, die Graf Sintwich und seine Leute verfolgt hatten, waren eindeutig Slawen gewesen, ihr erster Eindruck hatte sie nicht getäuscht.

Die beiden nickten, Giselher legte seinen Arm um Warmunt, der sich auch das gefallen ließ. Gunhild sah ihnen nach. Langsam erklommen sie den Burghügel. Selten hatte sie ihre Brüder so geliebt wie in diesem Augenblick. Anscheinend waren die beiden sich ebenfalls nähergekommen. Üblicherweise verspottete Warmunt Giselher, reizte ihn so lange, bis der ihn verprügeln wollte, doch dann lief der Kleinere weg, und Giselher konnte ihn nicht einholen. Musste das immer so sein, dass man erst erkannte, wie wichtig etwas war, wenn es drohte weggenommen zu werden?

Sie verscheuchte die Gedanken und wandte sich ihren Männern zu. »Ich danke euch! Die Phalanx stand wie eine uneinnehmbare Mauer. Wir haben keine Opfer zu beklagen, und der Feind ist geflohen wie der Hase vor dem Falken.« Jeden Einzelnen von ihnen bedachte sie mit einem kurzen Nicken.

»Gott schütze Euch, Gräfin Gunhild!«, riefen die Männer, schlugen die Faust an die Brust und begaben sich an ihre üblichen Aufgaben.

Gunhild machte sich auf den Weg. Graf Sintwich und

seine Begleiter waren bereits in den Turm gebracht worden, wo ein knisterndes Feuer sie und ihre Brüder wärmte, die dicht nebeneinandersaßen und schweigend in die Flammen starrten.

Graf Sintwich lag auf einem Bärenfell. Er wollte sich erheben, als Gunhild eintrat, doch Folclind drückte ihn sanft zurück auf sein Lager. Selbst wenn er gesund gewesen wäre, hätte er Mühe gehabt, sich gegen sie durchzusetzen. Sie war eine Kriegerin, so wie Gunhild. Die meisten Frauen der Thüringer besaßen infolge der täglichen harten Arbeit so kräftige Muskeln, dass sie es mit fast jedem Mann aufnehmen konnten.

Sie ließ sich neben Graf Sintwich nieder, betrachtete ihn eine Weile. Sie hatte ihn vor zwei Jahren das letzte Mal gesehen, auf der Versammlung der Thüringer Edlen im Kloster Uulthaha, als sie bei Abt Baugulf, einem guten Freund der Familie und einflussreichen Mann am Hofe König Karls, zu Gast gewesen waren. Dort hatte der Gaugraf jung und kraftvoll gewirkt, doch jetzt sah sie einem Mann ins Gesicht, der um Jahre gealtert schien. Das mochte an seiner Erschöpfung liegen, aber das allein konnte es nicht sein. Er hatte die Augen geschlossen, atmete in unregelmäßigen Stößen. Hoffentlich konnte er überhaupt reden. Er wäre nicht der Erste, der an Entkräftung starb, obwohl er zunächst den Eindruck machte, sich rasch zu erholen.

Gunhild sah Folclind an. »Wie steht es um ihn?«

»Er wird es schaffen. Er ist zäh. Ein Kämpfer.«

»Darauf könnt Ihr Euch verlassen, Gräfin Gunhild.« Graf Sintwich hatte die Augen geöffnet, sie waren gerötet, aber sie strahlten Kraft aus.

»Danken wir Gott für Eure Rettung.«

»Eure Bescheidenheit in allen Ehren, Gräfin, aber ich

danke vor allem Euch, denn Ihr habt mit Euren Männern die Slawen in die Flucht geschlagen. Es waren noch einige mehr als die, die Ihr zu sehen bekommen habt. Doch als Ihr ein paar von den räudigen Hunden wie die Rebhühner abgeschossen habt und sie die Phalanx sahen, ist ihnen die Lust vergangen. Sie hätten sich an Euch und Eurer Burg die Zähne ausgebissen.«

Gunhild lief es eiskalt über den Rücken. Sie hatte die Männer vor die Burg geschickt, weil sie davon ausgegangen war, dass sie es vielleicht mit einem oder zwei Dutzend Reitern zu tun hatte.

»Wie viele waren es?«

»Sechzig oder siebzig.«

Gunhild schlug das Kreuz. »Sie hätten die Phalanx niederreiten können. Dann wäre die Burg beinahe ohne jeden Schutz gewesen. Es waren bis auf sechs Mann alle gepanzerten Krieger draußen.«

Graf Sintwich hob die Augenbrauen. »Ein geschickter Schachzug! Die Slawen sind Feiglinge, die den Schwanz einziehen, wenn sie nicht eins zu zehn überlegen sind. Sie glaubten sicher, dass in der Burg zehnmal so viele Krieger auf sie warteten wie davor.«

Der Graf schien nicht zu verstehen, was sie gesagt hatte. Es war kein geschickter Schachzug gewesen, es war eine übereilte Entscheidung, um ihre Brüder zu retten. Fast hätte sie die ganze Burg den Slawen preisgegeben. Gunhild würde ihm ihren Fehler nicht auf die Nase binden. Sollte er doch glauben, dass sie alles vorausgesehen hatte.

»Aber wie kann es sein, dass die Slawen so tief auf unser Gebiet vorstoßen und Euch überraschen konnten? Es ist Winter, da rechnet man nicht damit, das mag sein, aber dennoch. Was ist mit den Wachposten an der Grenze?«

»Ich weiß es nicht. Sie müssen sie entweder umgebracht haben, oder sie haben sich vorbeigeschlichen.«

»Fast hundert Reiter? Wenn sie so weit entfernt von den eigenen Burgen unterwegs sind, brauchen sie einen Tross. Sie können nicht alles rauben, was sie zum Leben brauchen. Nicht im Winter.«

»Das mag sein, jedenfalls war ich mit einer Handvoll Männer auf Grenzgang, und da haben sie uns erwischt, mich, den Hauptmann meiner Wache Wito, der da drüben liegt und mein bester Mann ist. Keine vier Meilen von hier. Wir haben gekämpft wie die Bären, aber es waren einfach zu viele.«

»Auf Grenzgang? Mitten im Winter? Mit einer Handvoll Männer? Graf Sintwich, ich bitte Euch.« Gunhild schenkte ihm einen milden Blick. »Wir wissen doch beide, dass Ihr schon lange ein Auge auf die Erphesburg geworfen habt.«

Der Graf verzog sein Gesicht zu einem schiefen Grinsen. »Ihr sagt wahrhaftig geradeheraus, was Ihr meint.«

»Ich denke, wir haben keine Zeit für Geplänkel. Irgendetwas braut sich zusammen, ist es nicht so?«

Vater hatte vor seiner Abreise davon gesprochen, dass er Gerüchte gehört hatte, die Slawen gedachten gemeinsam mit den Sachsen gegen Karl zu ziehen. Aber nicht in die offene Feldschlacht, sondern sie wollten zuerst Thüringen und Baiern erobern, um Karl zu schwächen. Vater und sie hatten mit anderen Edlen darüber beraten und waren übereingekommen, dass es tatsächlich nur ein Gerücht war. Graf Sintwich war nicht zugegen gewesen, aber vielleicht wusste er ja mehr.

»In der Tat. Ich weiß, dass Ihr und einige andere Fürsten ohne mich beraten habt.«

Davon war Gunhild ausgegangen. Es war kein geheimes Treffen gewesen.

»Ihr wart anderweitig beschäftigt, nicht wahr?«

Sintwich stöhnte leise. »Lassen wir die Spielchen, denn Ihr habt recht. Es braut sich etwas zusammen. Etwas Gewaltiges, dem wir ohne die Hilfe von Karls Heer hilflos ausgeliefert sind.«

Gunhild lief es erneut eiskalt über den Rücken. Also war das Gerücht doch keines gewesen, und sie hatten viel Zeit verschwendet. »Sachsen und Slawen fallen gemeinsam über uns her? Ist es das?«

Sintwich nickte. »Ich war auf dem Weg in König Karls Winterlager, nach Oldonastath. Ich habe einen Umweg gewählt, um nicht über die Schneeberge reiten zu müssen, bin mit nur zwölf Männern aufgebrochen, damit wir leicht und schnell vorankommen. Die Erphesburg war der einzige freie Weg, nachdem uns die Slawen aufgelauert und acht von uns erschlagen hatten. Gute Männer. Gott strafe diese Heiden!«

»Ist Eure Burg gesichert?«

»Ja, dort habe ich hundert Krieger zusammengezogen, und ebenso wie Euer Vater habe ich die Befestigungen erhöht und verstärkt. Kampferprobte Krieger, Pech, Steine und Pfeile erwarten jeden, der einzudringen versucht.«

»Aber was wollten die Slawen hier? Jetzt sind sie entdeckt, und wir können uns auf sie vorbereiten, alle Burgen ausbauen und die Männer zu den Waffen rufen.«

»Das ist die richtige Frage, auf die ich allerdings keine Antwort habe.«

»Sobald meine Eltern zurückkehren, so Gott will schon heute, werden wir beraten.«

Graf Sintwich nickte, ließ seinen Kopf ins Kissen sinken und schloss die Augen.

Gunhild wurde das Gefühl nicht los, dass der Graf ihr etwas verschwieg. Vater und Mutter jedenfalls waren in Sicherheit, denn sie kamen von Süden. Bis dorthin waren die Slawen fraglos nicht vorgedrungen, denn der Erphes war nur hier passierbar. Aber was führte der Graf im Schilde? Hatte er sich mit dieser List Zugang zur Burg verschafft, um auszukundschaften, wie stark sie besetzt war? Lauerten im Wald hunderte Krieger, warteten auf ein geheimes Zeichen, um die Erphesburg zu überrennen?

»Lieber Gott, mach, dass ich mich täusche«, flüsterte sie.

5

Anfang Dezember 785, Aquis, Königspfalz

Eine einzelne Flocke schwebte langsam zu Boden, und kurz bevor sie sich mit dem frisch gefallenen Schnee vereinigte, trieb ein Windstoß sie davon. Fastrada beugte sich aus dem Fenster, doch sie konnte sie nicht mehr sehen. In diesem Moment fühlte sie sich wie diese Schneeflocke. Das Schicksal trieb auch sie plötzlich von einem Ort zum anderen, von einer Entscheidung zur nächsten. Noch vor einem Jahr hätte sie sich nicht träumen lassen, die Frau des mächtigen Königs Karl zu werden, der über Aquitanien, Burgund, Friesland, Thüringen, Böhmen, Baiern und das Gebiet der Langobarden herrschte. Radulf, ihr Vater und einer der mächtigsten Fürsten Thüringens, hatte es mit geschickter Taktik vollbracht, dass Karl sie überhaupt in Erwägung gezogen hatte.

Als sie sich dann in der Königspfalz Padaribrunno das erste Mal gesehen hatten, war das große Wunder geschehen. Sie hatte sich Hals über Kopf in Karl verliebt. Seine vierzig Jahre sah man ihm nicht an, auch nicht die Last seines Amtes. Nein, seine Augen strahlten feurig, er war schlank, und die Falten, die sein Gesicht zierten, entsprangen nicht dem Alter, sondern der Weisheit und seinem Lachen, das sie so gerne hörte. Karl hatte nicht gezögert, ihre Hand genommen und sie gefragt, ob sie ihn heiraten wolle. Sie hatte ebenfalls nicht gezögert und es bis heute nicht bereut.

Hunderte Gäste kamen zur Hochzeit nach Aquis, eine Woche lang wurde gefeiert, und bereits in der ersten Nacht entfachte Karl in ihrem Leib ein Feuer, das bis heute loderte. Dass er so oft fern von ihr weilte, war eine harte Prüfung. Auch dass er neben ihr Frauen hatte, fiel ihr nicht leicht zu ertragen, doch ihre Liebe war größer als jedes Hindernis, das sich zwischen sie und ihn legte. Denn sobald er in ihrer Nähe war, gab es für ihn nur sie und keine andere.

»Herrin?«

Fastrada schreckte aus ihren Erinnerungen hoch. Es geschah nicht oft, dass sie so tief ihren Gedanken nachhing. Doch die Schneeflocke war wie eine Mahnung: »Bedenke, alle Menschen sind stets in Gottes Hand«, schien sie zu sagen. Das galt für sie ebenso wie für Karl, der im Bardengau weilte, um endlich die Sachsen für immer zu unterwerfen. Die letzten Boten hatten allerdings nichts Ermutigendes berichtet. Anscheinend plante Widukind einen Angriff mitten im Winter. Das war ein gewagtes Unterfangen, aber die Sachsen durfte man nicht unterschätzen. Sie waren Entbehrungen gewohnt, sie konnten bei klirrendem Frost tagelang im Freien lagern, ohne zu erkranken. Wenn der Angriff gelang, war Karl in großer Gefahr. Seine Panzerreiter konnten im tiefen Schnee nicht kämpfen, sie wären eine leichte Beute für die leichtfüßigen Sachsen.

Fastrada fühlte ihre Angst ebenso deutlich wie ihre Liebe. Karl durfte nichts geschehen. »Lieber Gott«, flüsterte sie. »Wenn es dir gefällt, so nimm mich, doch verschone Karl.«

Sie spürte einen Stich in der rechten Seite, die immer öfter heftig schmerzte. Gott schien sie erhören zu wollen. Die

Qualen waren in den letzten Monaten stärker geworden, die Ärzte hatten vieles versucht, doch nichts hatte geholfen. Schon als Mädchen war sie oft krank gewesen, hatte sie ein Ziehen im Unterleib gehabt, doch nicht kurz vor ihrer unreinen Zeit, wie viele andere Frauen, sondern ständig. Und doch wünschte sie sich nichts sehnlicher, als endlich ein Kind von Karl zu empfangen. Seit ihrer letzten unreinen Zeit waren fast acht Wochen vergangen. Ein Hoffnungsschimmer, doch sie wollte sich nicht zu früh freuen. Zu oft hatten zwar die Blutungen ausgesetzt, doch sie war nicht schwanger geworden.

»Herrin, verzeiht, dass ich Euch störe. Abt Baugulf ist gerade eingetroffen, alle, die Ihr geladen habt, sind versammelt und warten. Ihr wolltet sie sprechen. Dringend.«

»So ist es, Polder. Bitte, führt ihn in den Königssaal. Er soll sich zu seinen Glaubensbrüdern gesellen. Ich komme sogleich.«

Polder verneigte sich. Wie immer musste Fastrada sich beherrschen, nicht zu grinsen. Ihr treuer Freund und Berater war rund wie ein Fass, und so sah es stets aus, als rolle er von dannen, wenn er sich verneigte. Doch wer ihn aufgrund seiner Körperfülle unterschätzte, der unterlag einem schweren Irrtum. Polder besaß einen scharfen Verstand, beherrschte sieben Sprachen und war in allen Wissenschaften bewandert. Sie liebte die Stunden, die sie mit ihm verbringen durfte, wenn sie nicht mit den Geschäften des Reiches befasst war. Besonders faszinierend war die Geometrie, die Grundlage für die Architektur. Karl hatte in Aquis an der Hofschule die besten Gelehrten versammelt, um die Gaugrafen auszubilden, die nötig waren, um das Reich bis in den hintersten Winkel besser zu verwalten.

Fastrada legte ihren mit Gold und Silber bestickten Umhang an, setzte sich die Krone auf den Kopf. Sie war leicht und mit nur einem großen Edelstein verziert, der jedoch in seiner Art einzigartig war. Karl hatte die Krone für sie fertigen lassen.

Dann griff sie nach den Pergamentrollen. Üblicherweise trug eine Königin keine Dokumente, das war Aufgabe der Sekretäre, doch in diesem Fall sollten alle sehen, welche Bedeutung die Königin und der König dem Inhalt zumaßen. Sie konzentrierte sich einen Moment, nahm all ihre Kraft zusammen, atmete tief ein und aus, dann öffnete sie die Pforte ihrer Schreibstube.

Zwei Männer der Leibgarde verneigten sich, nahmen sie in die Mitte und geleiteten sie durch den Kreuzgang, der den Palas mit dem Königssaal verband. Im Abstand von zehn Ellen standen weitere Elitekämpfer, die alle zur hier lagernden königlichen Leibgarde gehörten. Es war eine große Ehre, in die Leibwache des Königs aufgenommen zu werden, und viele Sprösslinge adliger Familien wurden nicht ausgewählt, da halfen kein Gold und keine Versprechungen, denn Rantwig von Sölden, Karls Reichsmarschall, war unbestechlich. Als dessen oberster Befehlshaber über das Heer war er mit ins Winterlager in den Bardengau gezogen, um alles für den hoffentlich letzten Feldzug gegen die Sachsen im Frühjahr vorzubereiten.

Zwei Diener öffneten das Portal zum Königssaal, ein Trompetenstoß kündigte Fastradas Erscheinen an. Sofort erstarb das eifrige Gemurmel, das bis in den Kreuzgang gedrungen war. Äbte aus allen Teilen des Reiches wandten sich ihr zu, neigten ihr Haupt. Fastrada nickte ihnen zu, schritt zu dem kleineren Thron, der neben dem großen des Königs stand, ließ sich nieder und legte die Pergamentrollen auf ihren Schoß. Die Leibwachen postierten sich rechts und links von ihr, allein ihr grimmiger Blick schüchterte die meisten ein.

Sie ließ den Blick über die Anwesenden streifen. In einigen Gesichtern konnte sie Anspannung sehen, in anderen Verärgerung, die sie gut nachvollziehen konnte. Schließlich hatte sie ihnen eine mühselige und gefährliche Reise mitten im Winter zugemutet. Doch letztlich hatten sie sich das selbst zuzuschreiben, und deshalb regte sich auch kein schlechtes Gewissen in ihr.

Fastrada setzte ein verbindliches Lächeln auf. »Ich bin Euch zutiefst dankbar, dass Ihr erschienen seid, und soweit ich sehe, fehlen nur einige wenige. Beten wir dafür, dass sie sich nur verspäten und ihnen nichts zugestoßen ist.« Sie faltete die Hände, die Äbte taten es ihr gleich. »Herr im Himmel, Vater unser, beschütze all diejenigen, die deinem Namen Ehre machen auf ihrem Weg, wo immer sie sich gerade befinden mögen.« Die Äbte murmelten mit, es klang wie ein Bienenschwarm.

Dreimal schlug sie das Kreuz, Gewänder raschelten, dann kehrte Ruhe ein. Fragende und auch anklagende Blicke erreichten sie.

Fastrada nahm eine Pergamentrolle, öffnete sie und hielt sie den Äbten hin. »Was ich Euch hier zeige, steht stellvertretend für fast alle Abteien im Reich.«

Abt Baugulf hob seine Hand. Sie kannte ihn gut, er war einer der gebildetsten Äbte im ganzen Land und konnte es mit Alkuin durchaus aufnehmen. Dennoch hatte er es abgelehnt, an der Hofschule ein hohes Amt zu bekleiden, mit der Begründung, er wolle da sein, wo die Seelen ihn bräuchten. Also hatte Karl ihm gestattet, weiterhin dem Kloster Uulthaha vorzustehen und dort für die Verbreitung des Glaubens und den pünktlichen Einzug des Zehnten zu sorgen. Ihn musste sie besonders zuvorkommend behandeln. Dennoch musste sie ihn tadeln, musste auch ihm seine Verfehlungen vor Augen führen.

»Sprecht, Abt.«

»Ich erkenne das Schriftstück. Es wurde in meiner Abtei in Uulthaha ausgestellt.«

»So ist es, Abt Baugulf. Habt Ihr es gelesen? Habt Ihr es korrigiert? Habt Ihr es freigegeben?«

»Dieses Dokument nicht, nein. Ich war auf Reisen, also hat es mein Stellvertreter für richtig erklärt und gesiegelt.«

Fastrada reichte das Pergament einem Diener. »So lest uns vor, was darin geschrieben steht.«

Der Diener verbeugte sich tief, reichte es an den Abt weiter, der es überflog und kurz die Augen schloss. Fastrada wusste warum.

Dann erhob er seine Stimme. »Gegeben im Jahr des Herrn 782 vier Tage nach Purificatio Mariae, dem zwölften Tag des Monats Februar durch den Abt des Klosters Uulthaha.«

Einige Äbte zogen scharf die Luft ein, Baugulf ließ das Pergament sinken.

Fastrada erhob sich und ließ die anderen Schriftrollen auf den Steinboden des Königssaals fallen. Als Diener sie aufheben wollten, gebot sie ihnen mit einer Handbewegung Einhalt.

»Wie jeder weiß, feiern wir Mariä Reinigung vierzig Tage nach Weihnachten, und das ist der zweite Tag des Monats Februar! Zählt man vier Tage hinzu, so haben wir den sechsten Tag des Monats Februar.«

Abt Baugulf senkte den Blick und schwieg.

»Diese Urkunde ist ungültig!« Fastrada stach mit dem Zeigefinger Richtung Baugulf, dann schloss sie mit einer kreisförmigen Handbewegung auch die anderen Äbte mit ein. »Glaubt nicht, dass dies nur im Kloster Uulthaha geschieht. Es gibt nicht ein Kloster, das mir fehlerfreie Urkunden ausstellt. Was hat Euch der König vor Jahren aufgegeben, als er Euch Immunität, Geld und als Lehen Ländereien geschenkt hat?«

Niemand traute sich, zu antworten. Bis auf Baugulf, der Fastrada fest ansah.

»Unser allergnädigster und weiser König Karl, Gott möge ihn schützen, hat uns befohlen, in unseren Klöstern einem jeden, der in den Skriptorien arbeitet oder der die Bücher zu führen hat, das Lateinische in Schrift und Sprache trefflich beizubringen, auf dass jedes Dokument frei von Fehlern und Missverständnissen sei, damit das Wort Gottes niemals falsch verstanden werden könne und alle Verträge und Anordnungen gültig seien.« Er seufzte. »Doch das ist nicht geschehen in dem Kloster, dem ich vorstehe, das ist nicht zu leugnen. Das ist allein meine Schuld. Zeigt Milde gegenüber jenen, die mir unterstehen. Verfahrt mit mir, wie Ihr wünscht, ich will von meinem Amt zurücktreten, damit ein anderer es besser machen kann.«

Der gute Baugulf! Ein Mann von Ehre und Gewissen, der die Verantwortung übernahm für die Fehler anderer. Fastrada ging auf ihn zu, er verneigte sich tief.

»Erhebt Euch, Baugulf. Ich werde Euch mit Sicherheit nicht abberufen, denn Ihr seid der Einzige, der für seine Verfehlung einsteht. Alle anderen«, sie hob ihre Stimme, »scheinen vergessen zu haben, wem sie unmittelbar nach dem lieben Gott Rechenschaft abzulegen haben. Nämlich ihrem König Karl!« Die letzten Worte schrie sie fast. »Einem König, den Ihr nicht verdient habt! Denn er hat mir aufgetragen, noch einmal Gnade walten zu lassen und keinen von Euch Herren abzuberufen oder anderweitig zu bestrafen, obwohl es mir scheint, dass Ihr Euch mehr mit dem Verkosten von Wein und dem Zählen von Münzen beschäftigt als mit den von Gott und dem König erteilten Aufgaben. Doch seid gewiss: Ein weiteres Mal wird Karl Euch nicht verzeihen.«

Der Abt von Worms, ein Mann von gerade vierzig Jahren, hob die Hand. Aus seiner Schreibstube hatte Fastrada bisher viele Urkunden erhalten, die meist klar und unmissverständlich formuliert waren. Doch fehlerfrei waren auch sie nicht. Fastrada kehrte zurück zu ihrem Thron, nahm Platz und nickte ihm zu.

»Bei aller Bewunderung und Hochachtung, Königin Fastrada, Ihr mögt recht haben, was die Fehler angeht, die immer wieder gemacht werden, zum Teil mit schweren Folgen. Auch mich ficht das an. Doch Ihr solltet uns nicht behandeln wie dumme Scolare, die nichts im Kopf haben als Frauen und Wein.«

Fastrada fuhr mit einem Ruck vom Thron hoch. Die Worte des Abtes waren anmaßend und unverschämt. Sie konnte jeden behandeln, wie sie wollte. »Wachen!«

Augenblicklich strömten ein Dutzend Elitekämpfer in den Königssaal, nahmen Aufstellung und warteten auf einen Befehl der Königin. Sie musste nur einen Arm heben, und schon würde der Abt abgeführt und jeder, der es wagen sollte, ihm beizuspringen, ebenfalls.

Die Äbte zuckten zusammen, Empörung lag in der Luft. Baugulf hob die Augenbrauen, seine Miene versteinerte. Fastrada fing einen Blick von Polder auf, der unmissverständlich ausdrückte, dass sie sich beherrschen sollte.

Sie setzte sich. Polder hatte ja recht. Es wäre zwar gerecht gewesen, den aufmüpfigen Abt im Kerker schmoren zu lassen, aber Karl war auf die Arbeit der Äbte angewiesen, die zu einem großen Teil seinen Einfluss im Reich sicherten. Er würde es nicht gerne sehen, wenn sie einen ihm trotz dessen Anmaßung treu ergebenen Mann einsperren ließ. Sie musste darauf achten, dass sie nicht von ihren Gefühlen übermannt wurde. Darum hatte Karl sie bereits öfter gebeten in seiner unnachahmlichen liebevollen Art.

»Was würde ich ohne die überschäumenden Gefühle meiner Königin nur machen? Ich wäre ein armer, einsamer Mann, an dem das Leben vorüberzöge. Deshalb, meine Königin, bitte ich Euch. Spart Euer Feuer für mich, lasst die Flammen Eurer Leidenschaft lodern, wenn Ihr mich damit wärmen könnt. Verschwendet sie nicht.«

Fastrada spürte, wie ihr Zorn sich auflöste und sie wieder klar denken konnte. Sie lächelte.

»Ich habe Eure Worte gehört, Abt, und gebe Euch recht. Deshalb denke ich, ist es eine gute Idee, dass wir uns zur Tafel begeben und uns beim Essen überlegen, wie wir am schnellsten dieses lästige Problem aus der Welt schaffen, darüber nachsinnen, wie ich Euch helfen kann.«

Sie stand auf und achtete darauf, auf die Dokumente zu treten, um zu zeigen, was sie von ihnen hielt, als sie hinabstieg. Die Wache nahm sie in die Mitte, Polder folgte ihr, er warf ihr einen zufriedenen Blick zu. Dahinter kamen die Äbte, die nun erleichtert durcheinanderschnatterten wie die Gänse.

Nur Baugulf schien nicht überzeugt davon, dass sie ihre Krallen eingezogen hatte, denn er bedachte sie mit einem langen ernsten Blick. Damit konnte er recht haben. Der Abt von Worms mochte für den Moment einen Sieg davongetragen haben, doch sein Weg nach Hause war lang und gefährlich. Sehr gefährlich. Räuber trieben ihr Unwesen, hieß es. Wie schnell konnte da einem Abt ein Unglück zustoßen.

6

Anfang Dezember 785, Sachsen

Was für eine verrückte Idee. Alkuin verfluchte sich selbst. Seit zwei Tagen waren sie unterwegs und noch keine fünf Meilen vorangekommen. Oder waren es zehn? Er konnte es nicht genau sagen, sie hatten keine Orientierung, sondern ritten einfach immer ostwärts, dorthin, wo die Späher Widukinds Lager vermuteten. Zwar schneite es nicht, aber ein eiskalter Ostwind türmte den Schnee zu wahren Bergen auf, immer wieder mussten sie Umwege gehen, und die Tage waren so kurz, dass sie ein Lager aufschlagen mussten, kaum dass sie aufgebrochen waren.

Dafür waren die Nächte umso länger und so kalt, dass selbst die Kohlenpfanne, die sie entzündeten, nicht wirklich wärmte, sondern sie nur vor dem Erfrieren bewahrte. Wollte Alkuin sein Wasser abschlagen, musste er sich beeilen, damit ihm der Urin nicht gefror, bevor er den Schnee erreichte, und er sich nicht den Unterleib erkältete. Noch schlimmer war der Stuhlgang. Alkuin war froh, dass er nicht lange benötigte, seine Verdauung war in bestem Zustand, dennoch war es höchst unangenehm, sich bei dieser beißenden Kälte untenherum zu entblößen. Der einzige Trost war, dass ihn keine Stechmücken plagten, die im Sommer nur darauf warteten, sich sein Blut einzuverleiben.

So konnte es noch tagelang weitergehen, und wenn sie Pech hatten, mussten sie Bäume fällen, sobald die Holzkohlen verbraucht waren, die sie auf einem Packpferd mit sich führten. Dann würden sie kaum noch vorankommen, oder ein Sturm würde sie unter Schnee begraben und seine Mission beenden.

Die Dämmerung hatte bereits eingesetzt, es war Zeit, einen Platz für die Nacht zu finden. Der Hauptmann hob eine Faust. Das verhieß nichts Gutes. Alkuin ließ sich, wie alle anderen auch, aus dem Sattel rutschen, legte eine Hand an sein Schwert. Er war nicht mehr der Jüngste, aber sollte es zum Kampf kommen, würde er seine Haut teuer verkaufen. Doch der Hauptmann gab Entwarnung. Es war wohl ein Tier, das er gehört und im schwindenden Licht für einen Feind gehalten hatte.

Da die Stelle günstig war, erteilte der Hauptmann den Befehl, das Lager zu errichten. Alkuin packte mit an, allein schon, damit er nicht festfror. Er half, drei Planen zwischen Bäumen zu spannen, sodass sich in der Mitte ein Kamin bildete. Darunter wurde die Kohlenpfanne aufgestellt und angeheizt. Zu essen gab es wie auch die Abende zuvor Sterz, das harte haltbare Brot aus Einkorn, und dazu Trockenfleisch, das man lange kauen musste, bis es weich genug war, es zu schlucken, aber es war nahrhaft und hielt sich bei Kälte ebenso gut wie bei Hitze.

Die Männer drängten sich um die Kohlenpfanne aneinander, wickelten sich in Felle und Decken und schwiegen. Zu erzählen gab es nicht viel, und es war auch niemandem danach, unnötig Atem zu verschwenden. Die Wachen wurden bestimmt, dann hieß es schlafen zu gehen.

Müde genug war Alkuin, und schon kurz darauf fielen ihm die Augen zu. Er schlief mit dem Gedanken ein, dass ihn seine Blase nicht allzu bald wecken möge, und erwachte mit dem Gedanken, bald seinem Schöpfer gegenüberzustehen. Denn er spürte eine Klinge an seinem Hals und hörte den harten Zungenschlag der Sachsen. Langsam öffnete er die Augen. Er saß noch immer im Kreis seiner Männer, und jedem von ihnen mochte derselbe Gedanke durch den Kopf gehen wie ihm: »Herr, vergib mir meine Sünden.« Denn alle anderen hatten ebenfalls eine Klinge am Hals. Alkuin zählte acht Mann. Als er nach links schielte, konnte er durch eine Lücke zwischen den Leibern frisches rotes Blut im Schnee entdecken und die reglosen Körper zweier seiner Leute. Alkuin wagte kaum, zu atmen, doch dann besann er sich eines Besseren. Sein Sächsisch war nicht besonders, aber für ein paar Sätze reichte es.

»Ich bin Alkuin, der Berater von König Karl, und will mit Widukind verhandeln. Ich habe ein Friedensangebot für ihn.«

Der Kreis öffnete sich. Ein grimmiger Krieger mit mächtigem Brustkorb und einigen Narben im Gesicht trat vor ihn hin. An seiner Klinge, die er in der linken Hand hielt, schimmerte Blut. Er machte ein Zeichen, Alkuin wurde emporgerissen.

»Ich bin Wolfher, der Albtraum jedes Franken. Ich verhandele nicht mit dem Schlächter Karl. Wer immer in seinem Namen spricht, muss sterben.«

Er hob sein Schwert. Alkuin schaute dem Mann in die Augen und bat Gott um Einlass ins Paradies. Die Klinge sauste nieder, stoppte nur einen Fingerbreit vor Alkuins Kehle, der nicht einmal mit der Wimper zuckte. Die Sachsen liebten es, Männer zu prüfen. Hätte er Angst gezeigt, wäre er verloren gewesen. Mit Feiglingen machten die Sachsen kurzen Prozess.

Wolfher nickte. »Du bist mutig, Alkuin. Du kommst mit uns.« Er vollführte eine Bewegung mit seiner Rechten. »Tötet die anderen.«

»Wenn Ihr das tut, müsst Ihr auch mich töten. Und dann wird Karl jeden Sachsen aufspüren und rädern lassen, seien es Frauen, Kinder, Alte oder Krieger.« Alkuin musste nicht übertreiben. Er wusste, dass Karl genau das tun und nicht eher ruhen würde, bis das Werk vollendet war, und wenn es nochmals dreißig Jahre dauern sollte. »Ihr habt die Wachen getötet, das mag angehen. Doch ich sage Euch erneut, dass ich als Unterhändler komme und ich und meine Männer deshalb unter Widukinds Schutz stehen, der Euer Anführer ist.«

»Du räudiger Franke. Grüß deinen schwächlichen Gott von mir, wenn du ihn siehst. Der jedenfalls hat dich nicht geschützt.«

Erneut hob er die Klinge, und diesmal sah Alkuin die Mordlust in seinen Augen.

»Genug, Wolfher!«, bellte eine raue Stimme.

Ein Mann trat in den Kreis, den Alkuin sofort erkannte. Vor ihm stand Widukind, der Anführer der Sachsen, mit rasiertem Kinn und glatten Haaren, die unter seinem schmucklosen Topfhelm hervorlugten. Über seinem Wams trug er ein Kettenhemd, unter dessen Ärmeln sich starke Muskeln abzeichneten. Der Führer der Sachsen schien gegen die Kälte gefeit, denn diese Kleidung taugte nicht für Frost. Er war etwas kleiner als Wolfher, aber Alkuin spürte sofort die Ehrfurcht gebietende Ausstrahlung dieses Mannes, der den mächtigsten König diesseits der Alpes herausgefordert hatte, indem er die Sachsen geeint hatte. Widukind schien die fünfzig bereits weit überschritten zu haben, vielleicht sogar die sechzig, so ging das Gerücht, doch das konnte täuschen, denn sein Leben, der ständige Krieg, die Verluste, die Niederlagen ließen einen Mann schneller altern. Widukind musste bewusst sein, dass er gegen Karl nicht gewinnen konnte. Er war müde, das konnte Alkuin in seinen Augen unschwer erkennen. Er sehnte sich nach Frieden und Ruhe. Ganz im Gegensatz zu Wolfher, der Alkuins Plänen im Weg stehen konnte.

»Ihr hättet Euch als solcher zu erkennen geben sollen. Doch Ihr seid hier herumgeschlichen wie Spione. Wir beobachten Euch schon einen ganzen Tag lang.«

»Besonders viel gibt es hier nicht zu sehen, würde ich sagen. Schnee und Bäume, so weit das Auge reicht. Warum habt *Ihr* Euch nicht zu erkennen gegeben? Ihr seid uns um ein Vielfaches überlegen, es wäre kein Risiko gewesen.«

Alkuin wusste, dass er ein gefährliches Spiel trieb, aber er durfte auf keinen Fall Widukind gegenüber Schwäche oder Angst zeigen. Der Sachse hatte guten Grund, misstrauisch zu sein, denn natürlich sandte Karl Spione aus, um die Stärke des Feindes auszukundschaften. Doch die wären nicht wie betrunkene Bären durch den verschneiten Wald getrampelt.

Wolfher trat einen Schritt vor. »Wir sollten diese Schergen Karls foltern, damit sie uns die Wahrheit sagen. Jeder Franke lügt, sobald er den Mund aufmacht.«

Alkuin blickte den grimmigen Krieger furchtlos an. »Ihr seid schlecht unterrichtet, Wolfher. Ich bin in Eoforwic geboren, einer bedeutenden Stadt im Norden der großen Insel, die allgemein Anglia genannt wird.«

Wolfher holte tief Luft, er schien wütend wie ein Stier, den man mit einer Lanze gestochen hatte. Doch Alkuin hob eine Hand und wandte sich an Widukind, denn der war es, der die Entscheidungen traf.

»Unter der Folter würde ich Euch genau das erzählen, was Ihr hören wollt. Wenn es das ist, was Ihr wünscht, könnt Ihr Euch die Mühe sparen und mich jetzt gleich töten. Wenn Ihr aber wissen wollt, wie das Friedensangebot aussieht, das ich Euch unterbreiten kann, dann solltet Ihr zuhören.« Alkuin blickte sich um. »Aber nicht hier. Es ist kalt, meine Blase drückt, und ich habe Hunger. Ich dachte, die Sachsen behandeln ihre Gäste gut und sie verstehen die Kunst des Bierbrauens und des Räucherns von Fleisch.«

Kaum sichtbar umspielte ein Lächeln Widukinds Lippen. Ein gutes Zeichen.

»Wir brechen auf ins Lager«, befahl er. »Verbindet ihnen die Augen. Nehmt die beiden Toten mit. Wir werden sehen, ob sie mit Alkuin zu Karl zurückkehren oder ob sie mit ihm unter einer sächsischen Eiche begraben werden.«

Wolfher ballte die Fäuste, aber er gehorchte.

Alkuin dankte stumm seinem Schöpfer. Der erste Schritt war geschafft. Doch es lag noch ein steiniger Weg vor ihm. Würde es ihm gelingen, Widukind zu überzeugen, alles zu verraten, wofür er jahrzehntelang gekämpft hatte?

7

Anfang Dezember 785, Oldonastath

Alkuin war bereits mehr als zehn Tage unterwegs. Eigentlich hätte ein Bote zurückkehren sollen, sobald er auf Widukind getroffen war. Autkar war sich sicher, dass die Späher des Sachsenführers Alkuin und seine Männer schon am ersten Tag bemerkt hatten. Warum also hatten sie noch keine Nachricht erhalten? Hatte Widukind ihnen die Kehle durchgeschnitten und sie im Schnee liegen lassen? Nein, so dumm war er nicht. Alkuin hätte sich auf jeden Fall zu erkennen gegeben, und Widukind wäre klar gewesen, dass er einen fetten Fang gemacht hatte. Karl wäre sicher bereit, ein gutes Lösegeld für seinen wichtigsten Berater zu zahlen. Wenn Alkuin Widukind getroffen hatte, dann war er gewiss am Leben. Nur wenn eine versprengte Horde Sachsen ihnen in die Quere gekommen war, dann konnte es sein, dass der Gesandte bereits vor seinen Schöpfer getreten war.

Die Späher hatten einige Verbände der Sachsen ausgemacht, es waren an die vierhundert Krieger, nichts, was Karl Sorge bereiten musste. Um das Winterlager zu stürmen, brauchte Widukind nicht nur ein paar tausend Mann, sondern vor allem Kriegsgerät. Leitern, Ballisten und schwere Schilde. Nein, Widukind würde das Lager nicht angreifen. Er würde warten, bis sich das fränkische Heer bewegte.

Der Anführer der Sachsen war ein geschickter Feldherr. In den Reihen der Franken hätte er viel Ruhm ernten und es bis zum Marschall bringen können. Doch wie immer Alkuins Mission enden sollte, Widukind würde der Vergessenheit anheimfallen.

Autkar verließ sein Zelt, grüßte die Wachen mit Namen, so wie er das bei all seinen Hauptleuten tat. Es war an der Zeit, etwas zu unternehmen. Die Sonne versteckte sich hinter grauen, schweren Wolken. Es würde wieder schneien, der Winter schickte sich an, einer der schneereichsten der vergangenen Jahre zu werden und einer der kältesten. Ihm machte das nicht viel aus, solange er sich bewegen konnte und genug zu essen hatte. Von Vorteil war die Kälte für das Holz, mit dem die Öfen betrieben wurden. Es war knochentrocken, brannte lang und heiß. Der Frost hatte auch dafür gesorgt, dass die Stechmücken verschwunden waren und die Wege wieder passierbar, zumindest für kleine Einheiten.

Überall im Lager stieg Rauch auf von Lagerfeuern, von den Essen der Schmiede und den Backöfen. Karl hatte in weiser Voraussicht genügend Vorräte mitnehmen lassen, zusätzlich zu dem, was jeder Gefolgsmann für sich und seine Männer beizusteuern hatte. Damit würde er das Heer bis in den Frühling versorgen können. Das machte den Tross zwar schwerfälliger, aber ein Heer ohne Verpflegung war schnell am Ende seiner Kräfte und dann eine leichte Beute für den Feind und für Krankheiten.

Das Zelt des Königs war wie immer in der Mitte des Lagers aufgeschlagen worden. Es war leicht zu erkennen, denn es war schwer bewacht, und die Banner des Königs, auf denen sein Monogramm zu sehen war sowie die Sterne des Himmels, die Sonne und das Kreuz, wehten im Wind.

Die Wachen traten zur Seite. Autkar war es jederzeit erlaubt, Karls Zelt zu betreten, es sei denn, dieser hatte ausdrücklich angeordnet, dass er nicht gestört werden wollte. Tief gebeugt saß der König über einem Berg von Schriftstücken, seine beiden Schreiber standen rechts und links von ihm, reichten ihm Tinte und Feder, Siegel und Wachs. Er nahm die Feder, tauchte sie in das Fass, beglaubigte mit einem kleinen Haken, den er in das vorgefertigte Monogramm setzte, die Urkunde. Nach vielen Versuchen hatte Karl es aufgegeben, das Schreiben zu erlernen. Er war einfach zu alt dafür, behauptete er. Umso mehr trieb er die Ausbildung der Mönche in den Klöstern und der Hofbeamten voran.

Weil Karl es verordnet hatte, konnte Autkar lesen und schreiben, sein Vater hätte es ihm nicht beibringen lassen. Bereits mit sieben Jahren hatte er die ersten Briefe selbst verfassen können, noch etwas ungelenk, doch je besser er es lernte, desto begieriger hatte er die Lektionen aufgenommen und hatte fleißig geübt. Jeden Tag, ebenso lange wie mit Schwert, Bogen, Lanze und Pferd. Jetzt war er fünfundzwanzig und beherrschte drei Sprachen, die Kriegskunst und die Rhetorik. Dank Karl.

Der schaute kurz auf. »Autkar, mein Freund. Nehmt Platz. Heißer Wein?«

»Den kann ich gut gebrauchen. Danke, mein König.« Ein Diener schenkte Autkar ein und reichte ihm den Silberbecher. Er nahm einen kräftigen Schluck und seufzte genüsslich. »Ein guter Tropfen, genau richtig gewürzt.«

Die Feder kratzte über das Pergament. Ohne aufzublicken, fragte Karl: »Was führt Euch zu mir?«

So war er, der König der Franken. Unermüdlich ließ er sich alle Dokumente und Briefe, die er täglich zu Dutzenden erhielt, vorlesen, manchmal drei- oder viermal, damit er nur ja nichts übersah und alles richtig verstand. Das eine oder andere ließ er durch Schreiber oder Amtsleute erledigen, doch das meiste musste er mit eigenen Ohren gehört haben, damit er die richtigen Entscheidungen treffen konnte. Dann diktierte er die Antworten, prüfte sie mehrfach, besprach sie mit seinen Beratern, bevor er sie unterschrieb, siegelte und versendete.

»Alkuin. Er ist noch immer nicht zurückgekehrt.«

Karl legte die Feder nieder, hob den Blick. »Ich hätte ihn nicht gehen lassen sollen. Widukind wird sich niemals beugen. Ich muss ihm den Kopf abschlagen, nichts anderes wird helfen.«

»Ich bitte Euch, mich nach Alkuin suchen zu lassen.«

Karl stieß einen kurzen harten Laut aus, der wie der Schrei einer Eule klang. »Damit ich noch einen meiner besten Männer verliere? Niemals, Autkar von Grimoald. Wenn die Zeit gekommen ist, so sollt Ihr das Heer anführen, das den Sachsen den Todesstoß versetzt. Aber ich werde Euch nicht sehenden Auges in den Tod schicken, so wie ich es mit Alkuin getan habe.«

Er schlug mit der flachen Hand auf den Tisch, sein Becher machte einen Satz, ein Diener fing ihn auf, bevor sich sein Inhalt über die Dokumente ergoss. Karl nickte dem Diener zu. »Ich danke dir, dass du uns viel Arbeit erspart hast mit deiner schnellen Hand.«

Der Diener verbeugte sich tief und zog sich zurück. Er würde den Rest seines Lebens daran denken, an den Tag, an dem der König ihn gelobt hatte.

»Ich habe für Euch etwas anderes vorgesehen, Autkar.« Karl wedelte mit der Hand. »Lasst uns alleine.«

Sofort eilten Diener, Schreiber und auch die Wachen aus

dem Zelt. Karl beugte sich vor, flüsterte: »Im Frühjahr, sobald es das Wetter zulässt, reist Ihr zur Erphesburg, zu unserem geschätzten Hardrad. In meinem Namen werdet Ihr ihn zum Herzog der Thüringer ernennen. Alle Fürsten sollen ihm gehorchen, damit die Sorben und Slawen auf immer vertrieben werden können. Denn das soll seine Aufgabe sein: die Ostgrenze endgültig zu säubern und die Slawen dreißig Meilen weit nach Osten zurückzudrängen. Mit ein wenig Glück wird es ihm gelingen, den Slawen noch mehr Land abzuringen. Jeder Zoll soll ihm gehören. Er wird sich sicherlich geehrt fühlen, denn er ist ein treuer und vor allem gefügiger Gefolgsmann. Seit er bei den Thüringern etwas zu sagen hat, ist der Tribut immer auf den Tag genau eingetroffen.«

»Hardrad«, überlegte Autkar laut. »Hat er nicht schon des Öfteren versucht, bei Euch vorzusprechen?«

»So ist es. Aber es ging um nichts Wichtiges, deshalb habe ich ihn abweisen lassen. Meine Zeit ist kostbar, ich kann mir nicht das Gejammer jedes Stammesfürsten anhören.«

»Eines bedeutenden, treuen und fügsamen, wie Ihr gerade betont habt.«

Karl seufzte. »Ja, ja, deswegen will ich ihn ja erheben. Aber er verlangt ständig, dass ich die Stammesrechte nicht beschneide. Doch darüber verhandele ich nicht. Im Reich der Franken gilt das Gesetz der Franken.«

»Verlangt?«, fragte Autkar skeptisch.

»Nun ja, er bittet untertänigst, mit fein gewebten Worten. Ich gebe zu, meine Schreiber weisen mich stets darauf hin, dass Hardrad überaus sprachkundig ist und er an der Hofschule durchaus manchem Lehrer noch das eine oder andere beibringen könnte.«

»Das ist ungewöhnlich für einen Fürsten aus dem Osten. Nur wenige von denen, die ich kenne, können lesen und schreiben.«

»Das wird sich ändern. Ich werde auch bei den Thüringern meine Grafen einsetzen, die an der Hofschule ausgebildet wurden. Alle anderen werden ihnen zu gehorchen haben.«

Autkar wusste, dass das vielen Fürsten missfallen würde, doch es gab keine andere Möglichkeit. Um das Reich zu verwalten, mussten auch im letzten Winkel Karls Gesetze gelten. Davon waren sie noch weit entfernt. Der König musste ständig umherreisen, um sich im persönlichen Kontakt seine Macht zu erhalten und seine Stellvertreter auf den richtigen Weg zu bringen, die allzu gern ihre eigenen Interessen über die des Reiches stellten.

»Das ist sinnvoll, denn Thüringen muss fest an uns gebunden werden, so fest es irgend geht.«

Karl legte Autkar freundschaftlich eine Hand auf den Unterarm. »Eine Sache noch, mein Freund.«

Es erfüllte Autkar mit Stolz, dass er ihn als Freund ansprach. Gleichzeitig fürchtete er, dass der König das eine Thema ansprechen würde, das ihn so sehr plagte. Noch immer.

Karl schaute ihm in die Augen. »Es ist an der Zeit, dass du wieder ein Weib in dein Leben treten lässt.«

Autkar seufzte. Genau das war der wunde Punkt. Erinnerungen brachen über ihn herein. Er war schon einmal verheiratet gewesen. Mit Emhild, der wundervollsten Frau der Welt. Sie hatten sich innig geliebt, doch ähnlich wie Königin Fastrada war sie kränklich gewesen. Das Fieber hatte sie hinweggerafft und mit ihr das ungeborene Kind. Er war Karl dankbar, dass er so lange gewartet hatte, bevor er ihn wahrhaft freundschaftlich und sanft darauf hinwies, dass er sich wieder verheiraten musste. Es wäre ein Zeichen von Undankbarkeit, seinem Wunsch nicht zu entsprechen.

»Habt Ihr bereits eine gute Partie für mich im Blick, mein König?«

»Noch nicht, ich wollte mich erst vergewissern, dass Ihr bereit seid.«

Autkar senkte den Kopf. »Ich bin Euch zutiefst dankbar, dass Ihr mir so viel Zeit gelassen habt, mein König, und ich werde mit Freuden jede zur Frau nehmen, die Ihr mir zugedenkt.«

»Ich werde Euch nicht enttäuschen.«

Autkar erhob sich. »Wenn ich nicht selbst nach Alkuin suchen darf, soll ich nicht dennoch eine Abteilung aussenden?«

Karl seufzte. »Ich schätze Eure Sorge um Alkuin, und ich würde am liebsten sofort alle Krieger, die ich habe, losschicken, die Sachsen endgültig zu unterwerfen. Aber genau davon hat mir Alkuin abgeraten. Wenn ich jetzt fränkische Krieger entsende, könnte Widukind das als feindlichen Akt verstehen und Alkuin hinrichten lassen. Wir müssen Geduld haben. Sollten wir in einem Monat nichts von ihm gehört haben, dann werde ich höchstpersönlich mit Euch an meiner Seite losziehen und das Land durchkämmen, bis wir ihn gefunden haben.«

Daran hatte Autkar gar nicht gedacht. Dass Alkuin in größerer Gefahr war, wenn er nach ihm suchte. Er verbeugte sich tief. »Eure Weisheit, mein König, ist grenzenlos.«

Er richtete sich auf, und Karl schmunzelte. »Ich danke Euch für Eure schönen Worte.« Dann senkte er die Stimme. »Glaubt mir, in Eurem Alter war ich ebenso ungestüm und habe mir so manch blutige Nase geholt. Aber das muss ja niemand wissen.« Er lachte herzhaft. »Und nun frisch ans Tagewerk. Ich werde Euch bald wissen lassen, wen Ihr zur Frau nehmen werdet. Sie wird schön sein, gebildet, folgsam«, er schloss kurz die Augen, »und gesund.«

8

Mitte Dezember 785, Erphesburg

Gunhild machte sich ernsthafte Sorgen. Ihre Eltern wollten bereits seit zwei Wochen zurück sein. Wäre der Überfall der Slawen nicht gewesen, hätte sich Gunhild keine Gedanken gemacht. Nur einige Boten waren gekommen und gegangen, hatten berichtet, dass die Slawen weiterhin ihr Unwesen trieben, ja sogar versucht hatten, die Rahaburg einzunehmen, doch Graf Sintwichs Kastellan hatte sie zurückgeschlagen.

Doch keine Nachricht von ihren Eltern. So hielt sie jeden Tag Ausschau nach Reitern, die die Zeichen der Hardrader trugen: die drei gewellten Linien, die die Furt durch den Erphes symbolisierten, den Adler, der die Stärke der Hardrader zeigte, und die Ähre, die auf die fruchtbaren Äcker verwies. Außerdem hatte sie die Wachen verstärkt und für alle angeordnet, dass sie jederzeit kampfbereit sein sollten, und die täglichen Wehrübungen ausgeweitet.

Zu ihrem Bedauern hatte Warmunts Läuterung nur einige Tage angehalten. Dann hatte er wieder angefangen, an ihr herumzumäkeln, ja er hatte ihr sogar vorgeworfen, die Burg gefährdet zu haben, weil sie ihn und Giselher gerettet hatte. Womit er nicht ganz unrecht hatte, aber trotzdem. Sie war so wütend geworden, dass sie ihn zum

Ausmisten verdonnert hatte, und Giselher hatte sie verboten, ihm zu helfen. Es gab nur einen, der über sie urteilen durfte, und das war Vater, der hoffentlich bald wiederkommen würde mit Mutter und allen, die sie begleitet hatten. Morgens und abends ließ sie den Priester eine Messe lesen und Gott um Beistand bitten. Wieder ging ein Tag zu Ende, und wieder wurde Gunhilds Wunsch nicht erfüllt. Sie fragte sich, ob Gott ihr Vertrauen und ihre Langmut auf die Probe stellte. Wenn ja, musste sie ihn mit ihrer Geduld enttäuschen, und das wiederum würde die Heimkehr ihrer Eltern hinauszögern. Sie nahm sich vor, mehr Gelassenheit an den Tag zu legen und darauf zu bauen, dass das Schicksal ihrer Eltern in den Händen Gottes gut aufgehoben war.

Die Mägde bereiteten das Abendmahl, die Tafel wurde errichtet, alle nahmen Platz, Gunhild sprach das Tischgebet. »Herr im Himmel, schütze alle deine treuen Diener, und segne, was du uns bescheret hast. Ich danke dir für die Genesung von Graf Sintwich und seinen Männern. Amen.« Sogar der Krieger mit dem Pfeil im Rücken hatte sich vollständig erholt. Seinen Rücken zierte nun eine Narbe, mit der er vor den Frauen angeben konnte.

»Amen«, wiederholten alle und schlugen das Kreuz.

»Gräfin Gunhild, erlaubt mir ein Wort«, sagte Graf Sintwich und blickte sie ernst an.

»Immer zu, in den letzten Tagen wart Ihr nicht gerade maulfaul, wie ich gehört habe. Also scheint Ihr etwas auf dem Herzen zu haben.«

Die Knechte, Diener und Soldaten hatten berichtet, dass Graf Sintwich, sobald er sich wieder vom Lager erhoben hatte, unentwegt Fragen gestellt hatte, über ihren Vater, über Gunhild, über alles, was mit der Erphesburg zu tun hatte. Doch ihre Leute hatten ihn stets freundlich, aber bestimmt darauf hingewiesen, dass sie ihm nichts erzählen würden, was er nicht selbst sehen konnte, und wenn er etwas anderes wissen wolle, dann solle er doch Gräfin Gunhild, die augenblickliche Burgherrin, fragen. Doch das hatte er nicht. Die Regeln der Gastfreundschaft hatten ihr verboten, den Grafen darauf anzusprechen, aber es hatte sie misstrauisch gemacht.

Graf Sintwich spielte mit seinem Löffel herum. »Es ist kein Geheimnis, dass Euer Vater und ich uns nicht gerade wohlgesonnen sind. Deshalb dachtet Ihr ja auch, dass ich es sei, der Eure Burg angreift.«

Er schwieg einen Moment, schien auf eine Bemerkung von ihr zu warten. Sie hatte jedoch nichts zu sagen.

»Ich habe Euch bereits meinen Dank ausgesprochen, aber ich möchte noch weiter gehen. Bedauerlicherweise ist Euer Vater noch nicht zurückgekehrt, und ich werde morgen den Heimweg antreten müssen. Daher möchte ich Euch einen Pakt anbieten. Unsere Grafschaften vereint sind stärker als alle anderen zusammen. Was sagt Ihr dazu? Schlagt Ihr ein?«

Gunhild spießte mit ihrem Messer ein Stück Fleisch auf, fischte es mit den Lippen von der Spitze und kaute ausgiebig. Seit dem Morgen hatte der Eintopf geköchelt, jetzt endlich war das Fleisch zart genug, um es zu verspeisen, ohne sich die Zähne auszubeißen. Damit gewann sie Zeit, nachzudenken.

Das Angebot war verlockend, vor allem die Aussicht, ihren Vater mit der Versöhnung zwischen den Hardradern und den Sintwichern zu begrüßen. Aber irgendetwas stimmte nicht. Warum kam er jetzt damit? Einen Tag, bevor er aufbrechen wollte? Vor allen Leuten? Beim Abendmahl?

Anstatt sie unter vier Augen zu sprechen, ihr Bedenkzeit zu geben? Sie legte ihr Messer neben ihr Brett. Außer ihr hatte noch niemand die Speisen angerührt. Alle starrten sie gebannt an, außer Graf Sintwich. Sein Blick wandelte sich. Er lächelte sie herzerwärmend, ja fast verliebt an.

Mit einem Mal fiel es Gunhild wie Schuppen von den Augen. Sintwich wollte ihre Zusage, um eine Heirat in die Wege zu leiten. Denn damit wäre der Pakt unumstößlich besiegelt. Er wollte Zeugen, die beschwören würden, dass Gunhild, als rechtmäßige Vertreterin ihres Vaters, dem Pakt und damit indirekt einer Heirat zugestimmt hatte.

»Euer Angebot ist wahrhaftig ein ganz besonderes Geschenk, und es zeigt, dass Ihr in die Zukunft blickt. Genau das tue ich auch. Eine solch wunderbare, allerdings auch weitreichende Entscheidung kann ich nicht allein fällen. Ich gehe davon aus, dass Ihr, sobald mein Vater zurückgekehrt ist, mit ihm alle Einzelheiten klären werdet.«

Nur mit Mühe beherrschte Graf Sintwich seine Gesichtszüge, sein Lächeln wirkte nun etwas verkrampft. Sie hatte richtiggelegen. Es war eine Falle gewesen, ausgekleidet mit Honig.

Er räusperte sich. »Nun ja, selbstverständlich. Ihr sendet mir sicherlich einen Boten, sobald Euer Vater zurück ist?«

In seinen Augen flackerte für einen Moment ein gefährliches Feuer. Gunhild kam ein schrecklicher Verdacht. Doch noch weigerte sie sich, ihm nachzugehen.

»Das werde ich, Graf Sintwich, und ich bin fest davon überzeugt, mein Vater wird hocherfreut sein, dass endlich der Streit zwischen uns beigelegt ist.«

Der Graf hatte sich wieder gefasst. Er hob seinen Becher, ebenso seine Leute, die dank Folclinds Heilkunst wieder bei bester Gesundheit waren. »Lasst uns trinken auf ein

Bündnis, das für ganz Thüringen Stärke und Freiheit bedeutet.«

Gunhild hob ebenfalls ihren Becher, dann erst folgten ihre Männer. »Auf ein Bündnis, das von Ehre, Respekt und Aufrichtigkeit getragen wird.«

Graf Sintwich zögerte einen Wimpernschlag, dann stieß er mit Gunhild an. Die Becher schlugen aneinander und gaben einen dumpfen metallenen Klang von sich, so als prallten zwei Schilde aufeinander. »Darauf trinke ich!«

Gunhild ließ den Grafen nicht aus den Augen, während er seinen Becher leerte. Sie spürte seinen unterdrückten Zorn darüber, dass sein Plan so kläglich gescheitert war. Vater würde ihm eine Absage erteilen, denn er hatte andere Pläne mit ihr. Graf Sintwich stellte den Becher hart auf der Tafel ab, lachte, klatschte in die Hände. »Hat denn niemand Hunger? Die Burgherrin hat bereits gekostet, also dürfen wir ebenfalls zugreifen.« Er nahm sich ein Stück Fleisch und biss hinein.

Gunhild konnte sich des Gefühls nicht erwehren, dass sie einen Wolf am Tisch sitzen hatte. Sie tauschte einen Blick mit Dado und wusste, dass er und die Wachen erst wieder ein Auge zutun würden, wenn der Graf mit seinen Männern die Burg verlassen hatte.

9

Widukinds Strategie war so wirkungslos wie leicht durchschaubar. Er ließ Alkuin warten, schmorte ihn im eigenen Saft, hoffte, dass er dadurch eine bessere Verhandlungsposition erlangen könnte. Doch da irrte er sich gewaltig. Das Gegenteil war der Fall. In Alkuin stieg Ärger hoch. Als er aufgebrochen war, hatte er sein Leben in Gottes Hand gelegt. Entweder sein Plan gelang, oder er würde sterben und Gott würde es gefallen, den Zorn Karls über die Sachsen heraufzubeschwören. Alkuin ritzte eine Kerbe in die Zeltstange. Die elfte. Eine für jeden Tag. Es reichte! Es war an der Zeit, Widukind zu zeigen, wer am längeren Hebel saß.

»Wachen«, rief er mit harter Stimme. »Bringt mich zu Widukind. Jetzt. Oder er wird es bereuen.«

Alkuin wusste, dass die Männer ihn nicht verstanden, deshalb würden sie den Dolmetscher holen, einen Sachsen namens Hatathuna, der in einem Kloster aufgewachsen war, Latein gelernt hatte und dann zu seinem Stamm zurückgekehrt war. Ihm fehlte ein Arm, den hatte er an einen Bären verloren. Ein Wunder, dass er die Verletzung überlebt hatte.

Der Sprachkundige ließ nicht lange auf sich warten, verbeugte sich. Er wusste, wer Alkuin war, und zollte ihm den nötigen Respekt. Alkuin wiederholte seine Forderung. Hatathuna zuckte zusammen.

»Verehrter Alkuin, ich bitte Euch, Widukind gelingt es nur mit Mühe, Wolfher davon abzuhalten, Euch und Eure Männer häuten zu lassen. Ihr müsst Geduld haben.«

Hatathuna mochte ein guter Dolmetscher sein, als Lügner taugte er nicht viel.

»Meine Geduld ist schon lange am Ende. Nur meine Höflichkeit und mein Respekt vor Widukind haben mich bisher abgehalten, deutlich zu werden.« Er zeigte auf Hatathuna. »Du redest Unsinn, aber das will ich dir nachsehen. Du gehst jetzt zu Widukind und sagst ihm Folgendes: Entweder er lehnt mein Angebot ab und tötet mich und meine Männer auf der Stelle, oder er nimmt das Angebot an und begleitet mich in Karls Lager. Erinnere ihn daran, dass König Karl noch nie ein Versprechen gebrochen hat. Er wird auch sein Versprechen halten, jeden Sachsen zu töten, falls mir etwas zustößt, ebenso wie das Versprechen, Widukind und alle, die sich taufen lassen und dem König Treue geloben, nicht nur zu verschonen, sondern reich zu belohnen. Heute ist der letzte Tag, an dem dieses Angebot gilt. In drei Tagen wird er sein Heer in Bewegung setzen, sofern er keine Nachricht von mir erhält. König Karl wird, Winter hin oder her, das Land der Sachsen verwüsten und entvölkern. Ich und meine Männer fürchten den Tod nicht, das haben wir bereits bewiesen. Sollte Widukind uns jedoch Schmerzen zufügen, so wird Karl euer Volk diese Schmerzen tausendfach erleiden lassen.« Alkuin hatte bewusst die Bedrohung durch Karl mehrfach mit anderen Worten wiederholt, aber immer so, dass sich die Gefahr noch schlimmer anhörte. »Geh jetzt!«

Hatathuna war blass geworden. Er verbeugte sich und verließ das Zelt. Alkuin wandte sich an seine Männer. »Lasst uns Gott um Vergebung für unsere Sünden bitten. So sind wir vorbereitet, sollte Widukind die falsche Entscheidung treffen.«

Die Männer knieten nieder, falteten die Hände, senkten die Köpfe.

»Vater im Himmel! Dein Name werde geheiligt. Dein Reich komme. Dein Wille geschehe, wie im Himmel so auf Erden.«

Alkuin spürte, wie die Zeltplane zur Seite geschlagen wurde. War jetzt seine letzte Stunde gekommen? Hatte er keine Angst? Sein Herz schlug ruhig und kräftig, sein Atem ging gleichmäßig, er begann nicht zu schwitzen, und auch sein Magen verkrampfte sich nicht. Sein Vertrauen in den Herrn war unerschütterlich. Allein für dieses Gefühl des Einsseins mit der Schöpfung und dem Schöpfer hatte sich seine Reise gelohnt. Er hatte ein erfülltes Leben geführt, es gab nichts, das er zu bereuen hatte.

»Unser tägliches Brot gib uns heute. Und vergib uns unsere Schuld, wie auch wir vergeben unseren Schuldigern. Und führe uns nicht in Versuchung, sondern erlöse uns von dem Bösen.«

Alkuin erwartete in jedem Moment den Todesstoß, doch er blieb aus. »Denn dein ist das Reich und die Kraft und die Herrlichkeit in Ewigkeit.«

»Amen«, sagte eine Stimme, die Alkuin inzwischen gut kannte.

Es war Widukind.

Alkuin öffnete die Augen und wandte sich um. Der Heerführer der Sachsen stand vor ihm, mit ernstem Blick. »Wolfher und sechs Fürsten sind voller Hass und wüsten

Drohungen aufgebrochen. Ich habe zweiundzwanzig Edle hinter mich scharen können. Das hat eine Weile gedauert. Wenn Euer Angebot auch für sie gilt, so bin ich einverstanden.«

Alkuin nickte langsam. »Jeder, der sich an die Vereinbarung hält, steht unter Karls Schutz und wird es nicht bereuen. Als Beweis werden Graf Telo und Graf Rutberet«, er zeigte auf zwei seiner Begleiter, »als Gäste in Eurem Lager bleiben, bis der Handel besiegelt und erfüllt ist. Beide sind von hohem Rang und großer Bedeutung im Frankenreich.«

»Ich kenne die beiden, und es ist so, wie Ihr sagt. Es sind kostbare Gäste, die wir wie Freunde behandeln werden.« Widukind überreichte Alkuin eine Liste mit den Namen der sächsischen Edlen, die sich ihm anschlossen. Es waren wichtige und große Namen darunter. Wolfher würde keinen großen Schaden mehr anrichten können, denn er würde von seinen eigenen Leuten verfolgt werden, so er Unruhe zu stiften versuchte.

Alkuin war erleichtert und sandte ein stummes Dankesgebet zu Gott. Widukinds weise Entscheidung würde viel Leid und Elend verhindern, und dass er selbst noch eine Weile weiterleben durfte, dagegen hatte er ebenfalls nichts einzuwenden. Er spürte große Genugtuung, aber keinen Triumph. Gott hatte ihn geleitet, er hatte nur dessen Willen ausgeführt.

Widukind rief etwas auf Sächsisch. Krieger kamen herein, überreichten Alkuin und seinen Männern ihre Waffen, die sie überrascht entgegennahmen.

Widukind zeigte auf sie. »Wir sind jetzt Verbündete, Waffenbrüder, und brauchen jeden, der kämpfen kann. Wolfher könnte auf die Idee kommen, uns zu überfallen, denn wir haben nicht sehr viele Männer hier. Wir brechen unverzüglich auf.«

Ohne ein weiteres Wort wandte er sich um, ein Zeichen seines Vertrauens, denn Alkuin hätte ihn ohne Mühe töten können. Der Moment verging. Schnell waren alle Dinge gepackt, die nötig waren. Pferde wurden herbeigeführt, und wenig später saßen sie alle im Sattel und folgten Widukind, der vorausritt. Der Weg, den sie nahmen, war bereits von vielen Menschen und Pferden festgetreten worden, und da es in den vergangenen Tagen nicht geschneit hatte, kamen sie gut voran.

Doch Alkuin blickte sich stets misstrauisch um. Er hatte die Mordlust in Wolfhers Augen nicht vergessen.

10

Mitte Dezember 785, Luitdraha, Adlerburg

Noch vor Mittag hatten Radulfs Knechte das Eis der Saale und des Burggrabens gebrochen. Wenn es stimmte, was die Boten berichteten, so war eine Horde Slawen in den Thüringer Landen auf Beute aus. Sie mussten verzweifelt sein, wenn sie im Winter loszogen. Oder besonders klug, denn dieser Winter war streng, die Flüsse waren zugefroren und ebenso die Wassergräben, die als Schutz der Burgen dienen sollten. Wer sie nicht offen hielt, der konnte schnell ungebetenen Besuch bekommen.

Doch die Boten hatten ihm auch andere Kunde gebracht, die ihn zuerst nachdenklich und dann frohgemut gestimmt hatte. Um seine Pläne zu verwirklichen, brauchte er Unterstützung, und die schien ihm nun wie ein reifer Apfel in den Schoß zu fallen. Die Verhandlungen musste er allein führen, selbst sein Sohn durfte nichts erfahren, denn wenn ruchbar wurde, dass er sich mit dem Feind aufs Lager gelegt hatte, dann würde er unter dem Richtschwert landen, im besten Falle. Im schlechtesten würde man ihm die Haut vom Leibe ziehen oder ihn rädern. Also musste er sehr vorsichtig sein.

Der Bote, der seinen zukünftigen Verbündeten nach Luitdraha bringen würde, wusste nicht, um wen es sich handelte, sein Glück, sonst hätte Radulf ihn töten müssen. Angeblich brachte er einen Händler zur Burg.

Radulf spähte in die Ferne und entdeckte zwei schwarze Punkte auf der verschneiten baumlosen Ebene. Das mussten sie sein. Sie kamen schnell näher, und schon bald erkannte Radulf seinen Boten und den Mann, mit dem er das Reich der Franken aus den Angeln heben würde.

Er gab den Befehl, das Tor zu öffnen und die beiden einzulassen. Der Bote verbeugte sich und zog sich zurück. Radulf begrüßte seinen Gast wie vereinbart mit einem falschen Namen.

»Ata, mein Freund, wie ich sehe, habt Ihr den Weg gut überstanden.«

Das letzte Mal, als er Ata gegenübergestanden hatte, war es um Leben und Tod gegangen. Hardrad und er waren mit einem schnell zusammengewürfelten Aufgebot fränkischer Truppen zu Hilfe geeilt. Widukind hatte sie bei Nordhusa in eine Falle gelockt. Es hatte nicht viel gefehlt, und sie alle wären abgeschlachtet worden, hätte Hardrad nicht mit einem angetäuschten Rückzug die Sachsen auf ein freies Feld gelockt, sodass die Panzerreiter ihre volle Wirkung entfalten konnten. Ata hatte ihm das Schwert aus der Hand geschlagen, war jedoch angesichts der heranpreschenden fränkischen Reiter geflohen. Der Mann verfügte über ungeheure Kräfte. Und er war nicht dumm. Eine hervorragende Mischung.

»Ich grüße Euch ebenfalls. Mögen die Götter Euch beschützen.«

Radulf hob einen Finger an die Lippen, versicherte sich, dass niemand sie hören konnte. »Ihr solltet aufpassen, was Ihr von Euch gebt, Ata, noch gelten die fränkischen Gesetze, und die besagen, dass der Glaube an die alten Götter mit dem Tod bestraft wird. Also, nehmt Euch zusammen.«

Ata sah ihn verächtlich an. »Ihr seid der Vater der Königin und dennoch voller Angst. Wie wollt Ihr Karl das Reich der Franken entreißen, wenn Euch schon der Mut fehlt, den Gesetzen des Königs zu trotzen?«

Radulf fragte sich, ob es nicht doch ein Fehler gewesen war, sich diesen hochfahrenden Hitzkopf auszusuchen. »Ihr solltet unterscheiden lernen zwischen Mut und Draufgängertum, zwischen Angst und Vorsicht, zwischen Klugheit und falschem Stolz. Ich frage Euch jetzt: Wollt Ihr der Herzog der Sachsen werden oder nicht? Wenn ja, dann haltet Euch an meinen Plan. Wenn nicht, verlasst meine Burg. Ich werde Euch freies Geleit geben bis an die Grenzen meiner Ländereien. Habt Ihr mein Gebiet hinter Euch gelassen, werdet Ihr wieder mein Feind sein.«

Ata nickte. »Ihr seid der Richtige. Verzeiht, dass ich Euch prüfen musste, aber es steht zu viel auf dem Spiel. Ich habe keine Lust, mich mit einem schwachen Führer einzulassen, so wie ich es mit Widukind getan habe, diesem Feigling.«

Wenn Radulf etwas hasste, dann, dass ihn jemand wie einen Knaben behandelte. »Hört mir gut zu, Ata. Solltet Ihr noch einmal ein Spiel mit mir treiben, dann werde ich Euch eigenhändig den Spieß in Euer Hinterteil schieben und Euch auf kleiner Flamme rösten.«

Ata lächelte, als hätte Radulf ihm ein Kompliment gemacht. »Ich schwöre, dass ich ab jetzt Euer treuer Gefolgsmann bin.«

»Ich schenke Eurem Eid Glauben.« Radulf zögerte einen Moment. War Wolfher wirklich der Richtige? Er hasste Widukind, er hasste Karl. Er war skrupellos und brutal, kannte keine Gnade. Er war der Richtige! Und sollte Wolf-her ihn hintergehen, so war er schneller tot, als er das Wort Verrat aussprechen konnte. Radulf nahm die Hand, die Ata ihm hinhielt, drückte sie fest. »Folgt mir in die Kapelle. Dort sind wir ungestört. Wir haben viel zu besprechen und noch mehr zu tun. Als Erstes müssen wir uns um Hardrad kümmern. Ihn ausschalten.«

Sie stiegen den Burgberg hinauf, die Wachen grüßten Radulf und seinen Gast ehrerbietig. Als sie die Kapelle be-traten, gefror ihr Atem auch hier in der kalten Luft.

Radulf verriegelte die Tür, Ata griff den Faden wieder auf.

»Hardrad töten? Verdient hätte dieser Speichellecker es zweifellos. Doch warum so viel Mühe aufwenden? Ich denke, wir sollten ihn für unsere Pläne einspannen. Bevor ich Widukind und die anderen Verräter verlassen habe, kam mir zu Ohren, dass Karl die Rechte der thüringischen Fürs-ten ebenso beschneiden will, wie er es mit den sächsischen getan hat. Ihr müsstet darüber doch Bescheid wissen.«

»Ich verstehe, worauf Ihr hinauswollt. Warum selber ei-nen Aufstand anzetteln, wenn es jemand anderer für einen tut und dafür die Folgen tragen muss.«

»Wir werden die Früchte auflesen und im richtigen Au-genblick Hardrad der Verschwörung beschuldigen.«

»Und des Königsmordes.«

»Den er nicht begangen haben wird«, sagte Ata genüss-lich.

»Dann sollte ich dafür sorgen, dass meine Tochter das Feld bereitet.« Und wenn ich König bin, dachte Radulf, wirst du mit all deinen verräterischen sächsischen Hunden einen schnellen Tod finden. Denn niemand anderer als ich wird über dein Volk herrschen.

II

Ende Dezember 785, Erphesburg

Gunhild schreckte aus dem Schlaf hoch. Hörner hatten sie geweckt. Sie hob den Kopf. Dado stand vor ihr und lächelte. Sie war an der Tafel eingeschlafen, seit dem Mittag hatte sie mit dem Kopf auf dem Brett gelegen. Ihr rechter Arm schmerzte, dann kribbelte er, als hätte sich ein Ameisenvolk darin eingenistet. Erneut erklangen die Hörner. Freude durchströmte Gunhild. Diesmal waren es die ihres Vaters. Endlich! Sie kehrten zurück. Gunhild eilte hinaus auf den Turm, wo sie sich den Arm rieb, in den langsam Gefühl zurückkehrte. Eisiger Wind schlug ihr entgegen, doch es lag kein Schnee in der Luft, sondern Frost, der Himmel war blau, die Sonne stand über den Baumwipfeln.

Gunhild musste keinen Befehl erteilen. Die Tore wurden geöffnet, die Zugbrücke hinabgesenkt, denn Gunhild hatte jeden Tag das Eis brechen lassen, damit kein Feind den Graben zu Fuß überwinden konnte. Die Eisschollen türmten sich rechts und links des Wassergrabens, ein zusätzliches Hindernis.

Der Zug kam näher, bald erkannte Gunhild ihren Vater, der aufrecht auf seinem Pferd saß, und auch ihre Mutter. Sie fasste sich erleichtert ans Herz. Beide sahen gesund aus, und wie es schien, fehlte niemand aus dem Gefolge, wenn sie richtig gezählt hatte. Eine große Last fiel ihr von der Seele.

Als sie nur noch wenige Fuß vom Tor entfernt waren, rannten Warmunt und Giselher, obwohl Gunhild es ihnen verboten hatte, ihren Eltern entgegen. Doch weder Vater noch Mutter stiegen vom Pferd. Sie ritten weiter, Gunhilds Brüder trotteten mit gesenkten Köpfen neben ihnen her. Das bedeutete für sie und ihre Brüder Ärger. Sie hatte es nicht vermocht, sie im Zaum zu halten, beide hatten nicht gehorcht.

Sie seufzte, stieg vom Turm, rief Dado, die Wache, die Knechte und Mägde zusammen und stellte sie in einer Reihe auf. Vor dem Tor hielt der Zug an. Vater und Mutter ritten in die Vorburg. Alle verbeugten sich, als Erste richtete sich Gunhild wieder auf.

»Vater! Mutter! Seid willkommen zu Hause!«

Ihr Vater blickte sie ernst an, als er vom Pferd stieg. Gunhild klatschte in die Hände, Mägde brachten heißen Würzwein. Vater nahm den Becher, leerte ihn, gab ihn der Magd, ohne sie anzublicken. Dann ging er auf Gunhild zu, die sich auf eine ernste Ermahnung gefasst machte. Ohne Vorwarnung nahm er sie in die Arme und drückte sie so fest, dass ihr die Luft wegblieb.

Er gab sie frei, legte seine Hände auf ihre Schultern, schaute sie an. Gunhilds Herz tat einen Sprung. Sie hatte erwartet, dass er ihr grollte, doch sein Blick war voller Liebe.

»Ich bin so froh, dich zu sehen, meine Tochter. Gesund und munter. Wir mussten lagern, da Schneewehen uns den Weg versperrten. Bis wir sie passierbar gemacht hatten, verging viel Zeit. Dann erreichte uns die Nachricht, dass mehr als zweihundert Slawen die Erphesburg angegriffen haben.

In Gewaltmärschen sind wir hierhergeeilt. Dem Herrn sei Dank, er hat seine schützende Hand über dich gehalten.«

Dado trat hinzu. »Nun, Herr, es waren nicht zweihundert, sondern um die achtzig. Dennoch war es eine glorreiche Schlacht. Gott hat uns beschützt, so ist es, aber es war vor allem Gunhilds Entschlossenheit, die uns gerettet hat.«

»Daran zweifle ich nicht einen Moment lang. Schließlich ist sie meine Tochter.«

Gunhilds Mutter Brunichild stieg vom Pferd und schob ihren Mann zur Seite. »Das könnte dir so passen. Diese Schildmaid ist nicht allein deine Tochter, Hardrad.«

Sie umarmte Gunhild, doch nicht mit der Kraft des Vaters, sondern so wie eine Mutter ihr Kind hält, damit es sich sicher und geliebt fühlt. Gunhild durchströmte Wärme, die Last der vergangenen Wochen fiel von ihr ab. Dann löste sie sich, es gab einiges zu besprechen und zu tun.

»Die Stube ist geheizt, im Kessel brodelt ein Eintopf, und heißer Wein ist genügend da, ebenso wie Geschichten, die erzählt werden müssen, und Entscheidungen, die bald zu treffen sind.«

»Anscheinend werde ich hier nicht mehr gebraucht, so wie meine Tochter alles im Griff hat.« Vater drehte sich um die eigene Achse. »Alles ist vorbildlich. Das Eis gebrochen, die Männer kampfbereit. Nur eine Sache scheint meiner festen Hand zu bedürfen«, sagte er und winkte seinen Söhnen. »Warmunt! Giselher!«

Die beiden stellten sich mit gesenkten Köpfen vor ihm hin. »Hat euch Gunhild verboten, aus dem Tor zu stürmen?«

»Das hat sie, Vater, es ist meine Schuld«, sagte Giselher sofort.

Warmunt schwieg.

»Was hast du dazu zu sagen, Warmunt?«

»Ich bin so froh, dass Ihr wieder da seid, Vater.«

»Und warum?«

»Weil …«

»Weil du glaubst, du musst deiner Schwester nicht gehorchen? Ist es das? Wenn ich dir befehle, ihr zu gehorchen, und du tust es nicht, ist das genauso, als würdest du mir nicht gehorchen. Ich hätte große Lust, dich zu deinem Onkel zu schicken, damit er einen Mann aus dir macht. Hier wirst du viel zu sehr verwöhnt.«

Gunhild zog vor Überraschung die Augenbrauen nach oben. Was wohl Vaters Sinneswandel ausgelöst hatte? Warmunt jedenfalls war den Tränen nahe. Mit einer solchen Strafpredigt hatte er nicht gerechnet. Wie auch?

»Und du, Giselher, sollst zwar zu deinem Bruder halten, ihn aber nicht schützen für etwas, das er getan hat. Ihr habt beide falsch gehandelt, und jeder ist für sein eigenes Tun verantwortlich. Ich werde euch wissen lassen, welche Strafe euch erwartet.«

Mutter strich beiden im Vorübergehen über die Haare, warf Gunhild einen amüsierten Blick zu. Anscheinend hatten ihre Eltern während der Reise über ihre Söhne gesprochen und beschlossen, sie von nun an anders zu behandeln. Giselher schien erleichtert, Warmunts Miene jedoch war finster, als hätte er gerade sein Todesurteil vernommen. Gunhild fragte sich, wohin das noch führen sollte. Zwei Brüder, so unterschiedlich, beide Anwärter auf eine der wichtigsten Grafschaften der Thüringer. Die Hardrader hatten fast tausend Gehöfte unter sich, konnten zweihundert Berittene und vierhundert Speerträger stellen, samt Tross und Proviant, doppelt so viel wie die meisten anderen Grafen.

Nun, da Vater und Mutter wieder da waren, trug Gunhild nicht mehr die Verantwortung für die Menschen, die Burg und das Land. Einerseits empfand sie Erleichterung, andererseits hatte die Aufgabe sie ausgefüllt. Nun beschlich sie eine seltsame Leere, so als ob sie nicht mehr wichtig sei. Sie seufzte, folgte ihren Eltern in den Saal, wo Vater gerade Dado und die Wache begrüßte, die mit ihm in die Burg gekommen waren. Die beiden Männer kannten sich von Kindesbeinen an, sie waren wie Brüder, und manchmal dachte Gunhild, dass es für alle am besten wäre, wenn Dado eines Tages Vaters Nachfolge antreten würde. Doch dieser Tag lag in weiter Ferne, denn Vater war gesund und im Kampf erfahren. So schnell würde ihn der Tod nicht ereilen.

Die Tafel war gerichtet, sie nahmen Platz. Gunhild erstattete Bericht, dann Dado, der nicht aufhören wollte, sie zu loben.

Die Eltern lauschten aufmerksam, und Gunhild entging nicht, dass Vater die Augenbrauen hob, als Dado von dem Angriff der Slawen wahrheitsgetreu erzählte. Ihr war klar, dass er erkannte, wie töricht ihr Handeln gewesen war.

Als Dado geendet hatte, sah Vater sie ernst an. »Was sagst du dazu, Tochter?«

Gunhild wechselte einen Blick mit ihrer Mutter, die ihr aufmunternd zunickte. »Ich bin ein hohes Risiko eingegangen, Vater. Es hätte übel ausgehen können, wenn die Slawen sich nicht zurückgezogen hätten.«

Vater nickte. »Du wolltest deine Brüder retten. Um jeden Preis.«

»Gunhild hätte uns fast alle umgebracht«, krähte Warmunt, der mit Giselher auf Schemeln am Kamin saß.

Vater wandte sich ruckartig den beiden zu. »Vielleicht

wäre es besser gewesen, dich den Slawen zu überlassen. Sie hätten dich sicherlich zu Tode gefoltert, eine gerechte Strafe für dein Benehmen, das eines Grafen nicht würdig ist. Um Giselher allerdings wäre es schade gewesen. Und jetzt schweig, und wage es nie wieder, ungefragt zu sprechen.«

Warmunt wurde erst rot, dann blass. Er begann hektisch zu atmen, ballte die Fäuste, seine Kiefer schlugen aufeinander. Er machte den Eindruck, als wolle er aufspringen, doch er beherrschte sich, senkte den Kopf und blickte zu Boden.

Vater wandte sich wieder Gunhild zu. »Dado hat dich gelobt. Die Männer haben dich gelobt. Sie hätten genauso entschieden und waren bereit, ihr Leben zu geben für das deiner Brüder und für dich. Aber vor allem hast du die richtige Entscheidung getroffen, auch wenn sie eine Gefahr barg. Denn du hast nicht nur deine Brüder, sondern auch Graf Sintwich gerettet und ihn dazu gebracht, endlich einzulenken.«

Gunhild war erleichtert, dass Vater dies so sah und er sie nicht zurechtwies. Dennoch blieb das Gefühl, nur um Haaresbreite einer Katastrophe entgangen zu sein.

Er fuhr fort. »Die Slawen, die Graf Sintwich und die Erphesburg angegriffen haben, waren nur eine Vorhut. Die Slawen sammeln sich, und sie sind stark. Zu stark. Diesmal brauchen wir nicht nur die Einigkeit der thüringischen Fürsten, sondern auch König Karls Hilfe.«

»So ernst steht es?«, fragte Gunhild und vermochte ihre Bestürzung nicht zu verbergen.

»Es ist in der Tat beängstigend. Die Slawen haben sich vereinigt: Sorben, Abodriten, Wilzen, sie alle folgen einem Samtherrscher, dessen Namen ich nicht einmal aussprechen

kann. Sobald das Wetter es zulässt, will er Thüringen überrennen und dann gemeinsam mit den Sachsen das Reich in
die Zange nehmen. Es sind bereits Boten unterwegs zu König Karl. Ich erwarte sie bald zurück.«

12

Kurz vor dem Weihnachtsfest 785,
Aquis, Königspfalz

Fastrada konnte es kaum erwarten. Sie hatte ihr schönstes Gewand angelegt, purpurne Seide mit Goldstickereien. Die Haare ließ sie zu einem langen Zopf flechten, sie wusste, wie gerne Karl mit ihm spielte, wenn sie sich einander hingaben. Endlich waren die kalten einsamen Nächte vorbei, zumindest für eine gewisse Zeit.

Fastradas Dienerinnen schwirrten um sie herum, verspritzten Lavendelwasser und andere Düfte, die dafür sorgen sollten, dass Karl ihr nicht widerstehen konnte, doch sie zweifelte nicht daran, dass er ihr auch ohne geheimnisvolle Tinkturen nicht widerstehen würde.

Bereits gestern war eine Vorhut eingetroffen und hatte Karls Ankunft gemeldet. Gerade bewegte sich der Zug in den Innenhof, es würde noch eine Weile dauern, bis sie Karl im Königssaal empfangen würde. Zuerst musste er die Hofbeamten begrüßen, dann den Bischof, und wenn er sich davon überzeugt hatte, dass alles in bester Ordnung war, würde er in den großen Saal zu ihr kommen.

Die Zeit verrann, doch Karl tauchte nicht auf. Was ging da vor sich? Fastrada spürte einen Stich im Unterleib. Liebte er sie nicht mehr? Hatte er genug von ihr, weil sie oft krank war und er ausreichend Konkubinen hatte, die gesund waren wie eine trächtige Milchkuh? Fastrada kämpfte mit den Tränen, und gleichzeitig schimpfte sie sich undankbare eifersüchtige und misstrauische Metze. Wenn Karl nicht zu ihr kam, dann deswegen, weil er etwas äußerst Wichtiges zu tun hatte. Das sagte ihr der Verstand, doch ihr Herz flatterte unruhig wie ein Schmetterling.

Bevor sie sich weiter den Kopf zermartern konnte, betrat Alkuin mit eiligen Schritten den Saal. Fastrada erhob sich, ging auf ihn zu. Er verbeugte sich und verzichtete auf unnötige Floskeln.

»Meine Königin, Euer Gemahl schickt mich. Er ist untröstlich, dass Ihr noch warten müsst, aber er muss sich zuerst um Widukind kümmern.«

Fastrada vergaß augenblicklich ihren Kummer. Zum einen, da Karl sie nicht vergessen hatte, und zum anderen, weil Alkuin lebend vor ihr stand. Die letzte Nachricht, die sie über ihn erhalten hatte, verhieß nichts Gutes, von seinem Tod war die Rede gewesen. Sie streckte die Hände aus, Alkuin nahm sie.

»Wie schön, Euch unversehrt zu sehen. Also habt Ihr Erfolg gehabt? Ist Widukind freiwillig mit Euch gekommen?«

»Er wird sich taufen lassen und sich dann auf das Landgut im Süden Burgunds zurückziehen, das Karl ihm geschenkt hat. Dort herrscht ein angenehmes Klima, es ist warm, das Mittelmeer ist nicht weit. Er wird uns keine Schwierigkeiten mehr machen.«

»Und die anderen Sachsenfürsten?«

»Viele folgen Widukind, und auch sie werden mit Landgütern belohnt, weit weg von ihrem Stammesgebiet. Sie sind des Kämpfens müde. Wolfher jedoch will sich nicht beugen und führt die aufständischen Sachsen an. Es sind allerdings so wenige, dass Karl sich anderen Dingen zuwenden kann.« Alkuin seufzte. »Er wird bald zu Euch kommen. Doch es bleibt Euch nur eine Nacht, denn morgen schon bricht er nach Attigny auf, wo er Widukinds Taufpate sein wird. Er ...«

Fastrada hob eine Hand, Alkuin verstummte. »Ich danke Euch, Alkuin, doch was auch immer Karl noch zu sagen hat, soll er mir selbst mitteilen. Nur eins noch. Warum soll ich nicht zugegen sein, wenn er sich um Widukind kümmert?«

Alkuin neigte das Haupt. »Er will Euch nicht unnötiger Aufregung aussetzen.«

»Das ist freundlich von ihm, doch in seiner Abwesenheit gab es so viel Aufregung, dass die Begegnung mit dem Anführer der Sachsen geradezu ein erholsames Ereignis sein wird. Ich begleite Euch.«

»Aber ...«

»Eure Königin hat gesprochen, Alkuin, mein Bester.« Fastrada wusste, dass Alkuins Treue uneingeschränkt allein Karl galt, doch eine Bitte von ihr, die einem Befehl gleichkam, konnte er nicht abschlagen.

»Wie Ihr wünscht, meine Königin.« Er winkte ihren Dienerinnen, die sofort einen Pelzumhang brachten, wies die Wache an, die Königin zwischen zwei Kohlebecken zu geleiten, und ging voran. »Der König und Widukind befinden sich in der Kapelle«, sagte er über die Schulter.

Eiskalter Wind schlug Fastrada entgegen, und sie spürte, wie ihr der Hals eng wurde. Die Kälte schnürte ihr die Luft ab, auch die Kohlebecken vermochten das nicht zu verhindern. Das Atmen fiel ihr mit jedem Schritt schwerer, doch sie würde nicht aufgeben und es bis in die Kapelle schaffen.

Alkuin warf immer wieder einen Blick über die Schulter, um zu sehen, wie es ihr ging. Dann lächelte sie ihm zu, und er kniff Augen und Lippen zusammen. Er war nicht glücklich darüber, dass seine Königin bei dieser Eiseskälte einen Spaziergang machte. Alkuin war es gewesen, der bei Karl erwirkt hatte, dass sie sich bei Frost immer in einem geheizten Raum aufzuhalten hatte. Doch heute setzte sie sich darüber hinweg. Sie konnte nicht ewig eingesperrt sein, und vielleicht war es ja besser, sich ein wenig an die Kälte zu gewöhnen. Schließlich waren die Winter auf der Adlerburg, dem Stammsitz ihrer Familie, auch nicht wärmer gewesen.

Es waren nur wenige Schritte bis zur Kapelle. Alkuin stieß das Portal auf und trat zur Seite. Karl, der alle um einen Kopf überragte, wandte sich um, blickte erst ernst, fast ärgerlich drein. Dann aber hellte sich seine Miene auf, und schließlich überzog ein Ausdruck von Liebe und Zärtlichkeit sein Gesicht.

»Meine Königin«, rief er aus, pflügte durch die dicht stehenden Menschen, kam auf sie zu, öffnete seinen Umhang, schloss sie darin ein und drückte sie sanft gegen seinen warmen Körper.

Er fror nie, genoss es, sich im Winter mit eiskaltem Wasser zu waschen. Fastrada hingegen fühlte sich erst wohl, wenn die meisten anderen im Sommer unter Bäume in den Schatten flüchteten. Sie waren wie Feuer und Wasser, doch sie löschten sich nicht gegenseitig aus, sondern sie vermochte es, Karl zu entflammen, und er schenkte ihr die Hitze, die sie am Leben hielt.

Er beugte sich zu ihr hinab und gab ihr einen federleichten Kuss auf den Mund. Alle Kälte verschwand. »Verzeiht, mein König, aber ...«

Er legte ihr einen Finger auf die Lippen. »Wenn jemand

etwas zu verzeihen hat, dann nicht Ihr, meine Königin und mein Licht im Dunkel meiner schlaflosen Nächte.«

Fastrada unterdrückte ein Kichern. Karl war zwar ein vollendeter Liebhaber, aber mit der Dichtkunst stand es nicht ganz so gut bei ihm.

»Ich werde Euch nie wieder warten lassen und Euch damit Gefahren aussetzen.«

Fastrada schmiegte sich an ihn. »Ist es wahr, dass Ihr bereits morgen wieder abreist?«

Karl seufzte. »So ist es, und ich bedaure das sehr. Doch das Reich fordert den Mann und den König, es nimmt keine Rücksicht auf die Liebenden. Da Ihr schon mal hier seid, will ich Euch auch den Grund für meine Eile vorstellen.«

Fastrada löste sich unwillig von Karl, zog seinen Kopf zu sich herunter und flüsterte ihm ins Ohr. »Woher Euer Sinneswandel?«

»Alkuin hat Widukind überzeugt, alle Bedingungen zu erfüllen. Da Widukind zwar mein ärgster Feind war, aber nie sein Wort gebrochen hat, wie viele andere Sachsenhäuptlinge, konnte ich mich darauf einlassen.«

Fastrada nickte. Karl konnte viel verzeihen, doch Untreue und Verrat bestrafte er ohne jede Gnade.

Karl richtete sich auf und wandte sich um. Es hatte sich eine Gasse gebildet. Er zeigte auf den Mann am Ende. »Das ist Widukind, Anführer der Sachsen und nun ein Freund der Franken. Ich werde mit Freuden sein Taufpate sein.«

Fastrada hatte sich Widukind ganz anders vorgestellt. Nicht so gepflegt. Nicht mit glatt rasiertem Gesicht und akkurat geschnittenem Haar. Doch seine Augen trugen das Feuer des Aufstandes, des Trotzes noch immer in sich, auch wenn es nicht mehr so stark flackerte, wie es in den Zeiten gelodert haben musste, als er Karl die Stirn geboten hatte.

Ein matter Schimmer trübte Widukinds Augen, der nicht nur von seiner Seele kam. Sein Augenlicht ließ nach.

Er verbeugte sich tief, Fastrada ging auf ihn zu. »Ich bitte Euch, Widukind, erhebt Euch. Ihr seid mein Gast, und ich begrüße Euch herzlich.«

Widukind streckte sich. Fastrada glaubte, ein Knacken zu hören, das von seiner Wirbelsäule herrühren musste. Der ehemalige Anführer der Sachsen war mehr als nur kampfesmüde. Er war am Ende. Sein Körper ließ ihn im Stich. Er sah schlecht, und sein Rücken bereitete ihm Probleme. Zeit, das Schlachtfeld zu verlassen und sich friedlichen Dingen zuzuwenden.

»Alles, was man mir über Euch erzählt hat, meine Königin, waren Untertreibungen. Eure Schönheit und Euer warmes Herz sind so unübertrefflich, dass ich es nicht in Worten auszudrücken vermag.«

Fastrada lächelte. »So geht es mir ebenfalls. Man schilderte mir Euch als einen Barbaren im Bärenfell mit einem Helm auf dem struppigen Kopf, an dem Kuhhörner befestigt sind.«

»Ich habe von solchen Helmen gehört, doch wir verwenden sie nicht, da der Feind sie uns leicht vom Kopf reißen könnte.«

»Darüber müsst Ihr Euch keine Gedanken mehr machen«, stellte Fastrada fest.

Widukind neigte leicht das Haupt.

»So lasst uns feiern, dass aus Feinden Freunde geworden sind«, rief Karl, nahm Fastrada auf den Arm und trug sie eiligen Schrittes in den Festsaal. So hatte er sie in der Hochzeitsnacht in seine Kammer getragen, und ihr Herz hatte wild geschlagen, so wie jetzt. So würde es immer für ihn schlagen, so lange, bis sie im Grab lag. Und wenn Gott ihr Einlass gewährte ins Paradies, so würde sie Karl für alle Ewigkeit lieben.

Als das Bankett endlich vorüber, die Gäste in ihre Schlafquartiere gegangen und das letzte Wort mit einem Höfling gewechselt war, fielen Karl und Fastrada ermattet auf das königliche Nachtlager. Bevor Fastrada sich ihrer Lust hingeben würde, musste sie noch eine Sache mit Karl besprechen. Sie beugte sich über ihn, hier konnte sie alle Formalitäten weglassen.

»Du hast immer wieder gesagt, dass Autkar von Grimoald wieder eine Frau nehmen soll.«

Karl blickte sie überrascht an. »In der Tat, das habe ich, und ich frage mich, warum du das ausgerechnet jetzt ansprichst.«

»Ich hätte da eine Idee, und wir sollten das entscheiden, bevor du wieder abreist.« Sie flüsterte ihm einen Namen ins Ohr, einen Namen, den ihr Vater übermittelt hatte. Eine vorzügliche Idee.

»Aber ja«, rief Karl. »Wieso bin ich nicht selbst darauf gekommen!«

»Weil du ein kluger König bist und mich zur Frau genommen hast, damit ich mir für dich bestimmte Dinge ausdenke.«

Statt einer Antwort küsste Karl Fastrada inniglich, und bald schon versanken sie in tiefer Leidenschaft und Liebe.

13

Weihnachten 785, Erphesburg

Nachdem der Stammbaum Christi von einem Benediktinerbruder mit besonders schöner Stimme verlesen worden war und Baugulf den Segen gesprochen hatte, wurden zu Ehren Jesu alle Glocken geläutet. Es war die dritte und letzte Messe, die am Abend gelesen wurde und den Höhepunkt des Weihnachtsfestes darstellte.

Das Mahl hatten Emecha und die Mägde bereits vor zwei Tagen zubereitet, denn am Heiligen Abend ruhte auch ihre Arbeit. Die einfachen Leute zogen zum Marktplatz, wo heißer Wein und allerlei Leckereien auf sie warteten. Gunhild, ihre Familie und die geladenen Gäste nahmen an der Tafel im Rittersaal Platz. Ein Sänger trug Lieder zum Lobe des Herrn vor, Baugulf steuerte erbauliche Zitate aus der Bibel bei.

Weit nach Mitternacht waren die meisten zu Bett gegangen, und schließlich waren nur noch Gunhild und ihr Vater wach. Auf diesen Moment hatte sie den ganzen Tag gewartet. Sie hakte sich bei ihm ein und legte ihren Kopf an seine Schulter.

»Ich weiß, was du jetzt sagen wirst, Gunhild, und meine Antwort ist nein.«

Gunhild kam sich vor wie ein kleines Mädchen, dem

verboten wird, mit dem Schwert zu üben. »Aber die Sorben …«

»Auf gar keinen Fall kommst du mit.« Gunhilds Vater schüttelte heftig den Kopf. »Ich brauche dich hier in der Burg.«

»Was ist mit Mutter? Sie kann dich genauso gut vertreten wie ich.«

»Bei allem Respekt und aller Liebe zu deiner Mutter, Gunhild, das kann sie eben nicht. Nicht wenn versprengte Slawenhorden vor den Toren stehen. Dann brauche ich dich. Du hast bewiesen, dass du im richtigen Moment die richtige Entscheidung triffst. Du denkst wie ein Krieger. Du handelst wie ein Krieger. Du bist eine hervorragende Strategin. Du bist Gräfin und Herzogin, denn du hast deine Männer tapfer und klug zum Sieg geführt.«

Vaters Worte schmeichelten Gunhild, und sie war stolz, dass er sie so sehr schätzte. Doch sie ertrug den Gedanken nicht, hier gefangen zu sein, während er, Dado und die anderen sich in die Schlacht stürzten. Lieber wollte sie im Kampf mit ihrem Vater sterben.

»Mit ein paar Slawen werden Mutter und die Wachen fertigwerden. Dafür brauchen sie mich nicht. Ich glaube sowieso nicht, dass sie sich noch mal hierher verirren werden. Sie haben gesehen, dass die Erphesburg nicht so einfach einzunehmen ist. Sie werden sich sammeln, um ihr Heer zu stärken. Dieser Samtherrscher scheint ein großer Führer zu sein, so wie Widukind. Er wird jede Schwerthand zu sich rufen, und das solltest du auch tun, Vater.«

»Ich habe genug Männer und werde meine Tochter nicht der Gefahr aussetzen, in einer Schlacht umzukommen, deren Ausgang mehr als ungewiss ist.« Er schüttelte heftig den Kopf. »Ich wäre ein schlechter Vater, würde ich anders entscheiden.« Er fuhr mit der Hand waagerecht durch die Luft. »Das ist mein letztes Wort.«

Gunhild wusste, wann ihr Vater nicht mehr mit sich reden ließ. Sie wechselte das Thema. »Du bist sicher, dass du jetzt gegen die Sorben ziehen willst? Mitten im Winter?«

»Gerade jetzt. Die slawischen Stämme werden sich nicht vor dem Frühjahr sammeln, dann erst wird ihr Heer die volle Stärke erreichen. Jetzt können wir sie noch zerschlagen. Es ist kalt, gerade genug, damit die Wege nicht auftauen. Es hat nicht mehr geschneit, wir werden gut vorankommen und den Sorben eine Überraschung bereiten, von der sie sich lange nicht erholen werden. Wir wissen, wo sie sich treffen, wir wissen, wie viele es sind, und wir haben fast doppelt so viele Männer, solange sie sich nicht mit den anderen Stämmen zusammenschließen. Deswegen schlagen wir jetzt zu. Dann knöpfen wir uns einen nach dem anderen Stamm vor. Sie werden schnell aufgeben, wenn sie merken, dass wir ihnen überlegen sind.«

»Wie wollt ihr euch verpflegen? Ihr könnt den Bauern nichts wegnehmen, sonst werden sie verhungern.«

»Wir haben vorgesorgt, oder? Unsere Kornspeicher sind brechend voll, ebenso die Räucherkammern. Wir haben genug für ein ganzes Jahr. Jeder Mann nimmt Vorräte für zwei Wochen auf seinem Ross mit, wir müssen schnell und beweglich sein, die Reserven tragen die Maulesel.«

Gunhild konnte verstehen, dass ihr Vater der Gefahr vorbeugen wollte, indem er die Stämme einzeln angriff. Teile und herrsche. Was aber, wenn er sich täuschte? Wenn der Samtherrscher schon viel mehr Männer zusammengezogen hatte? Wenn die Späher sich irrten? Würde Karl tatsächlich seine Panzerreiter schicken, die im Winter eine leichte Beute waren? Würde er sein Lager entblößen, indem er das Fußvolk sandte? Der Bote war noch immer nicht zurückgekehrt, Vater konnte nicht wissen, ob er Karls Unterstützung erhielt oder nicht. Ein mehr als gewagtes Unterfangen. Dagegen war die Rettung ihrer Brüder vor den Slawen eine geradezu sichere Sache gewesen.

»Willst du nicht warten …«

»Genug! Jeder Tag, den wir zuwarten, kostet letztendlich unser Blut, denn der Feind wird täglich stärker. Wir brechen in einer Woche auf.«

Gunhild senkte den Kopf. »Wie du wünschst, Vater. Darf ich dich noch etwas fragen?«

Ihr Vater holte tief Luft.

»Es geht um Warmunt«, fügte sie hastig hinzu, damit Vater nicht glaubte, dass sie aufsässig sei und ihn noch immer davon überzeugen wollte, sie auf den Feldzug mitzunehmen.

Vater entspannte sich, nickte. »Du willst wissen, warum wir ihn anders behandeln?«

»Ja, ich war überrascht, als ihr ihn so in den Senkel gestellt habt. Der arme Junge wusste nicht, wie ihm geschah.«

Ein Schatten legte sich auf sein Gesicht. »Lass uns ein paar Schritte gehen.«

Gunhild beschlich ein ungutes Gefühl. Als sie die Vorburg verließen, schlossen sich ihnen sofort vier Mann der Leibwache mit ausreichend Abstand an, sodass sie beide ungestört reden konnten. Sie gingen den Weg entlang, auf dem die Slawen Sintwich und seine Männer verfolgt hatten und von den Männern der Erphesburg in die Flucht geschlagen worden waren. Gunhild spürte wieder diese allumfassende Angst, die Besitz von ihr ergriffen hatte, als sie ihre Brüder schon ermordet im Schnee hatte liegen sehen, der rot gefärbt war von ihrem Blut.

»Es stehen uns unruhige Zeiten bevor, meine Tochter. Bisher hatten wir die Grenzen sichern können, doch nun hat sich alles geändert. Wenn ich in die Schlacht gegen die vereinten Slawen ziehe, ist es nicht gewiss, dass ich zurückkehren werde.«

»Ist das nicht immer so?« Gunhild kannte ihren Vater gut genug, um zu wissen, wann er ihr etwas verheimlichte.

»Diesmal ist es anders, der Feind …«

»… ist stark, ich weiß. Aber Sintwich wird mit uns ziehen. Radulf gleichfalls und viele andere. Wir sind stärker. Wir verteidigen unsere Heimat.« Gunhild legte ihrem Vater eine Hand auf den rechten Arm. »Was ist wirklich los, Vater? Bitte, sprich mit mir.«

»Warmunt und Giselher müssen schnell erwachsen werden. Beide.«

»Das wünsche ich mir ebenfalls, wobei Giselher schon weitaus reifer ist als Warmunt, den ihr so lange verzärtelt habt.« Gunhild sah nicht ein, warum sie nicht aussprechen sollte, was offensichtlich war.

Vater sah sie schuldbewusst an. »So ist es. Deshalb müssen wir jetzt nachholen, was wir versäumt haben.«

»Aber Warmunt versteht die Welt nicht mehr. Er wird sich auflehnen, wenn nicht jetzt, dann sobald er stark genug ist. Er wird seinen Bruder hassen.« Gunhild spürte, dass sie sich von der eigentlichen Frage ablenken ließ. »Warum die Eile?«, fragte sie eindringlich.

»Ich wollte dich nicht damit belasten. Bald schon wirst du heiraten und die Erphesburg verlassen, dann sollst du dir um deinen Vater nicht unnötig Sorgen machen müssen.«

Gunhild sah ihrem Vater fest in die Augen. »Bitte, rede nicht drumherum. Was ist los?«

Alle Spannung wich aus seinem Körper, es schien, als

würde der Vater in sich zusammenfallen. »In der letzten Zeit habe ich seltsame Träume. Ich habe Baugulf befragt und auch einen Seher. Baugulf sagt, was er immer sagt. ›Dein Schicksal liegt in Gottes Hand.‹ Doch der Seher hat etwas anderes gesehen.«

Gunhild bekam Angst. Es musste etwas Furchtbares sein, wenn Vater so um den heißen Brei herumredete.

Er schaute ihr in die Augen. »Der Seher hat meinen Tod gesehen. Schon bald. Ich werde das nächste Mittsommerfest nicht erleben. Er hat mir geraten, meine Nachfolge zu regeln.«

Gunhild fuhr der Schreck in die Glieder. Sie hatte gedacht, ihren Vater gut zu kennen, doch dass er so sehr an die Vorhersagen des Sehers glaubte, dass er sich sicher war, den Zeitpunkt seines Todes zu kennen, das hatte sie nicht geahnt. Was, wenn der Seher recht hatte?

»Vater, du musst dafür sorgen, dass dir nichts geschieht. Gib den Feldzug auf, lass Dado ihn führen. Er ist ein hervorragender Feldherr.«

»Das ist er, ohne Zweifel, aber seinem Schicksal entgeht niemand, und ich will weder den einen noch alle anderen Götter verärgern.«

Gunhild spürte Tränen über ihre Wangen rollen. »Du darfst nicht sterben, Vater.«

»Alle müssen sterben, mein Kind.«

Gunhild versagte die Stimme. Ja, alle mussten sterben, aber nur die wenigsten wussten wann. Das machte den Tod noch furchtbarer, als er schon war.

DAS GESETZ

14

Mitte Mai 786, Erphesburg

Gunhild, Giselher und Emecha hatten sich links vom Weg, der vom Tor des Dorfes zur Erphesburg führte, aufgestellt, zwei Knechte rechts davon. Jeden Moment mussten sie kommen. Gunhild knetete die Hände, dann fasste sie das Seil fester. Hoffentlich hatten sie genug Kraft, die Fliehenden aufzuhalten. Dass Vater ihr den Auftrag erteilt hatte, und nicht Dado oder dem Oberknecht, sie zusammenzutreiben, erfüllte sie mit Stolz, denn es war nicht einfach, verlangte Aufmerksamkeit, Schnelligkeit und Mut.

Mutter hatte ihn auf seinen Wunsch zu Graf Sintwich begleitet, um den neuen Bund zwischen ihnen zu festigen und auf dem Rückweg Hugbert von Sulaha mitzubringen, ihren Verlobten, der Gaugraf im Thüringer Wald war und eine ansehnliche Burg besaß. Das Frühlingsfest würde gleichzeitig die Hochzeitsfeier für sie und den Grafen Hugbert sein.

Sie konzentrierte sich auf ihre Beute. Hoffentlich witterten sie die Falle nicht. Das heftige Schnaufen kam näher. Gunhild erschauerte. Sie waren schnell, niemand hätte ihnen zu Fuß entwischen können, und selbst mit einem Pferd war es nicht einfach, sie einzuholen. Hinter ihnen her hetzten die Bauern, die Köpfe hochrot, nicht nur von der Jagd, sondern vor Wut darüber, dass sie jedes Jahr die besten Schweine an Karl abgeben mussten.

Vorneweg stürmte eine fette Sau auf Gunhild zu. Sie wog vierzig Pfund mehr als sie, brachte hundertvierzig Pfund auf die Waage. Sie würde Gunhild einfach so umrennen. Die Sau grunzte, Gunhild schien es, als wollte sie sagen: »Geh mir aus dem Weg, oder du wirst es bereuen.« Aber sie würde nicht weichen. Das wäre ja noch schöner.

Die Sau steigerte ihr Tempo, ihre Augen waren blutunterlaufen, sie wollte nur noch eins: fliehen, koste es, was es wolle. Sie kam näher, Speichel troff ihr aus dem Maul, Dreck spritzte hoch.

»Jetzt!«, brüllte Gunhild und zog mit aller Kraft das Seil stramm, an dem ein Netz befestigt war, mit dem man einen wütenden Stier hätte aufhalten können. Das Seil schnellte hoch, das Netz spannte sich. Das Tier prallte dagegen, die beiden Schweine, die ihm gefolgt waren, blieben schlagartig stehen und wandten sich um. Nur mit Mühe konnte Gunhild verhindern, dass ihr das Seil aus der Hand rutschte. Hätte sie nicht ein Leintuch darum gewickelt, hätte es ihr die Handflächen aufgerissen.

Die Bauern hatten keine Mühe, die beiden Schweine zu greifen, denn da ihre Leitsau gefangen war, blieben sie stehen und gaben jeden Widerstand auf. Die aber quiekte und strampelte, um sich zu befreien. Emecha, Giselher und die zwei Knechte warfen sich auf sie, schafften es, die Beine festzuhalten. Giselher zog zwei Stricke hervor und fesselte die Sau mit schnellen geschickten Bewegungen. Als die merkte, dass sie gefangen war, gab auch sie ihre Gegenwehr auf.

Selten hatten sie ein solch aufsässiges Schwein einfangen müssen. Vielleicht hatte sie gedacht, sie sollte geschlachtet werden. Eines Tages würde das geschehen, doch bis dahin würde noch eine Weile vergehen, sie würde manchen Keiler beglücken und noch viele Ferkel in die Welt setzen, denn sie war eine ihrer besten Sauen, die regelmäßig bis zu zehn gesunde Ferkel warf. Gunhild tat es in der Seele weh, sie wegzugeben.

»Fünfhundert!«, rief Gunhild aus. »Es ist vollbracht. Schafft sie auf den Karren und dann zum Sammelplatz.«

»Wann wird das aufhören, Schwester?«, fragte Giselher.

»Wahrscheinlich nie. König Karl hat es so bestimmt, und es ist Gesetz.«

»Behandelt man so seine treuen Verbündeten? Rüsten wir nicht auch viele Krieger aus, wenn der König danach fragt? Verteidigen wir nicht mit unserem Blut die Grenzen des Reiches?«

Giselher wusste schon viel über Politik, über Gesetze und Traditionen, und er stellte die richtigen Fragen. Gunhild ging der Tribut ebenso gegen den Strich wie Vater. Und oft wünschte sie sich, dass Thüringen die Herrschaft Karls abschütteln möge. Doch das hätte Krieg bedeutet, einen Krieg, den sie nicht gewinnen konnten. Also würden sie jedes Jahr fünfhundert Schweine an Karls Steuereintreiber übergeben. Immerhin hatten sie erreicht, dass der König selbst für den Transport aufkam.

Seit dem Weihnachtsfest war vieles anders verlaufen, als Gunhild erwartet hatte, und sie dankte dem Herrn dafür. Der Feldzug gegen die Sorben war abgesagt worden, weil sie sich zerstreut hatten. Niemand wusste warum, aber Gunhild war es recht. Ihrer Meinung nach hatten die Slawen eingesehen, dass es keinen Sinn hatte, sich nach Westen gegen das Fränkische Reich zu wenden, dass es einträglicher war, sich Gebiete im Osten einzuverleiben. Anscheinend hatten sich die alten Götter geirrt, was Vater anging, denn zurzeit stand kein Feldzug an.

»Warum also müssen wir immer noch die Schweine abgeben?«

Gunhild wandte sich wieder Giselher zu, der sie fragend ansah. »Alle müssen ihren Beitrag leisten, damit das Reich zusammenhält, damit es nicht zerfällt und große Unordnung für Krieg und Leid sorgt. König Karl setzt Recht und Gesetz durch. Anders als bei den Sachsen, kann kein thüringischer Fürst einen anderen einfach so angreifen. Früher bekämpften sich die Stämme ständig, Dörfer wurden verwüstet, Alte, Frauen und Kinder umgebracht, Ernten vernichtet. Dadurch gab es immer wieder große Hungersnöte. Das ist jetzt anders. Wir können unser überschüssiges Getreide nicht nur im ganzen Reich verkaufen, sondern auch in Italien, in Spanien und sogar im Heiligen Land. Das bringt gute Gewinne. Stünden wir alleine, wäre das nicht möglich. König Karl hat uns Pflichten auferlegt, die unangenehm sind, aber die Vorteile, die wir in seinem Reich haben, überwiegen die Nachteile bei Weitem.«

Giselher nickte langsam. »Das leuchtet ein. Jeder muss seinen Teil dazu beitragen, damit es allen gut geht und wir gottgefällig leben können.«

Gunhild strich ihm mit der Hand über den Kopf. »So ist es. Die fünfhundert Schweine sind keine Kleinigkeit, aber sie machen uns auch nicht arm. Wir haben genug zu essen, selbst im Winter, wir müssen nicht frieren, der Erphes führt sauberes Wasser, die Wiesen sind fett und die Wälder voller Wild.«

Giselher klatschte in die Hände. »Und in einer Woche beginnt das Frühlingsfest.«

Gunhild klatschte ebenfalls in die Hände. »Es wird Musik geben.«

»Die Gaukler werden kommen«, frohlockte Giselher.

»Es gibt Spanferkel, gekochte Rüben und frisches Brot«, sagte Gunhild, und das Wasser lief ihr im Mund zusammen.

»Die besten Krieger werden sich im Schwertkampf, im Bogenschießen und Reiten messen. Wirst du auch mitmachen?«

Sie schüttelte traurig den Kopf. Wie gerne hätte Gunhild an den Wettkämpfen teilgenommen. Aber das war nicht möglich. Am Ende hätte sie noch gewonnen, und das wäre ein Skandal gewesen. »Du weißt doch, dass ich das meinen Leuten nicht antun kann. Stell dir vor, wie Vater dastehen würde, wenn ich seinen besten Bogenschützen eine Lektion erteilte.«

Giselher kicherte. »Das würde ich gerne sehen.«

»So leicht ist das nicht. Ehrlich gesagt glaube ich, dass ich gar nicht gewinnen würde. Denk an Dado. Der schießt auf sechzig Fuß einen Apfel vom Baum.«

Giselher schaute sich um, versicherte sich, dass ihn niemand hören konnte. »Aber nur, wenn der Baum voller Früchte hängt.«

Gunhild musste lachen. »Oje, das lass Dado nicht hören. Er würde dir sofort ein Holzschwert in die Hand drücken und dir ein paar Kniffe zeigen, die darin enden, dass du mit blauen Flecken todmüde aufs Lager sinkst.«

Giselher rieb sich den Hintern. »Oh ja, es wäre nicht das erste Mal.« Er sah sie ernst an. »Was würde dein Verlobter dazu sagen?«

Das war eine gute Frage. Hugbert hatte klare Vorstellungen, wie ihre Ehe auszusehen hatte. Sie sollte mindestens vier gesunde Kinder bekommen, zwei Jungen und zwei Mädchen. Der Älteste würde seine Nachfolge antreten, der Jüngere war der Ersatz, falls der Erstgeborene vorzeitig starb. Die Mädchen wollte Hugbert gewinnbringend verheiraten. Eine kluge Einstellung. Da er oft unterwegs war, war es ihm allerdings durchaus recht, dass Gunhild in der Lage war, seine Geschäfte zu übernehmen. Als die Sprache auf ihr Geschick mit dem Bogen gekommen war, hatte er lediglich mit den Achseln gezuckt und gesagt: »Solange sie nur die Zielscheibe trifft und nicht mich und sie ihre Pflichten nicht vernachlässigt, kann sie so viel mit dem Bogen schießen, wie sie will.« Gunhild war froh gewesen, dass Hugbert sie nicht an den Haushalt ketten wollte. Sie würde einen guten Mann heiraten.

»Ich glaube, Hugbert würde sich amüsieren und mit mir angeben, solange ich ihn gewinnen lasse. Männer wollen Sieger sein.«

Giselher rieb sich das glatte Kinn. »Ich gewinne auch gerne. Aber nur, wenn ich wirklich der Beste bin.«

Gunhild beugte sich zu Giselher und gab ihm einen Kuss auf die Wange. Seit dem letzten Winter hatte er einen gewaltigen Schuss gemacht, war jetzt fast so groß wie sie und inzwischen sicher auch stärker, denn sein Brustkorb schwoll an, und seine Arme waren stark wie die eines Schmiedes. »Die Frau, die du eines Tages zum Weib nehmen wirst, hat großes Glück.«

Giselher lief rot an und holte tief Luft, doch bevor er etwas sagen konnte, schlug die Triangel. Die ersten Gäste kamen. Gunhild und Giselher rannten los, um sich an der Brücke zu postieren.

»Sieh nur! Die Fahnen des Königs.«

Gunhild beschattete ihre Augen. Kein Zweifel. Da flatterten die königlichen Fahnen im Wind, gehalten von Rittern in voller Rüstung. Das war nicht der Steuereintreiber, der die Schweine abholen wollte. Sie spürte ein flaues Gefühl im Magen. Weder der König noch ein Vertreter der Krone hatte sich angekündigt. Das war ungewöhnlich. Üblicherweise wusste man Wochen und Monate vorher, dass König Karl zu Besuch kam, damit man sich vorbereiten konnte. Sein Gefolge, oft mehr als dreihundert Menschen, musste verköstigt und untergebracht werden. Bisher war er jedoch noch nicht auf der Erphesburg eingekehrt. Gunhild wäre stolz gewesen, wenn er sie als Pfalz gewählt hätte, auch wenn er nur ein- oder zweimal im Jahr hier geweilt hätte.

Der erste Ritter der Vorhut, ein wahrhaft stattlicher Krieger, mit weichen und dennoch männlichen Gesichtszügen, hielt vor Gunhild an. »Weib, ist dies die Erphesburg?«

Giselher trat einen Schritt vor. Gunhild ahnte, dass er den Ritter zurechtweisen wollte. Die Tochter des Grafen so unfreundlich einfach mit »Weib« anzusprechen war eine grobe Unverschämtheit. Doch woher hätte der Ritter wissen sollen, wer sie war? Sie trug ein einfaches graues Gewand, ihr Gesicht war voller Staub, ebenso ihre Haube. Sie hielt Giselher zurück und deutete eine knappe Verbeugung an.

»So ist es, Herr Ritter. Wen darf ich melden?«

Der Ritter hob eine Augenbraue. »Ich wusste nicht, dass der Hausmeier der Erphesburg eine Frau ist. Aber man hat mir schon gesagt, dass die Thüringer ihre ganz eigenen Angewohnheiten haben.«

»Nun, das mag so sein, doch ich bin nicht der Hausmeier, sondern Gräfin Gunhild, die Tochter des Grafen Hardrad.«

Der Ritter zuckte zusammen. Sicherlich malte er sich

schon aus, wie er von seinem Hauptmann zurechtgestutzt würde.

»Verzeiht meinen Aufzug, aber ich führe die Aufsicht über den Tribut an unseren allergnädigsten König Karl. Fünfhundert Schweine. Kommt Ihr, sie abzuholen? Ihr scheint bestens dafür gerüstet.« Gunhild konnte sich die kleine Frechheit nicht verkneifen.

Der Ritter verbeugte sich tief. Gunhild schien es, dass er fast vom Pferd gefallen wäre. Doch er richtete sich wieder auf.

»Verzeiht mir, Gräfin Gunhild, Tochter des Hardrad. Ich konnte ja nicht wissen …«

»Schon gut, Ritter. Wie ist Euer Name? Und wer reist mit Euch?«

»Ich bin Friedhelm von Eigelstein, der Kastellan des Grafen Autkar von Grimoald, der höflichst um Eure Gastfreundschaft bittet, um mit Eurem Vater wichtige Dinge zu besprechen, die das ganze Reich betreffen.«

Wichtige Dinge, die das ganze Reich betreffen? Was konnte das sein? Rauften sich die Slawen doch zusammen?

»So seid willkommen, Friedhelm von Eigelstein. Gebt mir einen Moment, damit ich mich standesgemäß kleiden und Euch sowie Autkar von Grimoald angemessen begrüßen kann. Meine Eltern sind leider nicht anwesend, sie wären es jedoch bestimmt, hätten wir von Eurem Besuch gewusst.«

»Selbstverständlich, Gräfin Gunhild. Ich werde meinem Herrn Bescheid geben.«

Wieder verneigte er sich tief, wendete sein Pferd und trabte zu seinen Leuten, wo er zwischen den anderen Rittern verschwand. Es waren mindestens drei Dutzend, eine kleine Armee. Gunhild eilte in die Burg, Dado kam ihr entgegen.

»Gibt es Schwierigkeiten?«

Gunhild schüttelte den Kopf. »Es ist Autkar von Grimoald. Er bringt eine Botschaft für meinen Vater.«

»Graf Autkar? Er ist einer der engsten Berater des Königs. Man munkelt, Karl behandle ihn wie einen Sohn, und wer weiß, vielleicht ist er ja einer der zahlreichen Bastarde des Königs? Um welche Botschaft handelt es sich?«

Gunhild schmunzelte. Selten sah sie Dado dermaßen überrascht. »Wenn ich das wüsste, Dado, würde ich es dir sagen. Oder vielleicht auch nicht. Da Vater nicht anwesend ist, muss ich mich umziehen, um Graf Autkar begrüßen zu können. Bereite bitte alles vor, damit wir ihn angemessen empfangen können.«

»Natürlich, Herrin, wie Ihr wünscht.« Dado eilte zurück in die Burg, bellte Befehle. Gunhild wusch sich eilig das Gesicht und die Hände, rannte ins Schlafgemach ihrer Eltern, wo auch ihre Gewänder in einer Truhe verwahrt lagen. Sie zog ein smaragdgrünes Seidengewand an, legte die Bernsteinkette um, die Vater ihr von einem Zug gegen die Wilzen mitgebracht hatte, ordnete ihre Haare und steckte sie unter eine saubere weiße Leinenhaube.

Da stürmten Giselher und Warmunt in das Gemach. »Wer ist das? Der König?«, rief Warmunt.

Giselher zeigte aus dem Fenster. »Ein Ritter trägt das Reichsbanner! Das muss der König sein!«

Gunhild stemmte die Arme in die Hüften. »Ihr beide redet zu schnell und denkt zu langsam. Deswegen bleibt ihr in der Burg, hier in der Schlafkammer, und verhaltet euch still, oder ihr könnt was erleben. Ist das klar? Wenn ich euch brauche, lasse ich euch rufen.«

»Aber ich will den König sehen«, quengelte Warmunt.

»Es ist nicht der König. Der reist mit einem Gefolge,

das so groß ist, dass wir nur einen winzigen Teil aufnehmen könnten. Es ist Autkar von Grimoald, ein enger Vertrauter des Königs. Und jetzt ist Schluss. Muss ich euch einsperren?«

Ihre Brüder schauten auf den Boden, schüttelten die Köpfe.

»Gut.« Sie hatte jetzt wirklich keine Zeit, sich um die beiden zu kümmern. Solch hoher Besuch hatte einen Grund, und den wollte sie herausfinden. Sie rief die Mägde zusammen und erteilte ihnen schnell präzise Anweisungen. »Holt Wein aus dem Keller, dazu Schinken und Käse, einfach nur das Beste von allem. Kocht einen kräftigen Eintopf mit Rindfleisch, Rüben und Zwiebeln.«

Dann befahl sie vier der Wachen, sie zu flankieren und das Banner der Erphesburg zu tragen. Alle anderen sollten sich gut verteilen, sodass es aussah, als lebten doppelt so viele Menschen auf der Burg, und Spalier stehen.

Gunhild schritt durch die Vorburg hinaus vors Tor. Dort erwartete sie Friedhelm von Eigelstein, der sich bei ihrem Anblick tief verbeugte.

Der Ritter, der neben ihm auf dem Pferd saß, schwang sich aus dem Sattel und trat vor sie hin. Er war einen Kopf größer als sie, sein Wams spannte auf seiner breiten Brust, die schwarzen Haare trug er kurz wie eine Scheuerbürste. Sein Gesicht hatte die Züge edlen Geblüts, und er war keine dreißig Jahre alt. Ob er ein Nachfahre Karls war, konnte sie nicht sagen. Sie hatte den König noch nie von Angesicht zu Angesicht gesehen.

Graf Autkar musterte sie einen Moment, dann neigte er seinen Kopf ein wenig. Sie erwiderte den Gruß, schlug jedoch ihren Blick nicht nieder. Der Graf hob eine Augenbraue.

»Gräfin Gunhild, Tochter des Hardrad, wenn ich mich nicht irre.«

»Die bin ich. Und wer seid Ihr?«

Ein kurzes Lächeln spielte um seine Lippen. »Ich bin Autkar von Grimoald, Gesandter und Vertrauter des Königs. Stets zu Euren Diensten.«

»Seid willkommen in unserer bescheidenen Burg, Graf Autkar.«

Der Gesandte schaute sich um. »Eure Bescheidenheit ziert Euch, Gräfin Gunhild, doch ich sehe, dass Eure Burg sehr gut gerüstet ist. Die Palisaden sind stark, der Graben ist tief. Eure Bogenschützen haben einen weiten Blick, und wenn ich richtig gezählt habe«, er deutete mit dem Kopf in Richtung des Wehrganges, »stehen dort mindestens zwei Dutzend Schützen. Ich nehme an, sie treffen, was sie anvisieren?«

»Das will ich hoffen, denn sie üben jeden Tag, auch im Winter.« Gunhild wies auf die Burg. »Lasst uns hineingehen. Ich kann Euch kühlen Wein, Brot, Fleisch, Käse und eine heiße Suppe anbieten.«

Autkar von Grimoald betrachtete sie. »Da kann ich nicht widerstehen.«

Gunhild gefiel, dass er nicht nach ihrem Vater fragte, sondern sie als Gastgeberin anerkannte. Die meisten Adligen der Thüringer waren beleidigt, so nicht der Burgherr sie begrüßte, selbst wenn sie unangekündigt eintrafen. Vater hatte ihnen ins Gewissen geredet, doch die meisten waren Sturköpfe.

»Eure Männer können in der Vorburg das große Gästehaus beziehen. Bitte folgt mir.« Sie winkte dem Vorsteher der Knechte, der sogleich die Ritter einwies.

Graf Autkar nickte Friedhelm von Eigelstein zu, der

seinem Herrn folgte. Im großen Saal begrüßte sie Dado, der sich vor dem hohen Gast tief verbeugte. Er hatte eine Tafel aufstellen lassen, die sich unter all den Leckereien schier bog, die der Keller der Erphesburg zu bieten hatte.

Wie gut, dass bereits die Spielleute angekommen waren. Gunhild ließ sie rufen. Der Barde sang mit engelsgleicher Stimme ein Lied über die unvergängliche Liebe eines Edelmannes zu einer Maid, die bereits versprochen war. Der Edelmann grämte sich so sehr, dass er in einen aussichtslosen Kampf zog, in dem er tödlich verletzt wurde. Seine letzten Worte galten seiner großen Liebe.

Gunhild kam es vor, als würden die Worte des Sängers den Grafen auf besondere Weise berühren. War es ihm ähnlich ergangen? Litt er unter dem Schmerz einer unerreichbaren Liebe? Und warum war er hier? Was wollte er mit ihrem Vater besprechen, das so wichtig war? Ging es endlich um die Slawen? Um den Tribut? Gunhild fiel es schwer, nicht zu fragen, das ziemte sich nicht. Sie würde alles erfahren, sobald Vater mit Graf Autkar gesprochen hatte. Bis dahin musste sie sich gedulden, es sei denn, er würde von selbst darauf zu sprechen kommen.

Danach gab der Sänger ein Lied zum Besten, in dem König Karl gepriesen wurde. Graf Autkar applaudierte und warf dem Barden eine Münze zu, die dieser mit einer tiefen Verbeugung fing und in den Falten seines Gewands verschwinden ließ. Schließlich traten die Schlangenmenschen auf, die in der Lage waren, sich zu verbiegen wie ein Schilfrohr. Auch diese Darbietung nahm der Gast wohlwollend auf, denn er bedachte die Schlangenmenschen ebenfalls mit einem großzügigen Geschenk.

Schließlich bat er darum, sich zurückziehen zu dürfen. Gunhild hob die Tafel auf, geleitete Graf Autkar zu seinem

Gemach und kehrte dann zurück in den Saal. Die Mägde hatten bereits aufgeräumt, Decken und Strohsäcke zurechtgelegt. Alle bis auf die Männer der Nachtwache begaben sich zur Ruhe. Gunhild stieg zu ihrer Kammer hinauf. Sie brauchte allerdings lange, bis sie einschlafen konnte, denn immer wieder spukten ihr Gedanken durch den Kopf, die sich nur um eins drehten:

Was wollte Graf Autkar hier?

15

Mitte Mai 786, Erphesburg

Autkar öffnete die Augen, durch das Fenster drang schwaches Morgenlicht. Er hatte tief und fest geschlafen, hatte sich sicher gefühlt, auch weil Friedhelm wie immer für seinen ungestörten Schlaf gesorgt hatte.

Er dachte an den Abend zurück. Karl hatte ihm nicht zu viel versprochen. Gunhild war schön, intelligent, sie konnte mit Untergebenen umgehen, war gewandt und galant und kannte sich mit den höfischen Gepflogenheiten aus. Nur mit ihren Brüdern hatte sie so ihre liebe Not. Sie waren in den Saal gestürmt und hatten ihn bedrängt, zu sagen, was er auf der Erphesburg wolle. Gunhild hatte sie verscheucht, er hatte sich amüsiert über die beiden, die tollpatschig wie zwei Welpen mit eingekniffenen Schwänzen davongeeilt waren. Von Brüdern konnte Autkar ein Lied singen. Er hatte ebenfalls zwei, die nie müde wurden, ihn infrage zu stellen. Die beiden waren allerdings bereits Gaugrafen. Karl hatte ihnen Ländereien in der Awarenmark und im Langobardenland als Lehen überlassen. Insofern störten sie ihn zurzeit nicht.

Gunhild hatte seinen Geschichten aufmerksam zugehört, kluge Fragen gestellt und ihn mit einigen netten Anekdoten zum Lachen gebracht. Doch ein Funke war nicht übergesprungen. Kein Gefühl der Liebe war wie ein Blitz auf ihn niedergefahren, er war bei ihrem Anblick nicht erschauert, und es hatte sich auch kein Verlangen nach ihrem Körper geregt. Zweifellos war sie eine gute Partie, Hardrad würde sich glücklich schätzen, dass Karl sie ehrte, indem er sie ihm zur Frau gab. Durch die Ehe wäre Hardrad eng mit dem Hof verbunden, man würde ihn hören, wenn er fragte, man würde ihn über kurz oder lang in den Rat berufen. Bisher waren Hardrads Bitten um eine Audienz stets abgelehnt worden. Was Autkar für einen Fehler hielt. Nun ja, Karl machte mit der Hochzeit zwischen ihm und Gunhild den Fehler mehr als wett. Ganz nebenbei würde Karl nach der Eheschließung den Thüringern den Tribut von fünfhundert Schweinen erlassen. Die Sachsen würden für Nachschub sorgen, und das nicht zu knapp. Karl würde von ihnen eintausend verlangen. Grund für neuerliche Schwierigkeiten, da war sich Autkar sicher. Die Sachsen würden erst klein beigeben, wenn der letzte aufmüpfige Fürst entweder tot war oder das Land verlassen hatte.

»Theodorus!«, rief Autkar. Augenblicklich stürmte sein Kammerdiener ins Zimmer.

»Herr, was ist Euer Begehr?«

»Ich möchte mich waschen, und dann brauche ich ein anständiges Frühstück mit Speck, Brot und Bier.«

»Sehr wohl, Herr.« Er klatschte in die Hände, woraufhin vier Knechte einen Badebottich in die Kammer trugen. »Das Wasser ist wohltemperiert, soll ich Euch den Rücken schrubben?«

Autkar hob eine Augenbraue und steckte einen Finger in den Bottich. »Das sieht aus wie Hühnersuppe.«

Theodorus wurde blass. »Herr, ich dachte, ich …«

»Schon gut«, sagte Autkar und feixte. »Ich mag Hühnersuppe.« Er zog sich aus und stieg in den Bottich, seufzte wohlig. »Kräuter. Salbei, Wacholder. Köstlich. Du weißt, was ich brauche. Was werde ich nur ohne dich machen, wenn du selbst Herr sein wirst und mich verlässt?«

»Das, Herr, weiß ich auch nicht.«

Autkar lachte lauthals. »Anstatt frech zu sein, besorg mir lieber mein Frühstück.«

Wieder klatschte Theodorus in die Hände, und schon trugen zwei Diener gebratenen Speck, Brot und Braten herein und richteten alles auf einem Brett, das über dem Zuber lag, so an, dass Autkar sich nicht einmal vorbeugen musste, um das Essen zu erreichen. Er kostete von dem Wein, schnitt sich ein Stück frisches Brot ab, legte eine Scheibe Braten und Speck darauf. Die Erphesburg hielt alles bereit, was für eine angenehme Mahlzeit nötig war.

»Lasst mich allein«, sagte Autkar leise. »Nur Theodorus bleibt.«

Die Diener zogen sich zurück, ebenso die Wachen, die sich vor der Tür postierten.

Autkar zeigte auf das Brett. »Greif zu, mein Guter. Es ist genug, um eine kleine Armee zu versorgen.«

»Ich danke Euch, Herr.«

An sich hätte Autkar bei Theodorus auf die förmliche Ansprache verzichtet, aber Karl hatte ihn gelehrt, dass dies gefährlich werden konnte. Ein zu vertrautes Verhältnis öffnete Tür und Tor für Verrat. Und dem konnte jeder Mensch anheimfallen, wenn der Einsatz nur groß genug war. Karl konnte ein Lied davon singen. Er war mehr als einmal verraten worden, und ständig schwebte das Schwert der Eidbrüchigen über ihm. Deshalb achtete Autkar darauf, seine Männer gerecht und mit Respekt zu behandeln. Jeder durfte einen Fehler begehen, denselben sogar zweimal, ohne dass er Strafe oder Tadel fürchten musste, solange er sich bemühte, beim nächsten Mal richtig zu handeln. Nur bei seinen Hauptleuten war er strenger, denn machten diese Fehler, so konnte eine Schlacht verloren gehen, und viele wertvolle Männer fanden den Tod. Doch sollte jemand seinen Fehler zu vertuschen suchen, dann kannte Autkar keine Gnade.

Theodorus vertraute er vorbehaltlos. Er stammte aus Konstantinopel, der Hauptstadt des Byzantinischen Reiches, mit dem Karl Grenzkonflikte hatte. Das Reich der Awaren lag zwischen seinem Herrschaftsgebiet und dem Konstantinopels, und auch die langobardischen Ländereien waren stets ein Zankapfel. Ganz abgesehen davon, dass die Byzantiner so manchen Irrlehren anhingen, auch wenn sie sich als Christen bezeichneten. Sie hielten allen Ernstes die heilige Maria Mutter Gottes für nicht unbefleckt.

Autkar hatte Theodorus nach einem Scharmützel mit einigen anderen aus den Klauen der Byzantiner befreit. Er war mit einer Patrouille auf dem Weg in die Hauptstadt gewesen und sollte von diesen wegen Hochverrats hingerichtet werden. Sein Verbrechen bestand darin, nicht den katholischen byzantinischen Glauben zu praktizieren. Autkar war schnell klar geworden, dass dieser Mann mehr konnte als nur lesen und schreiben. Er konnte in großen Zusammenhängen denken, konnte Muster erkennen, wo andere nur eine graue Fläche sahen. Anstatt ihn gegen eine hohe Summe an die Gegenseite auszuliefern, hatte er Theodorus einen Handel vorgeschlagen: Er würde ihn ziehen lassen, wohin er wollte, oder er trat für zehn Jahre in seine Dienste als sein Kammerdiener, Sekretär und Mann für spezielle Aufgaben. Dann sollte er seine eigenen Wege gehen dürfen, ausgestattet mit Land und Geld.

»Hast du Erfolg gehabt?«

Theodorus schluckte einen Bissen herunter. »Ja, und es wird Euch nicht gefallen.«

»Ich bin Kummer gewöhnt.« Autkar nahm sich einen Apfel und biss hinein. Er war süß und saftig, durch die Lagerung hatte er Wasser verloren, aber nicht sein Aroma.

»Ich fürchte, wir kommen zur Unzeit.« Theodorus holte tief Luft. »Hardrad und seine Gemahlin Brunichild werden noch heute zurückkehren, und zwar nicht allein. Sie werden begleitet von Hugbert von Sulaha. Er soll Gunhild im Laufe des Frühlingsfestes heiraten.«

Der Apfel schmeckte plötzlich bitter. Autkar legte den Rest zurück auf das Brett. »Wieso wussten wir nichts davon?«

Theodorus verzog den Mund. »Hardrad hat mehrfach versucht, mit Karl darüber zu sprechen, aber unser König hatte nie Zeit. Also, so sagen es zumindest die Mägde und Knechte, hat Hardrad es irgendwann aufgegeben und seine eigenen Pläne gemacht.«

»Verdammt«, entfuhr es Autkar. Er hatte sich auf angenehme Verhandlungen über den Ehevertrag eingestellt, denn Karls Angebot an Hardrad war wahrhaft königlich. Dass er mit seiner »frohen Botschaft« unter Umständen einen Aufstand vom Zaun brechen würde, damit hatte er nicht gerechnet. Nun blieb ihm nur noch der Versuch, Hardrad zu überzeugen, dass eine Heirat Gunhilds mit ihm die beste Lösung war, für alle Beteiligten.

Hörner erklangen, es klopfte an der Tür. Autkar schob das Brett weg und erhob sich aus dem Wasser. »Herein.«

Die Tür schwang auf. Gräfin Gunhild trat in den Raum, betrachtete ihn ohne Scheu von oben bis unten, blieb mit den Augen für einen Wimpernschlag an seiner Narbe, die quer über seine Brust verlief, hängen und schlug dann den Blick nieder. »Verzeiht die Störung, Graf Autkar. Meine Eltern sind soeben eingetroffen und würden sich freuen, Euch begrüßen zu dürfen.«

Autkar musste sich beherrschen, nicht laut aufzustöhnen. »Ich danke Euch, Gräfin Gunhild. Ich bin in wenigen Augenblicken bereit.«

Gunhild verneigte sich und verließ den Raum. Theodorus reichte ihm ein Tuch zum Abtrocknen. In Gedanken versunken nahm er es entgegen, denn er überlegte fieberhaft, wie er eine Katastrophe verhindern konnte. Doch ihm fiel nichts ein.

16

Alkuin nickte den Wachen zu und betrat Karls Zelt. Einige Monate waren seit der Taufe Widukinds in Attigny vergangen, der Frühling hatte Einkehr gehalten, und tatsächlich, die Sachsen hatten sich ruhig verhalten, es hatte nur unbedeutende Zwischenfälle gegeben, die jedoch nichts mit einem Aufstand zu tun hatten. Doch gerade als Karl darüber nachdachte, den widerspenstigen Bretonen einen Besuch abzustatten, traf die Nachricht ein, dass Wolfher, der Sachsenfürst, der sich von Widukind losgesagt und Rache geschworen hatte, die Büraburg belagerte.

Karl hatte nicht gezögert und war sofort mit einer Abteilung Berittener aufgebrochen, um den Eingeschlossenen zu helfen. Noch ein Tagesritt trennte sie von der bedrohten Burg. Die Nacht war mild, die Sterne funkelten, die Männer scharten sich ums Lagerfeuer. Es herrschte Stille, so wie meistens am Vorabend einer Schlacht. Denn morgen würden sie den Sachsen entgegentreten, und es waren nicht wenige. Die Boten hatten von mindestens dreihundert gesprochen, sie waren nur fünf Dutzend. Alkuin wollte Karl davon überzeugen, zu warten, bis Verstärkung aus Minda eingetroffen war. Dort lagen fast tausend Mann Fußvolk, doch nur eine Handvoll Berittene. Es würde mindestens fünf Tage dauern, bis sie herangeführt waren.

»Alkuin, mein Guter. Seid Ihr wohlauf?«

Alkuin verbeugte sich tief. Karl war wie immer in Arbeit vertieft. Drei Schreiber waren damit beschäftigt, Schriftstücke aufzusetzen, die er ihnen diktiert hatte, ein weiterer hatte ihm eine Urkunde verlesen, damit jedoch aufgehört, als Alkuin hereingekommen war. »Diese Nacht ist geeignet, Helden zu zeugen oder zumindest von ihnen zu singen.«

Karl lachte leise. »Oder um einen König zu überreden, seine heilige Pflicht zu vernachlässigen, seinen getreuen Untertanen zu Hilfe zu eilen.«

»Die sich nichts sehnlicher wünschen, mein König, davon bin ich überzeugt. Genauso sicher bin ich mir, dass sie nicht wollen, dass ihr König in Gefahr gerät, weil er eine überlegene Streitmacht angreift.«

Karl faltete die Hände. »Mein lieber Alkuin. Ich weiß Eure Sorge zu schätzen und würde sie ernst nehmen, wenn Ihr Euch nicht ständig sorgen würdet. Wollt Ihr mich nicht am besten in Eisen schlagen und an einen Pflock binden?«

»Ein guter Vorschlag, mein König. Doch ich fürchte, ich werde keinen Schmied finden, der dies wagt.«

»So lasst uns lieber über den morgigen Tag sprechen.« Er zeigte auf eine Karte. »Das ist die Büraburg. Ich habe die Mauern schon vor einigen Jahren verstärken lassen. Sie sind jetzt sechs Fuß stark. Daran werden sich die Sachsen die Köpfe blutig rennen.«

Alkuin warf einen Blick auf die Karte und erkannte sofort die Schwachstelle. Er zeigte auf das Südtor. »Sie werden nicht die Mauern angreifen. Sie werden dieses Tor in Brand stecken. Und dann die Burg verwüsten.«

»Das habt Ihr gut erkannt, Alkuin, und Ihr habt recht. Aus diesem Grunde habe ich dem Burggrafen befohlen, das Tor nach innen hin mit einem Gang zu versehen, der an beiden Seiten von Mauern und Zinnen gesäumt ist. Wer immer das Südtor durchbricht, wird einen Vorgeschmack auf die Hölle bekommen, denn Öl und Pech wird auf ihn niederregnen und das Fleisch von seinen Knochen brennen.«

Alkuin nickte. »Also werden sie die Burg belagern, jedoch nicht einnehmen können. Was, glaubt Ihr, werden sie dann unternehmen? Sie werden Friedeslar dem Erdboden gleichmachen, und alle Dörfer, derer sie habhaft werden, denn das Kloster hat keinen Schutz.«

»Genau deshalb bin ich so in Eile. Um die Büraburg mache ich mir keine Sorgen, und die Brüder dort werden so klug gewesen sein, sich in Sicherheit zu bringen. Ich werde die Sachsen verfolgen und gefangen nehmen. Ich werde Wolfher genau an derselben Stelle foltern und hinrichten lassen, an der diese heidnische Eiche der Sachsen gestanden hat. Und jeden, den ich mit ihm aufgreife.«

Karl hatte nicht die Stimme gehoben. Alkuin wusste, was das bedeutete. Nur Gott allein hätte ihn von seinem Vorhaben abbringen können.

»Mein König, habt Ihr in Betracht gezogen, dass es eine Falle sein könnte?«

Karl schaute ihn empört an. »Alkuin, wie, glaubt Ihr, habe ich es bis heute erreicht, dass das Reich stetig wächst?«

Alkuin setzte zum Sprechen an, aber der König unterbrach ihn.

»Weil ich jede Falle riechen kann.« Karl schmunzelte. »Und weil ich hervorragende Späher und Spione habe. Wolfher glaubt, ich hätte meine Augen von den Sachsen abgewandt. Er wähnt mich in der Bretagne. Ein tödlicher Fehler.«

Alkuin seufzte. »So, wie ich es sehe, habt Ihr alles bedacht, mein König. Möge Gott mit uns sein.«

Karls Stimme klang warm und begütigend wie die eines
Vaters. »Das wird er, Alkuin, das wird er.«

17

Mitte Mai 786, Aquis, Königspfalz

Fastrada winkte einer Dienerin. »Lass warmes Wasser kommen.«

Das junge Ding eilte davon. Sie war vielleicht vierzehn oder fünfzehn und Tochter eines fränkischen Burggrafen, der sie am Hof untergebracht hatte. Manchmal kam sie sich vor wie in einem Taubenschlag, so oft wechselten die Dienerinnen. Nur Bertulda und Friesonia waren bei ihr geblieben, seit sie in die Gemächer der Königin eingezogen war. Beide waren Jungfern, obwohl sie bereits aus dem Heiratsalter heraus waren, und würden wohl niemals eine Familie gründen. Bertulda war vierunddreißig und Friesonia sechsunddreißig.

Nur wenig später trugen Mägde einige Eimer Wasser herein. Sie prüfte es, nickte, die Mägde gossen es in den Zuber, nachdem sie kaltes Wasser abgeschöpft hatten. Wie gerne hätte Fastrada Karl im Badezuber begrüßt. Dort gingen sie nicht nur der Fleischeslust nach, sondern besprachen auch wichtige Belange des Reiches, legten Strategien fest, tauschten Gedanken und Ideen aus. Karl vertraute ihr vorbehaltlos, das machte sie stolz. »Du bist mein Fels in der Brandung«, hatte er gesagt, bevor er zur Büraburg aufgebrochen war. »Deswegen kann ich in aller Ruhe tun, was getan werden muss.«

Die Spione ihres Vaters hatten berichtet, die Büraburg würde von sächsischen Abtrünnigen unter Wolfher angegriffen werden. Fastrada hatte Karl nicht aufhalten können. Wutentbrannt hatte er jeden Berittenen genommen, der verfügbar war, hatte sich in den Sattel geschwungen und mit der gereckten Faust das Zeichen zum Aufbruch gegeben. Auch Alkuin hatte Karl vergeblich gedrängt, das Vorhaben aufzugeben. Dieser Besserwisser hatte zuvor bei ihr vorgesprochen und sie angefleht, ihren Gemahl von der Unternehmung abzubringen. Was glaubte dieser Esel eigentlich? Dass sie blind war? Dass sie Karls Spielzeug war? Sie wusste alles, was der König wusste, und noch einiges mehr.

Sie hatte Karl nicht abhalten wollen, weil sie ihn in Gefahr sah, sondern weil sie jeden Moment mit ihm genießen wollte, solange es noch ging. Sie hatte ihm verschwiegen, dass sie fast zwei Wochen lang furchtbare Schmerzen gehabt hatte, dass ihre Blutung schon einige Zeit ausgeblieben war und dass sie fürchtete, ein Kind verloren zu haben. Nichts hatte geholfen. Kein heißes Bad, kein Aderlass und kein Kraut. Dennoch hatte sie die Staatsgeschäfte nie vernachlässigt und jeden Tag drei Messen für Karl während seiner Abwesenheit lesen lassen, auch wenn der eine oder andere Geistliche gemurrt hatte.

Sie sehnte sich nach Karl und hätte ihn am liebsten begleitet, doch das hatte er nicht zugelassen. Natürlich nicht. Er wollte sie schützen und hatte seinen Befehl erneuert, dass sie sich auf keinen Fall dem Wetter aussetzen dürfe, dass sie auf keinen Fall reiten dürfe, dass sie auf keinen Fall zu viel arbeiten dürfe. Karl war es gewohnt, dass sie seine Befehle nicht nur in Zweifel zog, sondern manchmal auch rundweg missachtete. Er lobte sie vor allem dann, wenn sich herausstellte, dass sie am Ende entgegen seiner Auffassung recht behalten hatte. Doch was ihre Gesundheit anging, da verstand er keinen Spaß.

So wie bei dem Abt von Worms, der sie vor einigen Monaten während einer Zusammenkunft der Äbte beleidigt hatte. Sie hatte Polder angewiesen, sich den aufmüpfigen Abt genauer anzuschauen, und siehe da, es hatte sich herausgestellt, dass der gute Mann seine Bücher gefälscht und dem König zu wenig jährlichen Zins gezahlt hatte, Geld, mit dem Karl üblicherweise den Schutz der Klöster sicherstellte. Als Karl davon erfuhr, hatte er den Abt nach Aquis bestellt. Doch war er leider nicht angekommen. Räuber hatten ihn und seine Begleiter überfallen und den Abt zum Herrgott geschickt, der über ihn richten und ihn mit Sicherheit in die Hölle werfen würde. Der neue Abt war ein treuer Diener des Königs, von ihm war kein Betrug zu erwarten, dennoch hatte Fastrada den Befehl erteilt, alle Klöster zu prüfen, hatte Königsboten in alle Himmelsrichtungen ausgesendet und bei der Gelegenheit ihnen die korrigierten Fassungen der Bibel mitgegeben, nach denen die Äbte ab sofort ihre Messen lesen würden, damit das Wort Gottes endlich unverfälscht die Seelen ihrer Untertanen erreichen würde. Dabei ging es ihr nicht um die Bauern, die ja Latein weder lesen noch verstehen konnten, die es auch nicht sollten. Es ging um die Kleriker, um die Grafen, all die, die Karls Macht sicherten. Und die Prediger, die dem niederen Volk das Wort Gottes näherbrachten.

Bertulda trat an den Badezuber, verneigte sich. »Polder möchte Euch sprechen, Herrin.«

»Bitte ihn herein.«

Bertulda ging gebeugt zwei Schritte rückwärts, richtete sich auf, öffnete die Tür und zeigte in den Raum. Polder schritt an ihr vorbei. Fastrada konnte an seinem Gesichtsausdruck erkennen, dass etwas vorgefallen sein musste, das ihn in Wut versetzt hatte.

»Herrin, vergebt mir, dass ich Euch störe, aber es geht um die Gaugrafen aus dem Burgund.«

Fastrada schlug mit der Hand ins Wasser, dass es nur so spritzte. Polder bekam einige Tropfen ab. »Nicht schon wieder. Die gebärden sich ja wie die Sachsen.«

»Sie sind hier. Unangemeldet. Verlangen, Euch zu sprechen.«

Fastrada stieg das Blut in den Kopf. Diese unverschämten Hunde! Doch diesmal würden sie sich wundern. Denn Karl, der diese Kerle immer sanft behandelte, war nicht anwesend, und sie würde ihnen eine Lektion erteilen, die sie so schnell nicht vergessen würden.

»Schickt sie in den Königssaal, und lasst sie von der Leibgarde bewachen.«

Polder verzog sein Gesicht zu einem Lächeln. »Ihr werdet sie angemessen begrüßen?«

»Sie werden sich wünschen, das schöne Burgund nie verlassen zu haben. Bringt mir meine Peitsche.«

18

Mitte Mai 786, Erphesburg

Autkar musste zugeben, dass Hardrad eine gute Wahl für seine Tochter getroffen hatte. Hugbert von Sulaha war eine imposante Erscheinung. Er maß über sechs Fuß, trug eine Lanze so leicht wie andere einen Stock und beherrschte Schwert und Bogen formvollendet; kein Wunder, hatte er doch beides von Kindesbeinen an geübt. Auch als Reiter vermochte er zu glänzen. Er und sein schwarzer Hengst waren wie ein Wesen, keiner der anderen Berittenen konnte ihm das Wasser reichen. Bei einer Reiterattacke hätte er sich ihn an seiner Seite gewünscht.

Hardrad hatte an nichts gespart und alles von Rang und Namen zur Hochzeit seiner Tochter eingeladen. Mit jeder Stunde füllte sich das Lager vor den Toren der Burg mehr und mehr, mit jeder Stunde wurde Autkars Aufgabe schwieriger. Thüringische Fürsten aus allen Teilen des Landes waren eingetroffen, und mit jedem Edlen, der von Graf Hardrad und Gräfin Brunichild begrüßt wurde, spitzte sich seine Situation weiter zu. Schon längst waren er und seine Männer hoffnungslos in der Unterzahl. Mit Gewalt konnte Autkar also nichts erreichen, er musste verhandeln. Und die Zeit drängte.

In vier Tagen fand die Hochzeit statt, bis dahin musste

er Hardrad begreiflich gemacht haben, dass es diese Hochzeit nicht geben würde. Und Hardrad musste zustimmen, musste sein Haupt beugen, seine Gäste und vor allem Graf Hugbert nach Hause schicken. Je eher, desto besser. Immer wieder hatte Autkar eine Gelegenheit gesucht, mit Hardrad zu sprechen, doch stets war etwas dazwischengekommen, und er wollte den Grafen nicht in aller Öffentlichkeit vor den Kopf stoßen. Jetzt ergab sich allerdings eine gute Möglichkeit.

Hardrad hatte ihn zur Jagd eingeladen, an der auch seine Tochter teilnehmen würde, ungewöhnlich, aber Gunhild und ihr Vater hatten ein besonderes Verhältnis, das Autkar beeindruckte. Sie war wie ein Sohn für den Grafen, und sie besaß in der Tat so einiges, um das sie viele Männer beneiden würden. Stärke, Weitsicht, Klugheit. Sie konnte lesen und schreiben, war bewandert in allen Dingen der Staatskunst. Je mehr Autkar über Gunhild erfuhr, desto mehr verstand er, warum Karl sie ausgewählt hatte. Autkar hoffte inständig, dass Hardrad ein Einsehen haben würde.

Bevor die Jagd begann, wollte er Hardrad einen Moment zur Seite nehmen. Er trat vor das Tor, wo er den Blick über die Zelte schweifen ließ. Es waren mehr als drei Dutzend, ein kleines Heerlager, mit gut hundert Berittenen in voller Rüstung, mit Schuppenpanzern, Schilden und Lanzen, sowie Bogenschützen. Zumindest würde kein Slawe es wagen, das Fest zu stören. Der einzige Störenfried war er. Graf Hardrad und Gunhild kamen lächelnd auf ihn zu.

»Autkar von Grimoald! Ihr seht blendend aus.«

Autkar verneigte sich knapp. »Ich danke Euch für Eure Worte, Graf Hardrad.« Dann wandte er sich an Gunhild, neigte sein Haupt. »Doch im Glanze Eurer Tochter fühle ich mich wie eine graue Maus.«

Gunhild schmunzelte. »Das mag für Euer Wams zutreffen, aber Eure Worte haben durchaus ihren eigenen Glanz.«

Autkar sah Hardrad nach Luft schnappen, doch Gunhild verzierte ihre derben Worte mit einem Lächeln, das Steine hätte schmelzen können. »Ich versichere Euch, dass jedes meiner Worte mein voller Ernst ist, so wahr mir Gott helfe.«

Gunhild nickte. »Verzeiht mir, Graf Autkar, ich hätte Euch auch ohne einen Schwur Glauben geschenkt.«

Er hätte das geistreiche Geplänkel gerne fortgesetzt, auch wenn es ihn schmerzhaft an die Gespräche mit Emhild erinnerte. »Verehrter Graf, darf ich Eure Zeit kurz in Anspruch nehmen? Bis die Jagd beginnt, ist es noch ein wenig hin. Ich müsste dringend etwas mit Euch besprechen, das Eure Stellung bei Hofe angeht.«

Hardrad hob die Augenbrauen. »Wenn es eilt, so soll es mir recht sein. Lasst uns ein Stück zur Seite gehen.«

Gunhild machte Anstalten, ihnen zu folgen, doch das war Autkar nicht recht. Sie würde sicherlich ebenfalls nicht begeistert sein, und einen starken Willen zu beugen war ihm im Augenblick schon mehr als genug. »Verzeiht, Gräfin Gunhild, aber ich würde gerne mit Eurem Vater …«

»Vergesst es, Graf Autkar. Wenn es um solch wichtige Dinge geht, dass Ihr mich vor einer Jagd sprechen wollt, dann muss meine Tochter jedes Wort hören.«

Hardrads Ton war nicht mehr ganz so freundlich. Autkar nickte. Das hätte er sich denken können, aber vielleicht würde Gunhild ja für ihn Partei ergreifen. So klug, wie sie war, konnte er sich das gut vorstellen. »Verzeiht, selbstverständlich.«

Sie verließen die Vorburg. Hardrad wies seine Männer an, sie so abzuschirmen, dass sie in Ruhe sprechen konnten.

»Nun, Graf Autkar, worum geht es?«

Autkar zögerte einen Moment. Er würde zuerst mit der guten Nachricht herausrücken. »Karl hat eingesehen, dass Ihr über jeden Zweifel erhaben und ein treuer Diener der Krone seid. Deshalb hat er beschlossen, Euch zum Herzog der Thüringer zu ernennen. So müsst Ihr ab jetzt nur noch dem König Rechenschaft ablegen, und alle Fürsten Thüringens schulden Euch Gehorsam.«

Gunhild riss die Augen auf und schlug eine Hand vor den Mund. Gute Güte! Sie reagierte, als hätte er sie aufgefordert, ihr Gewand abzulegen und nackt zu tanzen. Auch Hardrad zog ein Gesicht, als hätte er ihm gestanden, dass Autkar seine Frau geschwängert habe.

»Graf Autkar«, sagte Hardrad mit unverkennbar unterdrückter Wut. »Dass der König mich seit Jahren nicht empfangen will und auch kein Gehör meinen allzu berechtigten Anliegen schenkt, ist nicht besonders erheiternd und stellt meine Treue immer wieder auf die Probe, die dennoch unverbrüchlich ist. Unser König weiß anscheinend nicht genug über die Sitten und Gebräuche der Thüringer.«

Autkar kam sich wie ein Bauerntölpel vor, der gestolpert und mit dem Gesicht mitten in einen Kuhfladen gestürzt war. Wenn Graf Hardrad auf diese Neuigkeit schon so heftig reagierte, was würde er dann erst machen, wenn Autkar ihm eröffnete, dass die angesetzte Hochzeit nicht stattfinden würde?

»Ich fühle mich geehrt«, fuhr Hardrad in einem Ton fort, der das genaue Gegenteil nahelegte, »doch die Thüringer wählen ihren Herzog auf der Versammlung der Fürsten selbst oder bestimmen ihn während eines Feldzuges. Im Moment kommen wir ohne Herzog aus, denn es steht keine große Schlacht bevor, für die wir die Bewaffneten zusammenrufen müssten. Oder wisst Ihr mehr als ich? Drohen die Slawen erneut, das Reich anzugreifen, so wie es im Winter schien?«

Es war an der Zeit, Graf Hardrad darauf hinzuweisen, an welcher Stelle er im Fränkischen Reich stand. »Und Ihr solltet wissen, dass die Befehle des Königs nicht angezweifelt werden. So wie Eure Untertanen Euch gehorchen, so habt Ihr dem König zu gehorchen.«

Autkar entging nicht das Entsetzen in den Augen der Tochter, der Graf jedoch funkelte ihn voller Hass an.

»Dann richtet dem König aus, dass kein thüringischer Fürst ihm je den Treueid geschworen hat. Wir sind Teil des Reiches, weil es sinnvoll ist, weil wir treu sind, weil wir den König respektieren. Anscheinend hat Karl das ebenso vergessen wie meine Versuche, mit ihm zu reden. Doch ich will keinen Streit mit dem König. Richtet ihm aus, dass ich sein Anliegen im Rat der Thüringer vorbringen und ihn wissen lassen werde, wie dieser entscheidet. Können wir jetzt zur Jagd aufbrechen?«

Autkar legte eine Hand auf sein Schwert. »Ihr vergreift Euch im Ton, Graf Hardrad. Es steht Euch nicht zu, Euch den Befehlen des Königs zu widersetzen.«

Hardrad trat näher, fast berührten sich ihre Nasenspitzen. »Graf Autkar, nehmt Eure Hand vom Schwertknauf, meine Männer könnten es missverstehen.«

Wut kochte in Autkar hoch. Was bildete sich dieser Provinzgraf ein? Sollte ihm selbst ein Leid geschehen, würde Karl die Erphesburg schleifen lassen und alle Güter, die dem Kerl gehörten, zu Staub zermahlen. Dennoch nahm Autkar die Hand vom Knauf. Er musste seinen Auftrag erfüllen, und das konnte er nur, wenn er am Leben war. Hardrad wich einen Schritt zurück. Trotzdem sah sich Autkar nicht mehr genötigt, ihn freundlich zu behandeln.

»Ihr seid ab sofort Herzog von Thüringen, ob es Euch gefällt oder nicht, und seid Karl gegenüber zur Rechenschaft verpflichtet. Solltet Ihr dem nicht nachkommen, werdet Ihr die Verantwortung dafür tragen.«

»Vater«, sagte Gunhild vorsichtig. »Wäre es nicht besser, Karls Wunsch zu befolgen? Ich bin mir sicher, unsere Freunde werden es verstehen. Bedenke, meine Hochzeit steht bevor, und ich wünsche keine Zwietracht zwischen uns und dem König oder Graf Autkar.«

Hardrad betrachtete seine Tochter, sein Gesichtsausdruck wurde weicher. Ohne Autkar von Grimoald anzusehen, sagte er: »Jetzt wisst Ihr, warum ich meine Tochter dabeihaben wollte. Sie hat recht.« Er wandte sich nun direkt an Autkar. »Richtet dem König aus, ich werde seinen Wunsch erfüllen und meine Freunde davon überzeugen, dass es für uns alle von Vorteil ist.«

Gunhild hatte wahrhaftig großen Einfluss auf ihren Vater. Doch die weitaus größere Kröte, die sie beide zu schlucken hatten, kam erst noch.

»Ich bin froh, dass Ihr ein Einsehen habt, Herzog Hardrad, doch da ist noch etwas, das ich Euch sagen muss.«

19

Mitte Mai 786, Erphesburg

Gunhild spürte ein Ziehen im Magen und hatte das Gefühl, dass es plötzlich kälter geworden war.

Noch niemals hatte der König so sehr in ihre Rechte eingegriffen. Ihr schien es, als ob ihm die Thüringer vollkommen gleichgültig waren, obwohl sie treue Gefolgsleute Karls waren und ihn nie im Stich gelassen hatten. Dass er ihrem Vater zutraute, die Thüringer anzuführen, schmeichelte ihr, und Vater war zweifelsfrei der Richtige, aber niemand durfte den Herzog einfach so nach Lust und Laune bestimmen. Bislang hatten sich einige thüringische Fürsten dazu aufgeschwungen, doch sie hatten ihr Vorhaben schnell aufgegeben, denn es hatte sich ihnen kein anderer Fürst angeschlossen.

Wenn Autkars frohe Botschaft schon ein Schlag gegen die Rechte der Thüringer gewesen war und er mit diesen Worten begann, welchen vergifteten Pfeil mochte er jetzt abschießen? Erhöhte der König den Tribut? Sollten sie alle wehrfähigen Männer aufbieten, sodass die Felder brach lagen und der Wald nicht gerodet werden konnte?

Autkar holte tief Luft. »Karl hat in seiner grenzenlosen Weisheit und Güte beschlossen …« Er machte eine Pause und sah Gunhild an.

Ihr gefror das Blut in den Adern. Das war es also. Wie konnte der König es wagen? Wusste er nicht, was er damit vom Zaun brechen würde? Auch ihr Vater schien begriffen zu haben. Er versteifte sich, seine Miene versteinerte, er ballte die Fäuste.

»… dass ich Eure Tochter zur Frau nehmen werde.«

Gunhild schloss kurz die Augen, bemühte sich um einen halbwegs ruhigen Ton. »Graf Autkar! Seid Ihr Euch im Klaren darüber, was das bedeutet?« Sie ließ ihn nicht zu Wort kommen. »Auch wenn eine Heirat mit Euch eine große Ehre wäre, wir können nicht zustimmen. Mein Vater müsste eidbrüchig werden, denn ein Heiratsversprechen ist bei uns einem Schwur gleich. Er müsste vierhundert Pfund Silber Strafe zahlen. Er würde als Eidbrüchiger niemals als Herzog akzeptiert. Vielleicht hat der König in seiner unendlichen Weisheit das eine oder andere übersehen? Karl kann nicht beides haben. Die Frau und den Herzog. Ich bitte Euch. Reitet in Frieden zurück und schildert dem König die Lage. Erklärt ihm, dass ich nicht zur Verfügung stehe.«

Gunhild kam eine Idee. Der König wollte die Autkarer mit den Hardradern verbinden. Keine schlechte Idee. Aber das ging ja auch anders. Aus den Augenwinkeln sah sie ihren Vater um Fassung ringen. Hoffentlich hatte Autkar von Grimoald ein Einsehen.

»Meine Brüder Giselher und Warmunt wären überglücklich, eine Tochter des Königs zur Frau zu nehmen. Oder die Tochter eines anderen fränkischen Edlen, um die Verbindung zwischen den Thüringern und den Franken zu stärken.«

»Ihr seid eine kluge Frau, Gräfin Gunhild. Doch Karls Töchter sind unantastbar. Der König würde an meinem

Verstand zweifeln, schlüge ich ihm vor, sie zu verheiraten. Ich werde die Verantwortung übernehmen, werde das Sühnegeld zahlen, und der König wird Euch vom Eidbruch befreien. So wird Euch kein Schaden daraus erwachsen.«

»Kein Schaden?«, donnerte Vater, dass Graf Autkar zusammenzuckte. »Ihr könnt Ehre und Vertrauen nicht mit Silber kaufen und nicht mit Gold. Ich habe mein Wort gegeben. König Karl kann einhundert Urkunden ausfertigen, in denen ich für unschuldig erklärt werde. Doch kein thüringischer Fürst wird auch nur einen Pfennig darauf geben.«

»Ich denke nicht, dass …«

»Ach ja? Ihr kennt die thüringischen Fürsten besser als ich? Gut, dann steht ihnen hier und jetzt Rede und Antwort.«

Ohne ein weiteres Wort abzuwarten, marschierte Vater los, Gunhild nahm seine rechte Hand. Graf Autkar eilte ihnen hinterher. In der Mitte des Festplatzes blieb Vater stehen, ließ sich ein Horn reichen und blies Alarm. Sofort stürzten alle Fürsten mit ihren Kriegern herbei, es dauerte nur wenige Augenblicke, bis der Platz gefüllt war, alle bereit, dem Feind gegenüberzutreten und bis zum letzten Mann zu kämpfen.

Graf Sintwich trat vor. »Was ist geschehen? Sind es die Slawen, die es wagen, die Hochzeit zu stören?«

»Wären es die Slawen, so sorgten sie nur für ein wenig Kampferprobung. Nein, es ist der König, der uns eine Prüfung auferlegt.«

Ein Raunen ging durch die Reihen der Fürsten. Bis auf wenige, darunter Radulf, der Vater von Königin Fastrada, waren alle gekommen.

»Graf Autkar wird es Euch erklären.«

Ein Diener trug einen Schemel herbei, auf den sich der königliche Gesandte stellte, damit ihn alle sehen und hören konnten. Er drehte sich langsam, während er sprach, seine Stimme trug über den ganzen Platz, erreichte jedes Ohr.

»Edle Fürsten von Thüringen! Seit Jahrhunderten sind die Thüringer Teil des Fränkischen Reiches, und jeder König darf sich glücklich schätzen, solch treue Verbündete zu haben. So auch Karl. Deshalb hat er beschlossen, alle Thüringer zu belohnen.«

Graf Autkar versteht es, eine bittere Frucht mit Honig zu versüßen, dachte Gunhild. Allerdings überlegte sie bereits, wie sie ihn schützen konnte. Denn die Wut der Fürsten würde über ihn hereinbrechen wie ein gewaltiges Sommergewitter, das die Bäche anschwellen lässt und alles mit sich reißt, was ihnen in die Quere kommt. Der Erphes hatte ihnen bereits bewiesen, welche Macht das Wasser besaß. Bereits zweimal hatte er die Vorburg überflutet und viele Menschen ertränkt und Häuser zerstört. Deswegen hatte Vater am Oberlauf den Wald roden lassen und künstliche Seen angelegt, die nun vollliefen, wenn der Erphes Hochwasser führte.

»Ihr wisst, dass Graf Hardrad Euch allen gewogen ist, dass er ein Ehrenmann ist, mutig und weise und immer dem zur Seite steht, der in Not ist.«

Die Fürsten murmelten zustimmend.

»Immer wieder kam dem König zu Ohren, dass Gaugrafen, die nicht aus Thüringen stammen, Euren Edlen nicht genug Respekt erweisen. Deshalb soll Graf Hardrad ab sofort der Herzog aller Thüringer sein. Ihm sollen alle gehorchen, so wie sie dem König gehorchen.«

Aus dem Raunen wurde ein Brausen. Einige schüttelten die geballten Fäuste.

»Ruhe«, donnerte Vater. »Hört Euch an, was er zu sagen hat, denn er ist noch nicht fertig. Und dann reden wir.«

Es wurde still.

Graf Autkar musste bewusst sein, dass er sich in einer gefährlichen Lage befand. Er hatte viel zu wenig Männer, um sich zu verteidigen, die noch dazu von ihm abgeschirmt waren. Gleichzeitig musste ihm klar geworden sein, dass Karl den Richtigen als Herzog der Thüringer gewählt hatte, denn Vater hatte allein mit seiner Stimme alle zum Schweigen gebracht.

»Ich danke Euch, Herzog Hardrad. König Karls Großzügigkeit ist noch nicht erschöpft. Um das Band zwischen den Thüringern, zwischen Eurem Herzog und ihm noch fester zu knüpfen, hat er mir erlaubt, Gunhild, die Tochter Eures Herzoges, zur Frau zu nehmen.«

Ein Aufschrei ging durch die Reihen der Edlen. Einige zogen das Schwert, andere spuckten auf den Boden, alle schrien durcheinander. Selbst Vater gelang es nicht, die Ruhe wiederherzustellen. Graf Autkar stand auf dem Schemel und blickte sich um, Fassungslosigkeit war ihm ins Gesicht geschrieben.

Auch sie hatte nicht mit einer solch heftigen Reaktion gerechnet. Es schien, als wollten einige den Gesandten des Königs auf der Stelle umbringen. Lang unterdrückte Wut brach sich Bahn, Graf Autkars Ankündigungen hatten den Damm eingerissen, der den Ärger über die Anordnungen des Königs bisher zurückgehalten hatte.

Vater nahm sein Schultertuch ab und schwenkte es. Sofort rückte Dado mit der gesamten Burgwache an, stieß jeden zur Seite, der ihm im Weg war und nicht weichen wollte. Die Wache bildete einen Ring um den Gesandten, Vater und sie.

»Kommt da herunter, um Gottes willen«, rief Vater.

Graf Autkar gehorchte. Vater stieg auf den Schemel, hob die Hände und drehte sich im Kreis. »Der König hat gesprochen, Graf Autkar ist nur der Bote und steht unter meinem Schutz. Wer es wagen sollte, ihm auch nur zu nahe zu kommen, der wird mein Schwert kosten.«

Vaters grimmiger Blick stellte klar, dass er es ernst meinte.

»Da fast alle Edlen Thüringens versammelt sind, schlage ich vor, dass wir hier und jetzt den Rat einberufen. Hat jemand etwas einzuwenden?«

Niemand rührte sich.

Gunhild sah, dass Graf Autkar die Zähne zusammenbiss. War er wütend oder schämte er sich, dass er alles falsch gemacht hatte, was man falsch machen konnte? Oder ärgerte er sich über seinen König, der ihn in ein aussichtsloses Unterfangen geschickt hatte, weil er nicht das geringste Gespür für die Gefühle seiner Untertanen hatte? Ihre Blicke trafen sich, doch sie konnte nicht erkennen, was hinter Autkars Stirn vor sich ging. Schnell wandte er sich wieder ab, denn der erste Redner hatte die Hand gehoben und begann. Es war Graf Sintwich.

»Ich danke Euch, Hardrad, mein Freund, dass Ihr uns an unsere guten Sitten erinnert habt. Auch ich werde für die Sicherheit des Boten bürgen, denn wir sind keine Wilden, die weder Ehre noch Vernunft kennen.« Mit erhobener Stimme fragte er in die Menge: »Ist es nicht so?«

Zuerst stimmten nur wenige zu, doch dann besannen sich alle, hoben die Schwurhand und leisteten einen Eid, dass dem Gesandten und seinen Männern kein Leid geschehen werde.

»Gut so, meine Freunde«, sagte Graf Sintwich, sichtlich erleichtert.

Gunhild atmete auf. Die eine Gefahr war gebannt. Doch jetzt kam es darauf an, was Graf Sintwich zu den Befehlen des Königs sagte. War er wirklich auf ihrer Seite? Denn die Gelegenheit, sich gegen Vater in Stellung zu bringen, ihm vorzuwerfen, das alles sei von langer Hand geplant, war günstig. Sintwich konnte den Moment nutzen, sich selbst als Führer der Thüringer zu empfehlen.

»König Karl«, fuhr Sintwich fort, »hat mit einer Sache recht. Ich würde Graf Hardrad als Herzog akzeptieren, da er ohne Fehl und Tadel ist, seine Siege gegen die Slawen sind legendär. Er hat zwei prächtige Söhne und eine Tochter, die ihm fast ebenbürtig ist, denn wie ihr alle wisst, hat sie mich und meine Männer vor einer Horde Slawen gerettet. Die Hardrader sind von Gott begünstigt, mutig, treu, tapfer und gottesfürchtig. Wer ist also dafür, dass Hardrad unser Herzog wird?«

Gunhild spürte Röte in ihrem Gesicht. Noch immer fiel es ihr schwer, ihr riskantes Manöver als Heldentat zu sehen, vor der sich sogar ein altgedienter und mächtiger Graf wie Sintwich verneigte. Hatten seine Worte die Herzen der anderen Fürsten erreicht? Sahen sie die Sache genauso, und wenn ja, würden sie vielleicht gegen Vater entscheiden aus dem einzigen Grund, weil es der Wunsch des Königs war, ihn zum Herzog zu machen?

»Nicht so schnell.«

Es war der Graf Pirthilo, der die Stimme erhob.

»Graf Hardrad ist ein würdiger Bewerber für das Amt des Herzogs der Thüringer. Keine Frage. Doch eines muss ich wissen: Seid Ihr bereit, Euch als Herzog nach wie vor dem Urteil des Rates zu unterwerfen?«

Vater zögerte nicht. »Selbstverständlich. Der Rat soll über mich urteilen, wenn er zusammentritt, und er soll das

Recht haben, mich abzuwählen, sollte ich versagen. Auf diese Weise ist mir eine Frist von einem Jahr gegeben, in der ich die Geschicke der Thüringer lenke und mich beweisen muss.«

Graf Pirthilo nickte und hob die rechte Hand.

Doch bevor weitere Edle abstimmen konnten, trat Graf Hugbert vor. »Ich werde nur dann für Graf Hardrad als Herzog stimmen, und genauso alle, die meine Freunde sind, wenn er der Hochzeit seiner Tochter mit Graf Autkar widerspricht. Denn niemals werde ich mich einem eidbrüchigen Mann unterstellen.«

Zustimmendes Gemurmel lief durch die Reihen der Edlen. Das hatte Gunhild befürchtet. Graf Hugbert hatte natürlich recht, und sie fragte sich, warum Graf Sintwich so bedenkenlos für Vater gestimmt hatte. Es musste daran liegen, dass er sich ihr verpflichtet fühlte. Vater jedoch musste sich entscheiden zwischen der Treue zum König und der Treue zu seinem Volk, den Thüringern. Jetzt. Er hatte keine Bedenkzeit.

Ruhe kehrte ein, in der man nur das Atmen der Menschen hörte oder das Rascheln eines Gewandes, wenn jemand ungeduldig von einem Bein aufs andere trat. Egal, welche Entscheidung Vater treffen würde. Mit dem Frieden war es vorbei. Entschied er sich für den König, würde kein Edler ihn mehr akzeptieren, und er würde allein dastehen, einer feindseligen Front von Fürsten gegenüber, die nichts lieber tun würden, als die Erphesburg zu vereinnahmen und die Ländereien unter sich aufzuteilen. Entschied er sich gegen den König, würde der nicht lange zögern und ihn bestrafen. Jeder wusste, dass Karl Untreue verabscheute und mit größter Härte darauf antwortete.

Vater warf ihr einen liebevollen Blick zu, dann lächelte

er. »Kein König dieser Welt wird mich zwingen können, meinen Eid zu brechen. Ihr, Graf Hugbert, werdet meine Tochter zur Frau nehmen, am morgigen Tage, vor Gott dem Allmächtigen, so wie wir es vereinbart haben. So steht es geschrieben: Was der Herr verbunden hat, das darf der Mensch nicht scheiden!«

Graf Autkar riss die Augen auf und wandte sich ihr zu. »Habt Ihr auch nur den Hauch einer Ahnung, was Karl mit Euch anstellen wird?« Er schüttelte verständnislos den Kopf. »Er wird sich nicht gegen Gott stellen. Oh nein, aber er wird dafür sorgen, dass Ihr bald Witwe seid, und dann wird er Euch erneut auffordern, mich zum Mann zu nehmen. Er wird nicht ruhen, bis das geschehen ist, und wenn er Eure ganze Familie auslöschen müsste. Bei Gott, Euer Schicksal ist besiegelt, so oder so.«

Gunhild fuhr die Angst in die Glieder. Das war keine Drohung, es war eine Feststellung. Er wusste, dass Karl genau so handeln würde.

»Warum hat der König nicht gefragt ...«

Graf Autkar sah sie mitleidig an. »Ihr seid eine starke und kluge Frau. Doch von der hohen Politik versteht Ihr nichts. Ein Reich von dieser Größe kann man nur regieren, wenn die Untertanen dem König bedingungslos ergeben sind. Diejenigen, die es nicht freiwillig sind, werden dazu gezwungen, denn es ist Gottes Wille, dass Karl unser König ist. Wer sich ihm widersetzt, widersetzt sich Gott.« Er schüttelte erneut den Kopf.

Gunhild ließ den Blick schweifen. Stumm hatten alle, die dazu berechtigt waren, ihre Hand gehoben.

»Ich danke für Euer Vertrauen!«, rief Vater. »Möge Gott mir helfen, Euch so gut ich eben kann zu führen. Und nun begebt Euch zurück zu Euren Leuten. Ich werde Autkar von Grimoald Geleit geben, damit er sicher nach Aquis zurückkehre und bei Karl vorspreche.«

Die Edlen zogen sich zurück, Vater wandte sich dem Gesandten zu. »Es tut mir sehr leid, dass wir so auseinandergehen müssen, aber zu viel ist zu viel. Richtet Karl aus, dass ich treu zu ihm stehe, was alle Belange des Reiches angeht. Bittet ihn, mir mein angestammtes Recht zuzugestehen, den Gatten für meine Tochter selbst zu wählen.« Er schüttelte den Kopf. »Hätte er nur rechtzeitig gefragt, ich hätte Euch Gunhild mit Freuden gegeben, denn Ihr seid ein aufrechter und ehrlicher Mann.«

Graf Autkar sah Vater traurig an. »Es ist ein Jammer. Karl wird schäumen vor Wut. Glaubt mir: Ich werde ihn nicht besänftigen können. Bereitet Euch vor. Es wird eine Zeit dauern, aber Karl wird kommen. Auf die eine oder andere Weise.«

Vater reichte ihm die Hand. »So will ich dafür beten, dass er in Frieden kommen wird.«

Graf Autkar schlug ein. »Ich fürchte, es gibt kein Gebet auf Erden, das Karl umstimmen könnte.«

20

Autkar warf ein Stück Holz in die Glut. Herzog Hardrad hatte ihn vor vier Stunden verlassen, sie hatten gut versteckt unter einem Felsvorsprung das Lager aufgeschlagen, und seitdem zerbrach er sich den Kopf. Er musste die Heirat verhindern. Doch wie? Gegen die versammelten Fürsten hatte er nicht die geringste Chance.

Auch Friedhelm hatte keine Idee, was zu tun war. Er hatte sogar zu bedenken gegeben, dass selbst mit ausreichend Männern ein Angriff auf die Erphesburg einen Aufstand der Thüringer ausgelöst hätte, den sie sich in diesen Zeiten nicht leisten konnten.

Autkar hatte nur noch wenige Stunden Zeit, dann würde Hardrad die Ehe seiner Tochter mit dem Gaugrafen Hugbert vor Gott schließen lassen, und in derselben Nacht würde das Paar sie auch vollziehen, unter den wachsamen Augen der thüringischen Edlen.

»Herr, darf ich Euch stören?«

»Friedhelm, mein Guter. Aber ja, setz dich und lenke mich ab.«

»Ich würde Euch lieber einen Vorschlag machen.«

»Immer raus damit.«

Friedhelm kratzte sich am Kopf. »Ich kannte mal einen

thüringischen Fürsten, der mir von seiner Hochzeit erzählt hat.«

Autkar verzog das Gesicht. »Du sollst mich doch ablenken und nicht mit der Nase auf mein Unglück stoßen.«

»Verzeiht, aber vielleicht habe ich die Lösung für Euer Problem.«

Autkar holte tief Luft. »Nun denn, lass hören.«

»Der Fürst erzählte mir, es ist Brauch, dass die Braut die Nacht vor der Hochzeit allein im Wald verbringen soll, an einem besonderen Platz.«

»Selbst wenn Hardrad ein solches Ritual gestattet, wird er sie nicht aus den Augen lassen.«

»Das ist richtig. Aber nur wenige Männer werden sie bewachen. Das ist Teil des Rituals.«

»Wie viele?«

»Es sind drei Männer als Symbol für die Heilige Dreifaltigkeit. Weitere vier Männer, je einer für eines der Evangelien sowie die vier Himmelsrichtungen. Zusammen ergibt das die Zahl Sieben, Symbol für die sieben Tage der Schöpfung, für Reinheit und Vollkommenheit.«

»Sieben Mann. Das sollte kein Problem sein. Aber der Wald um die Erphesfurt ist riesig. Es würde Wochen dauern, bis wir sie gefunden haben.«

»Es sei denn, man weiß, wo man suchen muss. Es gibt eine Lichtung, etwa eine Meile nördlich der Burg. Sie nennen den Platz ›Heiliger Ort‹. Vom Nordweg, auf dem wir die Erphesburg verlassen haben, geht ein schmaler Pfad ab und führt dorthin. Man kann den Abzweig nicht verfehlen. Eine uralte Buche markiert ihn.«

»Ich erinnere mich«, sagte Autkar. »Aber sag, Friedhelm, woher weißt du das?«

Dieser schmunzelte. »Die Thüringer sind gesellig und

gesprächig. Vor allem die Mägde, die auf der Burg dienen und alles mitbekommen. Nicht nur, dass sie ein echtes Mannsbild zu schätzen wissen, sie kennen auch den Wert der einen oder anderen Münze.«

Autkar schlug Friedhelm auf die Schulter. »Du bist ein Teufelskerl. Hoffentlich hast du keine der Mägde geschwängert.«

»Ich habe mich zurückgehalten, Herr. Schließlich bin ich ein Ehrenmann.«

»Das weiß ich doch. Ich werde sogleich aufbrechen und zwölf meiner besten Männer mitnehmen. Bete, Friedhelm, bete, dass es mir gelingt, Gunhild zu entführen.«

»Das werde ich, Herr.«

»Und vergiss nicht, Gott anzuflehen, dass wir keinen der Männer töten müssen.«

Friedhelm nickte ernst. »Ich werde den Pferden Tücher um die Hufe binden lassen, damit sie keine Geräusche von sich geben. Und ich werde den Männern Prügelhölzer mitgeben. Damit kann man jeden Mann mit einem Hieb kampfunfähig machen, ohne ihn seines Lebens zu berauben.«

»Eine gute Idee, Friedhelm. Erwarte mich drei Stunden nach Sonnenaufgang zurück. Sollte ich dann nicht erscheinen, schicke einen Boten nach Aquis und bitte Fastrada, ein Heer zu senden, und zwar mindestens fünfzehntausend Mann, denn dann werden die Thüringer sich gegen Karl erhoben haben.«

»Möge der Herr mit Euch sein.«

Autkar ließ die Männer den ersten Teil des Weges traben, damit sie schnell vorankamen. Der Mond wies ihnen den Weg. Die Zeit drängte. Als noch eine gute Meile zwischen ihnen und dem Abzweig lag, ließ er absitzen und führte seine Männer neben dem Weg in den Wald. Der Boden war weich, ein Mann ging voraus, um herumliegende Äste beiseitezuräumen. So brauchten sie zwar länger, aber nichts war wichtiger, als nicht entdeckt zu werden. Der Mond hatte sich inzwischen hinter den Wolken versteckt, Autkar konnte nur noch mit Mühe den Mann vor sich erkennen. Dafür schimmerte plötzlich Licht durch die Bäume. Ein Lagerfeuer. Das musste der Heilige Ort sein.

Sie banden die Pferde an, verdeckten alles, was in irgendeiner Weise glitzern oder funkeln konnte, und achteten auf jeden Schritt. Sie durften nicht das geringste Geräusch machen. Der Schein des Feuers wurde heller, jetzt vernahmen sie Gesang aus Männerkehlen. Sehr gut. Sie waren abgelenkt und hatten noch nicht einmal Wachen aufgestellt. Das musste zu dem Ritual gehören. Die Zahl durfte nicht gestört werden. Autkar hatte noch nie von dieser Sitte gehört, aber er wusste, dass die verschiedenen Stämme an den Rändern des Reiches so manche seltsamen Gebräuche hatten.

Fuß um Fuß pirschten sie sich an, zuletzt robbten sie sich auf dem Bauch vorwärts. Autkar schob sich an einen Baumstamm heran und hob vorsichtig den Kopf. Die Lichtung maß etwa dreißig Fuß im Durchmesser, war fast kreisrund. In der Mitte loderte das Feuer, im Halbkreis saßen drei Grüppchen mit dem Rücken zu ihm. Er zählte einmal zwei, einmal drei und einmal vier Männer. Das Zweiergrüppchen hielt sich etwas abseits, Autkar kniff die Augen zusammen und erkannte die beiden. Verdammt! Es waren Gunhilds Brüder. Was hatten die denn hier zu suchen? Sie störten die Reinheit der Zahlen. Oder wurden die Brüder nicht mitgezählt? Wie auch immer, durch die Anwesenheit der beiden wurde die Sache komplizierter. Autkar schlich sich zu einem seiner Ritter.

»Hört gut zu. Dort drüben«, er wies auf Warmunt und Giselher, »die beiden dürfen nicht die kleinste Verletzung davontragen. Ihr bürgt mir mit Eurem Kopf, dass ihnen kein Leid geschieht.«

Der Ritter nickte. »Ihr könnt Euch auf mich verlassen.«

Autkar teilte seine Leute per Handzeichen ein, jeder musste es mit einem Mann aufnehmen. Gott sei Dank hatte er genug Männer mitgenommen, sodass auch Gunhilds Brüder von je einem Kämpfer festgesetzt werden konnten. Sie schlichen sich auf wenige Fuß an. Autkar war stolz auf seine Männer, die sich wie Schatten bewegten, unsichtbar und lautlos.

Er selbst würde sich um Gunhild kümmern, die mit dem Gesicht zu ihm am Feuer saß, die Augen geschlossen hatte und dem Gesang der Männer lauschte, die kraftvoll eine fröhliche Melodie in die Nacht sandten.

Autkar wartete noch einen Moment, versicherte sich, dass sonst niemand da war, dann gab er das Zeichen. Wie ein Mann sprangen alle auf und stürzten sich auf ihre Opfer. Sofort brach ein Höllenlärm los. Die Männer, die Gunhild begleiteten, waren keine Bauern, sondern kampferprobte Krieger. Die meisten warfen sich zur Seite, sodass sie den Schlägen entgingen, griffen augenblicklich ihre Schwerter, die neben ihnen bereitlagen, und stürzten sich in den Kampf. Autkar hatte sich verrechnet. Es würde blutig enden, wenn er nicht sofort handelte.

Bevor jemand reagieren konnte, huschte er an den Kriegern vorbei, schnappte sich Gunhild, die ihn für einen Augenblick ungläubig ansah und anscheinend glaubte, er wolle sie retten. Genau dieses Zögern war sein Vorteil. Er packte sie, hielt sie vor sich, zog sein Messer und zielte mit der Spitze auf ihre Kehle.

»Lasst die Waffen fallen oder Eure Herrin ist tot und Ihr ebenfalls«, brüllte Autkar.

Einige Männer wandten sich um, erstarrten, warfen augenblicklich Schwerter und Messer zu Boden. Zwei wollten weiterkämpfen, doch Autkars Leute entwaffneten und banden sie, so wie die anderen.

Allerdings vergaßen sie, dass Gunhilds Brüder keine Kinder mehr waren. Autkar sah, wie Warmunt ein Messer zog und auf einen seiner Männer zustürmte, um es ihm in den Rücken zu rammen. Ein anderer schwang das Schwert, das Gunhilds Bruder zweifelsohne den Kopf abschlagen würde. Gunhild schrie. Autkar stieß sie beiseite, warf sein Messer, das in der Kehle seines Mannes stecken blieb, der in die Knie ging und röchelte. Dann warf er sich auf Gunhild, damit sie nicht fliehen und vor allem nicht schreien konnte. Er hielt ihr den Mund zu, doch sie wehrte sich verzweifelt, verpasste ihm einen Schlag ins Gesicht und einen Tritt in den Magen, den er gerade noch abfangen konnte, indem er seine Muskeln anspannte.

Warmunt war stehen geblieben, starrte auf den Sterbenden. Einer von Autkars Männern zögerte nicht, schlug ihm das Messer aus der Hand. Zwei andere packten und banden ihn, ebenso wie seinen Bruder Giselher, der erfolgreicher gewesen war und einem Mann eine schwere Stichwunde zugefügt hatte.

Für einen Moment herrschte gespenstische Stille, nur das Prasseln des Feuers war zu hören und der Ruf der Waldtiere der Nacht. Ein Uhu schrie, ein schlechtes Omen. Er galt als Bote der Hölle, wer ihn des Nachts hörte oder, noch schlimmer, sah, dem drohte Unheil. Galt der Schrei ihm? Hatte er Unheil auf sich herabbeschworen, weil er

Gunhild als Gefangene mit sich nahm und sie zwingen würde, ihn zu heiraten?

Er hatte keine Zeit zu verlieren. Sollte Hardrad seiner habhaft werden, war sein Leben nichts mehr wert.

»Bindet die Männer an die Bäume, nehmt unseren Toten und Verletzten mit. Rasch. Hardrad wird seine Leute befreien, sobald seine Tochter überfällig ist.«

In Windeseile luden sich die Männer ihre Kameraden auf, fesselten und knebelten ihre Gefangenen und eilten los. Gunhild zappelte noch immer, kratzte und biss wie eine Wildkatze. Autkar brauchte die Hilfe von zwei Männern, um sie zu bändigen und zu binden. Ein Knebel verhinderte, dass sie um Hilfe rief.

Autkar warf sich Gunhild über die Schulter und rannte los. Äste peitschten ihm ins Gesicht, seine Männer deckten seine rechte und linke Seite, zwei bildeten die Nachhut. Der Rückweg schien Autkar unendlich lang, doch dann kamen endlich die Pferde in Sicht. Sie stiegen auf, Autkar legte Gunhild vor sich über den Sattel und gab dem Ross die Sporen. Sie würden erst in Sicherheit sein, wenn sie die Greifenburg erreicht hatten, wo Hardrad sie nicht behelligen konnte.

Autkar blickte sich immer wieder um. Er hatte sich einen mächtigen Feind gemacht, der nicht eher ruhen würde, bis einer von ihnen beiden tot war.

DER VERRAT

21

Mitte Mai 786, Erphesburg

Hardrad erwachte mit der Morgendämmerung. Er hatte die ganze Nacht schlecht geträumt, konnte sich jedoch an keine Einzelheiten erinnern. Es war nur ein schlechtes Gefühl zurückgeblieben, so als stünde in einem dunklen Raum jemand mit gezücktem Messer hinter ihm und wartete bloß darauf, es ihm in den Rücken treiben zu können.

Das musste an der vermaledeiten Sache mit Autkar von Grimoald liegen. Was für ein Wahnsinn! König Karl würde schäumen vor Wut, und Graf Hugbert konnte sich seines Lebens nicht mehr sicher sein. Keine gute Voraussetzung für eine glückliche Ehe. Wenn er es recht bedachte, wäre es vielleicht doch besser gewesen, nachzugeben und für Hugbert und ihn ein gutes Geschäft auszuhandeln. Doch dafür war es jetzt zu spät. Heute würde Gunhild den Mann heiraten, den er für sie ausgesucht und den sie freudig als Gatten angenommen hatte.

Brunichild lag neben ihm, sie schlief ruhig, ihr Atem ging gleichmäßig. Er beneidete sie dafür, dass sie in fast jeder Situation schlafen konnte wie ein Neugeborenes.

»Wenn ich nicht ausgeschlafen bin, mache ich Fehler, das ist alles. Ich schließe die Augen, danke dem Herrn für alles, was er mir geschenkt hat, und dann schenkt Gott mir auch meinen Schlaf«, hatte sie gesagt, als er sie einmal gebeten hatte, ihm ihr Geheimnis zu verraten.

Er hatte es versucht, aber es war ihm nicht gelungen. Seine Gedanken waren wie ein Falke, der so lange kreiste, bis er eine Beute erspäht hatte.

Ihre Heirat war von langer Hand geplant worden, und nichts war dazwischengekommen. Ihr Vater hatte mit seinem Vater die Eheschließung mit Brunichild beschlossen, als sie beide noch keine vier Jahre alt gewesen waren. Sie waren gleich alt, doch Brunichild wirkte viel jünger als er. Mit sechzehn hatten sie geheiratet, und nur einen Monat später waren seine Eltern dem Fieber erlegen. Er hatte die Herrschaft über die Erphesburg übernommen und hätte ohne seine Frau und Dado wohl versagt, die ihm zur Seite standen und ihn vor vielen falschen Entscheidungen bewahrten.

Diesmal hatten beide Hardrad zugestimmt, die Heirat mit Gaugraf Autkar zu verhindern, denn es ging um mehr als einen gebrochenen Vertrag. Es ging um die letzten Reste der Freiheit, die Karl ihnen entreißen wollte. Und für die Hardrader galt: lieber tot als unfrei.

Hardrad legte sein Gewand an, öffnete leise die Tür und stieg die Leiter in den Saal hinunter, in dem das Gesinde schlief. Er trat hinaus in den anbrechenden Morgen, die Wachen grüßten ihn. Dann entdeckte er Dado, der auf dem Wehrgang in die Ferne spähte, und gesellte sich zu ihm.

»Konntest du auch nicht schlafen, mein Freund?«

Dado nickte, nahm aber seinen Blick nicht vom Horizont. »Ich habe das Gefühl, dass irgendetwas nicht stimmt.«

Hardrad musste an seinen Traum denken. Träume waren Botschaften Gottes, so hieß es. Doch warum konnte er sich dann nicht an den Traum erinnern? War das die Botschaft? Dass etwas vor sich ging, das er nicht sehen konnte? Seit er Autkar von Grimoald verscheucht hatte, war er den Gedanken nicht losgeworden, dass der etwas planen könnte, um die Hochzeit zu verhindern. War diese Vorstellung nicht lächerlich? Autkar wusste genau, dass er einen Aufstand heraufbeschwören würde, wenn er in irgendeiner Form Gewalt anwenden würde.

Am liebsten wäre er sofort zum Heiligen Ort geritten und hätte nachgesehen, ob alles in Ordnung war, aber das hätte das Ritual gestört, und das war keine gute Idee. Die Sonne würde gleich aufgehen, und dann würden Gunhild, Giselher und Warmunt mit ihren Begleitern wohlgemut zurückkehren, und die Hochzeitsfeier konnte beginnen.

Hardrad stutzte. Ihm war, als hätte er eine Stimme gehört. Aber für die Rückkehr seiner Tochter war es noch viel zu früh.

Dado richtete sich auf, sah ihn an. »Habt Ihr auch etwas gehört?«

Hardrad nickte und hielt sich die Hände an die Ohren, damit er besser hören konnte. Wieder vernahm er eine Stimme, und diesmal verstand er, was sie rief:

»Hilfe.«

Aus dem Wald taumelte ein Mensch auf die Wiese. Es war niemand anderer als Warmunt, und er war blutüberströmt.

Hardrads Herz begann zu rasen. Also doch! Graf Autkar hatte es gewagt.

»Alle Mann zu den Waffen!«, brüllte er, rannte hinter Dado her, der nicht gezögert hatte, packte im Laufen einen Speer und befahl einer der Wachen, die Triangel zu schlagen. Sie schien zu schreien, so schrill, hart und metallisch schallte ihr Klang in den einsetzenden Sonnenaufgang.

Sofort rührten sich die Männer in den Zelten, einige stürmten mit gezogenem Schwert, nur mit einer Bruche bekleidet und in der anderen Hand einen Schild nach draußen, blickten sich irritiert um.

»Graf Autkar!«, schrie Hardrad. »Er hat Gunhild entführt!« Anders konnte es nicht sein. Weder ein Bär noch ein Wolf hätte sich an die Männer und seine Kinder herangewagt, die um ein großes Feuer herumgesessen hatten.

Hardrad griff sich das erste Pferd, schwang sich, ohne Zaumzeug und Sattel, auf dessen Rücken und sprengte los. Warmunt blieb stehen. Als er den Vater erkannte, lief er ihm entgegen. Kaum hatte Hardrad ihn erreicht, sprang er vom Pferd und stützte Warmunt, der erneut strauchelte.

»Bei Gott dem Allmächtigen, Sohn, bist du verletzt?«

Warmunt schüttelte den Kopf. »Das ist das Blut eines elenden Franken, eines gemeinen Verräters, der in Graf Autkars Diensten stand. Ich hoffe, er ist in die Hölle gefahren. Ich habe ihn mit dem Messer erwischt, ihm seine Seite aufgeschlitzt.« Er atmete schwer. »Graf Autkar hat Gunhild.« Warmunt schaute seinen Vater an, Tränen glänzten in seinen Augen. »Es tut mir so leid, ich konnte sie nicht retten.«

Er warf sich in Hardrads Arme und weinte, sein Brustkorb bebte. Hardrad hielt ihn fest umschlungen. »Das ist nicht deine Schuld, mein Junge. Gegen Verrat bist du machtlos. Sag, was genau ist passiert?«

»Sie haben sich angeschlichen, die Wächter niedergeschlagen und gebunden. Ich konnte mein Messer ziehen, weil Giselher zwei Männer auf sich gelenkt hat.« Warmunt schluckte hart. »Alle leben, auch, wenn die meisten bewusstlos sind. Ich konnte mich befreien, Giselher kümmert sich um die Verletzten.«

Gunhild in den Fängen von Graf Autkar. Welch ein Unglück. Brunichild würde vor Angst vergehen.

»Komm, mein Junge, wir müssen zurück zur Burg. Ich werde mit meinen besten Männern aufbrechen, um Gunhild zu befreien.«

»Lass mich mitreiten, Vater, bitte.« Warmunt löste sich von seinem Vater und legte ihm eine Hand auf den Unterarm. »Auch wenn wir uns ständig gestritten haben, sie ist meine Schwester, und ich werde nicht eher ruhen, bis ich sie befreit und Graf Autkar zum Zweikampf herausgefordert habe. Und ich schwöre bei Gott, ich werde nie wieder ungehorsam sein.«

Alle Bemühungen, Warmunt zur Vernunft zu bringen, waren bis dahin gescheitert. Erst jetzt, als die Familie bedroht wurde, als seine Schwester geraubt worden war, hatte Warmunt begriffen. Hardrad war stolz auf ihn, dass er sich furchtlos in den Kampf gestürzt und versucht hatte, seine Schwester zu beschützen, ohne auf sein eigenes Leben zu achten.

»Damit ich dich auch noch verliere? Niemals. Du hast unglaublichen Mut gezeigt, ich bin stolz auf dich! Du bleibst mit deinem Bruder und Dado in der Burg und wirst sie verteidigen, sollten die Slawen unsere Schwäche ausnutzen wollen und einen erneuten Versuch wagen, sie einzunehmen.«

Hardrad betrachtete Warmunt. Seine Augen glänzten wie im Fieber, die Tränen waren versiegt. Seine Wut musste maßlos sein. Er hatte sich heldenhaft verhalten, hatte die Franken mit dem bloßen Messer angegriffen und einen von ihnen schwer verletzt. Auf der Suche nach Gunhild würde er aber nur eine Last sein; er würde ihn ständig zurückhalten, ständig auf ihn achten müssen. Denn eins war Hardrad klar: Er konnte nicht so einfach vor Graf Autkars Burg auftauchen und verlangen, dass er Gunhild herausgab. Die Antwort wäre wahrscheinlich ein Pfeilhagel. Nein, zuerst würde er nach Fulda reiten zu Abt Baugulf, der ein bedächtiger Mann war und immer auf seiner Seite gestanden hatte. Er war ihm freundschaftlich verbunden und pflegte gute Beziehungen zum Hof. Er musste vermitteln, musste Karl klarmachen, dass der Aufstand der Thüringer, aller Thüringer bevorstand, wenn er nicht einlenkte. Und dass dies ein Dammbruch sein konnte, der andere Stämme mitzog. Dass es sein konnte, dass durch den Aufstand der Thüringer die slawischen Stämme ins Reich einfielen, da sie unbehelligt das thüringische Gebiet durchqueren konnten. Wenn Karl nur einen Funken Verstand besaß, dann würde er einlenken, und sie würden eine Lösung finden, ohne Ehrverlust für alle Beteiligten.

»Mein Sohn, ich bin stolz auf dich, dass du deine Schwester mit deinem Leben verteidigt hast. Aber ich brauche dich jetzt hier. Dich und deinen Bruder. Das ist mein letztes Wort.«

Warmunt schien platzen zu wollen, er blies die Backen auf, ließ die Luft aus dem Mund entweichen. »Versprich mir eins, Vater. Wenn du Gunhild gefunden hast und sie wieder zu uns kommt, erlaube mir, diesen anmaßenden Geck von einem Gaugrafen zur Rechenschaft zu ziehen.«

Hardrad musste unwillkürlich schmunzeln, doch nur für einen Augenblick. Sofort wurde er wieder todernst. »Wir können uns glücklich schätzen, wenn Autkar von Grimoald die Hochzeit, und vor allem die Ehe, noch nicht mit Gewalt vollzogen hat, sobald wir bei ihm auftauchen. Denn eins ist gewiss: Gunhild wird sich ihm nicht freiwillig hingeben.«

22

Ende Mai 786, Büraburg bei Friedeslar

Endlich war der Tag angebrochen, an dem die fränkischen Reiter der Büraburg zu Hilfe eilen konnten. Schon von Weitem konnte Alkuin Rauch aufsteigen sehen. Waren sie doch zu spät gekommen? Karl trieb seine Männer zur Eile an, im Galopp jagten sie über verwaiste Felder, hin zur Büraburg, die über dem Eddertal auf einem steilen Hügel lag.

Als sie näher kamen, erkannte Alkuin, dass der Rauch nicht von einem Feuer auf der Burg herrührte, sondern von Bränden in der Stadt Friedeslar und dem Dorf Geismar. Dem Ort, wo der heilige Bonifatius unter dem Schutz fränkischer Krieger die Donar-Eiche hatte fällen lassen und damit vielen Sachsen die Macht Gottes und die Ohnmacht der eigenen Götter bewiesen hatte. Doch es hatte nichts genutzt. Selbst als Karl die Irminsul, ihr höchstes Heiligtum zerstört hatte, blieben die Sachsen widerspenstig. Man hatte ihm berichtet, dass viele Sachsen nach der Taufe, sobald der Priester abgereist war, sogleich in einen Fluss oder See sprangen, um das geweihte Wasser wieder abzuwaschen. Alkuin seufzte. Solange die Sachsen nicht bis auf den letzten Fürsten besiegt waren, würde kein Friede einkehren. Widukind war einer der Stärksten gewesen, und der Widerstand war geschwächt, aber noch lange nicht erloschen.

Bald waren sie vor den Mauern der Büraburg, auf deren Zinnen die Männer ihre Schwerter schwenkten, jubelten und Karls Namen skandierten. Alkuin konnte kaum Spuren des Angriffs ausmachen. Die Sachsen hatten die Mauern wohl mit ihren Schädeln einrennen wollen. Die Zugbrücke wurde heruntergelassen, die Leute quollen hervor, die Burg war gestopft voll mit Menschen, denen die Qualen der Belagerung anzusehen waren. Auch wenn sie nur zwei oder drei Wochen gedauert hatte, hatten sie doch jeden Tag den Tod vor Augen gehabt oder, schlimmer noch, die Versklavung oder monatelangen Hunger.

Der Kastellan der Burg wie auch alle anderen fielen auf die Knie. Karl sprang vom Pferd und berührte den Mann an der Schulter, sodass er sich erhob.

»Wie ist Euer Name?«

»Gero von Alderstatt, mein König.«

»Gero von Alderstatt! Ihr habt Euch tapfer verteidigt, habt die Sachsen abgewehrt und das Volk beschützt.« Karl blickte sich um. »Wo ist der Abt?«

Gero bekreuzigte sich. »Er hat es nicht geschafft. Als die Sachsen angriffen, kehrte er gerade von einer Reise zurück. Die Mordgesellen haben ihn und seine Brüder auf offener Straße hingemetzelt. Möge der Herr seiner Seele gnädig sein.«

Karl schnaubte vor Wut. »Wie viele waren es?«

»Hundertfünfzig. Dreißig Berittene, der Rest Fußvolk. Jetzt sind es noch hundert. Wir haben sie abgeschossen wie die Enten. Sie kamen ohne Belagerungsgerät. Keine Leitern, keine Balliste, kein Pech, keine Mauergräber, nichts. Wir haben auch keinen Tross gesehen. Es war nicht allzu schwer, sie abzuwehren. Auch konnten wir den Kloster-schatz, die Schatztruhe der Stadt und fast alle Schriftstücke in der Burg in Sicherheit bringen.«

Alkuin rieb sich die Stirn. Sein Verdacht, dass es eine Falle war, verstärkte sich mit jedem Wort Geros. Die Sachsen waren für schnelle Attacken aus dem Hinterhalt bekannt. Aber sie griffen nie an, wenn sie sich eines Sieges nicht sicher sein konnten. Gegen die Büraburg mit hundertfünfzig Mann ohne Belagerungsmaschinen vorzugehen war ohne jeden Sinn und Verstand. Das Wenige, das sie in Friedeslar erbeuten konnten, machte die hohen Verluste nicht wett, die sie erlitten hatten. Ein Drittel der Männer zu verlieren war eine Katastrophe!

»Sie haben drei Tage hintereinander angegriffen, dann ließen sie ab und plünderten Friedeslar und Geismar. Danach kehrten sie zurück und lagerten vor der Burg außer Reichweite unserer Pfeile. Als sie Euch erblickten, sind sie über die Edderfurt geflohen. Sie haben einen halben Tag Vorsprung.«

»Zeigt mir das Lager der Sachsen«, sagte Karl und schwang sich in den Sattel. Gero von Alderstatt ließ sich ein Pferd bringen.

Zwei Pfeilschüsse vor der Burg, mit gutem Blick auf das brennende Friedeslar, das auf der anderen Seite des Eddertals lag, hatten die Sachsen ihr Lager errichtet und dann überstürzt verlassen, als sie Karls Banner gesichtet hatten. Elende Feiglinge. Die Lagerfeuer glommen noch, Töpfe mit Brei hingen darüber, die Zelte waren leer bis auf einige Gegenstände, Gewänder, sogar Teile von Rüstungen.

Alkuin stieg ab, Karl folgte ihm. Er betrat das erste Zelt. Drinnen stockte ihm der Atem. Auf dem Boden verstreut lagen mehrere Wämser. Alle mit Zeichen bestickt. Den Zeichen des Grafen der Erphesburg, Hardrad.

»Diese gottverdammten Bastarde! Diese Verräter, diese Eidbrecher. Der Teufel soll sie holen«, fluchte Karl, hob ein Wams auf, das Hardrads Zeichen trug, trat vor das Zelt, warf es auf den Boden und hieb mit dem Schwert darauf ein.

In diesem Zustand war es schwierig, ihn anzusprechen, aber es musste sein. Alles hier stank zum Himmel, und Karl war in seiner blinden Wut nicht mehr in der Lage, klar zu denken. Er erkannte nicht, dass Alkuins Verdacht sich erhärtet hatte, dass jemand dem König eine Falle stellte. Alkuin war sich sicher, dass es nicht Hardrad gewesen war, der die Büraburg mit den Sachsen belagert und Friedeslar gebrandschatzt hatte. Karl hätte wissen müssen, dass niemand sein Banner zurücklässt, wenn er flieht, und schon gar nicht warfen Krieger ihre Wämser oder sogar ihre Waffen weg.

Alkuin trat in den Kreis. »Mein König!«, rief er und hob beide Hände. »Bitte hört mich an.«

Mit einem wuchtigen Stoß trieb Karl sein Schwert in das Lederwams. Er hatte Bärenkräfte und war nicht nur als Herrscher, sondern auch als Kämpfer angesehen und gefürchtet zugleich. Er atmete tief ein und aus.

»Alkuin, wenn du mir ausreden willst, diese Verräter zur Strecke zu bringen, dann bemühst du dich vergeblich.«

Karls Worte hatte Alkuin erwartet. Er breitete die Arme aus. »Würde einer Eurer Männer sein Wams wegwerfen? Würdet Ihr auch nur eine Eurer Fahnen zurücklassen, wenn Ihr fliehen müsstet, was unser Herrgott verhindern möge?«

Alkuin schlug das Kreuz, alle Männer und Karl taten es ihm nach, wie es üblich war. Vielleicht kam der König so zur Vernunft.

»Ich habe schon oft erlebt, dass Feiglinge alles zurücklassen, was sie bei der Flucht behindern könnte.«

»Aber warum sollte Hardrad das tun?«

Der König steckte das Schwert in die Scheide. »Kommt mit. Ich muss etwas beichten, fürchte ich.«

Karl führte Alkuin außer Hörweite seiner Männer. »Ich habe Autkar von Grimoald zu Hardrad geschickt, um ihm die frohe Botschaft zu bringen, dass ich ihn zum Herzog mache.«

Alkuin verdrehte die Augen. »Ihr wisst, dass die Thüringer seit Generationen ihren Herzog selbst wählen?«

»Irgendwann muss damit Schluss sein. Warum nicht jetzt?«

Alkuin ahnte, dass Karls Beichte noch nicht beendet war. Da musste noch etwas sein. Hardrad würde niemals aus diesem Grund einen Aufstand vom Zaun brechen. Er würde seinen Fürsten sagen, dass sich nichts ändern würde, dass nach wie vor der Herzog vom thüringischen Rat gewählt würde und dass Karl gerne zur Erphesburg kommen und der Wahl beiwohnen dürfe, was dieser niemals machen würde. »Das ist nicht alles, mein König.« Alkuin sah Karl streng an wie einen unartigen Schüler, der nicht gelernt hatte.

Karl verzog das Gesicht. »Ihr hättet versucht, es mir auszureden.«

»Wenn ich dadurch einen Aufstand der treuen Thüringer hätte verhindern können, selbstverständlich. Um was geht es?«

»Autkar von Grimoald wird Gunhild, Herzog Hardrads Tochter, heiraten.«

Es kam selten vor, dass Alkuin die Worte fehlten. Er starrte Karl entgeistert an. Er musste nur eins und eins zusammenzählen, um zu verstehen, was geschehen sein musste.

»Wusstet Ihr denn nicht, dass Gunhild Graf Hugbert versprochen ist? Schon seit einem Jahr. Die Hochzeit sollte vor einer Woche stattfinden.«

Karl wirkte zerknirscht. »Deswegen habe ich Autkar zur Eile gemahnt. Er wird die Hochzeit verhindert haben, da bin ich mir sicher.«

»Fragt sich nur, wie.«

Karl rieb sich das Kinn. »Mit allen Mitteln. Wenn ich ihm etwas auftrage, dann führt er es aus, ohne Rücksicht auf Verluste.«

Alkuin konnte es nicht fassen. Was hatte Karl nur zu dieser vollkommen unsinnigen Maßnahme getrieben? Das Einzige, das er erreicht hatte, war ein Aufstand, ein weiteres loderndes Feuer, das gelöscht werden musste mit Blut. Mit viel Blut. Denn die Thüringer waren nicht nur kampferprobt, sie besaßen auch all die Waffen, über die das fränkische Heer verfügte. In großen Mengen, denn sie mussten ja die Grenze nach Osten schützen. Ihre Schmiede waren berühmt für ihre hervorragenden Schwerter, ihre Pferde waren furchtlos, und die Krieger kannten keine Angst.

Also doch keine Falle. Alkuin musste unbedingt mehr wissen.

»Wir müssen sofort Boten nach Uulthaha, Aquis und zu Radulf nach Luitdraha senden. Er ist Euer Schwiegervater, ich kann mir nicht vorstellen, dass er an dem Aufstand beteiligt ist.«

Karl nickte, erteilte die entsprechenden Befehle. Dann ballte er die Fäuste. »Die Verräter können nicht weit sein. Und es ist vor allem Fußvolk, wie der Abt und der Gaugraf berichteten. Wir heften uns an ihre Fersen, stellen sie, und dann gnade ihnen Gott.« Karl musterte Alkuin. »Es wird ein harter und schneller Schlag. Wir werden Tag und Nacht reiten. Deshalb schicke ich Euch nach Aquis. Überbringt Rantwig von Sölden den Befehl, er soll ein Heer aufstellen, das es mit den Sachsen und den Thüringern gleichermaßen aufnehmen kann. Zwanzigtausend Mann mindestens. Ich werde mit diesen Verrätern kurzen Prozess machen. In Verden mussten vierzig Häuptlinge der Sachsen sterben. Doch diesmal werden es zehnmal so viele Fürsten der Thüringer sein. Mitten im Herzen des Landes, zu Füßen der Erphesburg.«

Alkuin lief es eiskalt über den Rücken. Karl war nicht der Mensch, der leere Drohungen ausstieß. Er würde wie die apokalyptischen Reiter über Thüringen herfallen und niemanden verschonen, obwohl er mit seinen unbedachten Entscheidungen den Aufstand selbst ausgelöst hatte. Jedes weitere Wort wäre verschwendet. Karl hatte gesprochen, und er würde sich nicht davon abbringen lassen.

Alkuin neigte den Kopf. »Wie Ihr wünscht, mein König.«

Karl stutzte. »Ihr wollt mich nicht überreden, Gnade walten zu lassen?«

»Ich hoffe, dass Ihr Gnade walten lasst bei denen, die es verdient haben. Alle anderen müssen spüren, dass Verrat nur den Weg in die Hölle ebnet.«

Karl nickte. »Ich werde Eure Worte bedenken, wenn es so weit ist, Alkuin, mein Freund. Und nun lasst uns zur Tat schreiten.« Er winkte einem seiner Schreiber, der herbeieilte und ihm eine Pergamentrolle reichte. »Gebt dies meiner geliebten Gemahlin.«

Ein warmes Lächeln tauchte sein Gesicht in einen Glanz, den Alkuin selten bei ihm sah. Karl streckte sich, der Glanz verschwand, wich Entschlossenheit und Härte. Alkuin wusste, dass sich in diesem Schreiben Worte verbargen, die seine Echtheit verrieten. Worte, die nur Fastrada und Karl kannten.

»Und jetzt nicht länger gesäumt.« Er ging zu seinem Pferd, sprang in den Sattel, zeigte auf einige Männer, befahl ihnen, Alkuin sicher nach Aquis zu geleiten, und versprach ihnen alle Qualen dieser Welt, sollte ihm etwas zustoßen. Die Männer schlugen die Faust ans Herz und gelobten, dass sie eher sterben würden, als ihre Pflicht zu vernachlässigen.

Diese Männer waren es, auf denen Karls Macht zu einem Drittel ruhte. Das zweite Drittel machte Karls Verwaltung aus, die bis in den letzten Winkel seines Imperiums reichte, weil er ständig unterwegs war und keinen Zweifel daran aufkommen ließ, wer im Land herrschte. Und das letzte Drittel war die Kirche, die es erst ermöglichte, Millionen von Untertanen zu regieren, tausende Grafen und hunderte Fürsten im Griff zu behalten, ganz, wie es Gott gefiel. Wäre es nicht so gewesen, Karl hätte seinen Herrschaftsbereich niemals halten, geschweige denn erweitern können.

Karl winkte Alkuin zu, dann reckte er die Faust in die Luft, und einhundert Panzerreiter donnerten los. Wer sollte dieser Faust aus Metall widerstehen können? Es wäre ein Heer von tausend Schwertkämpfern nötig. Doch ein solches gab es weit und breit nicht. Oder etwa doch? Alkuin hob den Blick zum Himmel.

»Was ist dein Plan, Herr?« Doch Gott schwieg. Wie so oft.

23

Ende Mai 786, Kloster Uulthaha

Hardrad hatte mit seinen Männern übernachten müssen, denn die Nacht war schwarz gewesen wie die tiefste Höhle. Endlich erblickten sie das Kloster von Uulthaha. Es lag auf einem Hügel oberhalb einer kleinen Siedlung, die nicht mehr als fünf Langhäuser aus Lehm und Holz umfasste. Vieh graste auf den Weiden rundum, Bauern hackten den Boden. Das Kloster selbst war von einer Steinmauer umgeben, ein Kirchturm ragte hervor. Hardrad hörte einen Schmied, und kurz darauf rief die Glocke des Klosters zur Vesper, dem Gebet am Spätnachmittag. Es wurde still, denn während des Abendgebets ruhte jegliche Arbeit im Kloster.

Hardrad ritt auf das Tor zu, stieg ab, klopfte auf das wettergegerbte Eichenholz. Die Klostermauern waren durchaus wehrhaft, doch das half nicht, denn die Mönche besaßen weder Waffen, noch waren sie zum Kämpfen ausgebildet. Doch Uulthaha musste sich keine Gedanken machen. Zum einen sorgten die Grafen im Umland für Schutz, zum anderen lag Uulthaha weit entfernt von feindlich gesinnten Menschen wie den Nordmännern, über die das Gerücht umging, sie wollten das Frankenreich erobern. Das waren nur Ammenmärchen, keiner dieser heidnischen

Nordmänner würde es wagen, ins Frankenland einzufallen, denn Karl würde sich dafür fürchterlich rächen.

Es dauerte eine Weile, bis jemand das Guckloch öffnete. Ein Mönch, dessen Falten im Gesicht verrieten, dass er wohl an die sechzig Jahre alt sein musste, sah ihn freundlich an. »Gott sei mit Euch, Reisender. Was ist Euer Begehr?«

»Und mit dir, Bruder. Ich bin Herzog Hardrad von der Erphesburg. Ich möchte Abt Baugulf sprechen. Es ist dringend.« Hardrad hatte sich noch immer nicht an seinen neuen Titel gewöhnt, der fühlte sich irgendwie falsch an, obwohl die thüringischen Edlen ihn bestätigt hatten. Er hatte diesen Titel nicht haben wollen, doch nun, da er ihm von Gott zugedacht war, würde er seine Pflicht erfüllen.

»Der Abt und die Brüder lesen gerade die Vesper. Ich fürchte, ich muss Euch vertrösten, Herzog.«

Sich mit Gewalt zu einem Kloster Zutritt zu verschaffen hätte dazu geführt, dass Hardrad exkommuniziert worden wäre.

»Ich habe die Glocken vernommen, Bruder, und ich würde nicht um Einlass bitten, wenn es nicht wirklich wichtig wäre. Es geht um Leben und Tod. Bitte richte ihm Folgendes aus: Graf Autkar von Grimoald hat meine Tochter entführt und will sie zwingen, ihn zu heiraten. Nur mit Mühe konnte ich die thüringischen Fürsten davon abhalten, Graf Autkar zu verfolgen und seine Burg zu schleifen.«

Das Gesicht des Mönchs verschwand. Hardrad fürchtete schon, er wolle ihn nicht einlassen, doch im selben Augenblick schwang das Tor auf.

»Folgt mir. Eure Männer dürfen im Hof lagern. Sie sollen das Tor schließen.«

Der Bruder eilte voran. Hardrad hätte ihm die Geschwindigkeit gar nicht zugetraut, denn seine Leibesfülle erinnerte an ein großes Fass. Sie gingen auf die Kirche zu, aus der das Murmeln der Mönche zu hören war.

»Wartet hier.«

Hardrad gehorchte, der Bruder schlüpfte in die Kirche, und keine hundert Herzschläge später trat Abt Baugulf heraus, kam auf Hardrad zu und umarmte ihn herzlich.

»Hardrad, mein Freund, welch furchtbare Neuigkeiten. Kommt, lasst uns ein paar Schritte gehen und nach einer Lösung suchen.«

»Ich kenne nur eine. Karl muss Graf Autkar befehlen, Gunhild freizulassen und seine Heiratspläne aufzugeben. Könnt Ihr ihn nicht dazu bewegen?«

Abt Baugulf holte tief Luft, blieb stehen. »Ich muss zugeben, ich verstehe nicht ganz, warum Karl diese Heirat unbedingt will. Es gäbe weitaus bessere Partien für den Gaugrafen, der, wie wir alle wissen, Karls rechte Hand ist. Zum Beispiel die Tochter eines lombardischen Führers. Es sind die oberitalienischen Städte, die Karl enger an sich binden muss, nicht die Thüringer, die sowieso fest an seiner Seite stehen.«

»Das dachte ich mir auch. Es ergibt keinen Sinn, auch wenn es für die Thüringer durchaus eine Ehre wäre. Aber so ist es eine Kriegserklärung.«

Baugulf legte Hardrad eine Hand auf die Schulter. »Immer mit der Ruhe. Ihr kennt doch Karl. Er ist ein Hitzkopf, und manchmal schießt er über das Ziel hinaus. Vielleicht hätte er seinen Plan aufgegeben, wenn er von der Verlobung und der Heirat mit Hugbert gewusst hätte.« Baugulf bückte sich und zeigte auf eine Pflanze. »Diese Distel wird von vielen Menschen für unwert erachtet. Aber sie ist wie alles auf dieser Welt ein Geschöpf Gottes. Wie also könnte sie unwert sein? Sie hat beneidenswerte Eigenschaften: Ist es zu trocken, hört sie auf zu wachsen und zieht sich in ihre Wurzeln zurück, die viele Fuß lang sein können. Reißt man sie aus, wächst sie aus einer dieser Wurzeln erneut. Man muss sie mit Stumpf und Stiel ausgraben, um sie zu vernichten.«

Hardrad wusste, was eine Distel war und dass sie den Bauern viel Verdruss bereitete, das hatte der Abt gerade erklärt. Disteln waren hartnäckig und verdrängten alles andere, wenn man sie wachsen ließ. »Was wollt Ihr mir damit sagen, Baugulf? Ist das die Lösung? Wenn ja, verstehe ich sie nicht.«

»Verzeiht, die Distel hat nichts mit unserem Problem zu tun. Ich sah sie und wollte Euch meine Gedanken mitteilen.«

Er ging weiter. Hardrad kannte Baugulf gut und wusste, dass es keinen Sinn hatte, ihn unter Druck zu setzen. Baugulf war ein Mann, der zuerst nachdachte, dann redete und handelte.

»Mein lieber Hardrad. Ich glaube, es ist besser, wenn Ihr nicht bei Karl, sondern bei der Königin vorsprecht. Mir ist sie im Moment nicht ganz so gut gewogen, aber sie achtet mich nach wie vor, sie würde sich mein Anliegen auf jeden Fall anhören. Karl, so hörte ich, ist auf einem Feldzug, allerdings weiß ich nicht, wohin er aufgebrochen ist. Und selbst wenn. Der König nimmt ungern einen Befehl zurück, Fastrada aber kann durchaus, wenn es ihr richtig erscheint, in einem gewissen Rahmen eine Entscheidung rückgängig machen oder ihren Gemahl dazu bringen. Ob dieser Fall dazugehört, das kann ich nicht beurteilen. Ich gebe Euch einen Brief mit, der dafür sorgen wird, dass Fastrada Euch zumindest empfängt.«

Hardrad wurde neugierig. »Was habt Ihr angestellt, dass Ihr bei Fastrada in Ungnade gefallen seid?«

»So würde ich es nicht ausdrücken. Sie hält nach wie vor große Stücke auf mich. Aber fast alle Äbte, so auch ich, haben zu lange die Ausbildung unserer Brüder im richtigen Schreiben und Lesen vernachlässigt. Wie sollen wir das Wort Gottes verbreiten, wenn wir es nicht einmal selbst fehlerfrei niederschreiben oder lesen können. Außerdem seid Ihr der Vater, Ihr seid bei Hofe geachtet, auch wenn Karl Euch noch nicht vorgelassen hat. Ich bin mir sicher, dass Fastrada Euch ernst nehmen und empfangen wird.«

Hardrad überlegte nicht lange. Er vertraute Baugulf, also würde er tun, was der Abt vorschlug. »Ich breche auf, sobald Ihr das Schreiben aufgesetzt habt.«

»Gut. Eins noch. Wie stark ist Gunhild? Wird sie Autkar widerstehen? Wird sie alles tun, um die Heirat zu verhindern?«

Gunhild war stark, stärker als viele Männer. Aber in einer solchen Lage war es fast unmenschlich, Widerstand bis zum Letzten zu leisten. Sicher würde Graf Autkar drohen und locken zugleich. Dennoch. Hardrad vertraute Gunhild. »Ich denke, das wird sie.«

»Gut, denn sie ist nicht irgendeine Frau, sondern die Tochter des Herzogs von Thüringen. Sollte der Gaugraf sie vor den Altar zwingen und sie verweigert ihre Zustimmung, mit der Begründung, dass sie bereits einem anderen versprochen ist, so könnte der Papst die Ehe annullieren.«

»Und wenn Graf Autkar die Ehe mit Gewalt vollzieht?«

»Dann haben Karl und er ein großes Problem. So gut sich Karl und der Papst verstehen, gegen die Gesetze Gottes verstoßen darf auch ein König nicht. Auch wenn Karl das nicht so sehen mag: Noch immer steht der Papst über dem König, und nur Gott allein steht über dem Papst.«

24

Ende Mai 786, Odinwald

Radulf beobachtete Wolfher, der sein Beil wieder und wieder über den Schleifstein zog. Er hatte erklärt, dass es so scharf sein musste, dass man den Schnitt erst spürte, wenn das Fleisch schon vom Knochen geschält war, so scharf, dass er damit eine Feder in der Luft zerteilen konnte.

»Glaubt Ihr wirklich, dass Karl in die Falle tappen wird?«, fragte Radulf.

Sein sächsischer Verbündeter prüfte die Schneide der Axt und nickte zufrieden. »Er ist wie ein Berserker, wenn die Wut ihn packt. Dann hält ihn nichts mehr, dann will er nur noch Blut sehen. Ich bin der Letzte, der ihn unterschätzen würde. Er ist ein listenreicher und erfahrener Heerführer. Seine Schwäche ist sein heißes Blut. In einer offenen Feldschlacht hätten wir keine Aussicht auf Erfolg gegen ihn und seine Panzerreiter. Für jeden dieser Krieger bräuchten wir zehn Mann Fußvolk, um sie zu bezwingen. Vielleicht sogar mehr. Sie sind wie die Schnitter, wie der Sensenmann persönlich. Sie fürchten nicht den Tod. Nur eine List kann sie überwinden. Und das Feuer.«

Radulf und Wolfher hatten zweihundert Speerträger, zehn Panzerreiter und dreißig Bogenschützen. Nicht genug, um Karl und seine Reiter aufzuhalten, obwohl es nur einhundert Mann waren. Es sei denn, sie ließen ein Wesen für sich kämpfen, das weder Gut noch Böse kannte, das, wenn es groß genug war, alles verschlang, was sich ihm in den Weg stellte. Feuer.

Radulf war nicht zimperlich, er hatte schon viele Krieger getötet, und um keinen tat es ihm leid. Aber Feuer war eine furchtbare Waffe, den Tod durch Verbrennen wünschte er selbst seinem schlimmsten Feind nicht. Doch um sein Ziel zu erreichen, musste ihm jedes Mittel recht sein. Das Risiko bestand allein darin, dass Karl in der Falle sterben könnte. Das hätte ihn, Radulf, der einzigen Waffe beraubt, mit der er das Frankenreich zu Fall bringen konnte. Denn Karl selbst musste einen neuen König einsetzen. Mit den Fürsten hätte er dann vorerst kein Problem, denn sie würden sich zunächst dem Willen Karls unterwerfen. Nur seine Söhne, die musste Radulf beseitigen, kein Problem, denn sie ahnten nicht, aus welcher Richtung ihnen der Tod drohte. Dann musste Radulf seine Macht festigen, alle weiteren aus dem Weg räumen, die ihm nicht die Treue schworen. Keine leichte Aufgabe, aber er wusste genau, welche Fürsten widerspenstig sein würden und welche nicht. Denn es gab einige, die mit Karls Art zu herrschen nicht zufrieden waren. Es war letztlich nur eine Frage von Monaten, bis niemand mehr Radulf die Macht entreißen konnte.

Ein Späher kam angeprescht, sprang aus dem Sattel, grüßte und wandte sich an Wolfher. »Herr, sie kommen. Wie Ihr gesagt habt. Es sind etwa hundert.«

Wolfher erhob sich, klopfte dem Späher auf die Schulter. »Du hast deine Sache gut gemacht. Und nun geh zu deinen Leuten, nimm deine Waffen und freu dich auf eine Schlacht, in der du Ruhm ernten und gute Beute machen kannst.«

Radulf verstand, warum Wolfhers Männer ihm bedingungslos folgten. Er war wie ein Vater für sie, wie ein Bruder. Wolfhers Heer bestand aus Kriegern, die für ein Ziel kämpften: die Freiheit.

Genau darum ging es auch Radulf. Es war nicht nur die Vorstellung, die Macht in Händen zu halten, ihm ging es vor allem um die Freiheit Thüringens. Endlich wieder ein Thüringen, das ledig war vom Joch der Franken, das niemandem Gehorsam schuldete oder Tribut. Um das zu erreichen, musste er die Herrschaft über das ganze Frankenreich an sich reißen, koste es, was es wolle. Dazu war er bereit. Denn Karl würde Thüringen niemals aus seinem Joch entlassen.

Wolfher hob das Beil und prüfte mit dem Daumen die Schärfe der Schneide. Er schnalzte anerkennend, erhob sich. »Mit dieser Waffe werde ich zwanzig Franken töten. Und wenn der Tag gekommen ist, Karl den Großen, den Sachsenschlächter, den Unterdrücker meines Volkes, den Mörder meiner Familie.«

Es war das erste Mal, dass er davon erzählte. Radulf trat näher. »Karl hat Eure Familie umgebracht?«

»Nicht er persönlich, sondern seine Schlächter. Sie haben unser Dorf überfallen, ich war auf der Jagd. Keiner hat überlebt.«

Ein feuchter Schimmer trat in Wolfhers Augen. Radulf hätte nicht gedacht, dass dieser Mann, der so hart war wie Granit, der mit der bloßen Faust einem Mann so heftig auf den Schädel schlagen konnte, dass er augenblicklich tot umfiel, weinen könnte.

Wolfher schüttelte unwillig den Kopf, als wollte er ein lästiges Insekt vertreiben. Aber Radulf ahnte, dass er die Erinnerungen verscheuchen wollte, die von ihm Besitz ergriffen hatten. »Ihr müsst nicht darüber reden, Wolfher.«

»Doch. Ihr sollt wissen, warum mein Hass erst endet, wenn ich diesem Hundsfott von einem König die Haut vom Leibe gezogen und einen seiner Zähne eingefügt habe in die Reihe meiner Triumphe.« Mit einem schnellen Griff zog er einen Beutel hervor, öffnete ihn und hielt Radulf den Zahn eines Bären hin, dann den eines Wolfes, schließlich die Krallen eines Adlers. »Diese Tiere habe ich erlegt. Sie sind gefährlich. Doch das gefährlichste Raubtier von allen ist Karl. Er ist unersättlich.«

Er schob den Beutel wieder unter sein Wams, steckte die Axt in die Halteschlaufe, an der er vier Bärenkrallen befestigt hatte, ein Zeichen, dass er jeden einzelnen im Kampf Auge in Auge besiegt hatte, mit nichts als seiner Axt als Waffe.

»Mein Sohn war vier Jahre alt, meine beiden Töchter acht und zehn. Meine Frau trug unser viertes Kind unter dem Herzen. Karls Schlächter haben meinen Sohn in der Mitte durchgehauen, meine Töchter und meine Frau geschändet und ihr dann das Kind aus dem Leibe gerissen.« Eine Träne bahnte sich den Weg an seiner Wange hinab. Er wischte sie nicht weg. »Sobald wir Karl gefangen und in einen Käfig gesperrt haben, müsst Ihr ihn gut bewachen.«

Radulf hatte von dieser Strafexpedition gehört. Nachdem Sachsen mehrere fränkische Dörfer samt Kirchen niedergebrannt und viele Männer getötet hatten, ließ Karls Rache nicht lange auf sich warten. Einige Thüringer Fürsten sollten mitmachen, doch sie hatten sich geweigert. Auch er hatte abgelehnt, und Karl hatte nicht darauf bestanden, so klug war er immerhin gewesen. Radulf ging keinem Kampf aus dem Weg, und wenn es galt, gegen Feinde zu ziehen, war ihm jedes Mittel recht. Doch Frauen, Kinder und Alte zu töten, das widersprach seiner Ehre.

»Sobald wir am Ziel sind, gehört Karl Euch, das schwöre ich.«

Wolfher hielt ihm die Hand hin. »Ich vertraue Euch, Radulf.«

Dieser schlug ein.

»Sie kommen«, schallte es durch das Lager.

»Odin, nach dem dieser Wald benannt ist, schickt unsere Beute auf geradem Weg in unsere Falle«, sagte Wolfher. »Dann lasst uns auf die Jagd gehen.«

Radulf kannte eine andere Version zur Herkunft des Namens. Schon immer war der Odenwald kaum besiedelt, eine Ödnis, daher kam der Name: öder Wald. Mit den Jahrhunderten hatte sich der Name zu Odinwald gewandelt.

Sie stiegen auf ihre Pferde, ritten einen Bogen, sodass Karl annehmen musste, sie kämen aus einer anderen Richtung und er hätte ihnen den Weg abgeschnitten. Kaum hatten dessen Späher sie entdeckt, als er auch schon den Befehl zur Verfolgung gab und an der Spitze seiner Männer ihnen nacheilte. Radulf war erstaunt, dass es so einfach war, Karl in die Falle zu locken. Warum war vor ihm noch keiner auf die Idee gekommen?

Alle Reiter waren vermummt, sodass sie nicht erkannt werden konnten, aber die Pferde hatten Schabracken mit den Zeichen der Hardrader. Radulf ritt an der Spitze, lenkte sein Pferd auf den Weg, der zur Schlucht führte, aus der es kein Entkommen gab. Die Wände waren zu steil, um sie zu erklimmen, Ein- und Ausgang so schmal, dass zehn beherzte Krieger sie gegen eintausend Mann verteidigen konnten. Jetzt hing alles davon ab, ob Karl wütend genug war, nicht zu erkennen, dass er in sein Verderben ritt, und ob Wolfhers Männer im richtigen Moment zuschlugen.

Radulf warf einen Blick nach hinten. Unglaublich, wie

schnell die Pferde der Franken waren. Sie holten auf, er fürchtete schon, sie würden ihn erreichen, bevor sie in der Falle saßen. Karl und seine Männer rasten in die Schlucht, Radulf gab das Zeichen, und sofort stürzten Bäume auf den Weg, teilten den Hohlweg in mehrere Abschnitte. Ganz vorn riss Karl gerade an den Zügeln, um einem fallenden Baum auszuweichen. Sein Pferd stieg, wieherte und blieb mit geblähten Nüstern und nassen Flanken stehen. Hinter ihm waren noch sechs Männer seiner Leibgarde zwischen zwei Bäumen gefangen. Sie sprangen ab, bildeten mit ihren Schilden einen Wall um Karl, der sich in ihre Mitte duckte. Er dachte wohl, dass die anderen Männer schnell die Hindernisse beseiteräumen und ihm dann zu Hilfe eilen würden.

Doch da hatte er sich getäuscht. Denn jetzt fielen mit brennendem Pech getränkte Heuballen in die Schlucht und fegten die Männer, die noch im Sattel saßen, von den Pferden, die voller Panik bockten und dem Feuer zu entrinnen suchten. Dabei trampelten sie nieder, was ihnen im Weg stand. Immer mehr Ballen rollten herunter, stürzten sich mitten unter die Panzerreiter, die unter grässlichen Schreien jämmerlich in den Flammen verbrannten. Wer sich die steilen Wände hinaufzuretten versuchte, der wurde von den Bogenschützen und Speerträgern erledigt, die, an Seilen gesichert, in halber Höhe warteten. Ohne Pferd waren die Panzerreiter leichte Beute. Es dauerte nicht länger als das Aufsagen von zehn Vaterunsern, bis auch der letzte der Reiter erschlagen oder verbrannt war. Karl stand allein mit sechs Männern.

Radulf zog sich zurück und überließ Wolfher das Vergnügen, Karl zu entwaffnen und zu binden. Der Thüringer empfand ein nie gekanntes Gefühl der Befriedigung. Er hatte den mächtigen König Karl gefangen, dem bisher niemand hatte widerstehen können.

Zufrieden und voller Zuversicht kehrte er ins Lager zurück und machte sich mit seinen treuesten Männern auf den Weg nach Aquis. Er musste ja seine Tochter trösten, wenn sie erfuhr, dass ihr geliebter Gemahl von verräterischen Thüringern entführt worden war. Und danach musste er schnell zurückkehren, um den König endgültig zu besiegen.

25

Ende Mai 786, *Greifenburg, Bodensee*

Gunhild hatte sich so lange gewehrt, bis die Kraft sie verlassen hatte. Auf dem Ritt hierher hatte sie dreimal zu fliehen versucht, sodass Autkar ihr schließlich auch die Füße zusammengebunden hatte. Zwar hatte er die Fesseln so angelegt, dass sie ihr nicht ins Fleisch schnitten, aber sie war in ihrem ganzen Leben noch nie so hilflos gewesen. Das Schlimmste jedoch war der Knebel. Der schnitt ihr in die Mundwinkel, sobald sie nur daran dachte, etwas zu sagen oder gar zu schreien. Nur zum Trinken und Essen nahm der Graf ihr den Knebel ab, hielt ihr aber sofort den Mund zu, wenn sie die Lippen öffnete, um ihn zu beschimpfen oder zu schreien. Sie verweigerte das Essen, lieber wollte sie sterben, als seine Gemahlin zu werden. Nach zwei Tagen allerdings war sie so durstig, dass sie um Wasser bat, das er ihr reichte. Doch essen wollte sie weiterhin nichts.

Der Weg zur Greifenburg schien endlos lang, doch schließlich waren sie angekommen. Die Burg lag oberhalb eines großen Sees, sie war uneinnehmbar, alle Wehrmauern waren aus Stein, vier Türme schützten den Burgfried und die anderen Gebäude: eine Kapelle, einen Palas, Stallungen, eine Schmiede und andere Werkstätten. Zwei Brunnen lieferten bestes Wasser. Wer diese Burg belagern wollte, der musste sich auf eine lange Zeit einstellen, denn der Gaugraf hatte Katakomben in den Fels hauen lassen, in denen Vorräte für ein Jahr lagerten. Gunhild vergaß vor Staunen für einen Moment ihr Elend und ihre Verzweiflung. Eine solch mächtige Burg hatte sie noch nie gesehen.

Autkar hatte sie im obersten Geschoss des Bergfrieds eingesperrt. Sie hatte schnell erkannt, dass eine Flucht unmöglich war. Es gab nur ein winziges Fenster, und das lag mehr als zehn Fuß über ihr und war dick vergittert. Eine Katze hätte sich hindurchzwängen können, nicht aber ein Mensch. Er hatte ihr den Knebel abgenommen, und sie hatte ihn zum wiederholten Mal voller Wut angeschrien, obwohl sie kaum noch stehen konnte, so sehr nagte der Hunger an ihr.

»Was glaubt Ihr, wer Ihr seid? Ihr habt nicht nur das Gastrecht gebrochen, sondern auch das Vertrauen missbraucht, das mein Vater in Euch gesetzt hat. Lasst mich sofort frei, oder Euer Leben wird bald beendet sein. Mein Vater wird mich suchen, und er weiß ja, wo er mich findet. Ich werde Euch niemals heiraten, eher sterbe ich.«

Sie hatte ihn noch mit einigen deftigen Schimpfworten bedacht, dann geschwiegen und weiterhin das Essen verweigert.

Gunhild vermochte die Tage nicht zu zählen, die seit ihrer Entführung vergangen waren. Nur dass sie seit drei Tagen hier eingesperrt war, das wusste sie. Inzwischen hatte sie das Fasten aufgegeben. Der Graf war klug genug zu wissen, dass sie sich niemals selbst töten würde, denn dann war ihr das Himmelreich verwehrt. Außerdem musste sie bei Kräften sein, wenn sich eine Gelegenheit zur Flucht ergab oder wenn ihr Vater sie befreite. Dann durfte sie nicht bettlägerig sein, sondern im Vollbesitz ihrer Kräfte, damit sie kämpfen konnte. Ihre Wut war noch lange nicht verraucht, und sie würde Widerstand leisten bis zum Letzten.

Es klopfte. Gunhild wich an die hintere Wand des rechteckigen Turms zurück. Ohne eine Antwort abzuwarten, öffnete sich die Tür. Autkar trat ein, flankiert von vier Wachen, die ihn in die Mitte nahmen. Es war das erste Mal, dass er sie hier oben aufsuchte.

Er betrachtete sie einen Moment, dann neigte er sein Haupt. »Gräfin Gunhild, ich sehe, Ihr seid wohlauf. Das stimmt mich froh.«

Was bildete sich dieser Schurke ein? Er war nicht besser als jeder dahergelaufene Straßendieb. Nein, er war viel schlimmer.

»Lasst mich frei, sofort. Dann werde ich für Euch ein gutes Wort bei meinem Vater einlegen, und er wird Euch schnell töten und nicht zu Tode foltern.«

»Der Gedanke ist nicht gerade angenehm, das gebe ich zu, aber Ihr verkennt Eure Lage. Immerhin wart Ihr so klug, nicht länger auf Nahrung zu verzichten.«

»Nur, um genug Kraft zu besitzen, Euch zu besiegen, wenn der Augenblick gekommen ist.«

Graf Autkar sah sie belustigt an. »Ihr seid mutig, wild und entschlossen. Das nötigt mir Anerkennung ab. Ich habe noch immer blaue Flecken von der Art, wie Ihr mir Eure Meinung gesagt habt.«

Gunhild erinnerte sich. Er hatte einmal den Fehler gemacht, sie loszubinden. Sie hatte sich auf ihn gestürzt, und nur weil er schnell reagiert hatte, war es ihr nicht gelungen, ihm sein Gemächt mit einem Tritt zu zerquetschen. Aber sie hatte ihn mit ein paar Hieben getroffen, die ihn einknicken ließen. Sie wusste, dass er sie gesund und unverletzt brauchte, also würde er ihr nicht ernsthaft wehtun. Erst drei seiner Männer konnten sie von ihm wegziehen. Seitdem näherte er sich ihr nur in Begleitung seiner Leibwache.

Sie hatte beschlossen, sich so zu benehmen, dass er von ganz allein darauf kommen würde, was für eine schlechte Idee eine Heirat mit ihr war.

Er trat einen Schritt auf sie zu, die Wachen kreuzten die Speere vor ihm, denn sie hätte ihn mit einem langen Schritt erreichen können.

»Gräfin Gunhild, ich bitte Euch. Ihr könnt nichts daran ändern, dass wir heiraten werden. Und wenn es Jahre dauert, bis Ihr Euren Widerstand aufgebt, ich werde warten. Ihr seid jung, und eines Tages werdet Ihr einsehen, dass es die beste Lösung ist, anzunehmen, was nicht zu ändern ist.«

Gunhild lachte kurz und hart. »Niemals werde ich Eure Frau sein. Ihr könnt mir Gewalt antun, so wie Ihr es mit meiner Entführung bereits getan habt. Aber glaubt mir, Ihr werdet nicht verhindern, dass ich dann doch den Tod durch die eigene Hand wählen werde. Gott wird es mir verzeihen, und wenn nicht, schmore ich lieber in der Hölle. Niemals werde ich einen Eurer Bastarde austragen.«

Autkar runzelte die Stirn. »Ich bedaure es sehr, aber dann muss ich zu anderen Mitteln greifen. Ich werde Eure Brüder auf meine Burg bringen lassen. Bisher habe ich sie nicht nur verschont, sondern Warmunt sogar das Leben gerettet, indem ich einen meiner Leute tötete. Ist das bei Euch bereits in Vergessenheit geraten?«

Gunhild erinnerte sich an diesen Moment, als wäre es gerade erst geschehen. Sie hatte schon Warmunts Kopf rollen sehen, doch dann hatte der Gaugraf das Schlimmste verhindert. Auch den anderen Männern war kein ernsthaftes Leid geschehen. Aber glaubte Autkar tatsächlich, dass sie deshalb der Schande zustimmte, die eine Heirat mit ihm bedeutete? Glaubte er wirklich, er könnte jetzt, nach allem, was geschehen war, ihre Brüder ebenfalls entführen? Gunhild war sich sicher, dass ihr Vater bereits Pläne geschmiedet hatte, sie zu befreien. Er würde wachsam sein und vor nichts zurückschrecken. Wenn es nötig war, würde er sich mit Sachsen und Sorben verbünden, würde einen Flächenbrand entzünden, der das gesamte Ostreich der Franken in Schutt und Asche legen konnte. Er konnte auch auf die Baiern zählen, die erst seit wenigen Jahren unter der Knute Karls standen. Sie würden jede Gelegenheit ergreifen, das Joch wieder abzuschütteln. Wenn jetzt ein gewaltiger Aufstand losbrach, war der König selbst schuld. Ihr war klar, dass Autkar niemals aus eigenem Antrieb so gehandelt hätte. Doch die Drohung, ihre Brüder als Druckmittel einzusetzen, gab ihrer Wut nur noch mehr Nahrung.

Sie trat einen Schritt vor, die Speerspitzen richteten sich auf ihre Brust. »Solltet Ihr meinen Brüdern ebenso Gewalt antun wie mir und sie ihrer Heimat entreißen, dann, das schwöre ich bei Gott dem Allmächtigen, werde ich nicht eher ruhen, bis Ihr im Grab liegt, durch meine Hand.«

Noch nie in ihrem Leben hatte sie solch glühenden Hass empfunden.

Graf Autkar senkte nur kurz den Blick. »Das Schicksal hat nicht nur Euch übel mitgespielt, Gräfin Gunhild. Ich wollte Euch nicht zur Gemahlin, ich will überhaupt keine Frau, seit der Herr meine Emhild zu sich gerufen hat. Ihr wisst nicht, was Liebe ist, Ihr wisst nicht, was die Hölle auf Erden ist. Ich jedoch weiß es.«

Auf einmal schreckte er hoch, als hätte er schlecht geträumt. Sein Blick war verschleiert, ein dunkler Schatten zog über sein Gesicht. Er sah ihr in die Augen. »Ich werde Euch niemals mit Gewalt nehmen und werde Eure Brüder unangetastet lassen. Aber wir werden heiraten. Früher oder später. Daran kann nur Gott etwas ändern.«

Er drehte auf dem Absatz um und eilte aus dem Raum, die Tür schlug hinter ihm zu. Gunhild schien es, als flüchtete er vor ihr. Sie sank auf die Knie, da ihr klar wurde, dass ihre Welt zerstört war. Für immer. Vater würde alles in die Waagschale werfen, um sie zu befreien und sein Recht einzufordern. Doch er würde nichts erreichen als noch mehr Leid, Tod und Verzweiflung, denn König Karl war starrsinnig wie ein alter Esel und bissig wie ein tollwütiger Wolf.

Gunhild schlug die Hände vors Gesicht und weinte so bitterlich, dass selbst die Steine ihres Gefängnisses traurig wurden.

26

Ende Mai 786, *Aquis, Königspfalz*

Wieder einmal war Hardrad von der Königspfalz in Aquis beeindruckt, auch wenn sie in weiten Teilen noch Baustelle war. Dicke hohe Mauern umgaben sie, eine Garnison Elitekrieger lagerte innerhalb der Mauern jahrein, jahraus, einige Häuser aus Stein und hunderte einfache Langhäuser, Katen und Hütten umschlangen die Pfalz. Händler, Handwerker, Bauern, alle wollten hier ihren Geschäften nachgehen. Edelleute wiederum versuchten, bei Hof Kontakte zu knüpfen, ihren Einfluss geltend zu machen, vom König oder der Königin gehört zu werden.

Viele Sprachen konnte Hardrad hören, die meisten verstand er nicht; nur wenn die Leute ins Lateinische wechselten, erfasste er, was sie miteinander redeten. Es ging um alltägliche Dinge. Wie sehr der Preis für Einkorn und Emmer gestiegen war, weil das Frühjahr zu nass gewesen war, dass der Hufschmied einem Pferd die falschen Eisen aufgezogen hatte und der Viehmarkt in dieser Woche besonders viele Schweine zu bieten hatte. Wahrscheinlich stammte ein Großteil der Schweine aus Thüringen. Der König ließ sie verkaufen und machte damit ein gutes Geschäft.

Hardrad ließ den Blick schweifen. Neben der Königshalle schufteten die Arbeiter an der neuen Pfalzkapelle, die eher ein Dom werden würde als eine kleine Kirche. Bisher hatte er die Königshalle noch nicht betreten, hatte noch nie Karls steinernen Thron gesehen, der ebenso fest und unverrückbar war wie dessen Wille. Was sich der König in den Kopf setzte, das führte er aus, gegen alle Widerstände und oft auch gegen alle Vernunft.

Erst letztes Jahr hatte Hardrad vorgesprochen, doch man hatte ihn mit der Begründung abgewiesen, Karl sei nicht anwesend und die Königin unpässlich. Man hatte ihn an einen niederen Beamten verwiesen, der sein Ansinnen hochnäsig entgegengenommen hatte, mit der Bemerkung, es wäre doch klüger, wenn jeder wisse, wo er stehe in der Rangfolge des Reiches. Und er solle im nächsten Jahr wiederkehren. Hardrad war wütend wie ein angestochener Stier aus der Schreibstube gestürmt, die Wachen hatten ihn misstrauisch beäugt, doch er hatte die Pfalz unbehelligt verlassen.

Diesmal würde er sich nicht abwimmeln lassen. Er ritt seinen Männern voraus, hielt auf das Südtor zu, vor dem sechs Zelte der Palastwache aufgestellt waren. Mehr als vierzig Krieger konnten dort schlafen. Das Tor wiederum wurde von acht Speerträgern bewacht, rechts und links von ihnen saßen jeweils acht Mann hoch zu Pferd, jederzeit bereit, jemanden zu verfolgen. Ein großes Aufgebot, so als erwarte man einen Angriff.

Eine der Wachen, anscheinend ein sehr angesehener Ritter, denn er trug ein prächtig verziertes Schwertgehänge um seine Hüften, trat auf ihn zu. Hardrad hielt sein Pferd an.

»Was ist Euer Begehr, Herr?«, fragte er freundlich.

»Ich bin Hardrad von der Erphesburg aus Thüringen, Herzog und getreuer Diener unseres Königs. Ich muss ihn oder die Königin in einer Angelegenheit sprechen, die keinen Aufschub duldet.«

Durch die anderen Wachen schien ein Ruck zu gehen. Sie packten ihre Waffen fester, schlossen die Reihen. Was zum Teufel ging hier vor? Hatte Graf Autkar einen Boten geschickt, mit der Nachricht, dass er sehr wahrscheinlich hier auftauchen würde? Dass man vorsichtig sein müsse, denn er sei voller Groll?

Der Ritter deutete eine Verbeugung an. »Herzog Hardrad. Seid willkommen. Bitte legt Eure Waffen ab, dann steht einer Audienz bei der Königin nichts im Wege. Man hat Euch bereits angekündigt und ist begierig, Euch zu sprechen.«

Dieses zuvorkommende Verhalten erschien Hardrad seltsam. Noch nie hatte man ihn dermaßen eilfertig willkommen geheißen. Für einen Moment schoss Hardrad der Gedanke durch den Kopf, dass er besser kehrtmachte, solange er es noch konnte. Doch er entschied sich anders. Er hatte nichts Unrechtes getan, das Schlimmste, das passieren konnte, war, dass er unverrichteter Dinge heimkehren musste. Dass er in diesem Fall nicht für die anderen thüringischen Fürsten garantieren konnte, war vorerst nicht sein Problem.

»Ich danke Euch, Hauptmann.« Er wandte sich um. »Bezieht Lager vor den Toren, ich werde mit der Königin sprechen und bald wieder zu euch stoßen.«

Seine Männer wendeten die Pferde und verschwanden in dem Labyrinth der Häuser. Der Ritter sah ihnen nach, als ob er sie lieber aufgehalten hätte. Hardrad stieg mit einem flauen Gefühl im Magen ab.

Eine Wache nahm Hardrads Waffen, ein anderer die Zügel seines Pferdes und führte es fort. Der Ritter wies auf das Tor. »Wenn Ihr mir bitte folgen würdet. Ich werde Euch sogleich anmelden. Ruht Euch aus, esst und trinkt, bis die Königin Euch empfängt.«

Hardrad schritt hinter dem Hauptmann her, der ihn hinauf vor die Königshalle geleitete. Dort flüsterte er einer der Wachen etwas zu, die Hardrad überrascht ansah und dann eilig davonging. Hier stimmte etwas ganz gewaltig nicht.

»Ihr habt Glück. Die Königin ist bereit, Euch zu empfangen. Jetzt schon. Bitte.« Er zeigte auf das Portal zur Königshalle, das sich wie von selbst öffnete. Hardrad verschlug es den Atem. Vor ihm befand sich der Thron des Königs auf einem Podest, daneben, auf einem etwas kleineren, saß die Königin, mit einer Peitsche in der Hand, und starrte ihn mit zusammengekniffenen Augen an. Neben ihr stand ein kleiner rundlicher Mann, anscheinend ihr Berater.

Zehn Wachen nahmen ihn in die Mitte, wandten sich ihm zu, senkten ihre Speere. Hardrad war eingesperrt in einen undurchdringlichen Wall aus scharfen Klingen.

»Meine Königin …«

»Schweigt!«, donnerte sie mit einer Lautstärke, die Hardrad dieser zierlichen Person nicht zugetraut hätte. Ihre Haut wirkte fast transparent, ihre Wangen waren gerötet, ihr Blick sprühte vor Hass. »Sagt mir, wo Ihr Karl festhaltet, sofort, und ich will Euch einen schnellen Tod schenken und Eure Familie am Leben lassen.«

Hardrad verstand nicht ein Wort. »Ich halte niemanden fest, schon gar nicht den König.«

»Lügner!« Ihre Stimme überschlug sich. »Ich habe Beweise, dass Ihr ihn habt entführen lassen.«

Hardrad fühlte sich, als hätte er einen Hieb in den Magen bekommen. Der König entführt? Wie konnte das sein? Er wurde bestens bewacht, nur einem riesengroßen Heer hätte es gelingen können, sich ihm auch nur zu nähern.

»Aber …«

Die Königin ließ ihn nicht zu Wort kommen. »Ich will nur eines von Euch hören: Wo habt Ihr Karl versteckt? Nichts anderes.«

Hardrad wurde wütend. Wie konnte die Königin so naiv sein, zu glauben, er würde den König entführen und sich dann in ihre Gewalt begeben?

»Polder!«

Der rundliche Mann regte sich, zog ein Pergament hervor, las.

»An die Königin des Frankenreiches Fastrada. Ich, Hardrad von der Erphesburg, habe Euren Gatten, König Karl, in meiner Gewalt und schlage Euch folgenden Handel vor. Gebt mir meine Tochter Gunhild zurück, die Euer Handlanger Autkar von Grimoald wider Recht und Gesetz entführt hat, und ich werde den König unversehrt in Eure Obhut übergeben. Verweigert Ihr mir meine Tochter, so wird er unter furchtbaren Qualen sterben. Ich werde am letzten Tag des Monats Mai vorsprechen und erwarte, dass Ihr mir meine Tochter aushändigen werdet.«

Polder hob das Pergament, drehte es um. »Ist das Eure Unterschrift, Hardrad? Und Euer Siegel?«

Hardrad musste nicht hinschauen. »Was immer auf diesem Pergament stehen mag, es ist nicht von mir verfasst, es ist eine Fälschung.«

»Bringt ihn zum Schweigen«, schrie Fastrada.

Eine der Wachen hieb Hardrad die Faust in den Magen. Ihm blieb die Luft weg, Schmerz schoss durch seinen ganzen Körper. Der Mann wusste, wie und wo man zuschlagen musste, um die größtmögliche Pein zu verursachen. Hardrad stöhnte, holte gierig Luft, hörte Schritte, dann fuhr ein heißer Schmerz über seinen Rücken. Er hörte sich aufstöhnen.

»Wo ist mein Gatte?«

Fastrada stand über ihm wie die Rachegöttin persönlich. Ihr Gesicht war wutverzerrt. Hardrad begriff, dass sie zu keinem klaren Gedanken fähig war. Irgendjemand hatte ihn in diese Falle gelockt, und er war hineingetappt wie ein betrunkener Bär.

»Ich weiß es nicht, ich schwöre es bei Gott dem Allmächtigen«, stöhnte er und schrie vor Schmerz auf, als ihn die Peitsche erneut traf, diesmal noch heftiger. Er spürte durch sein Wams hindurch die Haut reißen, spürte das heiße Blut, das ihm den Rücken hinunterlief. Fastradas Peitsche war mit Metallspitzen besetzt, die scharf waren wie eine frisch geschliffene Klinge. Selbst ein Pfeil, der ihm im Bein gesteckt hatte, und der Hieb in die Seite mit einem Schwert hatten ihm nicht so zugesetzt wie diese Peitsche. Fastrada war ein Ungeheuer, keine Frage. Sie würde ihm nicht glauben, sie wollte ihm nicht glauben, und er war ihrem Hass ohnmächtig ausgeliefert.

»Herr im Himmel«, flüsterte er. »Beschütze meine Familie.«

Die Königin schien ihn gehört zu haben. »Ich werde die Erphesburg niederbrennen und jeden, der darin lebt, häuten lassen«, schrie Fastrada und schwang wieder die Peitsche.

Hardrad hörte sie auf seinen Rücken klatschen, der Schmerz explodierte in seinem Kopf, dann umfing ihn eine gnädige Ohnmacht.

27

Ende Mai 786, Odinwald

Wolfher nickte Radulf zu, der gerade vom Pferd gesprungen war. »Wie lief es in Aquis?«

Radulf streckte sich. »Hervorragend. Meine Tochter ist außer sich. Sollte Hardrad es wagen, bei ihr aufzutauchen, wird er es bereuen. Sie hat das Schriftstück gelesen und einen Tobsuchtsanfall bekommen. Die Töpfer werden sich freuen. Sie hat alles zerschmettert, was nicht aus Eisen oder Stein war.«

»Frauen sind leicht zu beeinflussen, besonders die Königin. War sie schon immer so?«

Radulf wurde ernst. »Seit sie laufen kann, überfällt sie die Wut, wenn etwas nicht nach ihrem Willen geht. Sie hat Mägden, Knechten und Dienerinnen das Fürchten gelehrt. Was mich früher fast um den Verstand gebracht hat, ist heute der Schlüssel zu unserem Erfolg.«

»Ihr kennt Eure Tochter ebenso gut wie Karl, auch ihn habt Ihr richtig eingeschätzt. Als ihm klar geworden ist, dass er in der Falle sitzt und keine Aussicht auf einen Sieg hat, befahl er seinen Männern, die Waffen niederzulegen und sich zu ergeben. Ich habe Eure Anweisung befolgt, die Männer weggeschafft und getötet.« Wolfher hob die Hände. »Karl hat noch kein Wort gesagt. Was soll ich jetzt tun?«

»Mir ins Gesicht schlagen.«

Wolfher verzog das Gesicht. »Eine angenehme Vorstellung. Aber wozu soll das gut sein?«

»Ihr habt mich gefangen, als ich versucht habe, Karl zu befreien. Zugegebenermaßen ohne einen guten Plan, aber Karl wird sich mir öffnen, denn er wird meinen Mut und meine Treue zu schätzen wissen. Er hat nicht die geringste Ahnung, dass ich ihn loswerden will. Wir werden gemeinsam einen Plan schmieden, wie wir entkommen können.«

»Ist das notwendig? Wir haben Karl, wir haben die Macht.«

Radulf schüttelte den Kopf. »Noch haben wir gar nichts. Wenn Hardrad nicht redet, was er ja nicht kann, da er nichts weiß, wird meine Tochter mit Feuer und Schwert in Thüringen einfallen, und wenn sie Karl dort nicht findet, wird sie jeden Stein im Reich umdrehen.«

Wolfher grinste. »Da kann sie lange suchen.«

»So ist es. Was wir brauchen, ist Karls Hilfe. Wenn ruchbar wird, dass der König verschollen, ja womöglich tot ist, wird Fastrada nicht mehr lange auf dem Thron sitzen. Seine Söhne werden sofort ihr Recht auf die Herrschaft geltend machen. Fastrada ist zwar schwanger, aber ob es ein Sohn wird oder nicht, ob das Kind überhaupt lebend zur Welt kommen wird, das liegt allein in Gottes Hand. Doch sie ist zuversichtlich, dass es der Thronfolger wird. Denn ich zweifle nicht einen Moment daran, dass sie ihren Sohn gegen seine Halbbrüder durchsetzen wird. Selbst Karl weiß es noch nicht. Sie hat sich nur mir anvertraut. Deswegen muss Karl mich als Regenten einsetzen. Ich werde ihn davon überzeugen, dass nur Fastrada mit mir an ihrer Seite den Willen Gottes erfüllen kann, so zu herrschen, wie Karl es für richtig hält.«

»Warum sollte er Euch als Regenten einsetzen? Solange er lebt, ist er der Herrscher.«

»Weil er klug ist. Er kennt seine Söhne, er weiß, sie würden das Reich sofort aufteilen, würden Fastrada einkerkern und einen Sohn, den sie vielleicht gebiert, entweder gleich umbringen oder mit ihr zusammen weit wegschicken und das Reich damit dem Untergang preisgeben. Damit das Regnum der Franken bleibt, was es ist, und weiterwachsen kann, braucht es Einheit. Einen Alleinherrscher. Wenn wir fliehen, wird er als Rückversicherung dienen, und falls er den Tod findet oder wieder gefangen wird, wird er mir die Regentschaft übertragen.«

»Aber wir haben seinen Siegelring. Seine Unterschrift besteht aus zwei Strichen in einem vorgefertigten Monogramm. Wozu der Aufwand?«

»Weil nur er die geheimen Worte kennt, die er mit Fastrada und seinen engsten Beratern festgelegt hat für genau diesen Fall. Wenn sein Siegel gestohlen wird oder er in Gefangenschaft gerät.«

»Wir könnten ihn foltern. Der Folter widersteht niemand.«

Radulf schüttelte den Kopf. »Er würde uns die falschen Wörter sagen und eher sterben, als uns sein Reich auszuhändigen. Nein, er muss es freiwillig tun. Das ist der besondere Reiz. Dass der große Karl, der König der Könige, auf einen billigen Trick hereinfällt und sich selbst ans Messer liefert.«

Wolfher klatschte in die Hände. »Wie gut, dass ich Euch damals nicht getötet habe, Radulf, mein Freund. Übrigens. Wie verfahren wir mit Autkar von Grimoald? Er könnte uns gefährlich werden.«

»Lasst ihn töten. Was sonst? Durch einen Thüringer. Ich weiß auch schon, wer uns dabei helfen wird.«

Wolfher lachte kurz. »Ihr gefallt mir immer besser, Radulf. Man sollte Euch einen Beinamen geben: der Listenreiche. Eine Frage noch: Welche Seite ist Euch lieber?«

28

Anfang Juni 786, Greifenburg

Gunhilds Tränen waren schon lange versiegt. Sie war in den letzten Tagen und Stunden immer im Kreis herumgelaufen, es mussten einige Meilen gewesen sein, ihr taten die Füße weh. Sie lehnte sich an die Wand ihres Verlieses und fühlte sich so schwach und kraftlos wie noch nie in ihrem Leben. Wie konnte das nur sein? Wieso überging der König die Rechte der Thüringer, ohne einen Gedanken daran zu verschwenden, dass er damit seine treuen Untertanen in eine wütende Meute verwandelte? Vater hatte die thüringischen Fürsten nur mit Mühe davon abhalten können, Autkar von Grimoald zu töten. Und der hatte es ihnen mit ihrer Entführung gedankt.

Gott prüfte sie wahrlich schwer. Sie hoffte, dass Vater versuchen würde, den König umzustimmen. Der Gaugraf war ja auch nicht begeistert von der erzwungenen Heirat, vielleicht konnte sie ihn überreden, beim König vorzusprechen und eine Lösung zu erwirken. Gunhild zermarterte sich den Kopf, womit sie den Grafen dazu bringen konnte. Doch ihr wollte nichts einfallen.

Es klopfte. Gunhild horchte auf. Er selbst würde wohl kaum um Einlass bitten. Es klopfte erneut.

»Herrin, ich bringe Euch eine kräftige Suppe mit Karotten, Rüben, Kräutern und Rindfleisch«, sagte eine tiefe Frauenstimme. »Außerdem Wein zum Trinken und Wasser zum Waschen. Frische Gewänder habe ich ebenfalls.«

Gunhild musste Gerüche ausdünsten, die selbst einen Bären in die Flucht getrieben hätten, denn sie hatte sich, seit sie hier war, nicht gewaschen, damit der Graf allein schon wegen ihres Körpergeruchs Abstand nahm von seinen Plänen. Sie hatte schnell begriffen, dass das kindisch war und außer ihr niemandem schadete. Also hatte sie Waschzuber, Seife und Tücher verlangt.

»Komm herein«, rief Gunhild.

Die Tür schwang auf, eine große rothaarige Frau trat ein und verbeugte sich. »Seid gegrüßt, Herrin. Mein Name ist Adalheid, ich bin die Vorsteherin des Haushalts.«

Gunhild drückte sich von der Wand ab, erhob sich, spürte jeden Muskel und jeden Knochen, als hätte sie zehn Klafter Holz gespalten und gestapelt. Hinter Adalheid folgten drei Mägde, die hereintrugen, was sie versprochen hatte, und zwei Wachen, die sich an der Tür postierten. An Flucht war nicht zu denken, selbst wenn sie eine Wache mit dem Fleischmesser hätte ausschalten können, hätte die andere sie überwunden. Nein, sie musste Geduld haben und zu Kräften kommen. Das Fleisch und die Suppe würden ihr dabei helfen, es roch so gut, dass ihr das Wasser im Mund zusammenlief.

»Möchtet Ihr zuerst speisen und Euch dann zurechtmachen?«

Adalheid schien Gedanken lesen zu können, doch als Gunhild sich dabei ertappte, den Suppentopf anzustarren, als sei er eine Marienerscheinung, wunderte sie sich nicht, dass die Frau erkannt hatte, wie ausgehungert sie noch immer war. Ihr Magen forderte ständig Nahrung, selbst wenn sie schon satt war. Das musste an den Tagen des Fastens liegen. Ihr Körper wollte alles Essbare verschlingen, um dem nächsten Nahrungsentzug vorzubeugen.

Gunhild hob den Kopf. »Ich denke, ich sollte essen, bevor die Suppe kalt wird. Mich zurechtzumachen wird etwas dauern.«

Adalheid nickte und zeigte auf den Tisch. Die Mägde stellten das Essen ab. Gunhild nahm Platz und tauchte den Löffel in die heiße Suppe, kostete, nahm ein Stück Fleisch, spießte mit der Messerspitze eine Karotte auf und verspeiste sie. Es dauerte nicht lange, bis sie die Schale geleert, das Brot und das Fleisch verzehrt hatte.

»Ich danke dir, Adalheid. Es war köstlich.«

Die Mägde räumten das Essen und das Besteck ab.

Adalheid wandte sich an die Wachen. »Die Herrin wird sich nun entkleiden, also macht, dass ihr rauskommt.«

Die Wachen zögerten.

»Bei der Heiligen Jungfrau! Glaubt ihr, die Herrin wird mich mit ihren Händen erwürgen, dann die Tür eintreten und euch mit ihrem bloßen Blick in die Hölle werfen?«

Die Wachen blickten kurz betreten zu Boden und entfernten sich.

Wider Willen musste Gunhild lächeln. Adalheid war aus dem richtigen Holz geschnitzt. Sie schien etwas älter als vierzig Jahre zu sein, ihr Gesicht war fein geschnitten, ihre Züge waren nicht so derb wie jene der Mägde. Sie hätte durchaus einem Adelsgeschlecht entstammen können. Ihre roten Haare, die sie nur mit Mühe unter eine Haube gezwungen hatte, und ihre braunen Augen verliehen ihr trotz ihres Alters eine strahlende Schönheit, die Gunhild erst jetzt auffiel, als sie ihren Hunger gestillt hatte.

Adalheid schälte Gunhild mit flinken Fingern aus ihren

Gewändern, wickelte sie in ein weißes Laken und rief nach den Mägden, die einen kleinen Zuber hereinschleppten, und drei Eimer mit warmem Wasser. Adalheid schrubbte Gunhild von oben bis unten ab, sie wusste genau, was sie tat. Sicherlich hatte sie dasselbe auch für Graf Autkars verstorbene Gemahlin getan. Sie erinnerte sich nicht einmal an deren Namen.

»Adalheid, sag, wie hieß die Frau deines Herrn?«

Diese hielt kurz inne. »Der Graf hat Euch von ihr erzählt?«

Gunhild nickte.

»Emhild.« Ihre Stimme bekam einen Unterton, so als müsste Adalheid anfangen zu weinen. »Sie war eine wundervolle Frau. Die beiden haben sich so sehr geliebt. Das gibt es nicht oft. Die meisten Ehen folgen einem Zweck, und vor allem die Männer suchen schon bald ihr Vergnügen bei anderen Frauen. Doch Graf Autkar und Gräfin Emhild, das war wie das Gedicht eines fahrenden Sängers, so rein, so allumfassend, so wahr.«

Gunhild fühlte einen Stich im Herzen. Sie hatte schon davon gehört, dass es diese große Liebe tatsächlich gab, das Gefühl, ohne den geliebten Menschen nicht leben zu können, das Gefühl zu fliegen, wenn sich die Liebenden in die Augen sahen. Doch ihr würde es nicht vergönnt sein. Für den Gaugrafen konnte sie keine Liebe empfinden, denn er hatte sie ihrer Familie, ihrer Heimat entrissen. Das würde sie ihm nie verzeihen. Es tat ihr leid, dass er seine Frau verloren hatte, sie wünschte niemandem solch furchtbare Seelenpein. Dennoch konnte sie in ihm nur den Feind sehen, der sie geraubt hatte wie ein Stück Vieh. Und so würde es immer bleiben.

29

Anfang Juni 786, Greifenburg

Der Sommer war angenehm in diesem Jahr. Die Sonne schien oft, aber sie verbreitete keine sengende Hitze, sondern wohltuende Wärme, die Mensch, Vieh und Pflanzen guttat. Es regnete immer wieder, vor allem nachts, sodass die Ernte in diesem Jahr die Speicher füllen würde. Alles war gut, bis auf Gunhild, die sich standhaft weigerte, sich ihm zu öffnen. Dagegen musste er etwas unternehmen.

Autkar hatte den Rittersaal so herrichten lassen, dass jeder, der ihn betrat, den Eindruck haben musste, er war hier willkommen. Nicht eine Krume lag irgendwo herum, das Holz war gewachst, die Wandteppiche hatte er gründlich ausklopfen und frische Blumen pflücken lassen, die in silbernen Vasen auf Truhen und Fensterbänken standen. In kleinen Feuerschalen verströmten Kräuter ihren Duft.

Er hatte lange mit sich gerungen, mit dem Gedanken gespielt, die Heirat abzusagen und Gunhild wieder nach Hause zu bringen. Doch damit hätte er seinen König betrogen, dem er versprochen hatte, Hardrads Tochter zur Frau zu nehmen. Aber er hatte Karl nicht gesagt, wie er um sie freien würde, und vor allem nicht, wie lange. Seine Entscheidung war klar: Gunhild musste der Heirat zustimmen. Er war sich sicher, mit der Zeit würde sie einsehen, dass eine Ehe mit ihm nicht das Schlechteste war, und dann einwilligen. Heute Abend würde er ihr seine Vorstellungen mitteilen und ihr ein Angebot unterbreiten, das ihr gefallen musste.

Er hatte Adalheid angewiesen, Gunhild zur Hand zu gehen, und sie hatte berichtet, dass sie sich beruhigt hatte und recht gelöst wirkte. Vielleicht hatte sich Gunhild bereits mit ihrem Schicksal abgefunden? Doch er fürchtete, dass dies ein frommer Wunsch war. Die junge Frau besaß einen eisernen Willen, etwas, das ihm Anerkennung abrang.

Pünktlich zum Sonnenuntergang führte Adalheid Gunhild in den Rittersaal. Als sie den Raum betrat, verschlug es Autkar den Atem. Er konnte gegen das Abendlicht nur ihre Silhouette sehen, und für einen Moment hatte er geglaubt, Emhild stünde dort am Fenster, denn es war eines ihrer Gewänder, das Gunhild trug. Sie hatte dieselbe hochgewachsene schlanke Figur. Das lange blonde Haar hatte Adalheid hoch aufgetürmt, so hatte es Autkar gewünscht. Sie trug Emhilds Schmuck: einen Halsreif aus Gold, eine Fibel, besetzt mit einem Bernstein, in dem ein Insekt gefangen war, und den Ring, den Autkar ihr nach ihrem ersten Beisammensein geschenkt hatte. Niemals könnte er Gunhild noch mehr Gewalt antun, als er es mit der Entführung schon getan hatte. Sein Mut sank. Sie würde ihm niemals verzeihen, egal was er auch unternahm, und er würde sie niemals heiraten können, wenn er nicht ihren Willen brechen wollte. Karl wäre enttäuscht, würde ihm sein Vertrauen entziehen und ihn vom Hof verbannen. Denn der König war im Guten so großzügig wie im Schlechten ungnädig. Was sollte er nur tun?

Er ging Gunhild entgegen, ihre Miene war undurchdringlich. Autkar zeigte auf den gepolsterten Lehnstuhl, der am Kopfende der Tafel stand. Auch Emhild hatte dort immer gesessen. Sollte er diese fremde Frau tatsächlich da Platz nehmen lassen? Würde Emhild nicht annehmen, er liebe sie nicht mehr? Nein, niemals. Sie war sicherlich schon im Paradies, Gott würde nicht bis zum Jüngsten Gericht warten, um ihre Reinheit und Unschuld anzuerkennen. Sie würde es ihm nicht übelnehmen, dass er Gunhild ihren Schmuck und ihr Gewand tragen ließ, denn er wollte damit nur zum Ausdruck bringen, wie sehr er Gunhild respektierte und ehrte. Er würde Emhilds letzte Worte nie vergessen. »Versprich mir, dass du mir nicht ein Leben lang nachtrauerst. Ich will, dass du glücklich bist …« Doch wie sollte er ohne sie jemals wieder glücklich werden?

»Bitte, nehmt Platz.« Er zögerte einen Moment. »Darf ich Euch Gunhild nennen?«

Sie nickte knapp, würdigte ihn keines Blickes, setzte sich mit einer einzigen fließenden Bewegung. Das Gewand raschelte, der Duft nach Honig stieg ihm in die Nase. Adalheid hatte mit ihrem besonderen Geschick Gunhilds Schönheit voll zur Geltung gebracht.

Autkar klatschte in die Hände, der Koch und seine Knechte trugen Speisen auf, alles, was das Herz begehrte. Ein gebratener Schwan, umgeben von gesottenen Hühnern, dazu frisches weißes Brot, dunkle Soße aus Zwiebeln, Gelbe Rüben und Lauch, Äpfel und Birnen, als Kompott und in Stücke geschnitten, Kräuter und Gewürze aus aller Herren Länder, frischer Salat aus dem Burggarten.

Autkar faltete die Hände und sprach das Tischgebet. »Herr im Himmel, schenke uns Weisheit, auf dass wir deinen Willen erkennen und danach handeln. Beschütze uns vor dem Bösen, bewahre uns vor Torheit und Gier.«

Gunhild hatte ebenfalls die Hände gefaltet und den Blick nach unten gerichtet.

»Segne, was du uns bescheret hast. Gelobt sei dein Name in Ewigkeit. Amen.«

»Amen«, echote Gunhild.

»Bitte, Gunhild, greift zu. Stärkt Euch, sicherlich seid Ihr noch immer ein wenig geschwächt.«

Sie warf ihm kurz einen Blick zu, dann nahm sie sich einen Apfel und ein Stück Brot, das sie in die braune Soße tunkte. Obwohl sie bereits vor dem Mahl gegessen hatte, wie ihm Adalheid berichtet hatte, mangelte es ihr nicht an Appetit.

Autkar lud sich sein Brett voll, denn er war ausgehungert. Es war einfach zu viel zu tun, er hatte seit dem Morgen kaum mehr als eine Schale Haferbrei gegessen. Er begann genüsslich zu speisen. Gunhild aß zögerlich, doch dann schien sie Gefallen an der Mahlzeit zu finden und nahm sich vom Braten und den Gelbrüben.

Sie fing seinen Blick auf. »Habt Dank für Speis und Trank, Graf Autkar.«

»Ich bitte Euch, Gunhild, ich bin dankbar, dass Ihr das bescheidene Mahl annehmt.«

»Das heißt noch lange nicht, dass ich Euch heiraten werde.« Ihre Stimme klang ruhig, aber voller Entschlossenheit.

»Das habe ich auch nicht erwartet. Mir ist klar, dass ich Euch mehr bieten muss als ein gutes Essen, das Ihr auch anderswo erhaltet.«

Er nahm einen Schluck Falerner, der erst vor einer Woche eingetroffen war, nach einer wahren Odyssee über das Mittelmeer.

Gunhild probierte den Wein ebenfalls und hob die Augenbrauen. »Solch einen Wein habe ich noch nie gekostet. Er schmeckt, als hätten Engel ihn gekeltert.«

Autkar spürte ein leichtes Ziehen im Magen, es war nicht unangenehm, und sah Gunhild in die Augen, schlug den Blick aber sogleich nieder. Er wollte nicht aufdringlich erscheinen.

»Das trifft es genau«, sagte er. »Und es müssen Engel gewesen sein, die über ihn wachten. Ich habe den Wein im fernen Kampanien, im Süden Italiens bestellt. Stürme haben die Handelsflotte, auf der die Fässer transportiert wurden, zerstreut, und man hatte angenommen, das Schiff mit meinem Wein sei gesunken. Doch dann war es in Massilia aufgetaucht, und die zehn Fässer, die ich gekauft hatte, sind, wenn auch um drei Monate verspätet, geliefert worden. Auf die Handelsleute kann man sich besser verlassen als auf die eigenen Bundesgenossen«, sagte Autkar und schwieg betroffen.

Warum erzählte er Gunhild solche Dinge, die eigentlich geheim waren? Die niemanden etwas angingen? Weil er ihr vertraute. Ohne zu wissen, warum. Vielleicht, weil er sich wünschte, dass sie ihn niemals verraten würde, obwohl sie allen Grund dazu hatte.

»Am Hof werden immer wieder Intrigen gesponnen, um die eigenen Interessen voranzubringen. Karl hat mit großem Erfolg am Hof aufgeräumt, aber auch er kann nicht hunderte Beamte unter Kontrolle halten, die für die Verwaltung des Reiches notwendig sind. Viele neiden ihm seine Herrschaft und stellen seine Macht infrage. Oft sind es die, die ihm am nächsten sind. Ein Wunder, dass er nicht vor lauter Angst ständig um sich schlägt. Er bringt jedem Vertrauen entgegen, bis er eines Besseren belehrt wird. Dann aber gnade Gott jedem, der sein Vertrauen missbraucht.«

Gunhild sah ihn mit großen Augen an. Er hatte es nicht

beabsichtigt, aber anscheinend hatte er ihre Aufmerksamkeit geweckt.

»Seid Ihr noch nicht auf den Gedanken gekommen, dass die Heirat mit mir eine solche Intrige sein könnte?«

Autkar stellte seinen Becher ab. Daran hatte er nicht einmal im Traum gedacht.

»So, wie Ihr dreinschaut, nicht.« Gunhild legte ihre Hände vor sich auf die Tafel. »Fast hätten die Thüringer Grafen Euch umgebracht. Mein Vater konnte es gerade noch verhindern. Sicherlich erinnert Ihr Euch.«

Autkar nickte. Wie konnte er das vergessen. Er hatte schon den Herrn stumm um Gnade und Vergebung seiner Sünden gebeten.

»Was, wenn es ihm nicht gelungen wäre?«

»Der König hätte einen Straffeldzug gegen die Thüringer geführt. Ohne Gnade. Die Thüringer hätten sich mit den Sachsen und den Slawen verbündet, um Karl die Stirn bieten zu können. Sobald diese Nachricht im Reich die Runde gemacht hätte, wären auch andere auf die Idee gekommen, sich dem König entgegenzustellen, denn Karl hätte alle Hände voll zu tun, die Ostgrenze seines Reiches zu schützen gegen Thüringer, Slawen, Sachsen und auch gegen die Baiern, die doch nur darauf warten, dass er Schwäche zeigt. Die Bretagne hätte sich ebenfalls erhoben.«

Autkar hatte diese Frau wahrlich unterschätzt. Sie war bestens im Bilde über die Lage im Reich. Und sie hatte recht. Diese Heirat war unsinnig, ja gefährlich. Dennoch. Ohne Karls Erlaubnis würde er Gunhild nicht zurückbringen. Denn ihre Worte konnte sie auch deshalb gewählt haben, um eben das zu erreichen. Sie war klug, ja mehr als das. Sie konnte mit ihren Worten und Gedanken Menschen lenken. So ähnlich wie Karl, dessen Gedanken ebenfalls von bestechender Folgerichtigkeit waren.

»Das Bild, das Ihr zeichnet, ist in der Tat genau und spiegelt wider, was auch ich mir vorstellen kann. Aber es gibt auch andere Sichtweisen. Euer Vater hat die Fürsten beruhigt. Sie werden sich abregen, und Karl wird ihnen Geschenke zukommen lassen, wird ihnen Privilegien erteilen, vor allem Graf Hugbert. Der, so glaube ich, möchte seit Langem die Wegerechte der Handelsstraße, die an seine Grafschaft angrenzt. Er würde reiche Einnahmen aus dem Zoll erzielen. Und schon werden sich die Fürsten wieder um ihre eigenen Interessen kümmern und Karl als gerechten Herrscher preisen.«

Gunhild lächelte schmallippig. »Ich hoffe, Ihr habt recht. Doch ich bezweifle es. Weder Karl noch Ihr kennt die Thüringer, so wie ich sie kenne. Der König hat einen Fehler begangen. Einen großen.«

Autkar befürchtete, dass Gunhild recht behalten würde, doch es lag nicht in seiner Hand, daran etwas zu ändern. »Wie auch immer. Ich werde Euch heiraten müssen, so oder so. Daran wird niemand etwas ändern können. Ich mache Euch einen Vorschlag. Ich werde Graf Hugbert mehr als großzügig entschädigen und eine Partie für ihn finden, die fast so gut ist wie Ihr. Das wird nicht einfach, aber ich bin guter Dinge, dass es gelingt.« Er wartete einen Moment, beobachtete ihre Reaktion, doch sie ließ sich nicht anmerken, ob sie sich wie ein Stück Vieh auf dem Markt oder geschmeichelt fühlte. »Aber das ist noch nicht alles. Wenn Ihr mich heiratet, so sollt Ihr meine Kastellanin sein, sollt an meiner statt herrschen, wenn ich nicht zugegen bin. Ihr verwaltet alle meine Besitztümer, habt volles Entscheidungsrecht und übt auch die Blutgerichtsbarkeit aus. Sobald Ihr mir einen Sohn geboren habt, werde ich Euer Bett nicht mehr aufsuchen, so wie es in vielen Ehen üblich ist, es sei denn, er stirbt vor der Zeit. Ihr sollt über ein eigenes Vermögen verfügen und Euch Eure Diener und Mägde selbst aussuchen.«

Gunhild nahm einen Schluck Wein und warf ihm über den Rand des Bechers hinweg einen langen Blick zu. Dann stellte sie den Weinbecher vorsichtig ab, wischte sich den Mund trocken.

»Ihr seid ein großzügiger Mann, Graf Autkar, und Euer Angebot ist wahrlich verlockend. Glaubt mir, hättet Ihr mich nicht entführt und damit meine Familie entehrt, ich würde mit Freuden darauf eingehen. Aber so ist es mir nicht möglich. König Karl hat eine falsche, eine verheerende Entscheidung getroffen. Wir beide und viele andere werden seinen Fehler ausbaden müssen.«

Autkar hatte befürchtet, dass Gunhild nicht einlenken würde, dennoch war er erfreut, dass sie ihn nicht für ein Scheusal hielt. Ihre Augen loderten nicht mehr vor Hass, auch nicht vor Verzweiflung. Sie schien sich mit ihrer Lage abgefunden zu haben. Ein erster wichtiger Schritt. Sicherlich würde sich mit der Zeit alles einrenken und auch ihr Vater erkennen, dass diese Heirat letztlich viele Vorteile bieten würde. Und dann würde alles wieder gut werden.

Hardrad

30

Anfang Juni 786, Aquis, Folterkammer

»Schlagt Alarm«, murmelte Hardrad. »Es brennt. Riecht ihr das verkohlte Fleisch?«

Schmerz riss ihn aus der Ohnmacht. Sein Rücken stand lichterloh in Flammen. Er wollte aufspringen, doch er lag bäuchlings auf einem grob gezimmerten Tisch, gebunden an Händen und Füßen. Als er Stöhnen hörte, öffnete er die Augen. Sein Kopf war auf die rechte Seite gedreht. Das Stöhnen kam aus dem Mund eines Mannes, der an den Beinen aufgehängt war. Blut lief über seine Brust, in der Schnitte klafften. Da durchfuhr es Hardrad wie der Schmerz der Peitsche. Er lag in der Folterkammer. Seltsamerweise ließ der Schmerz auf seinem Rücken so weit nach, dass er erträglich wurde.

»Arnika und Beinwell. Und Nelken. Stark eingedickt. Ihr habt einen mächtigen Fürsprecher, Herzog Hardrad, denn Nelken sind teuer, und meine Salben können sich nur die Reichen leisten.«

»Wer seid Ihr?«, fragte Hardrad mit schwacher Stimme, obwohl er die Antwort kannte.

»Ich bin Grifo, der Henker und Feldscher, stets zu Diensten. Die Salbe, die Euren Schmerz lindert, habe ich selbst hergestellt und verkaufe sie gut.«

»Ihr seid wahrhaft ein Medicus, Grifo.«

Hardrad hörte einen Riegel und dann die Stimme, die er vernommen hatte, bevor er ohnmächtig geworden war.

»Tritt zur Seite, Grifo, ich muss mit Hardrad reden.«

Schritte kamen näher, dann sah er Polder, der sich einen Schemel heranzog und sich so setzte, dass Hardrad ihn sehen konnte.

»Da seid Ihr in einen ganz schönen Schlamassel hineingeraten«, stellte er fest. »Gut, dass Grifo einer meiner treuesten Diener ist. Er tut, was ich sage.«

»Die Salbe …?«

»So ist es. Fastrada hätte Euch fast totgeschlagen, aber ich werde dafür sorgen, dass Ihr am Leben bleibt.«

»Um mich noch härter zu foltern?«

»Ich befinde mich in einer schwierigen Lage, Hardrad.« Er schob sich nah an ihn heran. »Ich bin mir sicher, dass Ihr nichts mit der Entführung zu tun habt, genau, wie Ihr sagtet. Ihr seid gerissen und klug genug, um Karl in eine Falle zu locken, was noch keinem Sterblichen gelungen ist, und begebt Euch dann wie das Lamm zur Schlachtbank? Nein. Das ist alles zu einfach. Ich glaube gerne, dass Ihr Eure Tochter wiederhaben wollt, aber den Zorn der Königin zu wecken«, er kicherte, »das wagt selbst Karl nicht.«

»Dann lasst mich frei«, krächzte Hardrad. »Damit ich helfen kann, den König zu finden und zu befreien.«

Polder seufzte. »Das würde ich gerne, aber Fastrada hat sich in den Kopf gesetzt, dass Ihr wisst, wo ihr geliebter Karl ist. Sie ist außer sich, sie kann nicht mehr klar denken.« Ein Schatten huschte über sein Gesicht. »Sie ist meistens eine gute Königin, aber die Liebe bringt sie um den Verstand.« Er senkte die Stimme. »Grifo wird unser kleines Spiel mitspielen: Ihr müsst unter der Folter, die nicht allzu heftig ausfallen wird, einen Ort nennen. Ich werde meine Leute dorthin schicken, damit gewinnen wir Zeit. Zwei, vielleicht drei Wochen. Diese Zeit werde ich nutzen, die wahren Verschwörer zu finden. Dann wird man Euch die Freiheit zurückgeben.«

Hardrad war sich nicht sicher, ob dies eine weitere perfide Falle war. Denn wenn er tat, was Polder vorschlug, kam das einem Geständnis gleich. »Woher soll ich wissen, dass Ihr mir nicht eine Falle stellt und mir ein Schuldeingeständnis entlocken wollt?«

Polder nickte. »Das könnt Ihr nicht wissen, aber es ist Euer einziger Ausweg, mir zu vertrauen. Ihr werdet so oder so gefoltert, so lange, bis Ihr alles gesteht, selbst mit dem Teufel verwandt zu sein und seinen Arsch geküsst zu haben. Ihr werdet Namen nennen von Menschen, die sich nichts haben zuschulden kommen lassen, und werdet sie damit dem Untergang preisgeben. Allen voran Eure Familie und Freunde.«

Hardrad dachte an Gunhild, die, selbst wenn sie mit Autkar von Grimoald verheiratet war, nicht vor der blinden Wut der Königin sicher war; an Brunichild, seine wunderbare Gemahlin, die er von Herzen liebte, mit der er alt werden wollte; und an seine Söhne, die ihn mit Stolz erfüllten, auch wenn sie beide so unterschiedlich waren. Hatte er denn eine Wahl? Ging er auf Polders Vorschlag nicht ein, war er verloren. Verriet ihn Polder, war er ebenfalls verloren. Nur wenn der Berater der Königin Wort hielt, hatten Hardrad und seine Liebsten eine kleine Aussicht, mit dem Schrecken davonzukommen.

Polder legte ihm eine Hand auf den Unterarm. »Bald werden die Schreiber kommen und Rantwig von Sölden, der Reichsmarschall des Königs. Zwar werde ich die peinliche Befragung leiten und Rantwig von Sölden in die richtige Richtung lenken können, aber nur, wenn Ihr mitspielt. Nun, Herzog Hardrad, wofür entscheidet Ihr Euch?«

Wenn Polder wirklich auf seiner Seite stand, dann würde er ihm einen Gefallen tun. »Ich möchte mit Abt Baugulf sprechen. Könnt Ihr ihn herholen?«

Polder seufzte. »Das wird einige Zeit dauern. Aber ja, ich werde meinen schnellsten Reiter senden. Binnen einer Woche sollte der Abt hier sein.«

31

Gunhild wachte mit dem ersten Tageslicht auf. Sie rief Adalheid, die ihr mit zwei Mägden Wasser zum Waschen und Tücher zum Abtrocknen brachte. Gunhild genoss das morgendliche Ritual, es war das einzig Vertraute, etwas, das sich anfühlte wie zu Hause. Graf Autkar hatte ihr gestern Abend vorgeschlagen, mit ihm einen Ausritt zu unternehmen. Er wollte ihr seine Ländereien zeigen, die einmal auch ihr gehören würden, und den riesigen See, der voll mit Fischen war, auf dem sie das Mittagsmahl verzehren würden. Gunhild hatte gerne angenommen, denn sie brannte darauf, den kalten Mauern der Burg zu entkommen, und wenn es nur für einige Stunden war.

Der Graf war bereits bei den Stallungen, ließ er ausrichten, und erwartete sie am Nordtor, oberhalb des Marktplatzes, der gut geschützt in der mächtigen Vorburg lag.

Gunhild nahm ihr Frühstück allein im Rittersaal ein, betrachtete die Waffen, die an einer Wand aufgehängt waren. Darunter befand sich ein Schwert, dessen Klinge nicht gerade, sondern gekrümmt war. Sie hatte von Vater gehört, diese Schwerter würden von den Kriegern aus dem Morgenland verwendet, todesmutigen Kämpfern, die keine Gnade kannten. Daneben hingen einige Langschwerter mit vollendet geschmiedeten Klingen und aufwendig verzierten Parierstangen, ein kurzer Bogen, der ganz anders geformt war als die der Franken: nicht lang und schmal, sondern an beiden Enden gekrümmt, wahrscheinlich stammte diese Waffe ebenfalls aus dem Morgenland. Gunhild fragte sich, wie man mit einem solchen Bogen irgendetwas treffen konnte.

Sie winkte den Dienern, dass sie abräumen konnten, und fragte Adalheid, ob sie sie zum Grafen begleiten würde.

»Ich bringe Euch zu ihm. Bitte folgt mir«, sagte sie erfreut.

Gunhild ging hinter Adalheid her, sie passierten die Wachen am Burghügel, stiegen die steile Treppe zur Vorburg, die im Fall eines Angriffs eingezogen werden konnte, hinunter. Dann musste der Feind einen Graben von zwanzig Fuß Breite überwinden. Das war kaum möglich, wenn von oben Pfeile, Steine und brennendes Pech auf die Angreifer niederregneten. Am Ende der Treppe schickte Gunhild Adalheid zurück. »Du kannst wieder an die Arbeit gehen, ich finde den Weg.«

Adalheid verbeugte sich, ging los, drehte sich noch einmal um, bedachte sie mit einem langen Blick und verschwand dann in der Burg, nur einen Augenblick, bevor Gunhild fragen wollte, ob es noch etwas gebe.

Auch jetzt folgten Gunhild zwei Wachen im Abstand von sechs Fuß. Gunhild hatte sich an die beiden Schatten schon so gewöhnt, dass sie sie kaum noch wahrnahm. Doch in diesem Moment waren sie ihr lästig. Sie wäre gerne durch die verwinkelten engen Gassen der Vorburg spaziert, die mehr als dreimal so groß war wie die der Erphesburg, ohne die Männer auf Schritt und Tritt hinter sich zu wissen.

Vor ihr gabelte sich die Gasse, ein Fuhrwerk kam ihr entgegen, sie musste sich eng an die Hauswand drücken, damit es vorbeipasste, und als es vorüber war, scheute das Pferd. Das Gefährt stellte sich quer und versperrte den Weg. Gunhild ergriff die Gelegenheit, eilte weiter, bog einmal rechts, einmal links ab und war plötzlich allein in einer Gasse. Neben ihr stand ein Korb mit Scheitholz, den jemand dort abgestellt hatte. Plötzlich hörte sie die Stimme des Grafen. Er war noch gar nicht am Nordtor. Sie presste sich an die Hauswand und lauschte.

»Wie soll ich meine Männer bezahlen, die dich und deinen Hof schützen sollen, wenn du deine Abgaben nicht entrichtest?«

Gunhild spähte um die Ecke. Vor Autkar von Grimoald stand ein Bauer, allem Anschein nach ein freier, und knetete seine Hände. Er war sicher schon über vierzig Jahre alt, sein Gesicht wettergegerbt.

»Herr, meine Frau ist krank, und so konnte ich nur die Hälfte meiner Felder einsäen und auch nur die Hälfte ernten. Ich bitte Euch, habt Mitleid. Meine Frau ist noch immer krank, es geht ihr ständig schlechter, der Medicus will nicht kommen, denn ich kann ihn nicht bezahlen. Nur mit Müh und Not kann ich meine Kinder und meine Mutter versorgen, die schon seit Wochen auf dem Sterbebett liegt.«

»Was soll ich nur mit dir machen?« Graf Autkar kratzte sich am Kopf.

Die meisten Herren würden den freien Bauern zum Leibeigenen erklären, seine Felder jemand anderem zum Lehen geben, ihn mit ein paar Münzen abspeisen und vielleicht sogar einfach verhungern lassen. Ihr Vater hatte immer versucht zu helfen, hatte niemand in seinem Elend allein gelassen. Was würde Autkar von Grimoald tun? War er wirklich der gute Mensch, der er Gunhild gegenüber zu sein vorgab?

»Der Medicus, soso«, grummelte der Graf in seinen Bart. »Es ist doch immer dasselbe.«

Er fasste seinen Schwertknauf. Gunhild erschrak. Was hatte er vor? Wollte er den Mann an Ort und Stelle richten und damit seine ganze Familie dem Hungertod preisgeben?

»Ich werde mit dem Medicus sprechen. Geh nach Hause, er wird noch heute zu dir kommen. Ich schärfe ihm ein, dass er deine Frau gesund machen soll. Für dieses Jahr erlasse ich dir deine Abgaben. Doch ich warne dich: Behalte das für dich, oder du wirst es bereuen.«

Der Bauer riss die Augen auf, fiel auf die Knie, fasste eine Hand des Grafen. »Herr, Ihr seid zu gnädig. Ich werde nicht ruhen und noch härter arbeiten und nicht ein Wort darüber verlieren.«

Autkar von Grimoald zog den Mann hoch und schob ihn sanft von sich weg. »Schon gut, Mann, du bringst mich ja in Verlegenheit. Geh jetzt heim, mach dich an die Arbeit, und vergiss nicht, dich um deine Frau zu kümmern. Und übertreibe es nicht mit der Arbeit, sonst wirst du auch krank, und dann kann ich euch nicht mehr helfen.«

Der Bauer verbeugte sich mehrmals, dankte Graf Autkar mehrfach unterwürfig und eilte davon. Dieser sah ihm hinterher, er stand mit dem Rücken zu Gunhild. Sie wollte gerade zu ihm hintreten, als sie eine Bewegung auf dem Dach des Hauses wahrnahm, vor dem der Graf stand. Die Gugel tief ins Gesicht gezogen, erhob sich ein Mann, den sie vorher nicht gesehen hatte. Er hielt eine Wurfaxt in der Hand und zielte auf den Grafen.

»Autkar, passt auf! Hinter Euch!«, schrie Gunhild aus vollem Halse.

Der Attentäter ließ sich nicht beirren und holte aus. Der Graf blickte sich um, unsicher, worum es ging. Als er Gunhild sah, lächelte Autkar. Er verstand nicht! Gunhild packte ohne Zögern ein Holzscheit und warf es mit aller Kraft auf den Mann mit der Axt, traf seinen Arm, lenkte den Wurf ab, sodass die Waffe Autkars Kopf um Haaresbreite verfehlte. Jetzt endlich begriff dieser. Wie von einer Sehne geschnellt, sprang er nach vorn und erklomm in Windeseile das Dach. Der Attentäter versuchte zu fliehen. Er wusste nicht, wie ihm geschah, als der Graf schon über ihm war und ihn mit einem mächtigen Hieb niederschlug. Dann schleifte er den Bewusstlosen vom Dach. Die Wachen trafen atemlos ein, legten dem Mann Fesseln an und verpassten ihm ein paar Ohrfeigen, damit er zu sich kommen sollte. Autkar zog ihm die Gugel vom Kopf.

Gunhild schlug eine Hand vor den Mund. »Jesus Christus!«, rief sie entsetzt aus.

»Ihr kennt den Mann?«, fragte Autkar von Grimoald.

Gunhild nickte. »Es ist Wito, der Hauptmann der Leibwache des Grafen Sintwich.« Sie holte tief Luft. »Dieser Betrüger, dieser Verräter.«

»Woher kennt Ihr den Mann?«

»Ich habe ihm, Graf Sintwich und seinen Männern das Leben gerettet. Slawen haben sie verfolgt, sie flohen zur Erphesburg. Ich ließ meine Männer unter großer Gefahr ausrücken. Es gelang ihnen, die Slawen zu vertreiben.« Gunhild erzählte Graf Autkar die ganze Geschichte.

Der fuhr sich mit der Hand durchs Haar. »Ihr seid wahrhaft eine außergewöhnliche Frau, Gunhild.« Er sah kurz zu Boden, dann hob er seinen Blick und versenkte ihn in ihren Augen. »Erlaubt mir eine Frage, Gunhild, und bitte, versteht mich nicht falsch. Warum habt Ihr mir das

Leben gerettet? Wäre ich getötet worden, man hätte Euch zurück nach Hause geschickt, Ihr hättet Graf Hugbert heiraten können, und alles wäre so gekommen, wie Euer Vater es gewünscht hat.«

Diese Frage hatte sich Gunhild mittlerweile ebenfalls gestellt, und die Antwort war nicht so einfach. Sie war verwickelt. Doch sie würde ihm nur die halbe Wahrheit sagen.

»Ich würde selbst meinen ärgsten Feind warnen, wenn er hinterrücks ermordet werden soll.« Sie machte eine kurze Pause. In seinen Augen sah sie, dass ihre Worte ihn verletzt hatten. »Nun, da Ihr nicht mein Feind seid, ist es mir leichtgefallen, Euch zu warnen. Außerdem habe ich Euch mit dem Bauern gesehen. Ihr habt Güte gezeigt und habt den Tod nicht verdient.« Das war der eine Teil der Wahrheit. An den anderen Teil wollte sie lieber nicht denken.

Graf Autkar nickte langsam. »Ich stehe tief in Eurer Schuld. Ich kann Euch jeden Wunsch erfüllen. Bis auf einen.«

»Ihr werdet nicht davon abgehen, mich zu heiraten, denn es ist der Wille des Königs.«

»So ist es. Vergebt mir.«

Gunhild war sich nicht schlüssig, ob sie ihm jemals vergeben konnte. Aber eines war ihr klar geworden. Sie hasste Autkar von Grimoald nicht mehr. Im Gegenteil. Das war der andere Teil der Wahrheit.

32

Anfang Juni 786, *Kloster Uulthaha*

»Übersetzt den folgenden Satz, und achtet darauf, dass ihr den richtigen Kasus verwendet!« Baugulf schwieg einen Moment, damit sich die Brüder konzentrieren konnten. »Der Grundbesitz des Marcus Tullius wird bis auf Weiteres eingezogen, denn er hat den Zins für mehr als ein Jahr nicht gezahlt.«

Baugulf blickte in die Gesichter seiner Brüder. Er seufzte. Fastrada hatte leider recht. Viel zu lange hatte er die Übungen des Latein in Wort und Schrift vernachlässigt. Der Novize Antonius, der erst ein halbes Jahr im Kloster war, meldete sich. Baugulf nickte ihm zu.

Er erhob und verbeugte sich. »Es muss heißen: Dominium Marcus Tullius, donec aliter censetur, confiscatur, quia annuos faenus ultra annum non persolvit, Ehrwürden.«

Baugulf lächelte Antonius an. »Es ist fast richtig, aber eben nur fast. Wer erkennt den Fehler?«

Keiner der Brüder meldete sich. Baugulf rieb sich die Nasenwurzel. Er hatte nicht die Zeit, sie selbst zu unterrichten. Er würde einen der besten Magister rufen, den er finden konnte, vielleicht konnte er einen von Karls Hofschule abwerben, indem er ihm zahlte, was immer er verlangte.

»Es muss heißen: Marcii Tullii. Es ist der Genitiv, der den Besitz anzeigt.« Er wandte sich an Antonius, der rot geworden war. Anscheinend schämte er sich. »Sei nicht verzagt, Antonius. Du hast dich getraut und dich gemeldet, auch auf die Gefahr hin, einen Fehler zu machen. Damit bist du mutiger als alle anderen. Einen Fehler zu machen ist menschlich, ihn nicht zu erkennen oder sich dessen zu schämen und nicht daraus zu lernen ist schändlich.«

Da eilte der Bruder, der zur Torwache eingeteilt war, in den Saal. »Ehrwürden! Seht nur! Ein Brief aus Aquis.«

»Du erhältst ein Lob, Antonius. Und jetzt entschuldigt mich einen Augenblick.« Baugulf nahm den Brief, besah sich das Siegel und das Kürzel, mit dem das Pergament unterzeichnet war. Es war Polder, der ihm schrieb. »Ich danke dir, Bruder, du kannst wieder zurück ans Tor.« Der Bruder eilte hinaus, die anderen sahen Baugulf gespannt an. Doch dieser Brief war nur für seine Augen gedacht.

Er brach das Siegel, las die Zeilen, die Polder ihm geschrieben hatte, erstarrte. Das konnte doch nicht wahr sein! Hardrad gefangen, des Verrats beschuldigt, Fastrada auf Rachefeldzug. Sie wollte Hardrads Familie nach Aquis bringen und die Erphesburg dem Erdboden gleichmachen. Hardrad wollte ihn sprechen. Polder bat ihn, so bald wie möglich nach Aquis zu kommen. Sicherlich hatte Fastradas Berater nichts Böses im Sinn, dennoch wäre es falsch gewesen, jetzt in die Königspfalz zu reisen. Baugulf musste so schnell es ging zur Erphesburg. Er faltete das Schriftstück und steckte es ein.

»Brüder. Der Unterricht ist für heute beendet. Ich muss verreisen. Sofort. Antonius. Du kommst mit mir.«

Ohne zu warten, verließ Baugulf das Skriptorium, wo er die Brüder ratlos zurückließ. Antonius hetzte hinter ihm her.

Baugulf ließ zwei Pferde satteln und Proviant für eine Woche einpacken. Als alles bereitstand, wandte er sich an Antonius.

»Bist du ein guter Reiter?«

»Ja, das kann ich mit Fug und Recht behaupten.«

»Was glaubst du? Schaffen wir es an einem Tag zur Erphesburg?«

Der Novize zog scharf die Luft ein. »Wenn es die Pferde schaffen, ja. Doch wir sollten sie nicht zu Tode hetzen, denn dann brauchen wir eine Woche bis zur Erphesburg.« Er wusste, wovon er sprach. »Wir haben Tageslicht bis spät in den Abend. Wenn wir nicht rasten, sondern auf den Pferden essen und trinken, können wir es schaffen, ohne sie zuschanden zu reiten.«

»Wir lassen sie im zügigen Trab gehen und nur manchmal über kurze Strecken galoppieren.« Baugulf schwang sich in den Sattel. »Wir haben keine Zeit zu verlieren.«

Sie ritten los, der Himmel war strahlend blau, die Luft würzig und noch kühl. Der Sommer hatte mild begonnen, doch jetzt schien die Sonne das Land versengen zu wollen. Der Tag würde heiß werden, doch sie passierten genügend Bäche und Flüsse, sodass die Pferde ausreichend saufen konnten. Es ging gut voran, der Handelsweg gen Osten war bereits belebt, aber Baugulf musste nur einmal den Ritt unterbrechen, als eine Familie ihn um den letzten Segen für ihren sterbenden Großvater bat. Dem konnte sich der Abt nicht verwehren. Die Stunden verrannen im Nu, der Tag neigte sich schon dem Ende zu, als endlich die Erphesburg in Sicht kam. Unversehrt.

Baugulf dankte Gott dem Allmächtigen. Er ritt auf das Tor zu, das sich bereits öffnete. Dado trat heraus, Warmunt und Giselher schritten neben ihrer Mutter, Gräfin Brunichild. Baugulf parierte sein Pferd durch, sprang aus dem Sattel und hielt sich nicht mit Höflichkeiten auf.

»Packt sofort alles, was Ihr zum Leben braucht, verladet Eure Dokumente und die Schatztruhe.«

»Bei der Heiligen Jungfrau, Abt Baugulf, was ist in Euch gefahren?«, fragte Dado und warf erstaunt die Hände hoch.

Baugulf griff in seinen Umhang und reichte ihm Polders Brief. Dado las, erbleichte. Gräfin Brunichild riss ihm das Schreiben aus der Hand, überflog die Zeilen, schüttelte den Kopf und sah Baugulf verzweifelt an.

»Was steht in dem Brief, Mutter?«, fragte Warmunt eindringlich. »Bitte, so sprich doch.«

»Euer Vater hat angeblich König Karl entführt und will ihn gegen Gunhild austauschen oder töten. Die Königin hat ihn in den Kerker geworfen und gefoltert. Doch er schweigt. Deshalb will sie uns gefangen nehmen.«

»So etwas Feiges würde Vater niemals tun«, rief Giselher. »Wie kann die Königin das glauben? Das ist eine Verschwörung.«

»Die Königin kennt euren Vater nicht, sie ist noch sehr jung, und ihre Handlungen sind manchmal mehr vom Herzen als vom Verstand gelenkt«, erklärte Baugulf. »Los jetzt, nicht irgendwer, sondern Rantwig von Sölden ist mit einem beachtlichen Heer auf dem Weg zur Erphesburg. Ihr könnt gegen ihn nicht bestehen, und es wäre auch nicht klug. Ich werde Euch im Kloster aufnehmen, dort seid Ihr in Sicherheit. Niemand wird wagen, das Kirchenasyl zu brechen.«

»Was ist mit meiner Tochter? Wird die Königin sie nicht auch als Geisel nehmen wollen? Oder sogar der Mitverschwörung bezichtigen?«

»Daran habe ich schon gedacht und einen Boten zu Autkar von Grimoald gesandt. Er wird Gunhild schützen, da bin ich mir sicher.«

»Versprecht Ihr mir das? Schwört Ihr, bei allem, was Euch heilig ist, dass meiner Tochter nichts geschieht?«

Baugulf hatte keine Wahl. Würde er nicht schwören, würde die Gräfin sofort in den Süden aufbrechen, um ihrer Tochter zu Hilfe zu eilen, und würde sich und ihre Familie damit in Lebensgefahr bringen.

»Bei allem, was mir heilig ist, Gräfin, schwöre ich, dass Eurer Tochter kein Leid geschehen wird.« Er blickte ihr tief in die Augen, sie ließ seinen Blick lange nicht los. Doch schließlich nickte sie und wandte sich um. Dado und Gräfin Brunichild eilten davon, riefen Befehle.

»Was ist mit den Dorfbewohnern? Wird Rantwig sie verschonen?«

Baugulf blickte sich um, dann senkte er die Stimme. »Ich weiß es nicht, Antonius. Ich traue ihm nicht. Deshalb wirst du mit Dado und Gräfin Brunichild ins Kloster zurückkehren, und ich werde Rantwig hier erwarten.«

Antonius erschrak. »Herr, ich bitte Euch. Das ist viel zu gefährlich. Was, wenn er Euch als Mitverschwörer bezichtigt und töten lässt?«

Baugulf lächelte. »Das wird er schön bleiben lassen. Mein Ruf ist über jeden Zweifel erhaben, und sollte er sich tatsächlich ohne ein rechtmäßiges Verfahren meines Kopfes bemächtigen, so wird er es bereuen, sobald unser König wieder frei ist. Denn Karl wird freikommen. Gott will es! Und jetzt wird es Zeit.«

Baugulf war erstaunt, wie schnell Gräfin Brunichild und Dado alles gerichtet hatten. So, als hätten sie jederzeit damit gerechnet, fliehen zu müssen. Der Zug umfasste zwei Dutzend Menschen, ebenso viele Pferde und ein halbes

Dutzend Maultiere, die Verpflegung, Schriftstücke und Schätze trugen.

Dado hielt sein Pferd vor Baugulf an. »Soll ich nicht besser hierbleiben und mit Rantwig reden? Vielleicht kann ich ihn von der Wahrheit überzeugen?«

»Ihr könnt nichts beweisen, und selbst wenn. Fastrada hat sich darauf versteift, dass Hardrad der Kopf der Verschwörung ist. Es gibt nur einen Menschen auf dieser Welt, der das richtigstellen kann, und das ist König Karl.«

Dado seufzte. »Dann lasst uns aufbrechen.«

»Antonius wird Euch führen. Damit die Brüder Euch einlassen, habe ich eine entsprechende Anweisung verfasst.« Er reichte Dado ein gesiegeltes Pergament. »Und jetzt säumt nicht.«

Dado trieb sein Pferd an, Brunichild rief Baugulf noch einen Gruß zu, dann verschwanden sie im Wald, mit ungewissem Schicksal.

Bei den Dorfbewohnern hatte sich inzwischen herumgesprochen, dass etwas Seltsames vor sich ging. Der Priester kam zu Baugulf, verbeugte sich.

»Ehrwürdiger Abt, verzeiht, dass ich Euch störe, aber was geht hier vor? Frau Brunichild verlässt in größter Eile die Burg und hinterlässt sie unbewacht mit offenen Toren. Steht ein Angriff bevor?«

Baugulf rang mit sich, ob er dem Priester die Wahrheit sagen sollte. Mit Sicherheit würden dann die Dörfler ebenfalls fliehen, aber sie würden zu Fuß nicht weit kommen, und Rantwig könnte den Eindruck gewinnen, sie würden fliehen, weil sie schuldig waren. Nein, Baugulf war der einzige Schutz, den die Bewohner noch hatten. Nicht viel angesichts einer rachsüchtigen Königin und eines blutrünstigen Marschalls.

33

Mitte Juni 786, Greifenburg, Bodensee

Adalheid legte Gunhild ein Gewand aus grüner Seide an, das mit kleinen Perlen bestickt war, die den Sternenhimmel zur Sommersonnenwende darstellten. Tatsächlich waren es nur noch wenige Tage bis dahin, und Graf Autkar hatte angekündigt, er würde ein rauschendes Fest geben, alle auf die Burg einladen, die Rang und Namen hatten, und für das Dorf und alle, die in seiner Grafschaft wohnten, eine Woche lang Sang, Spiel und Genuss ausrichten lassen. Wenn der Graf aus lauter Lust und Laune, um ihr die Zeit zu vertreiben, ein solches Fest abhielt, was würde er erst veranstalten, wenn er heiraten würde? Für einen Moment stellte Gunhild sich vor, wie es sein würde, die Frau eines der mächtigsten Gaugrafen zu sein, geachtet, angesehen und wertgeschätzt. Schnell verwarf sie den Gedanken. Solange Vater ihr nicht sein Einverständnis gab, würde sie niemanden heiraten, außer Graf Hugbert.

Gunhild blickte an sich hinunter. Das Kleid sah wunderbar aus, sie fühlte sich wie eine hohe Dame an Karls Hof, wo alle Frauen solche Kleider trugen, zum Teil mit Edelsteinen verziert und von Goldfäden durchzogen. Doch dann dachte sie an ihre Heimat, an die Erphesburg, an ihre Mutter und ihre Brüder, die sie so sehr vermisste.

Auch Emecha fehlte ihr. Adalheid gab sich große Mühe und machte ihre Sache gut. Aber sie waren nicht vertraut miteinander, Gunhild konnte ihr nicht ihre tiefsten Gefühle offenbaren. Emecha hatte sie in ihren Armen gewiegt, Lieder mit ihr gesungen, sie getröstet, wenn sie sich das Knie aufgeschlagen hatte, und sie darin bestärkt, heimlich mit Pfeil und Bogen zu üben, bis Gunhild eines Tages alle mit ihrer Treffsicherheit überrascht hatte.

Adalheid steckte ihr die Haare hoch, warf noch einen Blick auf sie und faltete die Hände vor der Brust, ihre Augen leuchteten. »Ihr seht so wunderschön aus, Gräfin Gunhild, man könnte fast glauben …« Sie stockte, Tränen glitzerten in ihren Augen.

»So wie Emhild?«

Adalheid zuckte zusammen. »Verzeiht, Gräfin Gunhild, ich wollte Euch nicht ungebührlich …«

»Schon gut, Adalheid. Ihr habt Autkars Gemahlin ebenso sehr wie der Graf geliebt, nicht wahr?« Gunhild bemerkte, dass sie vom Grafen zum ersten Mal mit Vornamen gesprochen hatte, ohne seinen förmlichen Titel. Es fühlte sich richtig an.

Adalheid nickte, schniefte, zog ein Tuch hervor und wischte sich damit die Tränen aus den Augen. »Sie war genauso gütig wie Ihr, genauso tapfer und mutig. Mein Herr wollte nie wieder heiraten, aber es war der Wunsch des Königs. Was sollte er dagegen tun?«

Adalheid bestätigte, was Autkar ihr erzählt hatte. Nichts war falsch an ihm. Er war großzügig, gütig und dennoch ein Herrscher, der sich nicht auf der Nase herumtanzen ließ. Wer sich schuldig machte, den bestrafte er, wer sich bemühte, den lobte er, damit er sich aus freien Stücken noch mehr anstrengte. Mit jedem Tag, den sie Autkar besser kennenlernte, bedauerte sie mehr, dass der König so über den Kopf ihres Vaters hinweg entschieden hatte.

Es klopfte, Adalheid steckte das Tuch weg.

»Tretet ein«, rief Gunhild.

Autkar kam in den Raum, die Wachen ließ er vor der Tür warten. Er vertraute ihr, nachdem sie ihm das Leben gerettet hatte. Zu Recht, denn sie würde ihn nicht mehr angreifen. Er trug einen prächtigen purpurfarbenen Umhang, mit Zobel besetzt. So wirkte er nicht wie ein Graf, sondern wie ein König. Er würde das Reich sicherlich ebenso gut führen können wie Karl, wahrscheinlich noch besser, weil er nicht so hart und unerbittlich wie dieser war.

Er verneigte sich. »Nur Eure Klugheit übertrifft Eure Schönheit, Gunhild.«

»Nur Eure Güte übertrifft Eure Zungenfertigkeit, Graf Autkar.«

Der Graf hob eine Augenbraue, sah Gunhild auf eine Art an, die ihr das Blut in die Wangen trieb. Zum ersten Mal nahm sie seine Augenfarbe bewusst wahr. Hätte man sie vorher gefragt, sie hätte sicherlich geantwortet, dass sie grün seien. Aber jetzt erkannte sie, dass sie wie Smaragde leuchteten. Gemeinsam mit seinen honigblonden Haaren bildeten sie ein wunderbares Zusammenspiel der Farben.

Autkar räusperte sich. »Ihr seid zu freundlich, Gunhild.« Er bot ihr den Arm, sie legte eine Hand auf seinen Unterarm, so wie es sich gehörte. Er führte sie hinab in den großen Saal, wo die Tafel errichtet war und schon an die hundert Gäste warteten. Ihr Platz war an der rechten Seite des Grafen, die Gäste applaudierten, als er auf Gunhild wies und sagte: »Gunhild, Tochter des Hardrad.«

Der Applaus legte sich, Autkar nahm Platz, klatschte in die Hände, die Diener begannen, das Mahl aufzutragen.

Ein ganzes Wildschwein, gefüllt mit Tauben, ein Karpfen mit Schuppen aus Mandeln und vieles mehr, das Gunhild noch nie vorher gesehen hatte. So speisten also die Könige. Sie dachte an die vielen Bauern, denen oft das Nötigste fehlte, und fragte sich, warum Gott diesen Menschen so viel Leid zumutete. Vielleicht war es deshalb, damit sie im Paradies ein umso schöneres Leben hatten. Ob die Fürsten und Könige, die Grafen und Bischöfe, die niemals Hunger litten, die alles besaßen, was man sich vorstellen konnte, im Paradies schlechter gestellt waren? So wie sie selbst?

Autkar wies auf den Fisch und riss sie damit aus ihren Gedanken. »König Karl liebt Mandeln, deshalb dürfen sie bei keiner Mahlzeit fehlen.«

Gunhild liebte Mandeln ebenfalls, aber vor allem als Mus, das Emecha aus den fein geriebenen Kernen und Honig herstellte. Ob sie es je wieder für sie zubereiten würde?

Die Diener trugen weiter auf. Braten, Hühner, die über dem Feuer knusprig braun geröstet waren, Rüben, Erbsen, Kohl, es wollte kein Ende nehmen. Jedes neue Gericht wurde von den erstaunten Rufen der Gäste begleitet. Als endlich die letzte Speise aufgetragen war und die Tafel unter der Last der Köstlichkeiten fast zu brechen schien, erhob sich Autkar und schlug mit seinem Messer gegen seinen silbernen Pokal.

»Meine lieben Freunde. Das heutige Fest habt Ihr Gunhild zu verdanken. Sie hat mich vor dem Anschlag eines gedungenen Mörders gerettet. Wir werden die Hintermänner sicherlich bald fassen, und dann werden sie den Tag ihrer Geburt bereuen.«

Wieder brandete Applaus auf.

»Heute feiere ich meinen zweiten Geburtstag, und Ihr

alle sollt mit mir feiern und es Euch gut gehen lassen. Erhebt Eure Kelche zu Ehren von Gunhild.«

Es klang, als würde ein Sturm durch die Wipfel eines Waldes fegen, als sich alle wie ein Mann erhoben, die Stühle nach hinten geschoben wurden und die Gewänder raschelten. Wie aus einer Kehle skandierten die Gäste Gunhilds Namen. Es machte sie verlegen, hatte sie doch nur getan, was jeder aufrechte Christenmensch getan hätte. Es wollte gar kein Ende nehmen, und Autkar fachte den Sturm immer wieder an, bis plötzlich alle verstummten, denn mit einem Mal blies ein Horn vier dunkle Töne. Allen schien die Bedeutung klar zu sein, denn sie wurden still, ihre Gesichter zeigten Anspannung und Schrecken.

Die Tür zum Rittersaal wurde aufgestoßen. Ein zierlicher Mann trat ein, der auf seinem Wams das Monogramm des Königs trug. Das wies ihn als Boten des Hofes aus, er musste sofort angehört werden.

Autkar zog die Augenbrauen zusammen und winkte den Boten zu sich, der festen Schrittes auf ihn zukam und vor ihm stehen blieb. Für einen Moment hatte Gunhild das Gefühl, der Mann wolle ebenfalls einen Anschlag verüben, doch er hatte, wie es üblich war, alle seine Waffen ablegen müssen, bevor man ihn eingelassen hatte, Bote des Königs hin oder her.

Er verneigte sich. »Verzeiht, Graf Autkar, dass ich Eure Feier störe, aber dies«, er zog ein Pergament hervor, »duldet keinen Aufschub.«

Gunhild erkannte das königliche Siegel, doch als Autkar das Pergament entrollte, sah sie, dass die Unterschrift nicht von Karl stammte, sondern von Königin Fastrada. Ihre Unterschrift hatte sie schon auf einigen Dokumenten gesehen, die diese Vater gesendet hatte. Hoffentlich musste der

Gaugraf nicht ins Feld ziehen. Dann würde er sicherlich darauf bestehen, sie umgehend zu heiraten, denn es konnte sein, dass er im Kampf fallen würde, und er wollte sein Versprechen dem König gegenüber unter allen Umständen halten. Sie würde ihm nach wie vor die Zustimmung verweigern, und sie fragte sich, ob er ihren Widerstand in diesem Fall doch brechen würde. Er hatte ja deutlich gemacht, dass sein Wort dem König gegenüber wichtiger war als alles andere.

Autkar las das Schriftstück, seine Miene versteinerte. Er sah den Boten an. »Wisst Ihr, was in diesem Dokument steht?«

»Nein, Herr, die Königin hat mir den Brief versiegelt übergeben und mir befohlen, ihn, bei meinem Leben, nur Euch zu übergeben oder ihn zu vernichten.«

Autkar nickte. »Gut, ich danke Euch. Nehmt Platz, bedient Euch. Wann werdet Ihr zurückkehren?«

»Wenn Ihr es erlaubt, so bleibe ich eine Nacht und trete morgen den Rückweg an. Mit Eurer Antwort, denn die Königin besteht darauf, dass ich sie ihr überbringe, wie immer sie auch lauten mag.«

Autkar überlegte einen Moment. »Lasst Euch eine Kammer zuteilen. Ich werde Euch noch heute Abend aufsuchen.«

Der Bote verbeugte sich, suchte sich einen Platz und ließ sich von einem Diener Leckerbissen auf sein Brett häufen und einen Kelch mit Wein reichen. Er schien ausgehungert und halb verdurstet, so wie er über sein Mahl herfiel.

Autkar erhob die Stimme. »Werte Gäste, Ihr alle habt den Boten gesehen. Ich muss etwas mit Gunhild besprechen, es wird sicherlich nicht lange dauern. Bitte lasst Euch nicht stören, trinkt, esst und vergnügt Euch. Es besteht keine Gefahr.«

Die Gäste entspannten sich, und schon hob ein Gemurmel im Saal an.

Der Graf lächelte Gunhild steif an. »Bitte kommt mit mir. Es ist wichtig.« Er schüttelte den Kopf. »Es ist mehr als wichtig. Es geht um Leben und Tod vieler Menschen.«

Gunhild wurde flau im Magen. Was hatte das zu bedeuten? Waren die Slawen gemeinsam mit den Sachsen ins Frankenreich eingefallen? War der König tot?

Autkar schob sie vor sich her, es fühlte sich an, als wollte er sie abführen. Er lenkte sie zum Skriptorium, postierte zwei Wachen, schloss die Tür hinter sich und drückte Gunhild auf einen Stuhl.

Ihr entging nicht, dass er sie zwar nicht grob, aber dennoch recht hart anfasste, dass er ihren Blick mied. »Autkar, um Gottes willen, was ist geschehen? Was steht in diesem Dokument, das Euch innerhalb eines Wimpernschlages so verändert hat?«

Er zog sich einen Schemel heran und setzte sich ihr gegenüber. »Gottes Wege sind wahrhaft unergründlich, aber manchmal, so scheint es, sendet er klare Zeichen.« Er hielt das Pergament hoch. »Hättet Ihr mir nicht das Leben gerettet, wäre das Eure nicht mehr viel wert.«

Gunhild erschrak bis ins Mark. Sie war sich keiner Schuld bewusst, die es gerechtfertigt hätte, sie hinzurichten.

Autkar nahm ihre Hände, eine Vertraulichkeit, die sie noch mehr durcheinanderbrachte. »Euer Vater, hat er jemals mit dem Gedanken gespielt, Karl etwas abzunötigen?«

Gunhild musste nicht lange überlegen. Vater hatte immer treu zum König gestanden, selbst als Autkar verkündet hatte, dass der König das angestammte Recht der Thüringer mit Füßen trat. »Niemals«, sagte sie mit fester Stimme.

»Obwohl der König uns behandelt wie Unfreie, stehen wir zu ihm, komme, was wolle.«

Autkar nickte. »Genau das glaube ich auch, nachdem ich Euch näher kennengelernt habe. Und deshalb werde ich nicht tun, was die Königin von mir verlangt. Doch ich weiß nicht, was ich stattdessen tun soll.«

Gunhild spürte die Wärme seiner Hände. Es tat gut, es gab ihr Kraft und Sicherheit. Sie schloss ihre Finger um die seinen.

»Wenn Ihr mir sagt, was die Königin von Euch verlangt, könnte ich Euch vielleicht einen Rat geben«, sagte sie leise.

»Ich soll Euch in Eisen legen und nach Aquis schaffen, wo Ihr neben Eurem Vater in der Folterkammer einem peinlichen Verhör unterzogen werden sollt.«

Gunhild spürte den Boden unter ihren Füßen weich werden. »Mein Vater ist in die Folterkammer geworfen worden?«

»Er soll den König entführt und Eure Herausgabe gefordert haben, im Gegenzug für dessen Freilassung. Die Königin glaubt, dass Ihr Teil dieser Verschwörung seid.«

Gunhild war sprachlos. Diese Anschuldigungen waren lächerlich. Dann stutzte sie. Der Anschlag auf Autkar! Da musste ein Zusammenhang bestehen. Jemand wollte ihrer Familie die Verschwörung anlasten. Anders konnte es nicht sein. Und Sintwich war mit von der Partie.

»Autkar, wie in aller Welt konnte es gelingen, den König zu entführen?«

Ein warmes Gefühl durchströmte sie. Autkar vertraute ihr, stand zu ihr, obwohl seine Königin ihm etwas anderes befahl.

»Ein Hinterhalt. Die Büraburg wurde angegriffen, Karl eilte mit Panzerreitern zu Hilfe, doch es waren keine Slawen, sondern ein ganzes Heer. Angeblich Sachsen und Thüringer. Man hat Waffen und Wämser gefunden, die die Zeichen Hardrads tragen.«

Gunhild musste kurz auflachen. »Wer ist so närrisch zu glauben, ich oder mein Vater würden sich so plump verraten?«

»Die Königin.«

»Wie hat sie meinen Vater fangen können? Er kennt jeden Stein und jeden Baum in Thüringen. Will er nicht gefunden werden, so wird er nicht gefunden.«

Autkar schüttelte den Kopf. »Ich kann es auch nicht verstehen. Er ist nach Aquis gekommen …«

Gunhild sprang auf. »Er ist zur Königin gegangen, kurz nachdem er den König entführt hat? Verzeiht, aber diese Königin ist wohl toll?«

»Da könntet Ihr recht haben. Sie ist liebestoll. Sie betet Karl geradezu an. Sie muss blind sein vor Angst und leicht zu beeinflussen. Ihr Vater hat ihr das berichtet, angeblich war er Zeuge.«

»Radulf war zugegen?« In Gunhilds Kopf formte sich ein Bild. Sie wusste, dass Vater niemals eine solche Verschwörung anzetteln würde, aber Graf Sintwich traute sie zu, sich über seinen Stand hinaus aufschwingen zu wollen zu Höherem. Doch welche Rolle spielte Radulf? Seine Tochter war Königin, hatte große Machtbefugnisse, wenn Karl unterwegs war, und er war meistens unterwegs. Sicher, sie setzte seinen Willen durch. Was, wenn Radulf anstrebte, dass seine Tochter den Willen ihres Vaters durchsetzte und nicht den des Königs? Graf Sintwich war nur ein williges Werkzeug in Radulfs Händen, dem er sicherlich höhere Weihen versprochen hatte. Radulf wollte Autkar umbringen lassen und den Mord ihrem Vater oder, noch besser, ihr anlasten. Was für ein perfider Plan. Noch wusste die Königin nicht, wer hinter dem Anschlag auf Autkar steckte. Gunhild fürchtete, dass es ihr egal war. Sie suchte einen Schuldigen, ihr Vater träufelte ihr sein Gift ins Ohr. Sie war blind und taub. Am liebsten wäre Gunhild losgestürmt und hätte Radulf ein Messer ins Herz gerammt. Doch das hätte nichts genutzt. Bevor sie etwas unternehmen konnte, musste sie alles über Radulf und seine Verbündeten in Erfahrung bringen. Und sosehr sie sich um Vater Sorgen machte, sosehr ihr Herz auch schmerzte ob seiner Qualen und seines drohenden Todes, sie musste klug vorgehen, sich in Geduld fassen, wenn sie ihn retten wollte.

»Wir sollten ein paar Worte mit Sintwichs Hauptmann wechseln«, sagte Gunhild.

»Das ist wahr. Wir sind unhöflich, den armen Mann so lange alleine zu lassen.«

34

Mitte Juni 786, Radulf und Karl

Sie hatten noch ein paar Tage gewartet, um Karl schmoren zu lassen. Dann hatte Wolfher zugeschlagen und Radulf einen mächtigen Hieb versetzt.

Radulf betastete seine schmerzende Wange, seine Lippe brannte, auf dem rechten Auge sah er noch immer verschwommen. Was Wolfher machte, das machte er richtig. Der Schlag war so schnell gekommen, dass er nicht einmal zucken konnte, und so heftig gewesen, dass er für einen Augenblick die Besinnung verloren hatte. Als er dann wieder aufwachte, sah er Wolfhers besorgtes Gesicht über seinem schweben.

»Gott sei Dank. Ihr seid nicht tot. Bei Odin, ich habe angenommen, es zu gut gemacht zu haben. Ihr seid umgefallen wie ein Mehlsack.«

Radulf stöhnte, fasste sich an den Kopf, wollte sich davon überzeugen, dass er noch auf seinem Hals saß. »Ihr habt einen Schlag wie ein Schmiedehammer, Wolfher. Kein Wunder, dass man Euch als Krieger fürchtet. Wenn ich mir vorstelle, statt Eurer Faust hätte mich Eure Streitaxt getroffen, Ihr hättet mich in der Mitte gespalten.«

»Ihr wäret nicht der Erste gewesen.« Wolfher lächelte nicht.

»Sieht man mir wenigstens an, dass ich zwischen Hammer und Amboss geraten bin?«

»Zweifelsfrei. Euer rechtes Auge ist geschwollen, die rechte Wange glüht rot, die Lippe ist aufgeplatzt, das Blut ist den Hals hinuntergelaufen.«

Wolfhers Beschreibung passte zu den Schmerzen, die Radulf hatte. Doch die Schmerzen waren nichts im Vergleich zu der Freude, zu dem Triumph, den er spüren würde, wenn er erst König war und seinen Sohn als Nachfolger einsetzte. Er war bereit. »Bringt mich in Karls Zelt, stoßt mich hinein, aber gebt acht, dass Ihr mich dabei nicht umbringt.«

»Ich werde mir die größte Mühe geben, Radulf, schließlich muss ich mich mit Euch gut stellen, da Ihr bald der Regent des Fränkischen Reiches sein werdet. Da nützt mir auch meine Eisenfaust nichts mehr, denn dann gebietet Ihr über tausende Panzerreiter, die mich ohne Mühe in den Staub treten würden.«

Im Gegensatz zu manch anderem Sachsenfürsten war Wolfher bewusst, dass er nicht gegen das fränkische Heer gewinnen konnte. Deshalb hatte Radulf ihn ausgesucht und mit dem Versprechen gelockt, den Sachsen innerhalb des Frankenreiches größtmögliche Unabhängigkeit zuzugestehen, darunter auch die Freiheit, ihrem Glauben nachzugehen. Wolfher selbst würde er zum Herzog der Sachsen machen. Seine Aufgabe würde es sein, die Sachsen zu einen. Radulf hatte klare Vorstellungen davon, wie Wolfher es anstellen würde. Wo ein gutes Wort nicht half, würde er seine Eisenfaust benutzen. Ihm selbst war das recht, denn dadurch wären die Sachsen mit sich selbst beschäftigt und würden ihm, gleich, wie es ausging, so bald keinen Ärger mehr machen. Und wenn Wolfher die Sachsen befriedet hatte, würde Radulf ihn beseitigen und die Herrschaft über die Sachsen übernehmen, die sich dann nicht mehr wehren konnten, weil sie sich gegenseitig umgebracht hatten.

Er ließ sich von Wolfher zu Karls Zelt führen, das von zwanzig Männern umstellt war. Die Wachen traten vom Eingang zurück, die Plane wurde weggezogen, Wolfher gab Radulf einen Stoß, sodass er der Länge nach hinschlug.

»Jetzt sind die beiden Richtigen beisammen«, höhnte Wolfher. »Fehlt nur noch die Hure Fastrada. Aber die werde ich auch bald fangen, wie eine neugierige Katze werde ich sie mit Speck locken. Und der Speck werdet Ihr sein, einstmaliger König Karl.«

Wolfher lachte dermaßen teuflisch, dass es sogar Radulf eiskalt über den Rücken lief. Diesen Mann wollte er wahrlich nicht zum Feind haben. Ebenso wenig wie Karl. Sollte sein Plan scheitern und Karl wieder an die Macht kommen, würde er selbst den Tag bereuen, an dem er das Licht der Welt erblickt hatte.

Radulf blieb einen Moment regungslos liegen, dann zogen ihn zwei starke Arme hoch. Es war Karl, der ihn stützte und ihm einen Schemel unterschob, damit er sich setzen konnte.

»Ihr auch?«, flüsterte er. »Wie konnte das passieren? Was ist mit meiner Gemahlin?« Er griff nach einem Becher, hielt ihn Radulf hin. »Verzeiht, Ihr müsst durstig sein. Und Schmerzen haben. Ihr seht furchtbar aus.«

Radulf ergriff den Becher und trank gierig. »Danke, mein König.« Dann schloss er die Augen, atmete schwer. Er musste geduldig sein, musste die Rolle des treuen Gefolgsmannes, der sein Leben riskiert hatte, um seinen König zu befreien, überzeugend spielen.

»Es tut mir so leid, mein König.«

Karl setzte sich neben Radulf und sah ihn freundlich an. »Was tut Euch leid, mein Freund? Was ist passiert? Verzeiht, wenn ich so dränge, aber das Reich steht auf dem Spiel.«

»Ich hätte warten müssen.«

»Worauf?«

»Auf die Verstärkung. Als der Brief von Hardrad eintraf, in dem er seine Tochter im Austausch gegen Euch fordert, habe ich meiner Tochter befohlen, die Pfalz nicht zu verlassen, habe sie unter den Schutz der vertrauenswürdigsten Männer gestellt und bin sofort mit einer Handvoll Krieger Eurer Leibgarde aufgebrochen …«

Karl unterbrach ihn. »Hardrad, dieser Verräter! Er hat das alles alleine ausgeheckt?«

Radulf schüttelte traurig den Kopf. »Es ist unfassbar. Er hat sich mit Wolfher, einigen Slawenstämmen und fast der Hälfte der thüringischen Edlen verbündet. Mir ist es gelungen, einen seiner Männer ausfindig zu machen. Ich musste ihn nicht lange mit einer glühenden Zange bearbeiten. Er hat recht schnell das Versteck verraten, in dem Ihr Euch befindet. Ich dachte mir, dass er lügt, und wollte mich erst versichern, dass er die Wahrheit sagt. Das war ein Fehler.« Radulf ließ den Kopf hängen. »Ich war so dumm, aber ich wollte Euch doch, so schnell es geht, zu Hilfe eilen. Ich habe versagt.«

Karl rieb sich die Schläfen. »Keine Frage, Ihr hättet besonnener vorgehen müssen, aber ich weiß Eure Sorge zu schätzen und Euren Mut.«

Radulf senkte die Stimme. »Aber dafür habe ich eine Möglichkeit entdeckt, zu fliehen. Ich habe gesehen, dass die Wachen in der Mitte der Nacht gewechselt werden. Für eine gewisse Zeit stehen nur zwei Mann vor dem Zelt.

Das wäre die Gelegenheit. Ich lenke die Wachen ab, Ihr flieht. Ihr seid nicht weit entfernt von der nächsten Burg, auf der ein Euch treuer Gaugraf herrscht. Wolfher glaubt, dass er Euch am besten dort versteckt, wo Euch niemand suchen würde. Mitten im Frankenland. Ihr müsst in diese Richtung«, er zeigte auf die Rückseite des Zeltes, »und so schnell laufen, wie Ihr könnt. Es ist Vollmond, selbst bei leichter Bewölkung seht Ihr genug. Mit Pferden wird man Euch nicht verfolgen können, der Wald ist zu dicht. Wolfher hat auch keine Hunde. Es liegt also an Euch.«

Karl rieb sich das Kinn. »Das könnte gelingen. Ich konnte bisher nichts in Erfahrung bringen, denn man hat mir einen Sack über den Kopf gestülpt, als man mich hierhergebracht hat.«

»Das hat man bei mir nicht gemacht. Ich habe mich gewehrt, so gut es ging. Der verantwortliche Hauptmann sieht deutlich schlimmer aus als ich. Aber da Wolfher sich für unbesiegbar hält, hat er mich nicht töten lassen, will mich wohl als Geisel verwenden, meiner Tochter gegenüber.«

Karl stützte seinen Kopf in die Hände. Radulf wusste, worüber er nachdachte.

»Was, wenn ich auf der Flucht sterbe?«

»Daran dürft Ihr nicht einmal denken, mein König.«

»Ich muss aber genau daran denken. Bin ich tot, werden meine Söhne Fastrada entmachten und das Reich aufteilen, es schwächen.« Er zeigte auf das Tintenfass, die Feder und das Pergament. »Wie Ihr wisst, bin ich des Schreibens nicht besonders gut mächtig, aber Ihr seid es. Ich werde Euch als Regenten einsetzen. Sterben wir beide, spielt es keine Rolle, aber wenn Ihr fliehen könnt, bleibt Fastrada an der Macht, das Reich ist weiter geeint, und Ihr könnt darauf hinwirken, dass meine Söhne sich einigen. Dann übergebt Ihr demjenigen, der alleiniger Herrscher sein wird, die Macht.«

Radulf brauchte all seine Beherrschung, um nicht laut zu jubeln. Fast Wort für Wort wiederholte Karl, was er selbst Wolfher vorausgesagt hatte. Karl war berechenbar wie ein liebestoller Hengst.

»Aber …«

»Kein Aber, Radulf. Ich weiß, dass Ihr Euch nichts sehnlicher wünscht, als dass ich fliehen kann. Doch nichts ist wichtiger als das Reich und das Wohlergehen meiner Gemahlin, Eurer Tochter. Ist es nicht so?«

»So ist es, mein König. Ich werde mein Leben dafür geben, dass Eure Flucht gelingt. Denn Gott selbst hat mich hierhergeführt, um Euch zu retten.«

Karl schlug das Kreuz. »Gott will es.«

Radulf schlug ebenfalls das Kreuz. »Gott will es«, sagte er und dachte: Gott will, dass ich über das Reich der Franken herrsche und eine neue Dynastie gründen werde. Die Zeit der Karolinger ist zu Ende. Die Zeit der Radulfinger beginnt.

35

Ende Juni 786, Aquis, Königssaal

Alkuin ballte die Fäuste, öffnete sie, ballte sie, öffnete sie.
Er musste sich abregen, musste seinem Zorn über diese an-
maßende Königin die Kontrolle entziehen, denn wenn er
jetzt vor sie trat, würde er sie beschimpfen, und wenn er das
tat, würde ihm nichts mehr helfen. Er musste seine Worte
sorgsam wählen, aber er würde nichts beschönigen. Er kniff
sich in den Handrücken, heißer Schmerz schoss ihm durch
die Hand in den Arm und nahm ihm die schärfste Wut. Danach atmete er mehrmals tief ein und aus. Dann sah er sich
in der Lage, der Königin eine Predigt zu halten, wie sie ihr
noch niemand gehalten hatte und die sie so schnell nicht
vergessen würde.

»Wignand«, rief er lauter als beabsichtigt.

Sein Diener sprang herbei. »Was wünscht Ihr, Herr?«

»Reich mir meinen roten Ratsumhang, und leg mir die
Kette um, die mir Karl geschenkt hat, als er mich zum Ami-
cus, zum Freund des Königs ernannt hat. Bring mir die Urkunde, in der Karl mich unabhängig macht von jeglicher
Rechtsprechung außer durch ihn. Bete, dass die Königin
nicht vollends den Verstand verloren hat.«

Wignand verbeugte sich, brachte Alkuin, was er befohlen hatte, legte ihm Umhang und Kette an und steckte

ihm das Dokument in die rechte Hand. Sogleich fühlte sich Alkuin besser, gerüstet für seinen Kampf mit der Königin. »Ich danke dir, Wignand. Und jetzt bring mir das Schriftstück, das in der Truhe mit den Kupferbeschlägen ganz oben liegt.«

Alkuin nahm die Rolle entgegen, wog sie in seiner linken Hand, reichte sie Wignand zurück, der ihn überrascht ansah. »Im Falle meines Todes macht dieses Dokument dich zum Besitzer meiner Güter in Aquitanien. Es ist nicht viel, achtzig Morgen Ackerland und Obstwiesen, ein kleiner Weinberg, der jedoch Reben von erlesener Qualität hervorbringt. Ich wäre dir nicht böse, wenn du hoffst, dass die Königin mich vom Leben zum Tode befördert.«

Wignand schlug sich die Hand an die Stirn. »Herr, wie könnt Ihr …«

Alkuin hob eine Hand. »Schon gut, ich scherze doch nur. Was solltest du schon mit einem Landgut anfangen. Da hättest du wesentlich mehr Arbeit als mit mir altem Gaul.« Er lachte und schlug Wignand auf die Schulter. »Ich hätte dir das Dokument bereits früher geben müssen, aber ich habe mir immer gedacht, dass ich damit dem Schicksal vorgreifen würde, dass es auf die Idee kommen könnte, meine Wünsche falsch zu verstehen, und dich vor der Zeit zum wohlhabenden Mann machen könnte. Achte gut darauf. Es gibt keine zweite Ausfertigung.«

Wignand presste die Rolle an seine Brust, Tränen schimmerten in seinen Augen.

»Nun ist es aber gut, Wignand, spar deine Tränen auf, damit du genügend hast, wenn du an meinem Grab stehst.«

»Jawohl, Herr, Ihr seid zu gütig.«

»Du bist der treueste Mensch, den ich kenne.« Alkuin seufzte. »Es ist Zeit.«

Er lächelte Wignand zu, machte sich auf den Weg, überquerte den weiten Platz, der zwischen der Kirche und dem Palas lag und auf dem sich die Höflinge drängten, passierte die Wachen, die Haltung annahmen, als sie ihn sahen, betrat im ersten Stock des Gebäudes den Vorraum des Königssaals. Die Wachen öffneten ihm das Portal, er ging hinein. Bis auf die Königin, einige wenige Beamte und Polder war niemand anwesend.

Alkuin trat vor den Thron und verneigte sich knapp. »Ich grüße Euch, meine Königin.«

Fastrada sah ihn misstrauisch an. »Was führt Euch zu mir, Alkuin? Gibt es an der Hofschule nichts für Euch zu tun?«

Alkuin befahl seinen Gesichtsmuskeln, ein Lächeln herbeizuzaubern. »Seid gewiss, dass an der Schule alles seine geregelten Wege geht. Ich bitte Euch um ein Gespräch unter vier Augen. Es ist von großer Bedeutung.«

»Ich bin sehr beschäftigt, Alkuin, könnt Ihr nicht ein anderes Mal kommen?«

»Leider nein. Ich muss darauf bestehen.«

Fastrada rang sichtlich mit sich. »Ich erwarte eine Abordnung aus dem Burgund. Sie werden nicht lange bleiben. Ein paar Tage vielleicht, dann können wir reden.«

»Nein!«, donnerte Alkuin.

Die Königin zuckte zusammen, Polder fielen fast die Augen aus dem Kopf, alle im Königssaal blickten sich zu ihm um.

Wäre er nicht Alkuin gewesen, der engste Berater des Königs, die Wachen hätten ihn aus dem Saal geschleift, in den Kerker geworfen und vergessen, dass es ihn gab.

Alkuin fuhr mit leiserer Stimme fort. »Ich kann gerne den Kronrat einberufen, dem auch Ihr gehorchen müsst, solange mein König keine Entscheidungen treffen kann, aber noch lebt. Und solange ich seine Leiche nicht gesehen habe, lebt er.«

»Woher soll ich wissen, dass Ihr mir nicht etwas antun wollt?« Fastrada schaute ihn nicht an.

Polder schluckte hart, trat von einem Bein aufs andere. Er stand in der Rangfolge des Hofes vier Stufen unter Alkuin, er würde sich nicht erdreisten, in dieses Gespräch einzugreifen, denn er wusste, dass er dann zwischen zwei Mühlsteine geriet. Polder hatte Hardrad vor dem sicheren Tod bewahrt, hatte Alkuin bewiesen, dass er auf seiner Seite stand. Er hatte die Wahrheit erkannt und gehandelt. Dafür würde Alkuin ihn beim König loben, aber Polder konnte sich nicht sicher sein, ob Karl überleben und Fastrada vielleicht bald die absolute Macht in Händen halten würde. Dann war Polder auf ihr Wohlwollen angewiesen, und Alkuin würde sich in einer unangenehmen Situation wiederfinden, die ihn den Kopf kosten konnte. Er musste alles wagen.

»Achtet auf Eure Worte, Fastrada.«

Ein Schlag ins Gesicht der Königin. Er nannte sie bewusst nur bei ihrem Namen, um ihr zu zeigen, dass er sie nicht als Herrscherin betrachtete, zumindest in diesem Moment nicht. Es war ein Machtspiel, das sie ausfochten. Und genau jetzt entschied sich sein Schicksal. Fastrada konnte den Wachen befehlen, ihn einzusperren, sie würden ihr gehorchen, wenn auch ungern. Allerdings würden sie ihm kein Leid zufügen, denn sie wussten, dass er unter Karls Schutz stand; sie wussten aber nicht, dass ihr König vielleicht nicht mehr zurückkehrte, und solange er lebte, galt sein Wort, das war ihnen bewusst. Doch Fastrada traute Alkuin zu, ihm ein Messer ins Herz zu bohren. Niemand würde sie daran hindern.

Die Königin starrte ihn wütend an. Würde sie jetzt den Befehl aussprechen, ihn hinauszuschleifen? Doch sie schwieg.

Alkuin setzte wieder zum Sprechen an, er hatte sie an dem Punkt, an dem er sie haben wollte. »Erinnert Euch daran, wer ich bin. Und jetzt schickt alle hinaus, auch Polder.« Alkuin presste die Kiefer aufeinander vor Wut, dass sie auch nur denken konnte, er könnte sie angreifen.

»Raus!«, schrie die Königin. »Alle!«

Hofbeamte, Wachen, Diener, Mägde und Polder huschten davon, nur einen Moment später war Alkuin mit Fastrada allein.

Er atmete auf. »Ich danke Euch, meine Königin, und glaubt mir, ich stehe treu zu Euch und dem König. Deswegen bitte ich Euch: Lasst Hardrad so lange in Frieden, bis Karl befreit und die wahre Verschwörung aufgedeckt ist.«

»Die Verschwörung ist aufgedeckt, und Hardrad wird demnächst reden. Kein Mensch kann der Folter widerstehen. Die Wahrheit wird bald ans Licht kommen.«

»Ich fürchte, Hardrad wird eher sterben, als zu reden.«

»So ist es. Wenn Ihr aber vor seinen Augen sein Weib mit glühenden Eisen behandelt und seine Söhne in der Streckbank wachsen lasst, dann, so bin ich sicher, wird er schneller reden als ein Händler, der seine Waren feilbietet.«

»Aber ja. Der Schmerz der Seele kann den des Körpers mühelos um ein Vielfaches übertreffen.«

Fastradas Züge entspannten sich. »Ihr versteht mich.«

Alkuin deutete eine Verneigung an. »Ich muss zugeben, dass Ihr mit allen Wassern gewaschen seid. Warum ist mir das nicht eingefallen?«

»Weil ich das beste Beispiel dafür bin, dass die Seele einen mehr peinigt als der Körper. Ich kann nicht schlafen und esse nur, damit ich die Kraft habe, Karl zu finden. An nichts anderes kann ich denken. Meine Tränen sind versiegt.«

»Dann lasst mich Euch helfen, diese Pein zu beenden, denn ich glaube, ich kenne jemanden, der weiß, wo Karl versteckt ist.«

»Wer ist es? Schafft ihn her!«

»Es ist Widukind. Er kennt alle Schliche der Sachsen, und ich bin mir sicher, dass nicht Hardrad hinter allem steckt, sondern Wolfher, der Sachsenfürst, der mich töten wollte, als ich im sächsischen Lager mit Widukind verhandelt habe. Und irgendjemand aus dem Umfeld des Königs muss ihm beistehen, sonst wäre Karl niemals in diese Falle gelaufen. Was haltet Ihr davon: Ich eile nach Attigny, rede mit Widukind, Ihr hegt und pflegt Hardrad, bis seine Familie hier eintrifft. Sollte ich zu dem Zeitpunkt nicht zurück sein, dann tut, was Ihr tun müsst. Bringt Hardrad zum Reden. Ich bin mir sicher, unser König würde genauso handeln.«

Alkuin schickte ein Stoßgebet zum Himmel, bat den Herrn, diese junge Königin mit Verstand zu beschenken, auf dass sie nicht den Tod des Königs verursachte, indem sie der falschen Spur hinterherhetzte.

Fastradas Lippen wurden zu einem schmalen Strich. »Ich sollte Euch zu Hardrad stecken, denn Ihr seid anmaßend und beleidigend. Doch Karl hält große Stücke auf Euch. Brecht sofort auf, ich gebe Euch zehn meiner besten Männer mit. Beeilt Euch, denn so, wie Ihr gesagt habt, werde ich Hardrad, sobald seine Familie hier ist, vor die Wahl stellen: den Foltertod seiner Liebsten mitanzusehen oder die Wahrheit zu sagen. Schweigt er auch dann, wird der Henker ihn ausweiden und mit ihm seine Familie.«

36

Ende Juni 786, Greifenburg

Der Kerker der Greifenburg lag tief in den harten Fels gehauen. Es war nichts als ein Loch, gut fünfzehn Fuß tief und sechs Fuß im Durchmesser. Wer hier hineingeworfen wurde, der erlebte die Hölle auf Erden. Es war feucht, es gab kein Licht, das Essen wurde oben durch das Gitter einfach hinuntergeworfen. Es bestand aus hartem Brot und Kohlresten. Wasser zum Trinken sickerte aus den Wänden, wer nicht verdursten wollte, musste es ablecken.

Der Gestank von Exkrementen, Schweiß, Angst und Verzweiflung schlug Gunhild entgegen. Autkar hatte ihr vorgeschlagen, den Mann in den Rittersaal zu bringen und vorher waschen zu lassen, doch sie wollte ihm keinerlei Vergünstigungen zukommen lassen, solange er nicht mit der Wahrheit herausrückte. Sie hatte kein Mitleid mit ihm, denn er war Teil der Verschwörung, die ihren Vater in die Folterkammer der Königin gebracht hatte, und er war kein einfacher Krieger, der Befehle befolgte, sondern ein Anführer, der selbst Entscheidungen traf. Er hätte die Verschwörung aufdecken können, wenn er loyal zu ihrem Vater und König Karl gestanden hätte. Aber Sintwich und Radulf hatten ihm sicher große Versprechungen gemacht, und er hatte nicht widerstehen können. Gott hatte ihn dafür gestraft, indem er sie im richtigen Augenblick an die richtige Stelle geführt hatte.

Wito blickte nach oben, verzog das Gesicht. »Holt mich hier raus, oder Radulfs Zorn wird über Euch kommen!«

Autkar lachte, Gunhild schüttelte den Kopf. Was für ein hochnäsiger Tor! Sie betrachtete den Mann. Die Wachen waren nicht zimperlich mit ihm umgegangen. Er hatte ein blaues Auge und zog ein Bein nach, als er zwei Schritte ging, um besser sehen zu können. Um seine Mitte hatte der Kerkermeister ein eisernes Band gelegt, das mit einer Kette verbunden war, die durch das Gitter nach oben reichte. An dieser Kette konnte man Wito hinaufziehen.

Autkar trat mit Wucht auf das Gitter. Rost löste sich, Wito versuchte, zur Seite zu springen, doch sein Bein knickte ein, und der Dreck rieselte auf sein Haupt. »Erzählt mir alles, was Ihr über die Verschwörung von Graf Sintwich gegen den König wisst. Wer steckt wirklich dahinter?«

»Verfluchter Hundsfott! Dich werde ich rösten lassen, und dann sollen dich die Raben fressen.«

»Wie Ihr wünscht, Wito.«

Autkar gab dem Kerkermeister ein Zeichen, der das Gitter öffnete, den Mann mit zwei Knechten nach oben zog, ihm Hände und Füße band und ihn dann mit Eisenbändern auf einen Tisch aus Eichenholz, der aussah, als könne er als Fundament für einen Burgfried dienen, fesselte.

»Mein Kerkermeister ist bewandert in der Kunst, Stumme zum Reden zu bringen, Wito. Erlebt die fürchterlichsten Schmerzen oder sprecht. Ihr habt die Wahl. Bedenkt: Graf Sintwich wird bald ebenfalls im Kerker schmoren, denn ich habe bereits anordnen lassen, ihn nach Aquis zu schaffen und Fastrada vor die Füße zu werfen.«

Das war ein neuer Wesenszug an Autkar: Er log so überzeugend, dass Gunhild ihm glatt seine Worte glauben würde, wüsste sie es nicht besser.

Wito fuhr der Schreck in die Glieder, das war deutlich zu sehen. Er wand sich in seinen Fesseln. »Von mir erfahrt Ihr kein Sterbenswörtchen.«

Autkar seufzte und nickte dem Kerkermeister zu. Der zog eine dünne Nadel hervor, nahm einen von Witos Fingern und stach sie ihm unter den Nagel. Wito brüllte los vor Schmerz. Gunhild musste kurz wegsehen. Einem Menschen solche Pein zuzufügen war furchtbar, und sie hätte es nicht zugelassen, ginge es um Geld oder Waren. Dafür hätte sie niemals jemanden gefoltert. Sie hoffte, dass der Kerkermeister sein Handwerk verstand und Wito bald reden würde.

Der hatte aufgehört zu schreien. Er hechelte nun wie ein Hund, sein Gesicht war mit Schweiß bedeckt. »Niemals«, quetschte er zwischen den Zähnen hervor. »Lieber sterbe ich.«

»Diese Gnade werde ich Euch nicht erweisen, Wito. Ihr werdet jeden Tag Qualen leiden, die Ihr Euch nicht einmal vorstellen könnt. Aber so ist es oft im Leben. Erst wenn man etwas gespürt hat, wenn es das Herz erreicht hat, dann weiß man, dass es wahr ist.«

Er warf Gunhild kurz einen fragenden Blick zu. Sie nickte, auch wenn sie ein schlechtes Gewissen hatte, den Mann weiter quälen zu lassen.

»Kerkermeister!« Mehr brauchte Autkar nicht zu sagen.

Wito schrie erneut auf, als der Kerkermeister ihm die Nadel in den Daumen rammte, sie herauszog und weitermachte, bis alle zehn Finger sie einmal gekostet hatten. Gunhild spürte am ganzen Körper ein Zittern, Witos

Schmerzen schienen sich auf sie zu übertragen. Sie flehte Gott an, dass er endlich reden möge. Das Schreien wich einem Wimmern, das Gunhild mitten ins Herz traf. Wito klang wie ein Neugeborenes. Schutzlos, hilflos, der Welt ausgeliefert. An Autkars Miene erkannte sie, dass auch er sich wünschte, die Folter möge bald beendet sein. Und tatsächlich, Gott erhörte ihr Flehen.

»Es ist Radulf. Er steckt hinter allem.«

Sie hatte sich also nicht geirrt. Radulf wollte sich zum Herrscher der Franken aufschwingen, und dafür war ihm jedes Mittel recht. Und Graf Sintwich nutzte die Gelegenheit, Vater aus dem Weg zu räumen, ganz elegant, ohne dass er einen Finger krumm machen musste. Sie zweifelte nicht daran, dass es so war, aber sie wollte es von Wito hören.

»Warum, Graf Sintwich? Warum Ihr? Ich habe Euch das Leben gerettet, Ihr schuldet mir Treue. Stattdessen sorgt Ihr dafür, dass mein Vater gefoltert wird und vielleicht sogar getötet! Ich sollte Euch höchstpersönlich blenden und in der Wildnis aussetzen!«

»Mein Herr, Graf Sintwich«, begann Wito stockend, »hegt schon lange einen Groll gegen Hardrad und seine Familie. Denn Euer Urgroßvater, Gräfin Gunhild, hat die Frau, die Graf Sintwichs Großvater liebte, geheiratet. Deshalb sinnt er auf Rache und hat geschworen, was immer auch geschehen mag, die Hardrader ins Unglück zu stürzen.«

Gunhild war für einen Moment sprachlos. Wie konnte ein Mensch so verbohrt sein, dass er sich für etwas an jemandem rächen wollte, der absolut nichts damit zu tun hatte? Abgesehen davon, dass König Karl Blutfehden verboten hatte, war es auch noch vollkommen sinnlos.

Autkar starrte Wito an. »Ihr scherzt, nicht wahr?«

Wito schüttelte den Kopf.

»Was hat man Euch versprochen, damit Ihr Eure Ehre in den Staub tretet?«

Wito senkte den Kopf und schwieg.

Autkar verpasste ihm eine schallende Ohrfeige. »Sprich, du Wurm, oder ich zertrete dich.«

Gunhild zuckte zusammen. Autkars Stimme war zu einem Grollen geworden, furchterregender als das Brüllen eines verletzten Bären.

Wito nickte in Gunhilds Richtung. »Seine Tochter sollte meine Frau werden. Deshalb war ich es, der Euch töten sollte.« Er ließ wieder den Kopf hängen.

»Wo wird Karl versteckt?«, fragte Gunhild leise, ohne auf seine Worte einzugehen.

»Ihr könnt mich so lange foltern, wie Ihr wollt. Ich weiß es nicht. Nur der Graf weiß es.«

Gunhild warf Autkar einen Blick zu. Der nickte. Also glaubte er Wito, und es war auch schlüssig, dass nur die Rädelsführer Karls Versteck kannten.

»Bindet den Mann los!«, befahl Autkar. »Gebt ihm zu trinken.«

Wito stöhnte wie ein Greis, als die Knechte ihn von seinen Fesseln befreiten und ihn aufrichteten. Er betrachtete mit weit aufgerissenen Augen seine Hände. Blut quoll unter den Nägeln hervor.

»Soll ich ihn verbinden, Herr? Sonst könnten sich die Wunden entzünden.«

»Tu das, aber beeil dich.«

Mit geschickten Bewegungen wickelte der Kerkermeister Leinenbahnen um Witos Hände, die er vorher in eine dunkle Flüssigkeit getaucht hatte. »Damit der Brand nicht reinkommt«, flüsterte er und zog sich zurück.

Wito sah aus, als hätte er gerade eine zweitägige Schlacht hinter sich. Schwarze Ringe umgaben seine geröteten Augen, tiefe Falten hatten sich in seine Wangen gegraben.

»Fahrt fort, Wito, sagt alles, was Ihr wisst. Oder soll Euch der Kerkermeister die Binden herunterreißen und Salz unter die Nägel reiben?«

Wito ließ weiter den Kopf hängen, redete so leise, dass Gunhild sich anstrengen musste, um seine Worte zu verstehen.

»Wo Radulf Karl versteckt hat, weiß ich nicht, ich sagte es bereits. Aber ich weiß, dass nur zehn oder zwölf seiner besten Männer zur Bewachung abgestellt sind. Außerdem ist der Sachsenfürst Wolfher mit sechs seiner Leibwächter dort. Keine zwei Dutzend insgesamt also. Je weniger wissen, wo Karl ist, desto weniger können es verraten. Wenn Radulf König ist, will er sich zum Kaiser krönen lassen, dann soll Sintwich Herzog der Sachsen und Thüringer werden. Zwar hat er Wolfher versprochen, dass er der König der Sachsen werden soll, doch das ist eine Lüge. Wolfher ist so gut wie tot. Er soll nur die Sachsen einen, dann wird Radulf ihn in einem Moor versenken. Mehr weiß ich nicht zu sagen, egal, mit welchen Mitteln Ihr mich foltert.«

Gunhild hatte atemlos zugehört. Hinter alldem steckte tatsächlich Radulf, der Vater der Königin. Unglaublich, wie die Machtgier einen Menschen zu den furchtbarsten Verbrechen anstacheln konnte. Am meisten kränkte sie, dass Wito und Graf Sintwich ihren eigenen Einsatz für deren Leben mit Verrat vergalten. Wäre Vater noch auf der Erphesburg, wenn die Slawen den Grafen und seine Männer umgebracht hätten? Aber dann wären ihre Brüder ebenfalls tot. Es hatte keinen Sinn, sich den Kopf darüber zu zerbrechen, was gewesen wäre, wenn. Wichtig war: Was konnte sie jetzt tun?

Radulf hatte die Zügel fest in der Hand. Seine Intrige war fein gesponnen. Sie rief sich ins Gedächtnis, was Wito gesagt hatte. Jede Einzelheit. Mehr und mehr zeichnete sich ein Plan ab. Ein unmöglicher Plan, aber der einzige, der einen Funken Aussicht auf Gelingen bot. Sie schlug sich die Faust in die Handfläche. Autkar blickte sie überrascht an.

»Ihr habt eine Idee, Gunhild?«

Es gab nur einen Weg, ihren Vater, ihre Familie, sich selbst und das Reich zu retten. Sie musste die Verschwörer mit deren eigenen Waffen schlagen.

»Autkar, vertraut Ihr mir?«

Er zögerte nicht. »Das tue ich, Gunhild.«

»Wollt Ihr Karl und das Reich retten, koste es, was es wolle?«

»Das will ich«, sagte er mit fester Stimme.

Sie holte tief Luft. »Dann müsst Ihr sterben. Von meiner Hand.«

37

Ende Juni 786, *Erphesburg*

Wie jeden Tag stieg Baugulf auf den Burgfried und hielt
Ausschau. Heute war es so weit. Die Wimpel und Ban-
ner des fränkischen Heeres tauchten am Horizont auf. Es
würde nur noch wenige Stunden dauern, bis Rantwig von
Sölden eintraf. Er hatte sich Zeit gelassen. Schon vor drei
Tagen hätte er eintreffen können, wenn er seine Männer zur
Eile angehalten hätte. Anscheinend rechnete er mit großem
Widerstand und wollte, dass seine Leute ausgeruht in den
Kampf zogen. Wenn Baugulf es richtig sah, hatte Rantwig
sogar Wurfmaschinen mitgebracht. Packpferde transpor-
tierten Balken und Seile, die zum Bau benötigt wurden.
Nichts davon würde er brauchen.

Der Abt fiel auf die Knie und faltete die Hände. »Herr
im Himmel, sieh herab auf deinen treuen Diener, der nichts
will, als dass dein Name gelobt werde, dein Wille geschehe.
Sende mir ein Zeichen, was dein Begehr ist, und ich will
mich fügen, was immer es sei. Hab Erbarmen mit den armen Menschen, die der Willkür der Krieger ausgesetzt
sind. Verschone die Unschuldigen, und ziehe die Sünder
zur Rechenschaft. Deinen Namen will ich ehren, von jetzt
bis in alle Ewigkeit. Amen.«

Er blieb noch einen Moment auf den Knien, dann hob

er den Kopf und sah sich um. Nichts geschah. Gott sprach nicht zu ihm. Auch das war eine Antwort. »Vertrau mir«, hieß das. Baugulf erhob sich, schritt hinab in die Vorburg, wo der Priester und die verängstigten Dorfbewohner warteten.

»Nehmt, was ihr brauchen könnt, und schafft es ins Dorf. Vergrabt alles von Wert, und versteckt, was ihr als Waffe verwenden könntet. Versammelt euch in der Kirche und betet, so wie ich gebetet habe. Vertraut auf Gott, denn er wird euch nicht im Stich lassen.«

Die Menschen sahen ihn mit offenem Mund an.

»Geht jetzt, sofort«, rief Baugulf. »Bleibt ihr hier, werdet ihr sterben. Alle.«

Endlich kam Bewegung in die Leute. Sie rafften alles zusammen und eilten ins Dorf, hoben Gruben aus, schütteten sie zu, warfen Laub darauf, verwischten alle Spuren, damit niemand erkennen konnte, dass hier etwas verborgen lag.

Baugulf sah eine Weile zu, dann sattelte er sein Pferd und brach auf. Es dauerte nicht lange, bis ihm einige Berittene entgegensprengten und ihn aufhielten. Er gab sich zu erkennen und verlangte, augenblicklich mit Rantwig von Sölden zu sprechen. Die Berittenen waren erstaunt und verunsichert, aber sie schlugen ihm seinen Wunsch nicht ab und führten ihn zu dessen Zelt. Eine der Wachen kündigte Baugulf an, Rantwig kam heraus ins Freie.

»Abt Baugulf! Welche Freude, Euch hier zu sehen. Bitte, tretet ein.«

Baugulf nickte, passierte die Wachen und blieb in der Mitte des Zeltes stehen, in dem ein Tisch stand, der mit Schriftstücken bedeckt war.

»Ihr kennt das ja. Ständig gibt es etwas zu schreiben oder zu lesen. Listen für die Vorräte, Listen für die Gefallenen, Listen für die Pferde. Ein jedes und alles wird in Listen gepresst, als ob es dadurch mehr würde oder besser.«

»Davon kann ich ein Lied singen. Doch ich bin nicht hier, um mich mit Euch über die rechte Ausführung unserer Geschäfte zu unterhalten. Ich will, dass Ihr wieder abzieht. Hier gibt es nichts zu holen.«

Rantwigs Miene wurde schlagartig hart wie Fels. »Bei aller Wertschätzung, Abt Baugulf. Ihr mögt mit dem Papst speisen, und er mag ein enger Freund von Euch sein, doch was die Kriegsführung angeht, bin ich niemand, der einen Befehl von Euch ausführen würde. Ich frage mich, ob nicht ein böser Geist in Euch gefahren ist.«

»Achtet auf Eure Worte, Rantwig. Ihr habt zutreffend festgestellt, dass der Papst mein Freund ist und dass er auf meinen Rat hört. Sollte er auf die Idee kommen, Euch zu exkommunizieren, so würde Euch das sicher nicht gut zu Gesicht stehen. Ihr würdet Euer Amt verlieren und vielleicht sogar Euren Kopf. Ich weiß, welchen Befehl Fastrada Euch erteilt hat. Doch sie irrt. Hardrad hat nichts mit der Entführung Karls zu tun.«

»Am besten schreit Ihr es auf dem Marktplatz heraus, Abt. Bei der heiligen Mutter Gottes, niemand darf wissen, dass der König in der Gewalt der Thüringer ist, angestachelt von Hardrad. Ich werde seine Familie nach Aquis bringen, dann schauen wir mal, ob er noch immer schweigt.«

»Hardrads Familie ist nicht auf der Erphesburg, sondern in meinem Kloster, unter meinem Schutz.«

»Seid Ihr völlig von Sinnen, Abt? Es sind Verräter. Sie wollen die Macht an sich reißen.«

»Ich dachte, Hardrad will nur seine Tochter zurück?«

»Das ist der Anfang. Er will gemeinsame Sache mit den Slawen und den Sachsen machen.«

Baugulf senkte die Stimme zu einem Flüstern. »Ihr seid sicherlich nicht der Erste, der sich fragt, warum Hardrad bei Hofe auftaucht, als wäre er eingeladen worden?«

»Jeder macht einmal einen Fehler.«

»Das ist richtig. Aber es gibt Fehler, die man einfach nicht macht, es sei denn, man ist volltrunken oder das Gehirn ist zu einer Erbse geschrumpft. Nichts davon ist bei Hardrad der Fall. Ich empfehle Euch, keinen Fehler zu begehen. Lasst von der Erphesburg ab, vor allem verschont die Dorfbewohner, die unschuldig sind, selbst wenn ihr Herr ein Verschwörer sein sollte, der er aber nicht ist.«

Rantwig zog sein Schwert. »Ihr seid von allen guten Geistern verlassen, Abt. Fastrada wird Euch die Gedärme herausreißen lassen, und ich werde das Kloster und die Erphesburg schleifen und jede Seele, die von Hardrad vergiftet ist, zum Allmächtigen schicken, auf dass er über sie richte.«

Baugulf dachte an sein Gebet. Sollte Gott ihn wirklich so prüfen? Wollte der Herr Unschuldige den Wölfen zum Fraß vorwerfen? »Der Papst wird Euch und Fastrada die Sakramente nehmen. Ich habe bereits einen Boten mit einem Brief nach Rom geschickt, in dem ich Papst Hadrian über die Vorgänge in Kenntnis setze. Auch Euer Name taucht darin auf. Hadrian vertraut mir. Sollte der Bote in den nächsten drei Wochen nichts von mir hören, wird er das Schreiben dem Papst übergeben, und wenig später wird der Euch bannen und exkommunizieren.«

Rantwig von Sölden ballte die Fäuste. »Das werdet Ihr nicht wagen.«

»Oh doch, das werde ich, denn die Königin begeht einen schweren Fehler. Sobald Karl wieder frei ist, wird er alle zur Rechenschaft ziehen, die die schlimmsten Auswirkungen nicht verhindert haben. Fastrada wird nichts geschehen. Er wird sie anfassen wie ein Neugeborenes, sie vielleicht tadeln, aber auch nicht mehr. Ihr habt die Wahl.«

Rantwig schob das Schwert in die Scheide. »Ich kann nicht unverrichteter Dinge abziehen, Abt, das müsst Ihr verstehen.« Seine Stimme klang fast schon flehentlich.

Baugulf hatte nicht damit gerechnet, dass der Heermeister so schnell nachgab, doch anscheinend hatte Rantwig auch schon nachgedacht und war zu einem ähnlichen Ergebnis gekommen wie er selbst. Und er hatte mehr Angst vor ihm, dem Abt, als vor der Königin.

Baugulf musste ihm einen Ausweg zeigen, wie er ohne Gesichtsverlust aus der Sache herauskam. »Das verstehe ich und deshalb mein Vorschlag: Ihr brennt den Burgfried nieder, verschont die Vorburg und das Dorf, lasst die Leute in Ruhe. Ihr kehrt zurück und berichtet, dass der Papst höchstpersönlich den Hardradern den Schutz der Kirche gewährt, bis alle Vorwürfe geklärt sind.«

Rantwig atmete auf, kniff jedoch sogleich die Augen zusammen. »Das habt Ihr von Anfang an erreichen wollen, nicht wahr?«

Baugulf lächelte schmal. Der Mann hatte recht, aber das würde er niemals zugeben.

»Ihr seid wahrhaft ein vorzüglicher Stratege.« Rantwig rieb sich die Hände. »Nun gut. So werden wir vorgehen. Auf dem Rückweg werde ich mir Zeit lassen. Da Karl nicht zugegen ist, ruht der Sachsenfeldzug.« Er schlug das Kreuz. »Möge Gott ihn beschützen und bald zurückbringen.«

Das wünschte sich Baugulf ebenfalls. Wenn nicht, würde das Chaos ausbrechen und das Reich zu Staub zermahlen werden.

38

Ende Juni 786, Attigny

Alkuin wäre lieber aus einem angenehmeren Grund nach Attigny gereist. Am liebsten wäre er weiter nach Massilia geritten, dort war es warm, ein Segen für seine Knochen, die er täglich mehr spürte. Zwar boten die Thermen in der Königspfalz Aquis einen gewissen Komfort, aber außerhalb der Dampfbäder und der heißen Quellen war es die meiste Zeit im Jahr kalt. Alkuin fragte sich, wie lange er bei guter Gesundheit bleiben würde. Noch bewältigte er einen Ritt wie diesen, vor allem, seit sein Knie aufgegeben hatte, ihn zu foltern. Viel zu lange waren sie unterwegs, Fastrada hatte ihm zehn Leibwächter mitgegeben, denn sie wusste, dass Karl ihr zürnen würde, sollte seinem wichtigsten Berater etwas zustoßen.

Im Kloster Attigny, wo Widukind getauft worden war, begrüßten ihn die Brüder überschwänglich. Doch er konnte sich nur kurz aufhalten, sogar die Einladung zum Mahl und zur Messe schlug er aus. Er wollte nur wissen, wo das Landgut lag, auf dem Widukind seinen Lebensabend verbrachte. Es war nicht weit, ein halber Tagesritt Richtung Süden auf dem Handelsweg, der nach Diviodunum führte, der Stadt, die vor zwei Generationen von den Sarazenen eingeäschert und prächtiger als je zuvor wiederaufgebaut worden war.

Alkuin verabschiedete sich, versprach, bei Gelegenheit sich länger im Kloster aufzuhalten, und trieb seine Männer zur Eile an. Es blieb lange hell, also würden sie es noch heute schaffen, Widukind aufzusuchen. Alkuin betete, dass er sich nicht irrte und der Sachse wusste, wo Wolfher seine wertvolle Geisel verstecken würde.

Als die Sonne versank, tauchte das Ziel auf. Das Korn stand hoch, wohl fünfzig Menschen arbeiteten auf den Feldern. Kaum war Alkuin mit seinen Begleitern auf eine halbe Meile herangekommen, als ihnen vier Männer entgegenritten. Alkuin hieß seine Leute halten, damit nicht der Eindruck entstand, sie wollten das Gut angreifen. Die Reiter hielten vor Alkuin an.

Ein alter Recke mit vernarbtem Gesicht hob eine Hand zum Gruß. »Darf ich fragen, was Euch herführt? Gäste sind hier selten.«

»Richtet Eurem Herrn Widukind aus, Alkuin ist da, um mit ihm wichtige Dinge zu besprechen.«

Der Recke hob erstaunt die Augenbrauen. »Ihr seid Alkuin, der engste Berater des Königs? Widukind spricht oft von Euch, in den höchsten Tönen. Nun denn, folgt mir, er wird sich freuen, Euch begrüßen zu können.«

Er wendete sein Pferd, Alkuin ritt mit ihm in den Hof des Gutes, das mit Mauern und Türmen befestigt war. Bewaffnete patrouillierten, unterhalb der Wehrgänge standen Speere, Pech und Steine. Widukind schien sich nicht wirklich sicher zu fühlen. Vielleicht fürchtete er die Rache fränkischer Edler, denen er früher hart zugesetzt hatte.

Der alte Recke bedeutete Alkuin, ihm ins Haupthaus zu folgen, einer Villa im römischen Stil und für Widukind, der Jahrzehnte mehr oder weniger nur im Sattel gelebt hatte, ein unglaublicher Aufstieg oder vielleicht auch ein Abstieg.

Er war kein Führer mehr, er hatte kein Volk mehr, war zum Nichtstun verdammt.

Alkuins Begleiter mussten zurückbleiben, wofür er volles Verständnis hatte. Vor einem Portal bat der Recke Alkuin, einen Moment zu warten, zwei Wachen gaben acht, dass er nichts anstellte.

Wenig später trat Widukind mit einem strahlenden Lächeln auf dem Gesicht heraus. »Alkuin, mein Freund. Wie schön, Euch zu sehen. Da Ihr Euch nicht angemeldet habt, vermute ich, es geht um eine Sache, die keinen Aufschub duldet.«

Widukind hatte nichts von seinem Scharfsinn verloren.

»So ist es. Es geht um Leben und Tod, um Untergang oder Rettung des Reiches.«

Widukinds Lächeln verschwand. »Bei allen Göttern!«, rief er aus. »Was ist geschehen? Und was kann ich tun?« Er zeigte Richtung Saal. »Kommt herein, erzählt.«

Sie nahmen an einer Tafel Platz, die gut und gerne zwanzig Menschen aufnehmen konnte, doch außer Widukind und dem alten Recken war niemand anwesend.

Alkuin brachte Widukind auf den neuesten Stand. Mit jedem Satz, mit jedem Wort verdunkelte sich Widukinds Miene, bis er schließlich ausrief: »Wolfher. Dieser sture Hund. Warum kann er nicht einsehen, dass wir besiegt sind? Dass wir ein gutes Leben haben können, wenn wir uns anpassen. Der Stärkere siegt und herrscht. Das ist der Lauf der Welt.« Er überlegte einen Moment. »Und jetzt wollt Ihr wissen, wo Wolfher seine Beute verstecken würde?«

Alkuin nickte, er platzte fast von Anspannung. Waren die ganzen Mühen umsonst? War das Reich dem Untergang geweiht? Wenn Widukind nichts wusste, was sollte er dann noch ausrichten? Die sächsischen Wälder waren riesig, man konnte hundert Jahre suchen und dennoch nichts finden.

Widukind erhob sich. »Ich kann Euch nicht sagen, wo Wolfher Karl versteckt hat.«

Alkuins Mut sank. Alles war verloren.

»Aber ich kann es Euch zeigen.«

Alkuin sprang auf. »Ihr kommt mit mir? Das ist wunderbar.«

Widukind feixte. »Ja, das kommt mir auch vor wie ein Wunder, wie ein seltsames. Ich soll den Mann befreien, der mein Volk knechtet.« Er lachte kurz. »Euer Gott hat einen seltsamen Sinn für Scherze.«

Alkuin musste ebenfalls lachen. »Solange Euch der Schalk nicht verloren gegangen ist, sehe ich noch Hoffnung.«

»Hoffnung alleine hat noch keine Schlacht entschieden. Habt Ihr genügend Kraft? Könnt Ihr im Sattel schlafen? Die Nächte sind klar, der Mond steht hoch. Wir werden nicht rasten noch ruhen.«

Alkuin spürte das Feuer der Zuversicht in seinen Adern. »Darauf könnt Ihr Euch verlassen.«

»Richte mein Pferd«, sagte Widukind zu dem alten Recken. »Gib der Wache Bescheid, dass wir zur Jagd unseres Lebens aufbrechen. Unsere Beute ist außergewöhnlich gefährlich und der Lohn königlich. Auf in den Odinwald!«

39

Gunhild hatte nur eine Rast eingelegt, wenn es nicht mehr anders ging, wenn sie zu müde war, um im Sattel zu sitzen, was nur einmal vorgekommen war in den letzten fünf Tagen, oder die Nacht so dunkel war, dass man selbst den Kopf des eigenen Pferdes nicht mehr erkennen konnte. Und als die beiden Krieger, die Autkar ihr mitgegeben hatte, sie um eine Rast anflehten. Sie gerieten schneller an die Grenzen ihrer Kräfte als Gunhild. Das war verständlich, denn für sie selbst ging es um alles, um das Leben ihres Vaters, ihrer Mutter und ihrer Brüder, ihr Zuhause, ihre Zukunft.

Bis zur Erphesburg war es nicht mehr weit. Sie passierten die Eiche, die den Weg zum Heiligen Ort markierte, von dem Autkar sie entführt hatte. Seither hatte sich einiges geändert. Zuerst hatte sie sich geschworen zu fliehen, dann sich umzubringen, dann hatte sie überlegt, wie sie Autkar hätte loswerden können. Doch jetzt war er ihr Verbündeter, und wenn sie an ihn dachte, machte sich ein wohliges Gefühl in ihrem Leib breit.

Nur noch eine weitgezogene Kurve trennte sie von ihrem Zuhause. Doch als sie auf den Weg zur Burg bog, riss sie an den Zügeln, ihr Pferd stieg und blieb abrupt stehen,

fast wäre sie aus dem Sattel gefallen. Wo der stolze Burgfried gestanden hatte, ragten nur noch ein paar verkohlte
Balken in die Luft, hinabgestürzt auf die steinernen Trüm-
mer des Turms, auf dem sie geruht und das Dach getragen
hatten. Tränen schossen Gunhild in die Augen. Autkars
Männer stießen wüste Flüche aus, doch dann schwiegen
sie. Was hätten sie schon sagen sollen? Ihr Mitleid bekun-
den? Das hätte die Burg nicht wieder aufgerichtet.

Gunhild stieg ab, fiel auf die Knie, faltete die Hände.
»Herr im Himmel, ich flehe dich an. Lass meine Mutter
und meine Brüder nicht Opfer der rasenden Wut der Königin geworden sein.«

Dann erhob sie sich, das Gesicht tränennass. Immerhin
stand die Vorburg noch, und von dort eilten Menschen auf
sie zu und riefen schon von Weitem: »Ein Wunder! Seht
doch nur! Gräfin Gunhild. Gott hat sie unversehrt zu uns
geführt.«

Der Priester rannte auf sie zu, Gunhild bedeutete ihren
Beschützern, dass von ihm keine Gefahr ausging.

»Gräfin Gunhild, der Herr sei gelobt!«

»Wo ist meine Familie?« Gunhild musste es wissen, augenblicklich.

»Abt Baugulf hat sie ins Kloster Uulthaha bringen
lassen. Dann ist er dem Heer der Königin entgegengetre-
ten und hat uns allen das Leben gerettet. Allein, die Burg
konnte er nicht schützen. Rantwig von Sölden hat sie zerstört.«

Gunhild rieb sich mit beiden Händen das Gesicht. Der
gute Baugulf. Sie schwor sich, das Kloster reich zu beschenken, sobald dieser Albtraum zu Ende war. Doch daran wagte sie nicht zu denken. Ihr Plan war so gewagt, dass
nur jemand ohne Verstand glauben konnte, dass er funkti-

onierte, oder jemand, der keine andere Wahl hatte. Jemand wie sie.

»Ich danke Euch, Priester. Gerne würde ich noch bleiben, aber ich muss sofort zu meiner Familie. Gott segne Euch und gebt acht.«

Gunhild schwang sich in den Sattel und warf noch einen Blick auf ihr Zuhause, das nun in Trümmern lag. Doch das waren nur Steine und Balken. Die Burg konnte man wieder aufbauen. Tote konnte man nicht zum Leben erwecken. Ihre Liebsten waren am Leben, das war das Wichtigste. Ob Vater noch lebte, wusste sie allerdings nicht, und es kostete sie all ihre Selbstbeherrschung, nicht ständig daran zu denken und zu verzweifeln. Sie wendete das Pferd, ihre beiden Beschützer gaben ihren Tieren die Sporen, um Gunhild folgen zu können, die, so schnell ihr Ross es zuließ, gen Uulthaha ritt.

Es kam ihr vor wie eine Ewigkeit, doch endlich erschienen die Türme des Klosters Uulthaha am Horizont, sie leuchteten golden im Abendlicht. Die Glocken, die zur Vesper riefen, hatte sie schon aus der Ferne gehört.

Sie war verschwitzt und hungrig, aber sie konnte nicht Rast machen, ehe sie nicht ihre Familie in die Arme geschlossen hatte. Sie war ohne Pause geritten, Autkars Männer hatten mitgehalten, doch jetzt dankte sie ihnen und schickte sie nach Hause. Den Rest des Weges musste sie allein gehen. Sie erwiesen ihr Respekt und begaben sich auf den langen Weg zurück zur Greifenburg, wo ihr Herr sie erwartete. Das hoffte Gunhild zumindest. Er durfte sich nirgends blicken lassen, durfte nicht einmal seine Kammer verlassen, sonst war ihr Plan in Gefahr.

Gunhild klopfte ans Klostertor, das fast augenblicklich aufgerissen wurde. Sie konnte ihr Glück kaum fassen. Mutter lief auf sie zu und nahm sie in die Arme, drückte sie, machte sich los.

»Deine Brüder sind ebenfalls hier.« Sie hob eine Hand, Giselher und Warmunt kamen angeschossen, quetschten Gunhild fast zu Tode, lösten sich. Sie schienen ob ihres Gefühlsausbruchs ein wenig peinlich berührt zu sein.

Schließlich trat Baugulf auf sie zu. Gunhild verneigte sich und wollte seinen Ring küssen, doch er winkte ab. »Wie kommt es, dass Ihr hier seid, Gunhild? Was ist mit Autkar von Grimoald? Verfolgt er Euch?«

Gunhild musste lächeln. »Oh nein, er hat mich gehen lassen, nachdem ich ihm ein Messer ins Herz gerammt habe.«

Der Abt zuckte zurück. »Gunhild, wie konntet Ihr ...«

»So wird man es Euch bald berichten, doch es ist nur eine Finte. Keine Sorge. Verzeiht, dass ich Euch so erschreckt habe. Lasst uns beraten, was wir tun können, die Verschwörung aufzudecken und meinen Vater und Karl zu befreien.«

»Folgt mir«, sagte der Abt mit fester Stimme. »Bei einem Mahl wird es uns sicher gelingen, denn ich vermute, Ihr habt bereits einen Plan.«

Gunhild nickte, dann sah sie Giselher, Warmunt und ihre Mutter an. »Und er wird keinem gefallen.«

DER VERBÜNDETE

40

Anfang Juli 786, Greifenburg

Autkar lief bis zur Wand, drehte um, lief zur nächsten, unterbrach seinen Weg am Fenster, spähte hinaus, drehte sich um, lief wieder zur Wand und zurück.

Da trat Adalheid in seine Kammer. Sie war neben seiner Leibwache der einzige Mensch, der ihn sehen durfte. »Herr, verzeiht, wenn ich es rundheraus sage, aber Ihr benehmt Euch schlimmer als ein Hirsch in der Brunft.« Adalheid baute sich vor ihm auf und stemmte die Arme in die Hüften. »Ich muss bald den Steinmetz rufen, damit er in den Gängen die Riefen herausmeißelt, die Ihr des Nachts hineinlauft, damit niemand stürzt und sich das Genick bricht. Ich vermisse Gräfin Gunhild ebenfalls, nur aus einem anderen Grund als Ihr. Ein Blinder könnte sehen, was geschehen ist. Seid ein Mann und gesteht es Euch ein. Emhild würde es sich wünschen.«

Jede andere Person, die es wagen würde, so mit ihm zu sprechen, hätte er ins Loch werfen lassen, aber Adalheid stand ihm ebenso nah wie seine Mutter, Gott hab sie selig.

Er fürchtete, dass sie recht hatte. Es war verrückt. Seit Gunhild aufgebrochen war, hatte Autkar keine ruhige Minute mehr gehabt. Ständig hatte er darüber nachgegrübelt, was alles passieren konnte. Auf dem Weg zur Erphesburg, auf der Suche nach Karl oder wenn im Reich ruchbar wurde, dass sie ihn ermordet hatte. Boten waren in alle Himmelsrichtungen ausgeschwärmt, um die Nachricht zu verbreiten, sodass jeder es erfahren musste, auch die Verschwörer, Radulf, Graf Sintwich und Wolfher. Wenn alle es wussten, dann war Gunhild in Gefahr, denn sie war jetzt vogelfrei. Wer immer sie ergriff, durfte sie festhalten oder töten, mit ihr machen, was ihm beliebte. Warum hatte er diesem verrückten Plan nur zugestimmt? Warum hatte er sie gehen lassen? Allein ihre Gegenwart hatte ihn zufriedengestellt, das Gespräch mit ihr, ihr Anblick. Würde er sie je wiedersehen? Würde er ihr sagen können, was er für sie empfand? Würde er sich überhaupt trauen, sich ihr zu offenbaren?

Das Horn ertönte, Autkar warf sich ein Tuch über den Kopf, band es so, dass sein Gesicht nicht zu erkennen war, und eilte auf den Turm. Gunhilds Begleiter waren zurückgekehrt. Sie wurden sofort zu ihm geführt und berichteten von der Zerstörung der Erphesburg sowie, dass Gunhilds Familie im Kloster Uulthaha in Sicherheit war. Autkar atmete auf. Doch das war mehr als eine Woche her. In dieser Zeit konnte alles Mögliche passiert sein. Die Boten hatten sicherlich bereits ihre Ziele erreicht, die Nachricht seiner Ermordung würde sich verbreiten wie eine Feuersbrunst. Und er saß tatenlos in seiner Burg. Bis auf seine Beerdigung hatte er nichts tun können.

Es war gespenstisch gewesen, und es hatte ihn eiskalt überlaufen, als sein angeblicher Leichnam, bei dem es sich um einen Landstreicher handelte, den die Wachen tot im Wald gefunden hatten, in Leintücher gewickelt in einem Sarg aus Eichenholz in der Kapelle beigesetzt worden war. Er musste mitansehen, wie die Menschen tatsächlich um ihn trauerten. Sein schlechtes Gewissen hätte ihn fast dazu getrieben, die Scharade zu beenden, doch damit hätte er Gunhild in Gefahr gebracht.

Sie hatte vorausgesagt, dass Späher auftauchen würden, um sich zu versichern, dass er auch wirklich tot und von ihr umgebracht worden war. Diese Späher waren erkannt worden, doch auf seinen Befehl hin hatte die Wache sie unbehelligt gelassen.

Gunhild spielte ein gefährliches Spiel. Sie lieferte sich ihren Todfeinden aus. Nur ein klitzekleiner Fehler, eine winzige Fehleinschätzung konnte zu ihrem augenblicklichen Tod führen. Radulf kannte keine Gnade, das war allseits bekannt. Er machte, was immer seinen Zielen nutzte, ging über Leichen.

Wieder dachte Autkar an Gunhild und an Adalheids Worte. Sein Herz machte einen Sprung. Wie konnte das sein? War Emhild nicht seine große Liebe? Konnte es wirklich möglich sein, dass er ein zweites Mal lieben konnte?

»Emhild, Liebste«, flüsterte er. »Sei gewiss, ich werde dich immer lieben, so wie ich nur dich lieben kann. Ich hätte frohgemut mein Leben für dich gegeben. Doch der Herr hat dich abberufen, ohne mir die Möglichkeit zu lassen, für dich zu kämpfen. Für Gunhild kann ich kämpfen.« Er atmete tief ein und aus. »Und das werde ich. Ich bin Karls Vertrauter, einer der mächtigsten Fürsten der Franken. Wer bin ich, dass ich hinter den Mauern meiner Burg verharre und abwarte, was geschieht? Der Herr hat gesagt: Entscheidet und tut das Richtige.« Gunhild war mutig und klug, und ihr Plan könnte Erfolg haben, aber wenn nicht, war sie verloren. »Ich darf sie nicht alleine lassen, egal wie stark sie sein mag. Gegen blankes Eisen, gegen Verrat und Hinterhalt, gegen Männer wie Graf Sintwich, den Vater der Königin und den furchtbarsten Krieger der Sachsen ist auch sie machtlos.«

Autkar wandte sich um. Er hatte Adalheid völlig vergessen, die an der Tür stand, ihn anlächelte und sich eine Träne von der Wange wischte. »Nun seid Ihr es wert, von Gräfin Gunhild geliebt zu werden«, sagte sie.

»Glaubst du wirklich, dass sie außer Hass etwas für mich empfinden kann?«

»Macht Euch auf den Weg, beschützt sie und fragt sie. So einfach ist das.«

So einfach war das natürlich nicht, denn sie hatte zwar ihr Verhalten ihm gegenüber geändert, aber sie würde sein Eingeständnis, sie zu lieben, für eine Finte halten. Und selbst wenn es nicht so wäre, selbst wenn das Wunder geschehen war, dass sie ihm verziehen und sich in ihn verliebt hatte, blieb immer noch der Eheschwur, den sie niemals brechen würde. Es gab nur eine Möglichkeit, ihr seine Liebe zu beweisen. Doch dafür musste er sie und ihre Familie retten.

»Friedhelm!«, rief Autkar. »Sammele das Heer, so viele Berittene wie möglich. Kein Tross. Wir ziehen gegen die Rahaburg! Du führst uns an, denn ich bin tot.«

41

Mitte Juli 786, Rahaburg

Gunhild musste Giselher ins Gewissen reden, damit er ihr nicht folgte. Auch wenn er noch so bettelte, er musste im Kloster bleiben. Denn er wäre nur ein Hindernis gewesen, denn er war eine Treppe hinuntergestürzt und hatte sich den Knöchel so sehr verstaucht, dass er kaum gehen konnte. Dennoch wollte er sie und Warmunt nicht allein ziehen lassen, denn die Gefahr, in die sie sich begaben, war riesengroß. Wenn Graf Sintwich Zweifel an ihrer Geschichte hatte, würde er Gunhild seinen Männern zum Fraß vorwerfen und aus Warmunt eine lebende Zielscheibe für seine Bogenschützen machen.

Der Weg zur Rahaburg war mit Fuhrwerken, Reitern und Bauersfrauen gespickt, die schwere Lasten auf ihrem Rücken trugen: Käfige mit Federvieh, Strohballen, Reisigbündel. Gunhild kam sich vor, als ginge sie zum Jahrmarkt. Am Einlass hielten Wachen sie auf.

Ein vierschrötiger Kerl musterte sie von oben bis unten. »Wenn du den Hübschlerinnen hier das Geschäft streitig machen willst, rate ich dir, kehr wieder um.«

»Bist du von Sinnen, du Hund? Weißt du, wen du vor dir hast? Dies ist Gräfin Gunhild, und sie will sofort Graf Sintwich sprechen. An deiner Stelle würde ich mich beeilen, denn wenn der Graf erfährt, dass du sie aufgehalten hast, wird er dich ins tiefste Loch werfen.«

Gunhild musste sich Mühe geben, nicht zu grinsen. Dieses eine Mal war Warmunts Hochmut von unverkennbarem Nutzen.

Der Wächter glotzte sie mit großen Augen an. »Das konnte ich ja nicht ahnen. Folgt mir.«

Gunhild wusste nicht, ob sie sich freuen sollte oder nicht. Wäre doch Autkar bei ihr, aber das war unmöglich. Hoffentlich waren die Boten mit der Nachricht von seinem Tod schon eingetroffen, sonst würde Graf Sintwich sie wahrscheinlich einfach der Königin ausliefern, denn er hatte keinen Grund zu glauben, dass sie auf seiner Seite stand. Dass sie Wito gefoltert hatte und sie alles wusste, konnte sie ihm ja schlecht erzählen.

Gunhild war noch nie auf der Rahaburg gewesen, sie kannte nur die Erzählungen von Vater, dass sie nicht wie die Erphesburg auf einem Hügel erbaut war, sondern der Burgfried inmitten eines Sees lag. Eine lange Brücke führte vom Ufer zum Burgtor, der Wächter geleitete sie hinüber. Doch als sie in die Burg kamen, winkte er einigen Kriegern, die herbeieilten und sie und Warmunt einkreisten.

Der Wächter lachte dreckig. »Da haben sich zwei Vöglein verflogen, wir sperren sie in einen Käfig und werden unseren Spaß mit ihnen haben.«

»Du Hundsfott«, brüllte Warmunt, machte einen Schritt auf den Wächter zu, aber drei Krieger warfen sich auf ihn, und sosehr er sich auch wehrte, er hatte keine Chance. Die Männer banden ihn und schleppten ihn fort. Gunhild war starr vor Schreck, damit hatte sie nicht gerechnet. Sie musste etwas tun. Ihre Starre löste sich, sie schrie aus vollem Hals: »Graf Sintwich. Gunhild ist hier. Helft mir!«

Einen Moment später hörte sie seine Stimme. »Was zum Teufel ist denn hier los?«

Die Männer wichen zur Seite, Graf Sintwich trat in den Kreis. Er musterte Gunhild, und sie fürchtete schon, er würde sie verleugnen oder, weil er sie erkannt hatte, einsperren lassen.

»Wer hat angeordnet, diese Frau in den Kerker zu werfen?«

Der Wächter hob die Hand, stotterte. »Ich, Herr, sie gibt vor, von Adel zu sein, aber jeder kann doch sehen, dass sie …«

Weiter kam der Mann nicht. Graf Sintwich schlug ihm mit der Faust ins Gesicht. Seine Nase brach mit einem hässlichen Geräusch, er stolperte drei Schritte zurück und heulte auf.

»Das nächste Mal, du Wicht, gibst du mir Nachricht, wenn eine edle Frau Einlass begehrt. Allein ich entscheide darüber, wen ich willkommen heiße, und wen nicht. Ansonsten findest du dich ganz schnell im Kerker wieder. Hast du mich verstanden?«

Der Wächter hielt sich die blutende Nase. »Ja, Herr, verzeiht, Herr, es wird nie wieder vorkommen«, näselte er.

Sintwich wandte sich an Gunhild. »Seid gegrüßt, Gräfin Gunhild. Ich freue mich, Euch auf meiner Burg willkommen zu heißen.«

»Ich danke Euch, Graf Sintwich. Und bitte, lasst meinen Bruder Warmunt holen. Man hat ihn fortgeschleppt.«

Graf Sintwich fuhr die Krieger an. »Was steht ihr hier dumm rum und glotzt? Bringt Graf Warmunt her, sofort, und wehe, ihm wurde auch nur ein Haar gekrümmt.«

Die Männer stoben davon und brachten dann Warmunt zu Gunhild. Er hatte zumindest äußerlich keine Verletzung davongetragen. Doch er zitterte am ganzen Leib, seinem Gesichtsausdruck nach zu schließen, vor Wut. Warmunt schüttelte die Hände ab, die noch auf seinen Schultern lagen.

Der Graf deutete eine Verbeugung an. »Graf Warmunt, verzeiht, meine Männer haben wohl vergessen, was sich gehört.«

Warmunt wischte sich unsichtbaren Schmutz vom Wams. »Schon gut. Schon vergessen, Graf Sintwich. Schließlich seid Ihr ja rechtzeitig eingeschritten.«

»Ich danke Euch für Eure Güte, Graf Warmunt. Und jetzt, bitte, folgt mir in den Rittersaal. Ich lasse Essen auftragen und frische Gewänder bringen.«

Gunhild nahm einen Arm des Grafen. »Das ist wunderbar, aber wir müssen unter vier Augen sprechen. Sofort. Es duldet keinen Aufschub.«

Der Graf sah sie wissend an. »Mir scheint, Ihr habt recht, wenn ich bedenke, welche Nachricht mich vorgestern erreicht hat. Ich war gelinde gesagt überrascht, dass Ihr, ich möchte es mit milden Worten sagen, Autkar von Grimoald davon überzeugt habt, Euch gehen zu lassen. Eine recht endgültige Handlung mit einem Mittel, das ich eher einem Krieger zugetraut hätte.«

Gunhild schöpfte Hoffnung. Sintwich glaubte dem Boten, dass sie Autkar mit dem Messer getötet hatte, deswegen sprach er davon, dass der Mord eher zu einem Mann passte, denn Frauen töteten mit Gift oder bedienten sich eines gedungenen Mörders. Sie legten nicht selbst Hand an.

»Lasst uns ins Skriptorium gehen. Dort haben wir Ruhe.«

Graf Sintwich führte Gunhild und Warmunt in den Palas. Gunhild bewunderte das große Gebäude, dessen Fundamente und das Erdgeschoss aus Stein bestanden. Sie stiegen eine Treppe hoch, überall standen Wachen, die grimmig dreinblickten. Sollte etwas schiefgehen, würden sie von hier niemals entkommen können. Das Skriptorium bot Platz für vier Schreiber. Der Graf schickte alle hinaus, schloss die Tür, griff nach einem Dokument.

»Ihr seid vogelfrei, Gräfin Gunhild. Autkar von Grimoald war einer der engsten Vertrauten von König Karl. Was soll ich mit Euch machen? Da Ihr mir das Leben gerettet habt, stehe ich in Eurer Schuld. Doch auf Dauer könnt Ihr nicht hierbleiben.«

Graf Sintwich spielte seine Rolle als Freund der Familie nicht schlecht. »Das habe ich auch nicht vor«, entgegnete Gunhild. »Ich habe mich gefragt, warum Wito Autkar von Grimoald töten wollte, was ihm allerdings nicht gelungen ist. Ich habe eine Weile überlegt, und als ich erfuhr, dass mein Vater angeblich den König entführt hat, ließ das nur einen Schluss zu.« Sie wartete einen Moment und beobachtete den Grafen, der sich jedoch nichts anmerken ließ. »Ihr gehört zur Verschwörung gegen den König, und mein Vater ist der Sündenbock. Ich hege keine Rachegedanken, denn ich muss zugeben, dass Ihr das sehr geschickt eingefädelt habt. Aber allein hättet Ihr das niemals durchführen können. Ich bin hier, um Euch zu helfen.«

Graf Sintwich hob eine Augenbraue. »Mir helfen?« Seine Stimme hatte jetzt einen amüsierten Unterton. »Im Moment seid Ihr eher ein guter Fang. Denn wenn ich Euren Kopf der Königin präsentiere, wird sie mich mit Dank überhäufen.«

»Das würde sie, aber Ihr habt nicht den König entführt, um den Dank der Königin zu erlangen.« Gunhild musste alles wagen. »Wer soll Karl beerben? Wer soll König werden an seiner Stelle? Ihr etwa? Verzeiht, aber das glaube ich nicht. Ich denke, man hat Euch versprochen, Herzog der Thüringer zu werden, vielleicht sogar König über die Sachsen?«

Graf Sintwich kniff die Augen zusammen, trat von einem Bein aufs andere. Sie hatte richtig gefolgert.

»Wer immer es werden soll, muss von Karl eingesetzt werden«, fuhr sie fort. »Aus diesem Grund ist der König sicherlich noch am Leben. Und vielleicht hat man ihn bereits gezwungen, eine entsprechende Urkunde aufzusetzen und zu unterzeichnen. Doch ich weiß etwas, das Ihr nicht wisst.«

»Ach ja, und das wäre?«

Gunhild verzichtete darauf, irgendein Versprechen von ihm zu fordern. War sie ihm nicht mehr nützlich, würde er sie augenblicklich töten, denn der Königin würde er sie niemals ausliefern, dafür wusste sie zu viel.

»Ihr glaubt, darüber im Bilde zu sein, dass Karl einen geheimen Code in seine Schreiben an die Königin einfügt, der es ihr möglich machen soll zu erkennen, ob sie gefälscht sind oder nicht.«

In den Augen des Grafen schien kurz der Geistesblitz auf, dass er Gunhild wohl vollkommen unterschätzt hatte.

»Ist es denn nicht so?«

»So ist es, aber dieser Code kann noch mehr, als nur ein Dokument als von Karl verfasst zu kennzeichnen. Der König kann zum Beispiel die wahren Namen der Verschwörer im Text verstecken. Könnt Ihr Euch vorstellen, was Fastrada machen wird, wenn sie den Euren liest?«

Graf Sintwichs Mundwinkel zuckten. »Und Ihr wisst, wie man das verhindern kann?«

»So ist es.« Das war der Moment der Entscheidung.

Gunhild hatte nicht die geringste Ahnung, ob Karl diesen Code überhaupt benutzte. Bisher war es nur ein Gerücht, dem allerdings anscheinend auch die Verschwörer Glauben schenkten. Denn wie sollte Karl das anstellen? Er konnte angeblich ja nicht einmal lesen und schreiben.

»Was wollt Ihr?«

Gunhild bemühte sich, nicht erleichtert zu wirken. »Mein Vater muss freigelassen werden, sobald der neue König, wer auch immer es sein wird, die Regierung übernommen hat. Der neue Herrscher anerkennt die angestammten Rechte der Thüringer, und meine Familie steht für alle Zeit unter dem Schutz der Krone. Ich werde Karl keine Träne nachweinen.«

»Das sind akzeptable Forderungen, die ich annehmen würde, wenn ich Euch glauben würde. Ich denke, Euer Platz ist im Kerker. Dort seid Ihr am besten aufgehoben.«

Gunhild sackte das Herz in den Magen. Ihr Plan war gescheitert. Ihr Weg und der ihres Bruders endete hier. Sintwich schien das Entsetzen in ihren Augen zu genießen. Er war sich seiner Macht bewusst, spielte sie aus. Doch was wollte er? Denn er rief nicht seine Wachen, sondern lächelte, als hätte er einen besonders guten Scherz gemacht.

»Es sei denn, Ihr nehmt den Platz neben mir ein. Als meine Gemahlin. So wäre das Band zwischen mir und Eurer Familie unzertrennbar.«

Gunhild sah Warmunt erbleichen. Sie hoffte, dass man ihr den Schreck, der ihr in die Glieder gefahren war, nicht ansah. Was sollte sie jetzt tun? Graf Sintwich zu heiraten war undenkbar. Aber wenn sie es nicht tat, war ihr Vater so gut wie tot. Sie musste ihren Weg weitergehen, musste lügen, um ihr Ziel zu erreichen. Der Herrgott würde ihr sicherlich vergeben, denn was sie tat, war gerecht.

»Das ist ein guter Vorschlag.«

Graf Sintwich hob eine Augenbraue, schwieg aber. Er hatte wohl nicht mit einer so schnellen Einwilligung ihrerseits gerechnet.

»Unter einer Bedingung.«

»Das dachte ich mir schon. Allerdings seid Ihr nicht unbedingt in der Lage, Forderungen zu stellen.«

»Oh doch, das bin ich. Nur durch mich werdet Ihr Herzog der Thüringer und vielleicht noch mehr. Wir verhandeln auf Augenhöhe, denn wir beide haben etwas anzubieten. Ihr die Freiheit meiner Familie und ich kann Euren Kopf retten. Wenn Ihr ablehnt, werdet Ihr bald erfahren, dass ich recht habe. Entscheidet Euch. Jetzt.«

Der Graf knirschte mit den Zähnen. Es musste ihm Schmerzen bereiten, von einer Frau in die Schranken gewiesen zu werden. »Was wollt Ihr?«

»Wir schließen einen Heiratsvertrag, den ich unterschreibe und auf den ich einen Eid leiste. Doch erst wenn mein Vater frei ist und meiner Familie keine Gefahr mehr droht, werden wir heiraten und die Ehe vollziehen. Das ist mein Angebot, und es ist nicht verhandelbar.«

Graf Sintwich starrte sie an, sie starrte zurück und würde den Blick nicht abwenden. Selbst als ihre Augen zu brennen begannen, zuckte sie nicht einmal mit den Wimpern. Nach einer Ewigkeit, so schien es Gunhild, schlug der Graf endlich die Augen nieder.

»Euer Bruder wird als Gast auf der Rahaburg bleiben, und sollte ich erfahren, dass Ihr irgendetwas im Schilde führt, das nicht in meinem Sinne ist, wird er einen Tod sterben, den ich selbst meinem ärgsten Feind nicht wünsche.«

Warmunt straffte sich. »Ich habe keine Angst vor dem

Tod und auch nicht vor Schmerzen. Und meine Schwester lügt nie. Das ist ihre einzige Schwäche.«

Gunhild musste ein Lächeln unterdrücken. Warmunt spielte seine Rolle ebenfalls hervorragend. Doch wenn ihr Plan scheiterte, würde sie lieber sterben, als Warmunt in die Fänge des Folterknechts geraten zu lassen.

Der Graf blickte Warmunt in die Augen, der ihm ohne Mühe standhielt. Dann wandte er sich um und rief nur ein Wort:

»Schreiber!«

42

Mitte Juli 786,
zwischen Attigny und Odinwald

Alkuin war es recht, dass Widukind seine Männer mit-
nahm. Sie waren erfahrene Krieger und ihrem Herrn treu
ergeben. Er musste nur darauf achten, dass sich die fränkischen Gefolgsleute nicht mit den Sachsen anlegten, und
befahl ihnen, sich zurückzuhalten, auch wenn die Sachsen
hier und da vielleicht ein paar markige Sprüche anbrachten.
    Der Rückweg kam Alkuin weitaus beschwerlicher vor,
das mochte daran liegen, dass er sein Ziel fast erreicht hatte.
Widukind würde ihn zu Karls Versteck führen. Er weigerte
sich, daran zu denken, was wäre, wenn nicht. Oder wenn
er zu spät kam und Karl von den Verschwörern bereits ermordet worden war. Alkuin war überzeugt, dass Gott weiterhin seine Hand über den König und das Reich halten
würde.
    Sie kamen gut voran, bald schon sahen sie das Tal des Sa-
ravus, der sich tief ins Land eingegraben hatte. Guter Wein
wurde hier angebaut, seit Jahrhunderten. Die Römer hatten
ihn eingeführt, und noch immer pflegten die Vinitores der
Gegend den Weinbau und das Keltern. Leider hatte Alkuin
keine Zeit, sich mit ihnen zu unterhalten, sie zu befragen,
wie sie ihren Wein reifen ließen und welches Holz sie für

die Fässer verwendeten. Wahrscheinlich war es Eiche, aber er hatte gehört, dass die Winzer auch andere Hölzer benutzten. Das schien ihm zwar ungewöhnlich, jedoch nicht unmöglich. So hatte ihm ein Freund berichtet, die hiesigen Weinbauern würden den Weißwein in Buchenfässern reifen lassen. Er nahm sich vor, noch einmal hierherzukommen, sobald Karl wieder frei war.

Widukind schloss zu ihm auf und zeigte auf die Weinberge. »Karl war großzügig. Mein Gut verfügt über einen Weinberg, auf dem ein wunderbarer Roter wächst. Es ist nicht viel, aber es reicht, um alle meine Leute zu versorgen.«

Alkuin hatte bis vor wenigen Tagen nicht damit gerechnet, Widukind jemals wiederzusehen. Er ergriff die Gelegenheit, ihm einige Fragen zu stellen. »Karl ist großzügig, doch, wie Ihr wisst, in seinem Zorn und seiner Wut ohne Gnade, und Ihr hattet durchaus das Recht, Euch gegen ihn zu wehren. Was hat Euch bewogen, aufzugeben, wo Ihr Euch doch mit den Slawen hättet verbünden können? Wart Ihr wirklich des Kämpfens überdrüssig?«

Widukind bedachte ihn mit einem langen Blick. »Gegen Karl hätte ich so lange gekämpft, bis ich tot gewesen wäre. Aber der Zusammenhalt der Stämme bröckelte. Immer mehr Stämme wandten sich ab, waren des Krieges müde. Zwar wird der Widerstand gegen Karl noch lange andauern, aber es wird kein vereinigtes Sachsen geben, und deshalb werden wir verlieren, deshalb werden die, die sich nicht zusammenschließen unter einer starken Hand, alles verlieren.« Er lächelte versonnen, dann grinste er. »Und dann war da noch meine Frau, die mir gedroht hat, Odin höchstpersönlich zu mir zu schicken, wenn ich mich nicht endlich wieder um sie kümmere.«

Widukind war ein großer Anführer gewesen, und ja, wäre es ihm gelungen, alle Sachsen zum rechten Zeitpunkt zu vereinen, vielleicht hätte er dann Karl zumindest Eingeständnisse abringen können. Doch es war zu spät. Über kurz oder lang würde Karl über ganz Thüringen herrschen, daran gab es keinen Zweifel.

Alkuin riss sich vom Anblick der Weinberge los. »Wie weit ist es noch bis zum Versteck?«

»Drei Tagesritte bis in den Odinwald. Doch dann müssen wir suchen. Ich kenne nicht die genaue Stelle, aber ich weiß, dass es eine enge Schlucht ist, aus der es kein Entkommen gibt, wenn man darin gefangen ist. Wir sollten uns sputen.«

Widukind hob die Hand, und alle ritten los.

Wieder durchfuhr Alkuin der Gedanke, was geschehen würde, wenn sie es nicht rechtzeitig dorthin schafften. Er schauderte. Doch dann murmelte er vor sich hin, immer wieder:

»Karl lebt!«

43

Mitte Juli 786, Odinwald

Graf Sintwich hatte sofort einen Boten losgeschickt, der Radulf warnen sollte, dass die inszenierte Flucht abgesagt werden müsse und sie in eine Falle tappen würden. Wenn er Gunhild glaubte, hatte er keine Zeit zu verlieren. Unmittelbar nach dem Boten war er mit ihr und vier Kriegern aufgebrochen. Nach wenigen Stunden hatten sie ihr die Augen verbunden, sodass sie nicht wusste, wohin es ging. Erst als es dunkel war, hatten sie ihr die Binde abgenommen, am Morgen mit der Dämmerung aber wieder angelegt.

Als sie am Abend des zweiten Tages von der Binde befreit wurde, erkannte sie sofort, dass sie am Ziel waren. Sie befand sich in einer Schlucht, deren Wände so steil waren, dass man sie nicht erklimmen konnte. Der Ein- und der Ausgang waren so eng, dass höchstens ein Reiter hindurchpasste. Mit wenigen Männern konnte man so ein ganzes Heer aufhalten, allerdings saß man andererseits in der Falle, wenn der Feind die Zugänge belagerte. Dann war es nur eine Frage der Zeit, bis man aufgeben musste. Verständlich, dass Sintwich den Ort geheim halten wollte.

Auf der anderen Seite glaubte Gunhild nicht, dass der Graf, der sich schon oft als weitblickend erwiesen hatte, sich ohne Not in eine solche Falle begab. Sicherlich hatte er sich eine Hintertür offengehalten. Wie die aussah, konnte sie nur ahnen. Vielleicht gab es einen geheimen Pfad, der die Steilwände hinaufführte, oder er hatte Seile vorbereitet, an denen man die Schlucht emporklettern konnte. Das würde er ihr allerdings sicherlich nicht auf die Nase binden.

Nachdem sie etwa dreihundert Fuß in die Schlucht geritten waren, weitete sie sich, sodass an der Stelle ein Dutzend Zelte Platz fanden. Vier davon waren recht klein, für höchstens drei Mann gedacht. Sie bildeten ein Viereck, daneben stand ein weiteres, deutlich größeres. Gunhild war sofort klar, in welchem Karl untergebracht sein musste. Zwölf Ritter, die Gesichter zum Zelt gerichtet, hielten rundum Wache. Niemand hätte fliehen können.

Außer Hörweite des großen Zeltes stieg der Graf vom Pferd. Ein grobschlächtiger Mann trat auf ihn zu, der anscheinend vor Kurzem in einen Kampf verwickelt gewesen war. Sein Gesicht war übel zugerichtet. Hinter ihm folgte ein Hüne von Krieger mit einer Narbe, die quer über sein Gesicht verlief.

Graf Sintwich nickte dem Hünen zu. »Seid gegrüßt, Wolfher.« Er wandte sich an den anderen Mann. »Radulf, was macht Ihr hier draußen? Was ist mit Karl? Wie habt Ihr ihm glaubhaft gemacht, dass Ihr das Zelt verlasst? Ihr seid doch ebenso ein Gefangener wie er.«

Wolfher! Gunhild hatte von ihm und seinen Taten in der Schlacht gehört. Er hatte schon Dutzende Franken erschlagen und hatte immer fliehen können. Man erzählte sich, dass er Radulf fast getötet hatte, dass dieser nur entkommen war, weil die Panzerreiter aufgetaucht waren.

Sie betrachtete den anderen Mann. Das also war Radulf, der Vater der Königin, der Anführer der Verschwörer, derjenige, der ihren Vater verleumdet und in die Folterkammer gebracht hatte, der Mann, der für die Zerstörung der Erphesburg verantwortlich war. Am liebsten hätte sie ihn auf der Stelle niedergestreckt, aber dadurch hätte sie natürlich ihren Plan augenblicklich zum Scheitern gebracht. Sie musste Radulf überzeugen, dass sie auf seiner Seite stand. Der Mann war nicht dumm und konnte sich an seinen fünf Fingern ausrechnen, dass sie ihm nicht besonders gut gesonnen sein konnte. Er würde sie prüfen, auf Herz und Nieren.

Radulf überhörte Sintwichs Worte, trat auf Gunhild zu, ergriff die Zügel ihres Pferdes und sprach zu Graf Sintwich gewandt. »Das ist also Gunhild, die Tochter des Hardrad, die angeblich schlauer ist als der Rest der Welt. Ich denke eher, sie ist hier, um alles zu tun, ihren Vater zu retten. Oder täusche ich mich da, Gräfin Gunhild?«

»*Ich* täusche mich in einer Sache nicht. Ihr seid grob und unhöflich, Graf Radulf. Ich bin nicht irgendeine dahergelaufene Metze. Ihr schuldet mir Respekt, denn ich bin, wie Ihr bereits erwähnt habt, von edlem Geblüt. Ihr jedoch täuscht Euch nur in einer Sache: Ich würde nicht alles tun, um meinen Vater zu befreien, aber vieles. Wie Ihr sicherlich wisst, habe ich einen Eurer ärgsten Widersacher aus dem Weg geräumt, etwas, zu dem der beste Mann Graf Sintwichs nicht in der Lage war. Und ich tat dies aus gutem Grund. Autkar von Grimoald war Karls Speichellecker, ein Unterdrücker, genau wie der König. Mein Ziel und das meines Vaters ist schon seit Langem die Freiheit der Thüringer und auch der Sachsen, Baiern und aller anderen Stämme, die Karl mit dem Schwert an sich bindet. Dass mein Vater Eurer Verschwörung zum Opfer gefallen ist, ist sehr bedauerlich, denn er wäre ein starker Verbündeter für Euch gewesen.«

Radulf wandte sich ihr zu, in seinem Blick lag Verachtung. Es würde nicht leicht werden, ihn zu überzeugen.

»Er hat verhindert, dass wir Autkar von Grimoald an Ort und Stelle gerichtet haben und damit den Aufstand der Thüringer angefacht hätten. Warum hat er das getan?«

Gunhild schwang sich aus dem Sattel, Radulf wich einen Schritt zurück. Er musste voller Angst sein, dass er sich vor einer unbewaffneten Frau fürchtete. Die Nachricht, dass sie Autkar umgebracht hatte, zeigte Wirkung. Vielleicht traute Radulf ihr sogar magische Kräfte zu?

»Weil er klug ist. Weil er über Wissen verfügt. Weil er einen weitaus besseren Plan hatte als Ihr.«

»Ach ja? Und der wäre?«

»Das spielt jetzt keine Rolle mehr, denn Ihr habt ihn vereitelt.«

Radulf schwieg eine Weile, scharrte mit den Füßen auf dem Boden. »Dass Ihr Autkar erledigt habt, ist der einzige Beweis, den ich für die Wahrheit Eurer Worte habe. Ein starker, das muss ich zugeben. Ich habe Boten zur Greifenburg entsandt, und in der Tat: Er ist vor vier Tagen beerdigt worden, und alle Männer des Grafen haben geschworen, Euren Kopf auf eine Stange zu spießen. Sie schwärmen aus, Euch zu finden. Ich gebe also zu, dass Ihr allen Grund habt, mit mir gemeinsame Sache zu machen. Ich bin der Einzige, der Euer Leben noch retten kann. Dennoch. Woher wollt Ihr wissen, dass Karl diesen besonderen Code benutzt, von dem wir wiederum nichts wissen?«

»Das ist sehr einfach. Ihr kennt doch bestimmt Alkuin, den Vorsteher der Hofschule?«

»Wer kennt ihn nicht? Ich werde mich bemühen, ihn nicht zu verlieren. Er ist wertvoller als zehn Truhen voller Silber.«

Gunhild war erstaunt, dass Radulf so schnell einlenkte. Sie traute ihm nicht, genauso wenig wie Graf Sintwich. Jeden ihrer Schritte musste sie sorgfältig abwägen, doch sie durfte auch nicht zu lange überlegen, das hätte die beiden misstrauisch gemacht. Denn wer lange nachdachte, erweckte den Eindruck, Lügen zu erzählen.

»Das ist er. Alkuin weiß Dinge, die wir uns nicht einmal vorstellen können.«

»Woher kennt Ihr Alkuin?«

»Abt Baugulf hat mich getauft, er ist ein Freund meiner Familie und ein enger Vertrauter von Alkuin. Alkuin hat diese Geheimsprache für Karl und Fastrada geschaffen.«

Radulf schmunzelte. »Und Ihr habt diese Geheimsprache von Baugulf gelernt? Was für eine schöne Geschichte. Wenn sie wahr ist.«

Gunhild musste achtgeben, sich nicht um Kopf und Kragen zu reden. Sie hatte keine Ahnung, wie diese Geheimsprache aussah, die sie sich ja nur aufgrund der Gerüchte, es gebe eine, ausgedacht hatte, um Zugang zu Karls Versteck zu bekommen. Alkuin hätte niemals mit ihr darüber gesprochen, auch Baugulf nicht.

»So weit wäre Baugulf nie gegangen. Das hätte ihn den Kopf kosten können, außerdem steht er treu zu seinem König. Ich habe einige Schlüsselworte zwischen Karl und Fastrada, die sie für alle Fälle vereinbart haben, aufgeschnappt, als ich zur Beichte kam. Alkuin und Baugulf waren im Gespräch über die Geheimsprache, sie brachen ab, als ich mich zu erkennen gab. Damals habe ich mir nichts dabei gedacht.«

Radulf reichte Gunhild ein Schriftstück. »Lest das hier, und sagt mir, ob in diesem Brief eines der Worte versteckt ist, das uns verraten könnte.«

Was für ein Glück, dass Radulf ihr das Dokument zuerst

zu lesen gab. Hätte er sie vorher gefragt, welche Wörter es denn seien, sie hätte raten müssen. Gunhild blickte auf das Pergament und konnte ihren Schrecken kaum verbergen. Karl gab tatsächlich all seine Macht aus den Händen. Er hatte nicht die leiseste Ahnung, wem er seine Krone zum Geschenk machte. Sie überlegte fieberhaft, welche Worte sie als Teil der Geheimsprache wählen sollte. Radulf war des Schreibens und Lesens grundsätzlich mächtig. Wie gut er das Lateinische wirklich beherrschte, wusste sie nicht. Aber da er sie nicht zum Teufel gejagt hatte, vermutete sie, dass er Zweifel an seinen Fähigkeiten hatte.

Sie las noch einmal, und plötzlich erkannte sie ein Muster. War dies Gottes Fügung oder tatsächlich der Beweis, dass es zwischen Fastrada und Karl eine Geheimsprache gab? Wie auch immer. Sie las den Satz ein weiteres Mal. Kein Zweifel.

»›Si igitur nauta tandem, wia der mare immenso coniunctum habet, sicut ego cum gratia Dei in regno caelorum.‹ Wenn also der Seemann endlich über das Meer mit dem weiten Meer verbunden ist, so wie ich mit der Gnade Gottes im Himmelreich.« Der Satz erschloss sich nicht so schnell, aber darum ging es auch nicht. Nahm sie die Anfangsbuchstaben der fünf ersten Wörter und dann die der beiden letzten Wörter, so war vollkommen klar, was Karl damit ausdrückte.

Der Satz bedeutete, dass er mit seinem Tod rechnete, und zwar durch Graf Sintwich.

»Ja und?«, fragte dieser und ließ keinen Zweifel daran, dass er Gunhild kein Wort glaubte. »Er nennt meinen Namen. Könnte Zufall sein.«

»Es wäre vielleicht Zufall, wenn da nicht der Satz wäre, der seinem Vermächtnis folgt: ›Est meum desiderium et voluntas ut Radulfus comes, pater reginae meae, pro me rege sit super regnum Francorum, si mihi aliquid acciderit. Es ist mein Wunsch und Wille, dass Graf Radulf, Vater meiner Königin, an meiner statt König sein soll über das Reich der Franken, sollte mir etwas zustoßen.‹ Das ist noch nicht auffällig. Doch der nächste Satz hätte Euch den Kopf gekostet, Radulf. ›Fama amat libertatem, sed ultimum signum est regis. Der Ruhm liebt die Freiheit, aber das letzte Zeichen ist das des Königs.‹ Das letzte Zeichen des Königs! Damit sagt Karl: Nur ich bin König, niemand anderer, denn mein Zeichen, das letzte Zeichen bestätigt mich als Herrscher. Oder wenn Euch diese Übersetzung lieber ist: Radulf, der König, lügt. Karl hat Euch Euer kleines Possenspiel nicht eine Sekunde lang abgenommen.«

Die drei Verschwörer glotzten sie an, als stünde die Heilige Jungfrau Maria vor ihnen. Auf Radulfs Stirn glitzerten Schweißperlen. Er fand als Erster die Sprache wieder.

»Hätte ich mit diesem Schreiben bei meiner Tochter vorgesprochen, sie hätte mich und Graf Sintwich festsetzen lassen und uns beide einem Verhör mit Feuer und Peitsche unterzogen. Wir alle wären verloren.«

»Glaubt Ihr mir jetzt?« Gunhild streckte ihr Kinn vor. Sie konnte es kaum fassen, dass ihre List anscheinend gelang. »Ich habe einen Plan, wie wir die Geheimsprache umgehen können, denn Karl wird sie in jedem Dokument, das er diktiert, einsetzen. Aber dafür brauche ich Zeit. Ich muss sein Vertrauen erlangen. Deshalb werdet Ihr Folgendes tun. Ihr werdet die Schreiber gegen mich austauschen. Wie Ihr das macht, das überlasse ich Euch. Vielleicht werden sie krank, Hauptsache Karl schöpft keinen Verdacht.«

»Wie wollt Ihr ihn dazu bringen, die Geheimsprache nicht zu verwenden?«

»Ganz einfach. Mit der Wahrheit. Dass Radulf tatsächlich hinter allem steckt, dass mein Vater unschuldig ist, dass ich Euch täuschen konnte. Dass ich ungefähr weiß, wo das Versteck ist. Dass er in einem weiteren Schriftstück den Ort des Verstecks in seiner Geheimsprache preisgeben soll. Ich werde ihn bitten, dieses Dokument für Fastrada so zu diktieren, dass sie keinen Verdacht schöpft. Dann werde ich den Text allerdings etwas anders aufschreiben. Ich werde sein Vermächtnis darin festhalten. Fastrada schöpft keinen Verdacht, das Vermächtnis ist gültig, Ihr könnt Karl aus dem Weg räumen. So einfach ist das. Wenn man nur genau darüber nachdenkt.« Gunhild hoffte, die drei merkten nicht, dass ihr das Herz bis in den Hals schlug, dass sie am liebsten davongerannt wäre, dass sie nicht nachvollziehen konnte, wieso die drei Männer ihr abnahmen, was sie ihnen vorgaukelte. Aber sie wusste von sich selbst, wie leicht der Geist der Menschen zu beeinflussen war, wie leicht man glaubte, was man glauben wollte.

Graf Sintwich, der noch immer blass war, verneigte sich tief. »Gräfin Gunhild, ich verdanke Euch erneut mein Leben. Ich bin untröstlich, dass ich Euch so viel Kummer bereitet habe, und schwöre, dass ich es wiedergutmachen werde.«

Gunhild glaubte Graf Sintwich nicht ein Wort. »Was ist mit Euch, Graf Radulf?«

»Ihr seid bemerkenswert, und ich würde mir wünschen, Euren Vater als Verbündeten zu haben, denn er ist Euer Lehrmeister und daher sicherlich noch trickreicher. Und genau das ist mein Problem. Was, wenn dies eine Falle für uns ist?«

Bevor Gunhild antworten konnte, dass er doch lesen könne und jetzt wisse, wie die Geheimsprache funktionierte, griff Wolfher ein.

»Lasst es gut sein, Radulf. Gräfin Gunhild hat ausreichend bewiesen, dass sie auf unserer Seite steht, und sie hat genügend Gründe dafür. Wir sollten dankbar sein, dass sie uns nicht verraten hat. Sie hätte das Dokument für ungefährlich erklären können. Was dann geschehen wäre, habt Ihr ja bereits ausgeführt. Lasst uns Gunhild in unsere Reihen aufnehmen.«

Radulf atmete hörbar aus. »Ihr habt recht, Wolfher. Wir können jede Unterstützung brauchen, denn wenn wir mit dem falschen Schriftstück vor der Königin erscheinen, werden unsere Köpfe rollen.« Er wandte sich an Gunhild. »Schwört Ihr mir die Treue, so wahr Euch Gott helfe?«

Gunhild zögerte nicht, auch wenn sie nun einen zweiten Meineid ablegte. Doch die Eide waren erzwungen und würden vor Gott nicht zählen. »Ich schwöre bei Gott dem Allmächtigen, dass ich Euch Gefolgschaft leisten werde, jetzt und immerdar.«

»So seid willkommen, Gräfin Gunhild. Wie gehen wir vor?«

Gunhild spürte, wie ihre Anspannung wich, aber sie musste auf der Hut sein, durfte sich keinen Fehler leisten. In Wolfhers Augen sah sie immer noch Misstrauen, auch wenn er Radulf zurückgepfiffen hatte. Noch immer hing ihr Leben und das ihrer Lieben an einem hauchdünnen Faden. »Ich möchte mich ein wenig ausruhen. Auch könnte ich ein Bad gebrauchen, jemand muss meine Gewänder reinigen, und ich möchte ein Zelt für mich, das gut bewacht ist, auf dass mir ungebetener Besuch erspart bleibe. Wolfher, mögt Ihr für meine Sicherheit sorgen?«

Der Hüne deutete eine Verbeugung an. »Wer immer sich Euch mit unreinen Gedanken nähert, wird meine Axt kosten.«

Gunhild lächelte ihn an. »Ich danke Euch, Wolfher.«

In seinem Blick flackerte die pure Fleischeslust auf. Gunhild musste achtgeben, ihm nicht zu sehr schöne Augen zu machen. Es konnte für sie gefährlich werden, wenn Wolfher etwas einforderte, das sie niemals einlösen konnte.

»Bitte folgt mir, Gunhild«, sagte Wolfher und zeigte auf ein Zelt. Die Männer, die darin schliefen, würden nicht begeistert sein, wenn er sie hinausschickte.

Und Wolfher würde noch weniger begeistert sein, wenn Gunhild ihm erzählte, was ihn erwartete. Doch genau darauf zählte sie.

44

Mitte Juli 786, $\mathcal{R}$*ahaburg*

Autkar rief seinen Stellvertreter, schärfte ihm ein, dass niemand erfahren durfte, dass er noch lebte. Dann ließ er alle wehrhaften Männer zusammenrufen, die er erreichen konnte, verkleidete sich als Priester und schloss sich dem Zug an, der aus zweihundert Panzerreitern bestand, die mit Lanzen, Schwertern und Bogen bewaffnet waren. Friedhelm von Eigelstein führte den Trupp an. Er war in alles eingeweiht und würde die Rahaburg des Grafen Sintwich im Handstreich nehmen, denn der rechnete ja nicht damit, von Autkar angegriffen zu werden. Hoffentlich war der Graf anwesend, damit er Karls Versteck aus ihm herausprügeln konnte. Er hätte Gunhild nicht allein ziehen lassen dürfen, aber ihre Gründe waren überzeugend gewesen. Es bestand die Gefahr, dass jemand die Verschwörer warnen konnte, wenn er die Burg einnahm. Deshalb musste er dafür sorgen, dass niemand entkam. Er würde einen eisernen Ring um die Rahaburg legen, und nicht einmal eine Maus würde durch diesen Ring schlüpfen können.

In nur fünf Tagen schaffte es Friedhelm, seine Reiter zur Rahaburg zu führen. Autkar kannte die Burg, wusste genau, wo ihre Schwachstellen lagen, doch diesmal benötigte er dieses Wissen nicht. Als die Wachen die Fahnen des Königs und die von Autkar erkannten, öffneten sie die Tore und ließen Friedhelm mit seinen Männern hinein. Autkar hielt sich ein paar Schritte hinter ihm, der den Stellvertreter, den Truchsess von Graf Sintwich, ansprach und nicht lange fackelte.

»Seid gegrüßt, Truchsess. Ich bin Friedhelm von Eigelstein, Hauptmann des Grafen Autkar von Grimoald, von dem Ihr sicher schon gehört habt. Ich muss Graf Sintwich sprechen. Sofort. Es ist dringend.«

Der Truchsess, ein fülliger Mann um die vierzig, hob entschuldigend die Hände. »Der Graf ist leider nicht anwesend, und ich weiß auch nicht, wann er zurückkehrt.«

Friedhelm gab seinen Männern ein Zeichen. Sie schwärmten aus, entwaffneten die verdutzte Burgwache, besetzten die Türme und Wehrgänge. Alle anderen Panzerreiter schlossen einen Ring um die Burg, sodass niemand hinein- und hinauskonnte. Einige führten einen besonderen Auftrag aus. Sie würden das Gesinde und die Wachen befragen, wenn es sein musste mit handfesten Argumenten.

»Was zum Teufel geht hier vor?«, schimpfte der Truchsess. »Was erlaubt Ihr Euch?«

»Das werde ich Euch gleich erklären. Führt mich in die Schreibstube des Grafen.«

»Warum sollte ich? Ihr dringt unrechtmäßig ein, nehmt die Burg im Handstreich. König Karl wird Euch in den Kerker werfen.«

Friedhelm lächelte milde. »Ihr habt recht. Warum solltet Ihr?« Er hob eine Hand. »Bindet den Mann und werft ihn in den Kerker, ich finde mich schon selbst zurecht.«

Der Truchsess wich zurück. »Schon gut, ich zeige Euch, was immer Ihr wollt.«

Friedhelm wies auf den Bergfried. »Nach Euch, Truchsess.«

Der Mann schaute ihn wütend an und ging vor.

»Eine Frage, Truchsess«, sagte Friedhelm, während er die Stufen hinaufstieg. »Kennt Ihr Wito?«

»Natürlich kenne ich Wito. Er ist Graf Sintwichs Hauptmann.«

»Wisst Ihr auch, welchen Auftrag Wito von ihm erhalten hat?«

»Auftrag? Was für einen Auftrag? Ich weiß nichts von einem Auftrag.«

Jeder Taubstumme hätte erkannt, dass er log. Seine Stimme zitterte, er tat so, als hätte er die Frage gar nicht verstanden.

Friedhelm wandte sich zu Autkar um und blickte ihn fragend an. Der schüttelte den Kopf. Er wollte den Truchsess noch eine Weile in Sicherheit wiegen, wollte von ihm Sintwichs Geheimverstecke erfahren. Denn der Graf würde auf keinen Fall Dokumente in seiner Schreibstube herumliegen lassen, die ihn der Verschwörung überführten.

Sie betraten den Raum. Er war nicht sehr groß, es gab darin nur ein Pult, an dem niemand stand.

»Wo ist Graf Sintwichs Schreiber, Truchsess?«, fragte Friedhelm freundlich.

»Er ist mit dem Grafen gezogen.«

Da kam einer der Männer angerannt, die das Gesinde befragten, flüsterte Friedhelm etwas ins Ohr und verschwand wieder. Der Truchsess wurde nervös.

»War nicht Gräfin Gunhild hier und ist ebenfalls mit dem Grafen gezogen?«

Friedhelm machte seine Sache sehr gut, dennoch konnte sich Autkar kaum beherrschen. Er wollte wissen, wohin Sintwich mit Gunhild geritten war, denn er war sich sicher, dass ihr Plan funktioniert hatte und sie auf dem Weg in das Versteck waren, in dem Karl festgehalten wurde.

»Gräfin? Ich weiß nichts von einer Gräfin Gunhild.«

Autkar hatte geglaubt, den Truchsess davon überzeugen zu können, mit ihnen zusammenzuarbeiten, doch der leugnete alles. Natürlich würde er wissen, ob eine edle Gräfin zu Gast gewesen war oder nicht.

»Habt Ihr nicht einen jungen Mann zu Besuch, der sich Warmunt nennt und zufälligerweise der Bruder der Edelfrau ist?«

Der Truchsess stotterte unverständliches Zeug.

Autkar hatte genug. Er trat vor, zog sich die Gugel vom Kopf, machte noch einen Schritt und packte den Truchsess an der Gurgel. Seine Männer zogen scharf die Luft ein, als sie erkannten, dass er anscheinend von den Toten auferstanden war, doch sie schwiegen.

»Hört mir gut zu, Truchsess. Meine Geduld ist am Ende. Ich gebe Euch jetzt die einmalige Gelegenheit, Euren Kopf zu retten. Sagt mir alles, was Ihr wisst, gebt den Bruder von Gräfin Gunhild heraus, und unterschreibt ein Geständnis. Dann kann ich vielleicht ein gutes Wort für Euch einlegen, und man gewährt Euch einen schnellen Tod. Ansonsten werde ich dafür sorgen, dass man Euch die Haut in Streifen abzieht und Salz ins Fleisch hineinreibt.«

Der Truchsess röchelte, Autkar ließ ihn los und stieß ihn von sich. Er stolperte gegen das Schreibpult, riss es um und kam auf dem Rücken zu liegen, strampelte wie ein Käfer. Autkar zog sein Schwert und setzte es dem Truchsess an die Kehle. Augenblicklich hielt er still.

»Ich zähle bis drei. Dann werdet Ihr Eurem Schöpfer gegenüberstehen.«

In die Augen des Truchsesses traten Tränen.

»Eins«, sagte Autkar.

»Ich sage alles. Der Bruder der Gräfin ist im Turm gefangen, es geht ihm bestens, er wird gut versorgt, niemand hat ihm auch nur ein Haar gekrümmt.«

Autkar musste nichts sagen. Sofort stürmten drei Männer los.

»Wo der Graf ist, weiß ich nicht, das müsst Ihr mir glauben«, jammerte der Truchsess.

Autkar drückte ihm die Klinge gegen die Kehle. Der Mann zuckte, ein Blutfaden zog sich seinen Hals hinunter, er zitterte am ganzen Leib. Was für einen Feigling hat Graf Sintwich da als Truchsess eingesetzt, dachte Autkar.

»Aber wo sein Geheimfach für die besonderen Schriftstücke ist, das wisst Ihr?«

Der Truchsess schluckte hart, zeigte auf eine Stelle an der Wand. »Der siebte Stein von unten. Den kann man herausnehmen, dahinter ist die Wand hohl.«

Autkar nickte Friedhelm zu, der sich sofort ans Werk machte. Nur wenige Augenblicke später hielt er eine Karte in der Hand. »Sintwich ist und bleibt ein Krämer. Er hat das Versteck haarklein aufgezeichnet.«

Friedhelm reichte Autkar die Karte, der einen Blick darauf warf. Endlich gab es Hoffnung. »Wir nehmen zwanzig der besten Leute mit und Herrn Warmunt. Der Rest muss die Rahaburg bewachen und dafür sorgen, dass niemand entkommt. Es geht nicht anders.« Er wandte sich an den Truchsess. »Betet, wie Ihr noch nie gebetet habt, dass wir König Karl lebend finden.«

DIE LIST DER GRÄFIN

45

Das musste man Radulf lassen. Er wusste, worauf eine Frau Wert legte. Er hatte ihr Zelt mit einem Bett herrichten, hatte einen Waschzuber heranschaffen lassen sowie eine Dienerin namens Ana. Deren Aufgabe war es vor allem, Gunhild auszuhorchen, da war sie sich sicher. Die Magd war rund wie ein Butterfass, tat so, als wolle sie nur das Beste für die Gräfin. Doch die Fragen, die sie stellte, und die Art, wie sie sprach, zielten nur in eine Richtung. Sie wollte Gunhild ihre Geheimnisse entlocken, biederte sich an, spielte die Mütterliche.

»Es ist nicht leicht in diesen Zeiten«, hatte sie gesagt und dabei traurig dreingeblickt. »Man muss ja schauen, wo man bleibt.«

Gunhild hatte nur milde gelächelt und war eine Antwort schuldig geblieben. Radulf versuchte ebenfalls herauszufinden, ob sie ihm etwas vorspielte. Mehrmals war er unter den verschiedensten Vorwänden in ihr Zelt gekommen und hatte sie immer wieder ihre Geschichte erzählen lassen. Er suchte sie in die Enge zu treiben, sie dazu zu bringen, sich in Widersprüche zu verwickeln. Doch Radulf war leicht zu durchschauen, bemerkte nicht, dass er ihr eher half, als sie zu verunsichern. Sie hörte aus seinen Worten heraus, dass sie ihn beeindruckt hatte mit ihrer kleinen Zauberei. Aber Radulf wäre nicht der Anführer der Verschwörung, wenn er sich dadurch blenden ließ. Er misstraute ihr, und nur weil das Glück ihr hold gewesen war, saß ihr Kopf noch auf ihren Schultern. Sie hatte Zeit gewonnen, und die musste sie nutzen, für ihren eigentlichen Plan.

Zuerst musste sie Ana loswerden, die ihr auf Schritt und Tritt folgte. »Ana, bitte besorge mir Seife, damit ich meine Haare reinigen kann.«

»Seife, Herrin? Davon habe ich schon gehört, habe allerdings noch keine je gesehen. Wo soll ich sie hernehmen?«

Gunhild blickte Ana kalt an. »Das ist mir gleichgültig. Ich will nur, dass du mir sie besorgst. Oder kannst du das nicht? Lass dich nicht mehr blicken, bevor du nicht die Seife hast, oder ich werde dich zum Teufel jagen.«

Gunhild gefiel es nicht, so hart zu sein, aber sie hatte keine Wahl.

»Wieso seid Ihr so ungerecht zu mir?«

Gunhild schnappte nach Luft. Was für eine dreiste Beschuldigung. »Was bildest du dir ein?«, gab sie harsch zurück. »Ich weiß doch, dass du mich für den Grafen aushorchen sollst.«

Ana traten Tränen in die Augen. »Ich habe doch keine Wahl«, flüsterte sie. »Sie haben gedroht, meine Kinder umzubringen, wenn ich nicht gehorche.«

Gunhild seufzte. Radulf war wirklich eine Bestie, machte vor nichts halt. Als König würde er jeden und alles zerstören, würde weder Freund noch Feind verschonen, würde das Reich zugrunde richten. Er durfte nicht an die Macht kommen. Flüsternd sagte sie zu der Dienerin: »Ich bin hier, um Radulf das Handwerk zu legen, Ana. Wenn mir das gelingt, dann wirst auch du wieder frei sein. Aber ich brauche deine Hilfe. Du bist aus der Gegend?«

Ana schniefte. »Ja, nur eine halbe Stunde Fußmarsch von hier.«

»Dann kennst du dich hier aus?«

»Ich kenne jeden Stein hier.«

Gunhild legte ihr eine Hand auf die Schulter. »Wie komme ich aus der Schlucht heraus, ohne den Ein- oder Ausgang zu benutzen?«

Ana hob die Augenbrauen. »Oh, das ist ganz einfach. Es gibt einen alten Stollen, den die Leute in den Berg getrieben haben, weil sie glaubten, dort Silber zu finden. Er führt auf der anderen Seite hinaus.«

»Kennt Radulf die Höhle?« Gunhild konnte sich nicht vorstellen, dass er sie nicht kannte.

»Ich habe niemandem davon erzählt. Der Eingang liegt versteckt hinter einem großen Schlehdorn. Ich glaube nicht, dass ihn jemand kennt. Die Schlucht ist verschrien, niemand kommt freiwillig dorthin. Ich bin gestern am Eingang vorbeigegangen. Weder stand eine Wache dort, noch war an dem Busch irgendetwas verändert. Es war wie immer.«

»Ich bitte um Entschuldigung, Ana, dass ich dich so falsch eingeschätzt habe. Damit du in Sicherheit bist, werde ich dich dennoch nach Seife schicken. Sobald du die Schlucht verlassen hast, nimm deine Kinder und geh weg aus der Gegend.« Gunhild nahm eine Münze aus ihrer Geldkatze. »Hier, damit kommst du eine Zeit lang aus. Und sobald du hörst, dass die Verschwörung aufgedeckt ist, kannst du zurückkehren.«

Ana betrachtete die Münze. »So viel Geld habe ich noch nie auf einmal gesehen.« Sie verbeugte sich. »Ich danke

Euch, Gräfin. Das werde ich nie vergessen. Vergelt's Euch Gott.«

»Schon gut, du hast mir sehr geholfen. Und jetzt spute dich.« Dann sagte Gunhild mit lauter Stimme: »Du unnützer Esel, jetzt besorg mir schon, was ich haben will!«

»Jawohl, Herrin, wie Ihr wünscht«, sagte Ana, lächelte und rannte aus dem Zelt. Gunhild hörte, wie sie jemandem etwas zurief, verstand jedoch nicht, worum es ging. Nur einen Moment später schob sich Wolfher durch den Eingang.

»Ihr seid eine ungnädige Herrin, Gunhild. Die arme Ana ist vollkommen verstört, hat sich bei mir beklagt, dass sie Euch Seife besorgen soll. Ich habe sie ins Dorf geschickt, denn Ihr sollt haben, was Ihr wollt.«

»Dann sollte mir Radulf eine Dienerin schicken, die ihre Aufgaben versteht.«

»Das ist nicht so einfach, wir sind weit weg von der nächsten Stadt.«

Gunhild lächelte Wolfher an. »Glaubt Ihr wirklich, dass man mich so leicht täuschen kann?«

»Was meint Ihr mit täuschen?«

»Ana ist keine Dienerin. Sie soll mich ausspähen. Das kann ich ja verstehen, aber ich wusste nicht, dass Radulf es auf solch plumpe Art versucht. Er verspricht schnell alles Mögliche, was man hören will, aber hält er auch seine Versprechen? Was hat er Euch zugesagt? Dass Ihr König eines freien Sachsen werden sollt?«

Gunhild kicherte leise, Wolfhers Gesichtszüge gerieten durcheinander. Er sah aus, als hätte er in die Blätter des Bitterkrauts gebissen und gleichzeitig einen Löffel Honig geschluckt.

»Ihr wollt mich nur gegen ihn aufbringen, Gunhild, doch das wird Euch nicht gelingen.«

»Ihr irrt Euch. Ich will Euch schützen, weil nur Ihr mich schützen könnt, wenn es so weit ist, wenn ich König Karl abgerungen habe, dass er einen Regenten einsetzt, so wie es Radulf wünscht. Doch der wird nicht zögern, alle aus dem Weg zu räumen, die ihm im Weg stehen. Er wird niemals einem freien Sachsen zustimmen. Er ist durch und durch Franke, auch wenn er aus Thüringen stammt. Seine Tochter ist die Königin. Habt Ihr das vergessen? Ihr seid nach wie vor Todfeinde. Radulf bereitet sich darauf vor, Ihr aber tappt wie ein liebestoller Hirsch in die Falle. Wenn Ihr mir nicht glaubt, stellt Radulf auf die Probe. Zwingt ihn, ein Dokument aufzusetzen, in dem er Euch zum König oder auch nur zum Herzog der Sachsen ernennt, in dem er alles zugibt, was er getan hat, als Rückversicherung für Euch. Mit solch einem Schriftstück habt Ihr ihn in der Hand. Alle Fürsten des Fränkischen Reiches würden ihn jagen bis ans Ende der Welt, wenn Ihr ihnen dieses Geständnis zukommen lasst. Gibt Euch Radulf diese Zusicherung, so will ich nichts gesagt haben und einräumen, dass ich mich geirrt habe. Tut er es nicht, oder versucht er Euch mit lächerlichen Gründen zu vertrösten, dann wisst Ihr, dass Euer Leben nichts mehr wert ist, sobald Radulf auf dem steinernen Thron in Aachen sitzt.«

Wolfher zog sich einen Schemel heran und ließ sich darauf nieder. Der Hüne schien plötzlich geschrumpft zu sein. »Ich bin ein Mann von Ehre, so wie Euer Vater, der bei den Sachsen hohes Ansehen genießt. Ich habe nicht daran gedacht, dass Radulf einen Eid brechen könnte. Aber die Christen geben nichts auf heilige Schwüre. Ich würde niemals mein Wort brechen, denn die Götter würden mich strafen. Wenn Ihr die Wahrheit sagt, dann bin ich von meinem Schwur Radulf gegenüber entbunden, da er versucht hat, mich zu betrügen. Wie haltet Ihr es, Gunhild? Würdet Ihr einen Schwur brechen, um Euren Vater zu retten?«

»Ja«, sagte Gunhild ohne Zögern. »Denn wie Ihr wisst, ist mein Vater unschuldig, und ich muss alles tun, ihn zu retten. Das ist meine heilige Pflicht.«

»Ihr würdet auch mich belügen?«

Gunhild musste alles wagen. Wolfher gegenüber durfte sie nichts verschweigen.

»Selbstverständlich. Doch das ist gar nicht nötig, da Ihr Euch selbst von der Wahrheit überzeugen könnt.«

»Habt Ihr Radulf oder Sintwich einen Eid geleistet?«

»Ich habe Sintwich versprochen, ihn zu heiraten, sobald mein Vater frei und Radulf König ist.«

»Doch dazu wird es nicht kommen, das ist Euer Plan, nicht wahr?«

Gunhild rückte näher an Wolfher heran, sie senkte die Stimme, sprach eindringlich. »Euer einziger Ausweg ist, mir zu helfen, Karl zu befreien. Er wird Euch dankbar sein, gleichgültig was vorher zwischen Euch und ihm war. Er wird Euch dieselben Privilegien zubilligen wie Widukind.«

Wolfher packte ihren Oberarm, dass es schmerzte. »Niemals werde ich mein Volk verraten, Gräfin Gunhild. Entweder Sachsen wird frei, oder ich werde im Kampf sterben. Euer Plan, mich zur Befreiung Eures Königs zu überreden, ist gescheitert. Ich werde Radulf auf die Probe stellen, dafür bin ich Euch dankbar. Wenn Ihr recht habt, werde ich ihn und seine verräterischen Gefolgsleute meine Axt spüren lassen. Dann werde ich Karl töten, damit das Reich ins Chaos stürzt. Karls Söhne werden das Reich in Machtkämpfen schwächen. Niemand wird sich um die Sachsen scheren, ich werde die Stämme einen und alle töten, die Karl gedient haben.«

Gunhild versuchte, sich aus dem eisernen Griff Wolfhers zu befreien. »Ihr tut mir weh!«, zischte sie.

Wolfher stieß sie von sich. »Ich werde Euch gegenüber nicht undankbar sein. Wenn die Verräter bestraft sind, dürft Ihr nach Hause zurückkehren. Für Euren Vater kann ich nichts tun. Vielleicht kann ich Euren Bruder den Fängen Sintwichs entreißen, vielleicht auch nicht.«

Er erhob sich. Gunhild spürte, wie alle Kraft sie verließ, der Boden unter ihren Füßen nachzugeben schien. Sie hatte alles aufs Spiel gesetzt, und sie würde alles verlieren. Sie hatte Wolfher unterschätzt. Ein tödlicher Fehler. Der Mann war nicht nur ein furchtbarer Krieger, sondern er hatte auch einen scharfen Verstand. Nur mit Mühe unterdrückte sie die Tränen.

Wolfher zeigte mit einem Finger auf sie. »Ihr, Gräfin Gunhild, werdet alles tun, was Ihr Euch vorgenommen habt. Ringt Karl das Dokument ab, und wehe Ihr betrügt mich. Dann ist Euer Leben und das Eures Bruders nichts mehr wert. Ich werde mich dann persönlich um Euch kümmern. Glaubt mir, wenn dem so sein sollte, werdet Ihr bereuen, meinen Namen je gehört zu haben.«

Gunhild zweifelte nicht einen Moment an Wolfhers Worten. Sie überlegte fieberhaft, was sie tun, was sie sagen konnte, wie sie ihn überzeugen konnte, dass nur Karl ihn und seine Familie retten konnte. Denn eines war sicher: Wenn Wolfher Sintwich, Radulf und Karl tötete und dadurch die Verschwörung ans Tageslicht kam, dann würde Fastrada einen Rachefeldzug führen, wie ihn die Welt noch nicht erlebt hatte, und jeder fränkische Fürst würde sich mit flammendem Eifer ihr anschließen und vor nichts zurückschrecken. Gunhild wusste nichts mehr zu sagen. Sie hatte einen Stein ins Rollen gebracht, der andere Steine mit sich riss und schließlich in einem Erdrutsch alles unter sich begraben würde, was ihr lieb und teuer war. Wäre sie doch nur zu Fastrada gegangen, vielleicht hätte sie ihr zugehört. Diesmal hatte sie zu viel gewagt. Als die Slawen angegriffen hatten, war es gut gegangen, doch dieses Mal hatte sie versagt.

»Habt Ihr mich verstanden, Gräfin Gunhild?«, knurrte Wolfher.

Gunhild sah ihn an. Nickte stumm, wäre am liebsten gestorben.

46

Mitte Juli 786, Aquis, Palas

Fastrada hatte endlich das Versteck gefunden. Sie rannte, so schnell sie konnte, zu Karl, doch der rief nur, sie solle fortbleiben, sie solle weggehen. Warum tat er das? Sie rannte noch schneller, und fast hatte sie ihn erreicht, als ein halbes Dutzend Pfeile seinen Brustkorb durchbohrten. Er riss die Augen auf, fiel auf die Knie und kippte dann vornüber. Fastrada hörte sich schreien. Jemand rüttelte sie an der Schulter.

»Meine Königin, so wacht doch auf!«

Sie riss die Augen auf. Schon wieder hatte sie diesen Albtraum gehabt, sie fasste sich an die schweißnasse Stirn. Die Sonne warf Schatten auf ihr Bett, die von dem Gitter herrührten, das sie vor ungebetenen Gästen schützte. Doch vor ihren Träumen konnte sie niemand schützen – nur Karl, wenn sie in seinen Armen lag. Mit Mühe konnte sie gerade noch verhindern, dass sie einfach losheulte wie ein kleines Kind. Eine Königin musste sich beherrschen, sie schluckte mehrfach, dann hatte sie ihre Gefühle wieder im Griff.

Tief atmete sie ein und aus. Polder stand an ihrem Bett und betrachtete sie mit sorgenvoller Miene. »Der letzte Suchtrupp hat einen Boten gesandt, meine Königin.« Er seufzte. »Nichts. Kein Hinweis, keine Spur. Es ist, als sei der König vom Erdboden verschluckt worden.« Er rang die Hände. »Auch von Alkuin habe ich nichts gehört.«

Fastrada spürte, wie in ihr Verzweiflung und Panik aufstiegen. Sie kämpfte dagegen an. Sie durfte nicht aufgeben, niemals. So wie Karl. Er würde bis zum letzten Tropfen Blut Widerstand leisten. Wahrscheinlich hatte Polder recht. Man hatte Karl in irgendein Verlies geworfen, tief unter der Erde, wo ihn niemand finden konnte. Nach ihm zu suchen war sinnlos, sie würde ihn niemals finden, selbst wenn sie jeden Mann aussandte, den sie hatte. Nein, sie musste Hardrad dazu bewegen, zu gestehen. Mit Gewalt kam sie nicht weiter, seine Familie war nicht in ihrer Hand, Baugulf unantastbar. Also würde sie einen anderen Weg beschreiten.

»Polder, lasst Hardrad versorgen, legt ihm Verbände an, reinigt und kleidet ihn, dann bringt ihn in die Sakristei der Kapelle.«

An Polders Blick erkannte sie, dass er verstand. Er eilte aus ihrer Kammer. Sie rief ihre Dienerinnen, die sie wuschen und ankleideten. Bis Hardrad bereit war, musste sie noch einiges erledigen. Urkunden siegeln, Gesandte empfangen, einige Urteile sprechen. Gegen Mittag meldete Polder, dass Hardrad nun in der Lage sei, mit ihr zu reden. Er warte, gut bewacht, in der Sakristei.

Fastrada erhob sich.

»Wollt Ihr nicht die Trage nehmen? Ihr sollt Euch doch nicht so anstrengen.«

Fastrada hasste es, wie ein Mehlsack in der Gegend herumgetragen zu werden, aber sie fühlte sich schwach mit ihrem geschwollenen Leib, und wenn sie wirklich ein Kind in sich trug, wollte sie alles vermeiden, was es gefährden konnte. Deshalb nickte sie Polder zu, der in die Hände klatschte. Sofort kamen vier Diener mit der Trage, sie ließ sich darauf nieder, die Wache nahm sie in die Mitte.

Auf dem Hof verneigten sich alle, an denen sie vorüberkam, es waren Dutzende Hofbeamte, von denen sie kaum einen kannte. Karl jedoch wusste von allen den Namen und woher sie stammten, welchen Rang oder welche Funktion sie bekleideten. Dafür würde sie noch einige Zeit brauchen. Zeit, die sie vielleicht nicht mehr hatte. Sollte Karl tatsächlich sterben, würden seine Söhne sie entmachten, was ihnen nicht schwerfallen dürfte, denn sie selbst würde alle Kraft verlieren. Sie würde nicht kämpfen können, nicht kämpfen wollen. Dann würden sie um die Krone streiten, vielleicht Krieg gegeneinander führen. Schließlich würden sie das Reich teilen, der Zerfall war dann nicht mehr aufzuhalten. Deswegen musste sie Hardrad zum Reden bringen.

Der Herzog saß auf einem mit Fellen bedeckten Scherenstuhl, hielt den Kopf gesenkt, stützte seine Ellenbogen auf die Knie. Sein Oberkörper war mit Leintüchern umwickelt, er atmete ruhig und gleichmäßig. Die Diener setzten die Trage zehn Fuß vor ihm ab, die Wachen postierten sich links und rechts, jederzeit bereit zuzuschlagen.

Fastrada sah sich den Mann an. Wie konnte er nur zum Verräter werden? Und seine Tochter auch noch zum Mord anstiften? Karl hatte immer gut über ihn gesprochen, hatte ihn den Wächter im Osten genannt.

»Hardrad!«, rief sie mit strenger Stimme.

Er hob den Kopf, seine Augen waren blutunterlaufen, sein Blick müde und verschleiert. Er schwieg.

»Wisst Ihr, warum Ihr hier seid?«, fragte Fastrada und bemühte sich um einen freundlichen Ton.

Seine Stimme klang brüchig und müde. »Ihr habt eingesehen, dass ich unschuldig bin, und wollt Euch bei mir für die erlittenen Qualen entschuldigen.«

Am liebsten hätte Fastrada ihn für diese Unverschämtheit auf der Stelle rädern lassen. Doch sie zwang sich, weiterzulächeln. »Leider ist es nicht so. Ich komme, um Euch einen Handel vorzuschlagen.«

Hardrad sagte nichts, sah sie nur traurig an.

»Wenn Ihr mir Karls Versteck verratet, so will ich Euch alles vergeben. Ihr werdet Eure Ländereien behalten und Euren Titel. Selbst Eure Tochter will ich verschonen.«

Der Herzog horchte auf. »Meine Tochter verschonen? Was hat sie mit alldem zu tun?«

Hardrad war wirklich überzeugend. Sie hätte ihm sein Erstaunen geglaubt, wäre nicht gestern der Bote von der Greifenburg eingetroffen.

»Eure Verbrechen und die Eurer Tochter sind gewaltig, Hardrad, und dennoch werde ich Euch alle Verfehlungen vergeben. Nennt mir Karls Versteck, und schon seid Ihr frei und könnt mit Eurer Tochter nach Hause zurückkehren!«

»Was hat meine Tochter damit zu tun?«, wiederholte Hardrad seine Frage, noch eindringlicher. In seinen Augen blitzte es. Hatte er erkannt, dass er endgültig entlarvt war?

»Ich bewundere die Treue Eurer Tochter und ihre Tatkraft.«

Hardrad richtete sich auf, die Wachen nahmen Haltung an, jederzeit bereit, ihn aufzuhalten.

Fastrada legte den Kopf schräg, ihr Lächeln erstarb. »Sie hat ihren Verlobten Autkar von Grimoald ermordet.«

47

Mitte Juli 786, Odinwald

Radulf wurde aus Gunhild nicht klug. Hatte sie wirklich die geheime Botschaft in Karls Dokument erkannt? Oder war es ein Trick gewesen, ein Zufall? Dass es diese Geheimsprache gab, stand außer Frage, er hatte Fastrada belauscht, als sie mit Polder darüber geredet hatte. Sie hatte keine Einzelheiten genannt, sondern nur bestätigt, dass es sie gab, dass es eine Rückversicherung war, sollte jemals der Fall eintreten, der jetzt eingetreten war. Vielleicht hatte er vorschnell gehandelt, als er seinen Plan aufgegeben hatte, mit diesem Schriftstück zu Fastrada zu gehen. Dennoch, das Risiko war zu groß, und Gräfin Gunhild hatte allen Grund, sich seiner Dankbarkeit zu versichern.

Sein eigentliches Problem war Wolfher. Noch brauchte er ihn. Wenn Wolfher klar wurde, dass er Sintwich ans Messer liefern würde, konnte es gut sein, dass der Sachse daraus folgerte, dass auch er auf der Liste der entbehrlichen Gefolgsleute stand. Womit er recht hätte. Das war gefährlich, denn mit Wolfher war nicht zu spaßen. Nein, er würde abwarten, was Gunhild bei Karl erreichte, und wenn er ihr ein Schriftstück ohne Falsch lieferte, war es ihm lieber. Schließlich wusste er jetzt, wonach er suchen musste. Mit Sintwich wäre er noch fertiggeworden, aber

Wolfher war ihm zu stark, zu ehrenhaft, zu starrsinnig.

Es war an der Zeit, Karl wissen zu lassen, dass die Flucht vereitelt und sein Schwiegervater von Wolfher ermordet worden war, weil das Dokument bei ihm gefunden worden war. Dann würde er ja sehen, ob der König ihm geglaubt hatte oder nicht. Danach kam Gunhilds Stunde. Radulf wettete mit sich selbst, dass sie Erfolg haben würde. Sie hatte etwas an sich, das er als magisch bezeichnen musste. Eine Ausstrahlung, die alle in ihren Bann zog. Auch Karl würde sich dem nicht entziehen können, zumal Gunhild eine ungewöhnlich schöne Frau war. Allein schon mit ihrer Schönheit konnte sie die meisten Männer betören. Radulf gehörte nicht dazu und auch Karl nicht, selbst wenn er sicherlich Gefallen an ihr finden würde. Gelang es Gunhild, Karl zu täuschen, würde er ihr gegenüber sein Wort halten. Gelang es ihr nicht, war ihr Leben verwirkt, und sie würde auf grausame Weise sterben. Er würde sie seinen Männern zum Fraß vorwerfen. Die würden sich mit ihr vergnügen und sie anschließend entweder erschlagen oder erwürgen. Vielleicht würde sie auch allein durch die Qualen sterben, die sie erleiden musste. Er befahl, sie zu Karl zu bringen, und bat Wolfher in sein Zelt, der kurz darauf eintraf.

Radulf war erstaunt. Der Sachse betrat bewaffnet das Zelt, an seinem Gürtel hing auch sein Kriegshorn, mit dem er seine Männer rufen konnte.

Wolfher schien seinen Blick richtig gedeutet zu haben. »Macht Euch keine Sorgen, Radulf, Ihr habt mich gerade aus einer Übung herausgeholt. Ihr wisst ja, die Männer müssen jeden Tag trainieren, damit sie jederzeit bereit sind für den Kampf. Wer sagt uns, dass wir nicht durch Zufall entdeckt werden? Oder durch Verrat? Wir müssen immer auf alles vorbereitet sein.«

Radulf entspannte sich. »Natürlich, Wolfher. Ich sollte mir an Euch ein Beispiel nehmen. Gleich werde ich meine Männer antreten lassen, auf dass sie zeigen können, dass sie es jederzeit mit dem Feind aufnehmen können, und wenn nicht, dann soll der Hauptmann sie anständig rannehmen.«

Wolfher setzte sich auf einen Schemel, wobei er seine Axt am Gürtel zur Seite schob. »Nun, was gibt es, Radulf?«

»Ich wollte Euch um Rat fragen. Was haltet Ihr von Graf Sintwich? Können wir uns seiner sicher sein?«

Wolfher lächelte schmallippig. »Erstaunlich, dass Ihr das gerade jetzt fragt. Dieselbe Frage habe ich mir auch gestellt, und ich wollte Euch heute aufsuchen, um das zu besprechen.«

»Das trifft sich gut. Nun, was denkt Ihr?«

»Ich meine, dass es mir nicht um Graf Sintwich geht, sondern um Euch.«

Radulf zuckte zusammen, als hätte ihn eine Wespe gestochen. »Um mich? Wolfher, ich verstehe nicht.«

»Wir verhandeln hier nicht einen kleinen Raubzug gegen die Slawen oder ein fränkisches Kloster. Wir verhandeln das Reich, den König und unser Leben. Es geht um alles.«

Dem konnte Radulf nicht widersprechen. »Ihr sagt es. Und deshalb müssen wir uns unserer Gefolgsleute sicher sein.«

Wolfher knetete seine Pranken. »Und unserer Anführer. Verzeiht meine Vorsicht, aber im Moment ziehen wir an einem Strang. Sobald Ihr jedoch König seid, könnte sich das schnell ändern.«

Bei allen Heiligen. Hatte Wolfher Verdacht geschöpft? Warum? Radulf hatte ihm einen Eid geschworen, und Wolfher glaubte, dass ihm Eide heilig waren, dass er niemals einen heiligen Eid brechen würde, der ihn als Christ in die Hölle schicken würde. Warum also dieses Misstrauen. Und so plötzlich? Hatte Wolfher seine Meinung geändert?

Mit einem Schlag wurde Radulf klar, dass Gunhild dahinterstecken musste. Der ganze Zauber mit der Geheimsprache war nichts als Ablenkung, war nur dafür da gewesen, dass sie Zugang zum Lager bekam. Nicht Karl war ihr Ziel gewesen, sondern Wolfher. Dieses verfluchte Luder! Sie hatte den Sachsen aufgehetzt.

»Gunhild hat Euch verhext, Wolfher. Ist es nicht so?«

»Es ist müßig, sich Gedanken darüber zu machen, wer was gesagt hat. All mein Misstrauen könnt Ihr ganz einfach zerstreuen. Verfasst ein Geständnis, in dem Ihr die Verantwortung für die Verschwörung übernehmt und einräumt, dass Ihr König werden wolltet. Wenn alles so geschieht, wie wir es vereinbart haben, wird niemand dieses Dokument je zu Gesicht bekommen.«

Das war der Beweis. Nur Gunhild konnte Wolfher diese Gedanken eingepflanzt haben. Diese verdammte Metze! Er hatte sie gründlich unterschätzt. Er musste irgendwie aus dieser Falle herauskommen. Denn ein solches Schriftstück würde er niemals unterschreiben. Damit hätte er sich Wolfher ausgeliefert. Denn selbst wenn er König war und ruchbar würde, dass er die Verschwörung angezettelt hatte und für den Tod Karls verantwortlich war, würde man ihn jagen, fangen, ihm die Haut abziehen und seine Familie ermorden. Genau das beabsichtigte Gunhild.

»Ich kann Euch schriftlich geben, dass Sachsen frei sein wird und Ihr den sächsischen Thron besteigen werdet.«

Wolfher schüttelte den Kopf. »Das reicht nicht. Ich brauche Euer Geständnis.«

Radulf warf ratlos die Hände hoch. »Das kann ich Euch nicht geben, das müsst Ihr verstehen. Damit hättet Ihr mich in der Hand.«

»Wo ist das Problem? Ich werde nichts fordern, das wir nicht abgesprochen haben. Ihr wisst, dass ich meine Eide halte.«

»Das tue ich ebenfalls, Wolfher.« Wolfher warf ihm einen Blick zu, der ihm klarmachte, dass er genau das nicht mehr glaubte.

»Nur, dass es um meinen Kopf geht, den Ihr in der Hand haltet, sobald Ihr König seid. Wir müssen Waffengleichheit herstellen.« Wolfher schwieg einen Moment, dann fügte er auf eine Weise, als fühle er sich nicht wohl damit, hinzu: »Ansonsten stelle ich Karl unter meinen Schutz und verhandele mit ihm die Bedingungen für seine Freiheit. Ich werde ihm Frieden mit allen Sachsen für die Unabhängigkeit als Bundesgenossen anbieten. Das Angebot wird er nicht abschlagen.«

Radulf packte die blinde Wut, er sprang auf. »Wer ist hier der Verräter? Ich hätte wissen müssen, dass Ihr immer ein räudiger Sachse bleiben werdet. Wachen!«

Wolfher erhob sich langsam und legte eine Hand auf die Axt. »Gräfin Gunhild hatte recht. Ihr hattet nie vor, Euer Wort zu halten, ist es nicht so? Ihr seid ein nichtswürdiger Hundsfott.«

»Wache!«, brüllte Radulf aus vollem Hals, doch niemand kam ihm zu Hilfe. Stattdessen erhob sich Kampfeslärm vor dem Zelt. Radulf wich zurück, unter der Decke auf der Liege lag ein Schwert, das er dort versteckt hatte, für genau diesen Moment. Er packte es, drängte Wolfher nach draußen, schwang es, zielte auf dessen Kehle.

»Stirb, du Missgeburt!«

48

Hardrad sprang vom Stuhl auf, die Wachen richteten ihre Lanzen auf seine Brust. »Ihr wollt mich in die Irre führen«, grollte er und spürte, wie ihm die Angst in die Knochen kroch. Sollte Gunhild wirklich Autkar etwas angetan haben, dann nur aus Notwehr, weil er sie mit Gewalt nehmen wollte. Wahrscheinlich hatte sie ihn zurückgestoßen, er ist gestürzt und hat sich den Schädel eingeschlagen.

»Setzt Euch, Hardrad, oder muss ich Euch binden?«

Hardrad ließ sich in die Felle sinken, spürte, wie alle Kraft aus seinem Körper wich.

»Gestern kam ein Bote. Der Mord ist bestätigt von sieben Zeugen, an deren Glaubwürdigkeit kein Zweifel besteht. Sie hat ihm das Fleischmesser in die Brust gerammt. Er war sofort tot. Autkar von Grimoald ist bereits beerdigt, und ich hoffe, dass Gott ihn gnädig aufnimmt. Ich kann durchaus verstehen, was sie zu dieser Tat getrieben hat, und auch Euch kann ich verstehen.« Fastrada faltete die Hände. »Betrachten wir doch einmal die Tatsachen. Autkar ist tot. Eure Tochter kann nun heiraten, wen sie möchte. Es besteht kein Grund mehr, den König gefangen zu halten. Gebt ihn frei, und alle sind glücklich.«

Hardrad lief es eiskalt über den Rücken. Fastradas Herz war hart wie ein Stein, außer wenn es um den König ging. Doch sie schien ihn nicht gut zu kennen. War ihr nicht klar, dass Karl außer sich sein würde vor Trauer und Wut, wenn er von Autkars Tod erfuhr? Dass er nicht nur Gunhild, sondern alle, die mit ihr verwandt waren, töten würde, am besten mit eigener Hand? Doch da begriff Hardrad, dass ihr das sehr wohl bewusst war, dass sie ihn nur zu ködern versuchte. Sie konnte ihm versprechen, was sie wollte, jeden Eid schwören. Karl war der König, und sie würde sich natürlich seinem Willen beugen müssen. Sie konnte einen Meineid leisten, ohne Strafe zu fürchten, denn der König würde sie von aller Schuld reinwaschen. Fastrada hatte nur ein Ziel: Sie wollte Karl finden. Das war verständlich, doch ihre unbändige Wut passte so gar nicht zu der ansonsten kühl denkenden Frau. Vielleicht war das Bild, das er von ihr hatte, ja falsch, und sie zeigte öffentlich nur ihre glatte Fassade? Hardrad wusste einfach zu wenig über Fastrada, um sie wirklich einschätzen zu können. Nur eins stand fest. Sie hätte ihm den Einzug ins Paradies versprechen können, er wusste nicht, wo Karl festgehalten wurde.

Hardrad sah der Königin in die Augen. Sie mochte sich hinter einer Wand aus Härte verstecken, doch in ihrem Blick loderte ungezügelter Hass. Wenn die Verschwörer es einzig auf ihn, Hardrad, abgesehen hatten, war ihr Vorgehen unsinnig und dumm. Um ihn aus dem Weg zu räumen, hätte ein Pfeil aus dem Hinterhalt völlig ausgereicht. Nein, da steckte mehr dahinter. Jemand wollte die Macht ergreifen, jemand, der beim Tode Karls nicht als Nachfolger infrage kommen würde. Doch wer das sein könnte, das stand in den Sternen. Er dachte an Gunhild. An ihre Klugheit. Daran, dass sie niemals das Leben ihrer Brüder und ihrer Mutter aufs Spiel setzen würde. Gunhild würde Autkar heiraten, um ihre Familie zu schützen. Aber sie würde ihn nie und nimmer töten, weil sie genau wusste, dass sie damit das Schicksal ihrer Familie endgültig besiegelte. Daran konnte es keinen Zweifel geben. Also blieb nur eine Schlussfolgerung: Autkar und Gunhild machten gemeinsame Sache. Es konnte nicht anders sein. Was bezweckten sie? Gunhild wollte als Mitverschwörerin gelten, wollte beweisen, dass sie auf der Seite der Umstürzler stand, um Zugang zu erlangen. Hardrad wurde es heiß. Sie begab sich in tödliche Gefahr, um Karl zu finden und die Verschwörung aufzudecken. Es stand außer Frage, dass Autkar von Grimoald dieses Spiel mitspielte. Natürlich wollte auch er Karl befreien, und dafür würde er alles tun. Daraus folgte wiederum, dass sich der Graf und seine Tochter nähergekommen sein mussten. Autkar musste Gunhild so weit vertrauen, dass er die Scharade mit seiner Ermordung mitspielte, sie gehen ließ und sich sicher sein konnte, dass sie die Gelegenheit nicht einfach zur Flucht nutzte. Hardrad verfluchte sich selbst. Warum war er nur so dumm in die Falle getappt, obwohl er bemerkt hatte, dass etwas nicht stimmen konnte. Er hätte Gunhild helfen können, gemeinsam hätten sie die Verschwörer sicher bald enttarnt.

»Nun, Hardrad, Ihr habt lange genug überlegt. Was sagt Ihr?« Fastrada wippte mit einem Fuß auf und ab.

Es gab nur eine einzige Möglichkeit, wie er seiner Tochter helfen konnte.

»Gebt Ihr mir Euer Versprechen schriftlich?«

Fastradas Miene hellte sich auf. Sie glaubte sich am Ziel. Sicherlich stellte sie sich vor, wie Karl ihn hinrichten lassen würde, sobald er frei und mit ihr wieder vereint war.

»Selbstverständlich, Hardrad. Ich habe bereits ein entsprechendes Schriftstück aufsetzen lassen, es unterschrieben und gesiegelt, denn ich ging davon aus, dass Ihr ein vernünftiger Mann seid.«

Sie schnippte mit den Fingern, ein Schreiber kam herein und reichte Hardrad ein Pergament. Er las. Die Königin hatte nichts ausgelassen. Wäre dieses Dokument von Karl bestätigt worden, hätte es Rechtskraft gehabt, so aber war es die Tinte nicht wert, mit der es geschrieben worden war.

»Ihr denkt weit voraus, meine Königin.«

Sie nickte, ihre Lippen waren schmal. Sie musste unter größter Anspannung stehen, glaubte sie doch, dass sie bald ihren geliebten König wieder in die Arme schließen konnte.

»Kennt Ihr die Berge, die wir Hart nennen?«

»Sie liegen im Norden Sachsens.«

Fastrada kannte sich aus.

»Dort gibt es einen Fluss, der sich Bere nennt, und ein Tal, das denselben Namen trägt. An der Stelle, wo zwei weitere Täler mit dem Beretal ein Dreieck bilden, steht ein Berg, an dem man immer wieder dunkel glänzende Steine findet. Es ist kein Schiefer, niemand weiß, was es ist, manche glauben, es sind Tränen der Götter. Man nennt ihn den Rabenberg, da die Steine glänzen wie das Federkleid des schwarzen Vogels. Am Fuß des Rabenbergs findet Ihr den Eingang zu einer Höhle. Dort habe ich Karl versteckt und lasse ihn von einigen wenigen, aber äußerst zuverlässigen Männern bewachen, die auf meinen Befehl warten.«

Hardrad kannte zwar den Rabenberg und auch den Ort, an dem die drei Täler aufeinanderstießen, doch eine Höhle hatte er dort noch nie gesehen. Bis die Späher mit der Botschaft zurückkehren würden, dass Hardrad gelogen hatte, würden wenigstens zwei Wochen vergehen. Dann war sein Schicksal besiegelt, sollte Gunhild Karl nicht gefunden und befreit haben. Fastrada würde nicht zögern, ihn auf grausamste Weise zu töten.

Fastrada sah ihm in die Augen. Ob sie erkennen konnte, dass er log? Er hielt ihrem Blick stand, schließlich erhob sie sich. »Bis meine Männer zurück sind, seid Ihr mein Gast, Hardrad. Man wird Euch eine Kammer zuweisen, die Ihr jedoch nicht verlassen dürft. Dafür habt Ihr sicherlich Verständnis.«

»Selbstverständlich, meine Königin. Ich danke Euch für Eure Güte, dafür, dass Ihr einen reuigen Sünder wieder aufnehmt in die Gemeinschaft.«

»Ein jeder darf sich umbesinnen. Ihr habt diesen Weg eingeschlagen, und Ihr werdet es nicht bereuen.« Sie lächelte dünn. »Ich werde es Euch wissen lassen, wenn wir Karl gefunden haben, bei bester Gesundheit und unverletzt.« Sie klatschte in die Hände. »Wachen, geleitet meinen Gast in sein Gemach.«

Vier Männer nahmen ihn in die Mitte, führten ihn nach draußen. Doch bevor er die Kapelle verließ, blickte er noch einmal über die Schulter und sah Fastradas Miene. Sie schaute ihn an wie einen Mann, der bereits tot war.

49

Mitte Juli 786, Odinwald

Als Gunhild das Zelt betreten hatte, war Karl aufgestanden und hatte sie misstrauisch angesehen. Im ersten Moment war sie zu eingeschüchtert von seiner Erscheinung, um etwas zu sagen. Sie starrte ihn an. Vater hatte ihr erzählt, dass er von großer Statur war, dass seine Züge edel seien, wie es sich für einen König gebührte. Aber da war noch etwas anderes. Er löste in ihr den Wunsch aus, seine Zuneigung zu erlangen. Mit ihm gemeinsam zu kämpfen. Für ihn zu kämpfen, obwohl er über den Kopf ihres Vaters hinweg die Heirat mit Autkar befohlen und damit alles ausgelöst hatte, was in den letzten Wochen geschehen war.

»Wer seid Ihr?«, hatte er barsch gefragt.

»Ich bin Gunhild, Tochter des Hardrad.«

Er hatte sie lange angesehen und dann auf einen Schemel gewiesen. »Setzt Euch, Tochter des Hardrad, und erzählt mir, was Euch herführt.«

Gunhild ließ nichts aus, und Karl schien ihr Glauben zu schenken, denn sein Gesicht wurde länger und länger vor Staunen. Als sie geendet hatte, sah er sie noch eine ganze Weile an, bevor er sprach. Gunhild fühlte sich dabei, als würde sie einer stummen Prüfung unterzogen, so als würde der König in ihre Seele blicken, um herauszufinden, ob sie die Wahrheit sagte oder nicht.

»Entweder seid Ihr die beste Geschichtenerzählerin, die mir je untergekommen ist, oder die mutigste, klügste, verrückteste junge Frau.«

Er hob eine Hand, lauschte. »Es scheint mir, das Erste trifft zu. Habt Ihr das gehört?«

Und ob Gunhild das gehört hatte. Ihr Gift hatte gewirkt. Streit war ausgebrochen zwischen Wolfher und Radulf, der lautstark verkündete, dass sein Mitverschwörer nun sterben müsse. Sie sprang vom Schemel, lugte nach draußen, der König stellte sich neben sie.

Radulfs Klinge fuhr durch die Luft, doch Wolfher war schnell wie eine Schlange und zog seine Axt, während er einen Ausfallschritt nach rechts machte. Radulfs Klinge ging ins Leere, er geriet ins Stolpern, weshalb Wolfhers Axt ebenfalls ihr Ziel verfehlte. Beide rappelten sich hoch.

Da stellte sich Graf Sintwich zwischen die zwei. »Seid Ihr von allen guten Geistern verlassen?«

Wolfher schüttelte seine Axt in Richtung Radulf. »Dieser fränkische Knecht will mich verraten, sobald er König ist. Dasselbe wird er mit Euch tun, Sintwich. Er will alle Macht für sich allein. Er wird alle, die seine Verbrechen bezeugen können, umbringen lassen.«

»Woher wollt Ihr das wissen, Wolfher?«, fragte Sintwich, dessen Männer sich rechts und links von ihm aufgebaut hatten.

Der Hüne schnaubte vor Wut. »Weil dieser Hundsfott mir keine schriftlichen Garantien geben will.«

Graf Sintwich legte die Stirn in Falten. »Ich muss zugeben, das ist keine schlechte Idee.« Er wandte sich an Radulf. »Bei allem Respekt, aber ich denke, wir sollten genau das tun. Jeder gibt dem anderen ein Dokument, dass er Teil der Verschwörung ist und welche Position er einnehmen soll, wenn wir den König gestürzt haben.«

»Wachen zu mir!«, brüllte Radulf.

Sofort eilten seine Männer zu ihm und bildeten eine Phalanx. Dasselbe taten Sintwichs und Wolfhers Krieger. Bis auf zwei Mann, die den Eingang des Zeltes bewachten, waren alle anderen Wachen abgezogen.

»Ich denke, Euer Plan ist aufgegangen, Gunhild.« Der König lächelte sie an, reichte ihr die Hand. »Wenn ich bitten darf?«

Gunhild deutete eine Verbeugung an. »Es ist mir ein Vergnügen.«

Karls Zuversicht war ansteckend, dennoch waren sie noch lange nicht in Freiheit. Pferde konnten sie nicht bekommen, sie mussten zu Fuß fliehen. Sobald die Verschwörer ihre Flucht bemerkten, und das konnte nicht lange dauern, würde man sie einholen.

Karl hob die hintere Plane des Zeltes an, und tatsächlich, die Streithähne waren so mit sich beschäftigt, dass alle Wachen abgezogen waren. Nicht ein Mann trat ihnen in den Weg, doch der Ausgang der Schlucht war von vier Kriegern versperrt. Jetzt kam es darauf an, ob Ana gelogen hatte oder nicht.

»Mein König«, flüsterte Gunhild, »es gibt eine Höhle, deren Ausgang ins Freie führt.«

»Woher wisst Ihr das schon wieder?«

»Ana, die Dienerin, die mir Radulf zugeteilt hat, verriet es mir. Sie kommt aus einem Dorf in der Nähe, sie ist ihrem Herrn nicht gewogen. Wir können nur hoffen, dass sie ehrlicher ist als ihr Herr.« Gunhild zeigte auf eine alte Eiche, die dreißig Fuß entfernt am Ausgang der Schlucht stand.

»Dahinter ist ein Schlehdorn. Der Eingang zur Höhle ist gerade so groß, dass ein erwachsener Mann hindurchpasst.« Sie musterte Karl, der das Gesicht verzog.

»Sagt nicht, dass ich zu groß bin.«

Gunhild schmunzelte. »Wenn ich ein wenig schiebe, sollte es gehen.« Sie wurde wieder ernst. »Wir sollten nicht säumen. Ihr geht zuerst. Falls jemand aufmerksam wird, kann ich Euch einen Vorsprung verschaffen. Ich bitte Euch nur darum, meinen Vater zu retten. Mehr will ich nicht.«

»Wir werden es beide schaffen, Gunhild. Gott steht uns bei.«

»Seinen Beistand werden wir auch dringend brauchen. Los jetzt, mein König.«

Karl legte sich auf den Bauch und robbte sich langsam und unhörbar vorwärts. Gerade als er hinter einem Gebüsch verschwand, drehte sich eine der Wachen um.

»Ich muss mal. Bei dem ganzen verdünnten Wein, den wir wie die Pferde saufen, ist meine Blase immer voll bis obenhin.«

Der Mann strebte geradewegs auf das Gebüsch zu, in dem sich Karl fest an den Boden duckte. Der Wachmann ließ seine Bruche herunter und begann sein Wasser abzuschlagen. Bei der Heiligen Jungfrau! Hoffentlich entging der König dem Strahl, und wenn nicht, hoffentlich konnte er es ertragen und sprang nicht auf, um den Mann zur Rechenschaft zu ziehen. Der Wächter stöhnte lustvoll, band sich die Bruche wieder zu und kehrte zu seinem Kameraden zurück.

»Das war bestimmt ein ganzer Krug voll!«

»So eine große Blase hat keiner, bei dir kommt das meiste wohl aus dem Kopf.«

Gunhild hatte erwartet, dass der Verspottete ärgerlich

reagierte, doch beide lachten schallend und schlugen sich gegenseitig auf die Schulter. Das gab Karl die Gelegenheit, ohne Aufmerksamkeit zu erregen, bis zum Höhleneingang zu gelangen. Er verschwand darin. Gunhild wartete einen Augenblick, warf einen Blick auf die Wachen, die immer noch lachten und einen derben Scherz nach dem anderen über ihre Geschlechtsteile rissen. Gut, dass sie mit sich selbst beschäftigt waren. Gunhild nahm denselben Weg wie Karl.

Sie schlüpfte in die Höhle, wo der König wartete und sie angrinste. »Da bin ich nur knapp einer Taufe der besonderen Art entgangen. Wie Ihr seht, Gunhild, ist der Herr mit uns, er lenkt nicht nur unsere Schritte, sondern auch den Strahl eines pissenden Wächters.«

Gunhild musste sich eine Hand vor den Mund halten, sonst hätte sie prustend losgelacht. Ihr König war witzig wie ein fahrender Sänger, und gleichzeitig zeigte er nicht die geringste Angst.

Karl grinste wie ein Lausbub. »Darf ich bitten, Gunhild?«

Sie eilten weiter, nach wenigen Schritten konnten sie sich nur noch vorantasten, denn jegliches Licht war in den Wänden der Höhle versickert, selbst die Hand vor Augen konnten sie nicht mehr sehen. Immer wieder streifte etwas Gunhild im Gesicht oder an der Hand, manchmal fühlte es sich feucht an, manchmal haarig, sodass sie erschauerte. Doch nichts biss sie oder versuchte, unter ihre Kleider zu krabbeln. Wortlos gingen sie durch die Höhle, bis endlich ein Schimmer auftauchte. Die Höhle weitete sich, gut ein Dutzend Männer passten hier nebeneinander. Der Ausgang. Die Rettung nahte. Schon leuchtete die Sonne herein, nur noch wenige Schritte, und sie waren frei. Karl stolperte vor ihr aus der Höhle, sie kam hinterher, musste ihre Augen an das grelle Licht gewöhnen. Doch dann sah sie, wo sie sich befanden.

Und sie waren nicht allein. Gunhild gefror das Blut in den Adern.

50

Mitte Juli 786, Odinwald

Fast wäre ihm das Schwert aus der Hand geflogen. Wolfher hatte sich so schnell bewegt, dass die Klinge Radulf mitgezogen und aus dem Gleichgewicht gebracht hatte. Er ließ sich fallen. Aus den Augenwinkeln sah er, dass Wolfher ebenfalls gestrauchelt war und sich alle Krieger mit gezückten Waffen gegenüberstanden. Was für ein Wahnsinn! Er war so kurz vor seinem Ziel, und jetzt machte ihm dieses verfluchte Luder einen Strich durch die Rechnung, nur weil sie diesem tumben Tor von Wolfher einen Floh ins Ohr gesetzt hatte. Allerdings musste Radulf zugeben, dass sie nicht nur Wolfher, sondern zunächst auch ihn an der Nase herumgeführt hatte. Jetzt kam es darauf an, zu retten, was zu retten war. Er musste seine Pläne ändern.

Radulf sprang auf, senkte sein Schwert, legte es auf den Boden, hob die Hände. »Haltet ein, Wolfher, um Gottes willen. Wir dürfen uns nicht gegenseitig zerfleischen. Nur gemeinsam sind wir stark genug, Karl zu stürzen.«

Wolfher behielt seine Axt in der Hand, jederzeit bereit, Radulf damit den Kopf zu spalten. »Entweder Ihr unterschreibt, oder unser Pakt ist beendet, endgültig.«

Radulf blieb keine Wahl. »In Gottes Namen. Lasst uns

einen Vertrag aufsetzen, den wir alle unterzeichnen. So hat jeder etwas gegen den anderen in der Hand.«

Wolfher steckte seine Axt weg. »Bis zur Unterschrift wird Karl von meinen Kriegern bewacht.«

»Und meine werden Eure bewachen, Wolfher, dagegen ist doch nichts einzuwenden.«

Dieser schüttelte den Kopf. »So soll es sein.«

Radulf warf einen Blick auf das Zelt, in dem Karl festgehalten wurde, und stieß einen Fluch aus. »Wo sind die Wachen, zum Teufel?«

»Die sind alle hier, Radulf. Um Euch zu verteidigen«, sagte Graf Sintwich.

Gleichzeitig stürmten Wolfher, Sintwich und Radulf in das Zelt, dessen Rückwand hochgeklappt war.

Radulf stieß einen Schrei aus. »Wir sind solche Esel! Man sollte uns auspeitschen. Dieses Weib hat uns alle genarrt. Sucht den König! Und bringt mir diese Metze, damit ich ihr die Zunge aus dem Hals reißen kann. Und dann sollen sich alle Männer mit ihr vergnügen, bis sie tot ist.«

Sofort eilten alle Krieger los, Radulf rannte zum Ausgang der Schlucht. Die Wachen dort hatten jedoch niemanden gesehen. Wo zum Teufel waren die beiden? Die Wände waren zu steil, als dass man hätte hinaufklettern können, und an ihnen, den streitenden Gehirnlosen, wären sie nicht vorbeigekommen.

»Graf Radulf!«, rief ein Krieger. »Kommt her, das müsst Ihr sehen. Eine Fährte von zwei Menschen.«

Radulf folgte der Stimme hinter einen großen Schlehdorn, wo er die Spuren und den Eingang zu einer Höhle sah. Er schlug mit der Faust auf den Fels, dass es schmerzte. Sintwich und Wolfher kamen angehetzt, in ihren Gesichtern spiegelte sich ebenfalls Entsetzen.

»Wieso wusste ich nichts von dieser verdammten Höhle, aber Gunhild, Gottes Zorn soll sie treffen, kannte sie?«

Sintwich kratzte sich am Hals. »Ich glaube, ich weiß, wer es ihr gesagt hat. Es muss Ana gewesen sein. Die Dienerin, die Gunhild aushorchen sollte, aber anscheinend das Gegenteil getan hat. Sie stammt aus der Gegend, kennt hier jeden Stein.«

»Und jedes verfluchte Loch!«, grollte Wolfher.

»Um Ana kümmern wir uns später. Holt Fackeln, wir müssen hinterher. Sie können noch nicht weit sein. Ich gehe vor.«

Radulf quetschte sich durch den engen Einstieg. Bald versiegte das Licht, er tastete sich weiter, nahm in Kauf, sich hier und da den Kopf zu stoßen und wegen der rauchenden Fackel husten zu müssen. Hauptsache, es ging schnell. Hinter ihm hörte er den Atem seiner Krieger, schließlich drang der Schein von Fackeln zu ihm. Er beschleunigte seine Schritte, es wurde heller, die Höhle bildete einen Raum für ein Dutzend Männer, und am Ausgang erkannte er die Umrisse eines Mannes und einer Frau. Karl und Gunhild. Er hatte sie eingeholt. Welche Erleichterung. Jetzt würde alles gut werden, denn er würde anders vorgehen. Er würde Fastrada und Karls Söhne ebenfalls in eine Falle locken, sie alle töten und dann mit Gewalt die Macht übernehmen, mithilfe von Sintwich und Wolfher. Noch hatten Gunhild und der König ihn nicht entdeckt. Er schickte seine Männer vor, denn er wollte sich nicht unnötig in Gefahr bringen.

51

Mitte Juli 786, Odinwald

Gepanzerte Berittene, etwa ein Dutzend, tauchten hinter dem Hügel auf, der gegenüber dem Ausgang der Höhle lag. Alle mit dem Zeichen des Grafen Sintwich.

An der einen Seite ihrer Pferde hingen Speere, an der anderen Schilde. Sie hatten ihren Plan durchschaut, hatten genau gewusst, dass sie die Höhle als Fluchtweg wählen würde, was sonst? Sie hielten ihre Pferde an, stiegen aus dem Sattel, griffen die Schilde, kamen näher, ihre Gesichter voller grimmiger Entschlossenheit. Sie würden nicht lange fackeln. Aber das Erschreckendste war, dass Warmunt zwischen ihnen auftauchte und ein Wams mit dem Zeichen der Sintwicher, den drei gekreuzten gelben Streifen auf grauem Grund, trug. Wie konnte das sein? Hatte er sie verraten? Hatte er die Seiten gewechselt, weil man ihm versprochen hatte, Herzog der Thüringer zu werden, seinen Vater abzulösen vor der Zeit?

»Warmunt«, rief sie. »Was ist los? Wie kommst du hierher? Warum sind Sintwichs Männer bei dir?«

»Ich habe sie hierhergeführt, Schwester. Aber ich bin nicht alleine gekommen. Es ist besser so, glaub mir.« Er setzte zum Sprechen an, doch die Worte gefroren ihm auf den Lippen. Gleichzeitig zusammen mit den anderen Kriegern zog er sein Schwert und stürmte auf Gunhild und Karl los. Doch anstatt sie in Stücke zu hauen, rannten sie an ihnen vorbei. Gunhild wandte sich um. Radulfs Männer strömten aus der Höhle! Selbst die Gepanzerten würden dieser Übermacht nicht lange standhalten können, zumal Wolfher zu den Kriegern stieß, ein wildes Geheul von sich gab, seine Axt schwang und sich auf ihre neuen Verbündeten stürzte.

Gunhild wusste nicht wie und warum, aber einige von Sintwichs Männern waren von ihm abgefallen. Diese bildeten eine Phalanx, rammten die Schilde in den Boden. Gunhild packte sich einen Speer, der König ebenfalls. Sie rückten zur Phalanx auf und stachen auf alle ein, die diese zu durchbrechen versuchten. Doch schon bald mussten sie zurückweichen, der Druck der Angreifer wurde zu groß, einige Männer in der Phalanx waren bereits getötet worden, und obwohl diese wieder zusammenrückte, verlor sie an Wirksamkeit, denn in jedem Moment würden die Feinde sie von den Flanken her packen, und dann war es um sie geschehen. Warmunt kämpfte wie ein Löwe, Gunhild war einerseits stolz auf ihn, andererseits fürchtete sie, ihn jederzeit sterben sehen zu müssen.

Als die Phalanx auf sechs Mann geschrumpft war, traf Gunhild eine Entscheidung. Zum einen wollte sie, dass der König überlebte, um das Reich zusammenzuhalten, zum anderen konnte nur Karl ihren Vater retten – und sie hatte es in der Hand, Karl zu retten.

»Mein König«, rief sie über den Kampflärm hinweg. »Ihr müsst fliehen, sofort. Wir können die Verschwörer aufhalten, bis Ihr in Sicherheit seid.«

Karl schüttelte nur den Kopf und fällte einen Angreifer mit einem mächtigen Stoß der Lanze, die in seinen Händen fast wie ein Spielzeug aussah.

»Ich bitte Euch, mein König, es geht mir nicht um Euch persönlich, es geht um das Reich. Es darf nicht zerfallen.«

»Freut mich, zu hören, dass ich Euch gleichgültig bin«, antwortete Karl. »Dennoch. Ich lasse niemanden im Stich.«

»Dann werden wir alle sterben, für nichts und wieder nichts.«

»Noch leben wir, Gunhild.«

Da sah sie, wie von der rechten Seite Wolfher mit seinen Männern vordrang, und sie zeigte auf den Hünen. »Aber nicht mehr lange.« Gunhild riss ihren Speer hoch, einer der Feinde lief in ihn hinein, sie zog die Waffe aus seiner Brust heraus, der Mann röchelte und stürzte vornüber zu Boden. Wut überkam Gunhild, Wut darüber, dass Karl sie alle opferte, ohne Sinn und Verstand. »König Karl, Ihr seid ein sturer Esel!«, rief sie ihm zu.

Er erschlug einen Feind und holte Luft. »Das seht Ihr völlig richtig, Gunhild. Gebt acht!«

Sie duckte sich, ein Schwert fuhr nur knapp an ihrem Hals vorbei, doch ein zweiter Feind schlug ihr die Lanze aus der Hand. Sie stolperte, fiel auf den Rücken. Der Feind grinste hämisch und holte zum Schlag aus. Pfeile sirrten heran, durchbohrten seine Brust. Er schaute ungläubig, dann sackte er zusammen. Noch ein Schwarm Pfeile zischte über Gunhilds Kopf und tötete viele Feinde. Aber die hatten inzwischen Schilde herbeigeschafft, verschanzten sich dahinter und zogen sich in die Höhle zurück. Der Druck auf die Phalanx erlosch. Warmunt blutete, aber es war nichts Ernstes. Sie wandte sich um.

Autkar! Ihr Herz machte einen Sprung. Er war gekommen, sie zu retten. Oder ging es ihm um den König? Ihr Herz wünschte sich das Erste, ihr Verstand das Zweite.

Er preschte auf einem Rappen heran, hinter ihm Panzerreiter mit Bögen, die Pfeil um Pfeil abschossen. Er sprang aus dem Sattel und betrachtete Gunhild. »Ihr seid unverletzt. Gott sei's gedankt.«

Dann wandte er sich an Karl, der die Hände in die Hüften stemmte. »Warum habt Ihr so lange gebraucht? Die Verräter hätten mich fast erschlagen.«

»Ich musste noch einen Wein verkosten, den ich Euch zum Geschenk machen will. Er ist vorzüglich, allerdings sollte man nicht mehr als zehn Becher davon trinken.«

Karl machte zwei Schritte und schloss Autkar in seine Arme. »Euch schickt der Himmel, mein Freund. Wir hätten nicht mehr lange durchgehalten.«

»Das werden wir auch nicht, denn es ist Verstärkung für die Verschwörer unterwegs. Sie haben uns verfolgt und werden bald hier sein, dann sind wir in der Unterzahl. Wir müssen sofort aufbrechen.«

»Wie viele sind es?«, fragte Karl.

»Mit denen, die sich in die Höhle zurückgezogen haben, mindestens fünfzig Mann, davon zehn Berittene.«

»Wir haben zwanzig Berittene, wenn ich richtig gezählt habe, und zwanzig Mann zu Fuß. Damit sind wir in der besseren Lage.«

»Wolfher zählt für zehn«, gab Autkar zu bedenken.

»Und Ihr, Autkar, für zwanzig.« Karl zeigte auf Gunhild. »Unsere Schildmaid zählt für fünf, ich für zehn und der junge Mann dort«, er wies auf Warmunt, »der dem Gesicht nach Gunhilds Bruder sein muss, ebenfalls für fünf. Also sind wir weit überlegen.« Er senkte die Stimme. »Ich werde die Verräter nicht davonkommen lassen, Autkar. Wenn wir der Schlange jetzt nicht den Kopf abschlagen, wird sie wieder und wieder zustoßen.«

Obwohl Gunhild lieber den König in Sicherheit gebracht

hätte, musste sie ihm recht geben. »Entweder hier und jetzt oder nie. Wir dürfen weder Sintwich noch Radulf entkommen lassen und schon gar nicht Wolfher, der mit Sicherheit neue Kräfte sammeln und das Grenzland heimsuchen wird.«

»Seht Ihr, Autkar, Gunhild ist eine wahre Führerin.«

Autkar sah Gunhild einen Moment lang an. Sie spürte ein seltsames Flattern im Magen, es war angenehm, und darauf folgte eine Hitzewelle, die ihr durch den ganzen Körper lief. Sie schluckte heftig, dann besann sie sich. »Wir müssen eine andere Position beziehen. Die Panzerreiter müssen das Fußvolk angreifen und vernichten, wir müssen mit Pfeil und Bogen die gegnerischen Reiter von ihren Pferden holen.«

Gunhild hatte schnell den Vorteil des Geländes erkannt. »Eure Panzerreiter, Autkar, werden von der Anhöhe aus vorstoßen, auf der wir uns gerade befinden. Die sechs Schwertkämpfer aus der Phalanx müssen weiter den Eingang zur Höhle sichern. Ich, Warmunt und die Bogenschützen werden auf die Bäume klettern und so von höherer Warte aus die feindlichen Panzerreiter wie die Enten abschießen. Wenn wir die Verstärkung bezwungen haben, können wir uns den Rest vorknöpfen.«

Karl wechselte einen Blick mit Autkar. »Mir ist, ich muss es zugeben, nicht ganz wohl dabei, dass Gunhild anscheinend mein neuer Heerführer ist. Ich fühle mich«, er räusperte sich, »nutzlos.«

Autkar nickte. »Vielleicht sollten wir sie zur Königin machen und ins Kloster gehen?«

Gunhild blickte zwischen den beiden Männern hin und her. Wie konnten sie in dieser Lage scherzen, als würden sie gleich zu einem fröhlichen Bankett aufbrechen, mit Sang, Spiel und Tanz?

»Verzeiht, Gunhild«, sagte Autkar wieder ernst. »Euer Plan ist gut.«

Der König nickte. »So werden wir es machen.«

Autkar erteilte die Befehle, und endlich kam Gunhild dazu, Warmunt zu umarmen. »Ich hatte solche Angst um dich«, flüsterte sie.

Warmunt machte sich los. »Und ich erst. Es war wie im letzten Winter, als die Slawen kamen. Aber dennoch anders. Damals hatte ich einfach nur Angst, wäre am liebsten davongerannt. Heute habe ich auch Angst. Aber ich bin bereit zu sterben. Für dich, für Vater, für Mutter und Giselher. Und ich bin bereit zu tun, was du sagst. Werden wir heute sterben?«

»Ich weiß es nicht, Warmunt. Ich weiß nur eins. Sollte ich sterben, werde ich im Bewusstsein gehen, dass mein Bruder mutig ist und tapfer, ein großer Krieger und ich stolz auf ihn bin. Und dass die Prophezeiung in Erfüllung gegangen ist. Denn ohne dein Eingreifen wäre der König jetzt tot.«

»Ich bin geritten wie der Teufel, die anderen blieben zurück, nur wenige konnten mithalten. Doch wir kamen zur rechten Zeit. Und jetzt bringen wir es zu Ende.«

Warmunt drückte sie noch einmal fest, dann kletterte er auf eine Buche, schlug sich mit dem Schwert eine Schussbahn in die Äste und platzierte seine Pfeile so, dass er sie schnell auflegen konnte. Für jeden von ihnen waren noch zwölf übrig. Gunhild wählte sich eine Fichte, kletterte dreißig Fuß hoch, fast bis in die Spitze, legte sich ebenfalls die Pfeile zurecht. Dann hob sie den Blick und erstarrte. Es waren doppelt so viele Männer, als sie angenommen hatten, und sie waren nahe.

»Sie kommen«, schrie sie. »Es sind mehr als hundert!«

Ohne weitere Worte nahmen alle ihre Stellungen ein.

Gunhild faltete die Hände. »Herr im Himmel, vergib mir meine Schuld.« Für mehr war keine Zeit. Sie legte den ersten Pfeil auf, zielte, ließ ihn von der Sehne schnellen, und einer der Berittenen fiel, mit dem Pfeil in seiner Kehle. Nicht alle Schützen waren so treffsicher. Schon waren einige durchgebrochen und drohten die Phalanx niederzureiten, die die Feinde in der Höhle zurückhielt.

»Warmunt!«, schrie Gunhild aus vollem Halse.

Ihr Bruder wandte sich ihr zu. Sie zeigte auf die Reiter, die nur noch drei Pferdelängen von der Phalanx entfernt waren. Er begriff sofort. Bis auf zwei schossen sie die Berittenen aus ihren Sätteln. Doch die Phalanx zerbrach, die Männer strömten aus der Höhle und metzelten sie nieder, allen voran Wolfher, dessen Axt rot vom Blut war. Sie bildeten nun ihrerseits eine Phalanx, deren Schilde es unmöglich machten, sie zu treffen.

Inzwischen waren Autkar und Karl mit dem Fußvolk beschäftigt. Es waren viele, doch die Panzerreiter verstanden ihr Handwerk und mähten einen nach dem anderen nieder, aber auch ihre Männer mussten Verluste hinnehmen. Gunhild und ihren Schützen gelang es, die Männer von Wolfher und Radulf daran zu hindern, ihren Leuten zu Hilfe zu eilen. Denn sie hatten nicht genügend Schilde, sich zu schützen, wenn sie zwischen den Bäumen hindurchzulaufen versuchten.

So wogte die Schlacht hin und her, bis schließlich Gleichstand eintrat. Doch der Vorteil lag bei ihren Feinden. Gunhild hatte noch einen Pfeil, bei den anderen würde es nicht besser aussehen. Waren die verschossen, waren sie verloren.

Plötzlich brach Autkar aus der Linie aus, preschte vor.

»Wolfher, du Sohn einer räudigen Hündin! Stell dich mir! Wer unseren Zweikampf gewinnt, soll als Sieger gelten. Meine Männer werden dann die Waffen strecken.«

Gunhilds Herz schien stillstehen zu wollen. War Autkar von Sinnen? Wolfher würde ihn mit einer Hand niedermachen, er lieferte sie alle dem sicheren Tod aus. Wie konnte Karl das zulassen?

Gunhild erhielt sogleich die Antwort.

Karls Stimme dröhnte über das Schlachtfeld. »Zieht Euch zurück, Autkar, das ist ein Befehl! Nicht Ihr, sondern ich werde gegen den Anführer der Sachsen antreten, so wie es alter Brauch ist. Was sagst du dazu, Wolfher?«

Einerseits war Gunhild beruhigt, dass nicht Autkar gegen den Hünen kämpfen musste, denn sie hätte es nicht ertragen, ihn vor ihren Augen sterben zu sehen. In diesem Moment brachen ihre Gefühle durch. Andererseits änderte sich nicht viel. Denn wie wollte Karl Wolfher besiegen? Sicher, er war ein tapferer Krieger, aber der Sachse kämpfte wie ein Berserker, keiner konnte gegen ihn bestehen.

Wolfher lachte schallend und trat vor. »Heute ist ein guter Tag, denn heute werde ich einen König töten. Jeder wähle seine Waffe. Ich nehme meine Axt.« Er schwenkte sie in der Luft, Blut spritzte in alle Richtungen.

Karl legte seine Rüstung ab, ebenso sein Wams. »Ich wähle das Schwert.«

Wolfher trat vor. »Gebt auf, dann will ich Euch schnell töten, König.« Das letzte Wort spuckte er aus.

Karl hob das Schwert hoch über den Kopf, blickte nach unten und schloss die Augen. Wolfher grinste. Kein Wunder. Wie sollte Karl den Angriff abwehren, wenn er nichts sah?

Wolfher machte einen Schritt nach vorn, holte aus, atmete tief ein. Als er ausatmete, warf er die Axt, die mit Sicherheit Karls Schädel gespalten hätte. Doch der König schlug das Schwert nach unten, die Axt prallte an der Klinge ab. Bevor der verblüffte Wolfher reagieren konnte, hatte Karl ihm mit einem mächtigen Hieb den Kopf abgeschlagen.

Gunhild begriff. Dado hatte ihr diese List gezeigt. »Schließt die Augen, und dann öffnet sie nur einen winzigen Spalt breit, sodass Euer Gegner glaubt, Ihr könntet nichts sehen. Ihr werdet auch nicht viel sehen. Aber genug, um zu wissen, wann der Feind zum tödlichen Hieb ausholt. Dann ist er ungeschützt, und Ihr könnt ihn schlachten wie ein Schwein.«

Wolfhers Männer stöhnten auf, einige ließen die Schilde fallen und wollten fliehen.

Doch Radulf hielt sie auf, hieb mit seinem Zeigefinger in die Richtung des Königs. »Ihr habt mit Wolfher verhandelt, nicht mit mir. Er hat den Zweikampf angenommen, nicht ich. Glaubt Ihr wirklich, ich lasse Euch gehen?«

»Das habe ich nicht einen Moment lang geglaubt.« Karl hob beide Arme.

Gunhild verstand, sie gab den Schützen ein Zeichen. Die Schilde lagen auf dem Boden, die Phalanx war offen, doch die Krieger reagierten blitzschnell. Sie nahmen die Schilde auf, und so verfehlten alle Pfeile bis auf einen ihr Ziel. Karl brachte sich in Sicherheit, doch jetzt rückte die feindliche Phalanx vor.

Es war alles umsonst gewesen. Sie würde heute hier sterben, so wie Warmunt, Autkar und der König. Gott hatte es so beschlossen, warum auch immer. Unter ihr tobte der Kampf, die Panzerreiter und Schwertkämpfer hatten Karl in die Mitte genommen, doch der Feind drang auf sie ein und stand kurz davor, den Ring zu sprengen. Der Lärm war furchtbar.

Da stutzte Gunhild, glaubte, etwas gehört zu haben, und blickte in die Ferne. Tatsächlich. Reiter! Unter der Fahne des Königs. Sie mussten bald hier sein. Sie winkte Warmunt, zeigte auf die Reiter. Seine Miene hellte sich auf, und er kletterte den Baum hinab, ebenso alle anderen Schützen. Gunhild ließ sich mehr fallen, als dass sie hinunterstieg, nahm ihr Schwert und stürmte auf die Feinde ein, die sich ihr verblüfft zuwandten. Sie mussten Zeit gewinnen, bis die Reiter ihnen zu Hilfe kommen konnten. Seite an Seite kämpften sie sich zum Ring vor, wurden eingelassen.

»Königliche Panzerreiter nahen!«, rief sie Karl und Autkar zu. Die hielten einen Moment inne, um die gute Nachricht weiterzugeben. Die Männer kämpften nun wieder mit Hoffnung, hielten stand, obwohl einer nach dem anderen fiel.

Wir werden es nicht schaffen, dachte Gunhild, und gleichzeitig durchströmte sie das warme Gefühl, an der Seite ihres Bruders und des Mannes, der in ihr solche Gefühlsstürme hervorrief, zu sterben. Ein Moment der Innigkeit, dem nichts anderes gleichkommen konnte. Sie wünschte sich, zu leben, doch es würde ein Leben ohne Autkar werden, denn Karl würde ihn von seinem Versprechen entbinden, und dann würde sie, wie vereinbart, Hugbert zum Mann nehmen. Eine Lanze, die auf sie zielte, unterbrach ihre Gedanken. Sie schlug die Stoßwaffe mit dem Schwert zur Seite und streckte den Träger nieder. Inzwischen hatten sich die Phalangen aufgelöst, es tobte ein Kampf Mann gegen Mann.

Doch dann brausten die Panzerreiter heran, sie kamen über die Feinde wie das Jüngste Gericht.

Sintwich starb als einer der Ersten. Radulf gelang es, sich hinter einem Schild zu verstecken, aber er musste mitansehen, wie seine Männer niedergemacht wurden, bis die letzten sich ergaben.

Das Sterben war furchtbar. Gunhild bat jeden der Männer, die sie hatte töten müssen, um Vergebung.

Die Feinde knieten vor Karl. Drei seiner Leute zerrten Radulf hinter dem Schild hervor und warfen ihn vor dem König zu Boden.

Karl hob sein Schwert, doch er schlug nicht zu. »Diese Gnade werde ich Euch nicht erweisen. Eure Tochter soll Euch richten, und glaubt mir, Ihr werdet Euch wünschen, ich hätte es hier und jetzt getan.«

Radulf knurrte vor Zorn. »Eines Tages wird man Euch die Krone entreißen, und dann werde ich zur Stelle sein.«

Karl schüttelte den Kopf. »Ich weiß nicht, in welcher Welt Ihr lebt. In meiner werdet Ihr sicherlich bald nicht mehr zugegen sein. Ihr hofft, dass Fastrada Euch begnadigen wird?« Karl lachte aus vollem Halse. »Ich habe es Euch bereits vorausgesagt. Sie wird Euch leiden lassen, glaubt mir. Gerade weil Ihr Fastradas Vater seid. Der Verrat ist ungeheuerlich.«

»Und wenn sie an der Verschwörung beteiligt war ...«

Karl schlug Radulf mit der Faust ins Gesicht. Gunhild hörte seine Nase brechen, sah Blut spritzen. »Wagt es nicht, auch nur zu denken, Fastrada könne mich verraten. Schafft ihn fort und stopft ihm das Schandmaul!«

Männer schleiften Radulf weg, der von dem Schlag so benommen war, dass er kein Wort mehr hervorbrachte.

Ein Reiter ohne Rüstung, im Gewand eines Abtes kam auf das Schlachtfeld. Karl strahlte über das ganze Gesicht. »Alkuin, mein Freund. Wie kommt Ihr hierher? Woher wusstet Ihr ...« Er verstummte, denn hinter Alkuin tauchte ein zweiter Mann ohne Rüstung auf. »Widukind! Ihr habt ihm das Versteck gezeigt?«

Gunhild stand der Mund offen. Widukind, der ehemalige Heerführer der Sachsen, kommt dem König der Franken zu Hilfe? Rettet ihn? Widukind hätte die Gelegenheit ergreifen und die Sachsen erneut gegen die geschwächten Franken führen können, die ohne Karl kopflos gewesen wären.

Widukind neigte sein Haupt. »Fast. Ich dachte, ich hätte es gefunden, aber wir waren an einem falschen Platz, in der Nähe. Wir fragten jeden, der uns begegnete, und hatten schon die Hoffnung aufgegeben. Doch dann lief uns eine Frau mit zwei Kindern über den Weg.«

»Ana!«, rief Gunhild.

Widukind wandte sich ihr zu. »So heißt sie. Ihr kennt sie?«

»Sie hat mir die Höhle beschrieben, hat mir und dem König die Flucht ermöglicht.«

»Ich war mir nicht sicher, ob sie sich nur eine Münze verdienen wollte, aber sie hat eine Bezahlung abgelehnt, gesagt, sie sei schon reichlich belohnt worden. Das hat uns überzeugt.«

Widukind stieg vom Pferd, ebenso Alkuin. »Ihr seid Gräfin Gunhild, nicht wahr?«

»Die bin ich.« Gunhild war sich nicht sicher, wie sie ihn ansprechen sollte. Er war kein Graf mehr, aber dennoch von edler Herkunft.

»Wie ist Euch die Flucht gelungen? Ihr seid eine Schildmaid, keine Frage, aber auch Ihr konntet nicht ein Dutzend Männer besiegen, die sicherlich den König bewacht haben.«

»Gunhild hat eine List angewandt, die ihresgleichen sucht. Sie hat Wolfher, Sintwich und Radulf gegeneinander ausgespielt. Die Einzelheiten werdet Ihr rechtzeitig erfahren, noch bevor Euch die Neugier in den Wahnsinn treibt«, sagte Karl und schmunzelte.

Alkuin nickte. »Ich werde mich in Geduld üben.«

Gunhild trat zum König, der sie anlächelte.

»Meine List war auch nicht schlecht, Gunhild, oder was meint Ihr?«

Der König hatte durch seinen Zweikampf und die List, angeblich seine Augen zu schließen, Zeit gewonnen, doch Gunhild hatte noch lange nicht ihr Ziel erreicht. Vater saß noch immer unschuldig im Kerker und war Fastradas Rachsucht ausgeliefert.

»Ich hätte nicht auf Euer Leben gewettet, mein König. Ich bin beeindruckt, bewundere Euren Mut und Euren Einfallsreichtum. Aber ich bitte Euch, lasst uns, so schnell es geht, nach Aquis reiten, damit mein Vater nicht doch noch Opfer der Verschwörung wird.«

Karl nickte. »Alle Mann auf die Pferde. Der Hauptmann bleibt hier mit zehn Mann und räumt auf. Ich schicke von der nächsten Burg Verstärkung. Wir reiten ohne Pause.«

Er sah sie an, sie hob nur eine Augenbraue.

»Verzeiht, Gunhild, wahrscheinlich haltet Ihr länger durch als alle anderen. Wir werden in den Pfalzen die Pferde wechseln, Verpflegung, Wasser und frische Fackeln aufnehmen. Üblicherweise dauert der Ritt von hier nach Aquis sechs Tage. Wir werden es in drei schaffen, denn wir reiten Tag und Nacht.«

Gunhild wurden die Zügel eines Pferdes gereicht, Warmunt erhielt das eines gefallenen Panzerreiters. Autkar und zwanzig Berittene schlossen sich an, und schon ging es im Galopp den Hügel hinunter. Gunhild konnte nichts anderes mehr denken, als dass sie zu spät kommen würden, um ihren Vater zu retten.

TOD DEM VERRÄTER

52

Ende Juli 786, *Aquis, Palas*

Hardrad nahm das zwölfte Steinchen und legte es zu den anderen. Seine Zeit war abgelaufen. Heute mussten die Boten zurückkehren, und sie würden nur eine Nachricht bringen: Außer schwarzen Steinen war am Rabenberg nichts zu finden. Sein Todesurteil.

Wenn er schon in den Tod gehen musste, dann in Würde. Er setzte sich auf den Schemel, auf dem er die letzten zwölf Tage so oft gesessen, gebetet und nachgedacht hatte. Wo er Gott immer wieder angefleht hatte, zumindest seine Familie zu verschonen, wenn er schon sterben musste, unschuldig, verraten von Menschen, denen er vertraut hatte.

Er faltete die Hände. »Herr, bitte lass Autkar von Grimoald ein guter Mann sein, der meiner Tochter keine Schmerzen zufügt, der sie nicht bricht, sondern Geduld mit ihr hat, bis sie sich freiwillig hingibt. Mach, dass sich meine Tochter nicht allzu lange über meinen Tod grämt. Gib, dass der König wohlbehalten zurückkehrt und er die Wahrheit im Reich kundtut, damit meine Familie nicht in Schande leben muss. Lass meinen Söhnen Weisheit zukommen und Stärke, damit sie allzeit den richtigen Weg beschreiten.«

Hardrad hörte einen Schrei, dann die Stimme der Königin, die seinen Namen brüllte, immer wieder, immer schriller.

Die Tür flog auf, wie eine Rachegöttin stürmte die Königin mit hochrotem Kopf auf ihn zu, schwang die Peitsche, hatte offenbar vergessen, dass die Wachen ihr nicht hatten folgen können. Hardrad fing den Hieb ab, entwand Fastrada mit einer schnellen Bewegung die Peitsche, zerbrach den Griff und warf sie aus dem Fenster.

Die Königin prallte zurück. Dann waren die Wachen heran, die Hardrad zu Boden warfen.

»Ich hätte Euch mit einem Schlag töten können, Fastrada. Doch ich habe es nicht getan. Ich würde unserem König nie ein Leid antun.«

»Ach ja? Ihr habt gelogen, wir haben den König nicht gefunden.« Ihre Stimme überschlug sich.

»Natürlich nicht, ich musste Euch anlügen, wollte Zeit gewinnen, denn ich weiß, dass meine Tochter den König finden und befreien wird. Graf Autkar ist gewiss nicht tot. Er und meine Tochter haben seinen Tod vorgetäuscht …«

»Schweigt!« Fastrada beugte sich über Hardrad. »Ihr seid schuldig der Verschwörung gegen den König. Die einzige Strafe, die Ihr verdient, ist der Tod. Ihr werdet gehängt. Noch heute, sobald der Galgen und der Henker bereit sind.«

Sie wandte sich um und verschwand. Die Wachen zerrten Hardrad hoch, banden ihn an Händen und Füßen, schleppten ihn zurück zum Kerker, lösten seine Fesseln und warfen ihn ins Verlies. Er hatte verloren. Vielleicht hätte er noch mehr Zeit herausschlagen müssen? Einen noch weiter entfernten Ort angeben? Was konnte er noch tun? Zumindest sein Vermächtnis konnte er noch niederschreiben.

»Wache!«

»Was wollt Ihr? Wein? Ihr seid zum Tode verurteilt. Er steht Euch zu.«

»Ich will Tinte, Feder und Pergament.«

»So was hab ich nicht.«

Der Wärter wollte davonschlurfen, aber so leicht ließ sich Hardrad nicht abfertigen. »Wenn du es dir neben mir am Galgen bequem machen willst, dann geh nur. Ich werde Polder berichten, dass du mir meinen letzten Wunsch versagt hast. Auch wenn ich zum Tode verurteilt bin, so stehe ich immer noch weit über dir. Also. Besorg mir, was ich wünsche, oder du wirst es bereuen.«

Der Wärter zuckte zusammen und verschwand. Hardrad war sich nicht sicher, ob er ihm gehorchen würde. Was konnte er schon tun? In ein paar Stunden war er tot, er hatte keine Macht mehr, weder über sich selbst noch über irgendein anderes Wesen.

Hardrad schloss die Augen, alles, was ihm blieb, war Beten; sein einziger Trost war, dass Gott um seine und Gunhilds Unschuld wusste, dass im Himmel Gerechtigkeit herrschte.

Ein klirrendes Geräusch riss ihn aus dem Gebet. Es war der Wächter, der mit einer Eisenstange ans Gitter schlug. »Hier ist, was Ihr wolltet.«

Er reichte Hardrad Pergament, ein Fässchen mit Tinte und eine Feder, die bereits angespitzt war.

»An Eurer Stelle würde ich mich beeilen«, sagte der Wärter genüsslich. »Der Galgen ist schon fast aufgebaut. Es kann nicht mehr lange dauern.«

»Ich hoffe, dass Gott dir deine Gehässigkeit verzeihen wird, wenn du am Tag des Jüngsten Gerichts vor ihm stehst und er über dich richtet.«

Der Wärter verzog das Gesicht und verschwand im

Dunkel des Verlieses. Hardrad prüfte Tinte und Feder, beides war vortrefflich. Das Pergament war nicht neu, er erkannte Spuren, die entstanden, wenn man die Tinte vom Pergament abkratzte. Er ließ sich nieder, tunkte die Feder in die Tinte, zog sie heraus, zögerte. Dann setzte er an und schrieb, tauchte nur ab und zu die Feder ein, füllte das Pergament und setzte seine Unterschrift darunter.

Es fiel ihm nicht leicht, aber er musste sowohl Giselher als auch Warmunt vorerst von der Herrschaft über die Erphesburg ausschließen. Beide waren noch nicht so weit. Er verfügte, dass Gunhild seine Erbin sei, und hoffte, dass Graf Autkar ihr keine Steine in den Weg legte und ihr erlaubte, das Herzogtum zu führen. Er las das Schriftstück noch einmal durch, dann nahm er es und zerriss es in kleine Schnipsel. Er würde Gunhild nichts aufbürden. Giselher würde sein Nachfolger werden, König Karl würde sich dem nicht widersetzen, wenn er die Wahrheit erfuhr, und was immer dieser auch tun würde, Brunichild und Gunhild würden ihm zur Seite stehen.

Gott hatte beschlossen, ihn zu sich zu rufen, und wer war er, den Willen des Herrn anzuzweifeln?

53

Ende Juli 786, Erphesburg

Gunhild konnte sich kaum noch im Sattel halten. Die letzten Tage und Wochen hatten ihre Kräfte aufgebraucht, die Sorge um ihren Vater brachte sie fast um den Verstand.

König Karl kannte seine Frau, er wusste, dass sie nicht lange fackeln würde. Vielleicht war es schon zu spät, vielleicht lag Hardrad bereits in seinem Blut oder wurde gerade zu Tode gefoltert, weil er ja nicht wissen konnte, was Fastrada von ihm erfahren wollte.

Autkar hob eine Faust, das Zeichen zum Anhalten. Rechts von ihnen lag ein kleiner See. Die Pferde mussten saufen. Sie führten die Tiere ans Ufer, wo sie gierig das frische Nass in sich hineinschlürften. Sie durften nicht zu viel Wasser in ihre Mägen pumpen, sonst bestand die Gefahr, dass sie bei großer Anstrengung Schmerzen bekamen.

Autkar betrachtete sie mit sorgenvollem Blick. »Ihr müsst vollkommen erschöpft sein, Gunhild.«

Sollte sie ihm die Wahrheit sagen? Dass nur noch die Angst um ihren Vater sie im Sattel hielt? Dass sie mehrfach fast aus dem Sattel gefallen war? Würde er sie dann nicht zurücklassen?

»So ist es, Autkar. Ich weiß nicht, wie ich es schaffen soll. Es sind sicherlich noch einige Meilen.«

Autkar schürzte die Lippen. »Ihr solltet schlafen.«

»Solange wir Schritt gehen, ist das kein Problem. Doch wir müssen galoppieren, und dann würde ich unsanft auf dem Boden landen.«

Autkar schmunzelte. »Dagegen wüsste ich ein Mittel. Allerdings ist es nicht sehr elegant.«

Gunhild ahnte, was Autkar vorschlagen wollte, und es war ihr recht. »Wir sollten es versuchen.«

Autkar nickte, Gunhild stieg in den Sattel. Der Graf schob eine zusammengelegte Decke unter ihr Gesäß und band ihr die Füße zusammen. »Das sollte Euch vor einem Sturz bewahren.«

»Ich danke Euch, Autkar, dass Ihr Euch so um mich sorgt.«

Dieser sah ihr in die Augen, ihr wurde heiß. Kurz bevor sie noch irgendwelche dummen Worte stottern konnte, wandte er sich um und gab das Zeichen zum Aufbruch. Sogleich fielen die Pferde in einen eiligen Galopp, denn der Weg war eben. Gunhilds Müdigkeit war verflogen, ihr Herz klopfte wild, doch nicht vom Reiten, sondern von Autkars Blick.

An Schlafen war nicht mehr zu denken, jetzt behinderten sie die gebundenen Füße, doch an Anhalten war ebenfalls nicht zu denken. Sie jagten über eine Ebene, endlich kam die Königspfalz in Sicht, und bald schon konnte Gunhild den Galgenberg erkennen, der gesäumt war von Menschen, und den Galgen, unter dem ihr Vater stand. Gerade legte der Henker ihm das Seil um den Hals. Sie schrie auf, hieb ihrem Pferd die Fersen in die Seite, es machte einen Sprung vorwärts und rannte los.

Doch Karl holte sie ein, stellte sich ihr in den Weg. »Nicht so hastig, Gunhild. Ich habe gesehen, was Ihr gesehen habt. Doch wenn Ihr Euch dem Galgen weiter nähert, werden Euch meine Wachen abschießen wie eine Ente.« Er zog sein Schwert. »Ich bin Euch noch etwas schuldig.«

Mit einem lauten Schrei ließ er sein Pferd los, es schoss davon wie ein Pfeil von der Sehne. Autkar und vier seiner Männer jagten ihm hinterher. Gunhild folgte ihnen, sie konnte den Blick nicht von ihrem Vater nehmen, der es ablehnte, dass ihm der Henker die Augen verband. Aufrecht stand er auf einem Schemel, blickte stolz auf die Königin, die langsam eine Hand hob und die Lippen bewegte.

Ihr Pferd wurde langsamer, denn Gunhild hatte alle Hoffnung verloren. Sie wusste, was Fastrada zu ihrem Vater sagte: »Habt Ihr noch ein letztes Wort?«

»Sag etwas, Vater«, murmelte sie. »Egal was. Der König ist gleich bei dir.« Doch ihr Vater schüttelte den Kopf.

Die Königin zögerte noch einen Moment, dann fiel ihre Hand nach unten. Der Henker verbeugte sich vor ihr und zog den Schemel unter den Füßen ihres Vaters weg. Der fiel einen Fuß tief, dann legte sich das Seil um seinen Hals. Sein Gesicht verzerrte sich, er lief rot an, spannte die Halsmuskeln an. So konnte er den Tod noch ein wenig herauszögern, aber er hielt es nicht lange durch. Er ließ locker, das Seil schnürte ihm die Kehle zu, er versuchte zu atmen, doch es war zu spät.

Gunhild hieb auf ihr Pferd ein. Es galoppierte los, sie flog durch die Schneise der Menschen, die der König und seine Männer geschlagen hatten. Der sprengte mit erhobenem Schwert auf ihren Vater zu, der sich schon nicht mehr regte, schwang die Klinge und durchtrennte das Seil. Ihr Vater schlug auf die Bretter, wo er regungslos liegen blieb. Fastrada war aufgesprungen, doch zwei von Karls Männern, die ihn erkannt hatten, hielten sie zurück. Endlich war Gunhild am Galgen angekommen. Sie befahl einem der Männer, sie von den Fesseln zu befreien, und sprang vom Pferd.

Der König hatte sich hingesetzt, hielt den Kopf ihres Vaters in seinem Schoss und betete.

»Herr im Himmel, verzeih einem Sünder, der die Schuld trägt am Tod dieses unschuldigen Mannes.«

Nein, das durfte nicht wahr sein! Gunhild stürzte sich auf ihren Vater, umschlang ihn, der Schmerz zerriss ihr die Brust, sie weinte bitterlich. »Vater, bitte! Herr im Himmel, sei gnädig.« Sie strich ihm über den Kopf, blickte ihm ins Gesicht, stockte.

Warmunt stürmte heran, blieb stehen, Tränen liefen ihm über die Wangen. Er war unfähig, etwas zu sagen.

Sie hatte einen leichten Luftzug gespürt. War das ihr Atem gewesen, der seine Wimpern hatte zittern lassen? Sie hielt dem Vater einen Finger unter die Nase. Dann machte ihr Herz einen Sprung vor Freude. Er atmete! »Vater! Wach auf. Bitte.«

Hardrads Lider flatterten, langsam hoben sie sich. »Der Herr hat mich ins Paradies aufgenommen«, flüsterte er, »und mir einen Engel gesandt.«

Der König hob eine Hand zum Himmel. »Ich danke dir, Herr, für deine Gnade!« Er zog seinen königlichen Umhang aus, faltete ihn und bettete Vaters Kopf darauf. »Ich werde Hardrad sogleich zu meinen Ärzten bringen lassen, auf dass er bald wieder gesund werde. Ich muss Euch nun verlassen und mich um meine Königin und um die Verräter kümmern. Ihr und Eure Familie mögt so lange bleiben, wie Ihr es für richtig haltet.«

Gunhild wischte sich die Tränen aus dem Gesicht. »Ich danke Euch, mein König.«

Karl legte Gunhild eine Hand auf die Schulter. »Ich bin es, der zu Dank verpflichtet ist. Ihr und Euer Bruder habt mich und das Reich vor dem Untergang bewahrt. Für immer stehe ich in Eurer Schuld, deshalb will ich sogleich einen Teil einlösen. Ihr seid frei, zum Manne zu nehmen, wen immer Ihr wollt.« Er lächelte ihr zu, sprang auf und eilte zu seiner Königin, die ihn mit großen Augen ansah. Er zog Fastrada in seine Arme und führte sie weg vom Galgenberg.

Schon eilten Wachen und Diener herbei, legten Vater auf eine Bahre und trugen ihn ins Hospital, wo die Ärzte auf ihn warteten. Nach einer kurzen Begutachtung waren sie sich einig, dass lediglich von den Verletzungen durch das Seil und die Peitsche Narben zurückbleiben würden. Er solle sich aber ausruhen, bis er völlig gesund sei. So konnten die Ärzte schnell eingreifen, sollte eine Spätfolge eintreten. Außerdem mussten die Wunden, die von der Peitsche herrührten, versorgt werden, damit die Narben möglichst unscheinbar blieben. Dies war der Wunsch des Königs.

Gunhild bat darum, dass sie und Warmunt bei ihrem Vater sein durften. Sofort wurde für sie ein Bett rechts neben ihrem Vater hergerichtet, das durch Vorhänge vor den Blicken anderer geschützt war. Warmunts Lager wurde links aufgebaut, und alle drei Betten wurden ebenfalls durch Vorhänge vom Rest des Saales abgetrennt. Boten wurden nach Uulthaha gesandt, um Mutter und Giselher die gute Nachricht zu überbringen und sie nach Aquis zu geleiten.

Gunhild war dermaßen erschöpft, dass sie nur mit einer kurzen Unterbrechung eine Nacht und einen Tag lang schlief. Als sie erwachte, war es später Nachmittag. Zwei Dienerinnen warteten ihr auf, sie zu waschen und anzukleiden. Es waren prächtige Gewänder, die bereitlagen, einer Königin würdig. Gunhild wollte sie zuerst gar nicht anziehen, doch die Dienerinnen erklärten ihr, dass ihnen die Gewänder von Fastrada überreicht worden waren, die darauf bestand, dass Gunhild sie anlegte.

Kaum war Gunhild zurechtgemacht, kam ein Abgesandter des Königs und verkündete, dass Karl und Fastrada sich freuen würden, Gräfin Gunhild, Graf Warmunt und Herzog Hardrad beim Abendmahl begrüßen zu dürfen.

54

Anfang August 786, *Erphesburg*

Die Dorfbewohner kamen Gunhild entgegengelaufen, manche schlugen die Hände vors Gesicht, andere lachten, einige starrten sie an, als sei sie wie ihr Vater von den Toten auferstanden.

In gewisser Weise war das richtig, denn sie war für vogelfrei erklärt worden, und schnell hatten sich Gerüchte herumgesprochen, sie wäre von einem fränkischen Panzerreiter gefangen und gehenkt worden oder sie wäre gerädert worden; andere schworen, dass sie von der Königin persönlich geköpft worden wäre. Ihr waren diese Qualen erspart geblieben, aber Vater hatte schon mit des Seilers Tochter Bekanntschaft gemacht und war dem Tod nur um Haaresbreite entgangen. Sobald sie daran dachte, lief es ihr immer noch eiskalt über den Rücken. Doch dann hatte alles eine gute Wendung genommen und noch viel mehr als das.

Der König hatte ein Fest angeordnet, das alles Dagewesene in den Schatten stellen sollte. Der Rittersaal des Palas in der Königspfalz war aus allen Nähten geplatzt. Aus dem ganzen Reich waren Adelige, hohe Beamte und Kleriker angereist, um jede Einzelheit über die Entführung und Rettung des Königs zu hören. Viele Thüringer Fürsten waren anwesend, denn Karl hatte angekündigt, neue Gesetze zu verlesen. Doch zuvor sollte gefeiert werden. Autkar hatte Gunhild schon mit seiner Feier in Staunen versetzt, doch die war im Vergleich hierzu fast bescheiden ausgefallen. Es war nicht nur die schiere Menge an Köstlichkeiten, sondern deren Vielfalt. König Karl bot alles auf, was der Weltenkreis zu bieten hatte. Fischspezialitäten aus den Nordlanden, die nicht jedermanns Sache waren, Süßigkeiten aus Byzanz, Gewürze aus dem Land der Ungläubigen.

Nachdem Karl vor allen verkündet hatte, dass Gunhild wie auch ihr Vater, Herzog Hardrad, nun Amicae des Königs bleiben würden, dass alle Vorwürfe gegen sie falsch waren und sie, insbesondere Graf Warmunt, ihn gerettet hätten, war das Unglaubliche geschehen. Die Königin hatte sich vor Vater hingekniet und ihn um Verzeihung gebeten. Er hatte sie, so schnell er konnte, an den Händen hochgezogen und ihr versichert, dass alles vergeben und vergessen sei. Fastrada hatte ihm feierlich ein kostbares Schwert überreicht, eine Schatulle mit Goldmünzen sowie einen Umhang aus Brokat und bemerkt, kein Gold der Welt könne sühnen, was sie ihm angetan hatte.

Der König hatte sie schließlich sanft, aber deutlich unterbrochen mit der Bemerkung, dass Hardrad schon ganz rot sei vor Rührung. Diese Frau fiel vom einen ins andere Extrem. Gunhild wünschte sich, nie so zu werden.

Dann hatte das Fest begonnen mit Tanz, Gesang, Narreteien und einem erlesenen Mahl. Schließlich hatte Karl feierlich verkündet, dass von nun an die Thüringer ihre angestammten Rechte zurückerhielten und von der Pflicht, jährlich fünfhundert Schweine an den Hof zu liefern, befreit waren.

Dass ihm alle Thüringer Adligen im Gegenzug den Treueschwur zu leisten hatten, musste er nicht ausdrücklich erwähnen. Vater hatte damit jedenfalls kein Problem, er hatte ja zuvor bereits zu Karl gestanden.

Für Gunhild bedeutete dies, dass sie nun Graf Hugbert heiraten konnte, so wie es versprochen war. Bei dem Gedanken wurde ihr das Herz schwer. Sie suchte Autkar, doch der war bereits auf seine Burg am großen See zurückgekehrt, um dort bekannt zu geben, dass er keineswegs tot war. Sicherlich würde ihm das nicht leichtfallen, denn er hatte viele Getreue belogen, auch wenn er einen guten Grund dazu gehabt hatte.

Gunhild und ihre Familie begrüßten die Menschen, die ihnen entgegengelaufen kamen. Der Priester schlug ein ums andere Mal das Kreuz und dankte immer wieder Gott, dass der seine Hand über sie gehalten hatte.

Sie betrachtete die Ruinen der Erphesburg, ihres Zuhauses. Bis sie wieder aufgebaut war, würde es noch einige Jahre dauern, je nachdem wie sich die kalte Jahreszeit gestaltete. Denn König Karl hatte verfügt, dass sie ganz aus Stein errichtet werden sollte, mit einer großen Kapelle, einem Palas, einem mächtigen Torhaus und einem uneinnehmbaren Bergfried. Außerdem wurde die Vorburg erweitert und ebenso wie die eigentliche Burg mit einer vier Fuß starken Steinmauer umgeben. Das kostete viel Geld und vor allem viel Zeit.

Wenn die Burg eingeweiht wurde, war sie längst Hugberts Gemahlin und hatte ihm sicherlich schon zwei Kinder geboren. Immerhin würde in Thüringen kein Fürst und keine Edelfrau mehr in die Verlegenheit geraten, gegen den Willen des Königs die eigene Tochter mit jemandem zu verheiraten, denn dieser wollte sich fürderhin bei der Entscheidung heraushalten.

Doch das war noch längst nicht alles, was Karl ihnen

zum Geschenk gemacht hatte. Über die Erphesburg würde Giselher herrschen, gemeinsam mit seinem Bruder Warmunt, der sich als mutig und tapfer und auch klug erwiesen hatte. Seit der Rettung von Gunhild, ihrem Vater und dem König waren die Brüder unzertrennlich. So war letztlich die Prophezeiung des Sehers wahr geworden, und Gott sei Dank bildete sich Warmunt nichts darauf ein. Im Gegenteil. Er hatte Giselher ohne ein bitteres Wort als Führer akzeptiert, woraufhin dieser ihm vorgeschlagen hatte, gemeinsam mit ihm Burgherr zu werden.

Doch wo sollte der Rest der Familie hin? Ganz einfach. Da Graf Sintwich als Verräter alle seine Rechte verloren hatte, wurde die Rahaburg kurzerhand ihrem Vater zum Lehen übergeben. Dort würde er von nun an als Herzog der Thüringer herrschen, solange er von den Fürsten beim jährlichen Ratstreffen bestätigt wurde.

Gunhild und ihre Eltern zogen weiter zur Rahaburg, wo Vater alle Hände voll damit zu tun haben würde, die Herrschaft zu übernehmen. Deshalb bot sich Dado an, Gunhild mit zwanzig Panzerreitern zu Graf Hugbert auf die Beerenburg zu begleiten, um ihm die frohe Botschaft zu überbringen und ein neues Datum für ihre Hochzeit festzulegen. Es war nur ein Ritt von einem halben Tag, wenn man sich Zeit ließ, also trafen sie bereits am frühen Abend ein.

Die Tore wurden geöffnet, Graf Hugbert ging Gunhild entgegen. »Gräfin Gunhild, wie schön, Euch zu sehen. Tretet ein und seid mein Gast.«

Gunhild wunderte sich, dass sich Hugbert sehr reserviert gab. Er musste doch bereits von Boten erfahren haben, dass sie nicht mehr vogelfrei war.

Er schien an ihrem Blick zu erraten, was sie dachte. »Ich

bin höchst erfreut, dass Ihr Graf Autkar kein Haar gekrümmt habt und dass der König ein Einsehen hatte und Euch freigegeben hat. Bitte tretet ein und fühlt Euch wie zu Hause, denn das wird es ja bald sein.« Sein Blick trübte sich.

»Ich danke Euch, Graf Hugbert.« Sie folgte ihm in den Palas. Als sie durch das Portal traten, sah Gunhild eine Frau hinter einem Vorhang verschwinden. Es war keine Dienerin, das erkannte sie an deren Kleidern. Es war eine hochgestellte Person, vielleicht sechzehn oder siebzehn Jahre alt. Gunhild kam ein Verdacht, und gleichzeitig schöpfte sie Hoffnung. Sie musste wissen, ob sie den Grafen richtig einschätzte, wollte es nicht auf die lange Bank schieben.

»Graf Hugbert, darf ich Euch einen Moment unter vier Augen sprechen?«

»Selbstverständlich.« Er wedelte mit der Hand. »Lasst uns alleine.«

Dado schloss hinter ihnen das Portal.

»Nun, Gräfin Gunhild, worum geht es? Ich würde als Termin das Mittsommerfest vorschlagen. Ein Symbol dafür, dass unsere Ehe stets in hellem Lichte stehen möge.«

Graf Hugbert wich ihrem Blick aus. Sie fasste mit beiden Händen seine rechte Hand, was er geschehen ließ, aber er erwiderte nicht ihren Druck. Sie musste ein Lachen unterdrücken, ein Lachen der Freude. Es musste so sein, wie sie es sich gedacht hatte, als sie die junge Frau gesehen hatte.

»Ihr seid ein Mann von Ehre, Graf Hugbert. Das steht außer Frage.«

Er nickte stumm, vermochte noch immer nicht ihr in die Augen zu sehen.

»Ihr wollt mich zur Frau nehmen, so wie es vereinbart ist.«

Wieder nickte er.

»Doch Ihr liebt eine andere.«

Er zuckte zusammen, entzog ihr seine Hand, blickte sie voller Verzweiflung an. »Woher wisst Ihr das? Wer hat Euch mein Geheimnis verraten?«

»Ihr selbst und eine Fügung Gottes. Ich sah sie, als wir den Palas betraten. Sie war wohl neugierig, wen ihr Liebster zur Frau nehmen wird. Sie sieht wunderschön aus. Wer ist Eure Angebetete?«

Hugbert wurde ernst. »Ich erfülle Euch jeden Wunsch, Gräfin Gunhild, aber bitte, ich flehe Euch an, behaltet das Geheimnis für Euch.«

Es war nicht ungewöhnlich, dass Grafen und Könige neben ihren Ehefrauen Konkubinen hatten. Was also bewegte den Grafen?

»Was ist so Besonderes an einer Geliebten?«

Der Graf knetete seine Hände. »Genoveva ist einem anderen versprochen, doch der ist fast fünfzig und ein Säufer. Ich habe sie aufgenommen, nachdem sie geflohen ist. Niemand darf wissen, dass sie hier ist.«

»Es sei denn, sie ist Eure Gemahlin.«

»Doch das ist nicht möglich.«

Gunhild beschloss, alles zu wagen. »Was, wenn Ihr sie doch heiraten könntet?«

Er lachte tonlos. »Wie soll das gehen?«

»Ist die Botschaft noch nicht bei Euch angekommen? Der König stellt die Stammesrechte wieder her. Jeder Fürst kann seine Tochter zur Frau geben, wem er möchte, ohne dass Karl Einfluss darauf nimmt.«

»Doch, das weiß ich. Aber ich habe einen Eid geschworen, so wie Ihr.«

»Dann löst Euer Eheversprechen.«

Hugbert zuckte zurück. »Niemals. Ich breche meinen Eid nicht.«

Manchmal war es lästig, wenn ein Mann dermaßen ehrenhaft war, dass er sein ganzes Leben wegwerfen wollte, nur um dieser Ehre gerecht zu werden. »Hört mir zu, Graf Hugbert. Ihr liebt Eure Genoveva. Ich liebe nicht Euch, sondern jemand anderen. Wir können unsere Sterne neu ordnen, wenn wir jetzt handeln. Wir beide lösen das Eheversprechen. Mein Vater wird damit einverstanden sein, der König wird sowieso zustimmen.«

»Aber …«

»Kein Aber!«

Gunhild wandte sich um. Genoveva kam auf sie zu, und ehe sie sich es versah, umarmte sie Gunhild fest. »Ich habe gedacht, Ihr bringt mir Unheil, doch nun ist es ganz anders.« Sie machte sich los und nahm die Hände des vollkommen verblüfften Grafen.

»Du hast gelauscht?«

Genoveva kicherte. »Was glaubst du denn? Ich kann dich schlecht alleine lassen, wie man sieht. Gräfin Gunhild weist uns den Weg zu unserem Glück, und du willst ihn nicht beschreiten? Liebst du mich nicht mehr?« Bevor der entsetzte Graf noch antworten konnte, legte Genoveva ihm eine Hand auf den Mund. »Die Frage war nicht ernst gemeint, Liebster.«

Graf Hugbert entspannte sich, sah Gunhild in die Augen. »Wie soll ich Euch jemals danken?«

Gunhild lächelte, wie man ein Kind anlächelte, dem man etwas erklären musste. »Dankt nicht mir, Graf Hugbert. Dankt Eurer Genoveva. Hättet Ihr meinem Plan zugestimmt? Hättet Ihr aus eigener Kraft Euer Glück über Eure Ehre gestellt? Ich erwarte keine Antwort.«

Der Graf verbeugte sich tief. »Was immer Ihr braucht, ruft nach mir, und ich werde zur Stelle sein.«

»Ich wünsche Euch alles Glück dieser Welt«, sagte Gunhild, und ihr wurde das Herz schwer.

Würde sie ihr Glück finden? Sie hatte keine Ahnung, ob Autkar sie überhaupt haben wollte. Waren seine Blicke nicht doch Einbildung gewesen, ausgelöst durch die Gefahr, in der sie beide geschwebt hatten? Sie hatte erkannt, dass sie Autkar liebte. Doch konnte er sich von seiner geliebten Emhild frei machen?

Es gab nur eine Möglichkeit, das herauszufinden.

55

Sieben Jahre später, Juli 794, Greifenburg

»Chlodwig! Liutada!« Gunhild stemmte die Arme in die Hüften und stöhnte.

Bald würde ihr viertes Kind kommen, ein Nachzügler, denn seit Liutada das Licht der Welt erblickt hatte, waren fünf Jahre vergangen. Chlodwig war neun Monate nach der Heirat geboren worden. Er hatte es ihr nicht leicht gemacht, zwei volle Tag hatte sie gekämpft, ebenso die Hebamme, die nicht ein Auge zugetan hatte, bis der Junge endlich heraus war und, Gott sei Dank, sofort angefangen hatte zu schreien. Er war gesund gewesen, und daran hatte sich bis heute nichts geändert. Im Gegenteil. Chlodwig hatte dieselbe unverwüstliche Natur wie sein Onkel Warmunt, der bei der Geburt zu Besuch gewesen und in seinen Neffen vernarrt war, als wäre er sein eigener Sohn. Ihm hatte seine Frau bereits sechs Kinder geboren, zwei hatten das dritte und vierte Lebensjahr erreicht. Bertulda wiederum hatte es gar nicht erwarten können, endlich auf die Welt zu kommen. Morgens hatten die Wehen eingesetzt, und schon am Nachmittag hielt Gunhild ihre Tochter in den Armen.

Autkar war mit ihrem Vater auf einem Zug gegen die Slawen, die einfach keine Ruhe geben wollten. Ebenso wie die Sachsen, die Karl weiterhin mit allen Mitteln bekämpfte.

Wann würde es endlich Frieden geben? Wahrscheinlich nie. Es lag in der Natur des Menschen, anderen etwas wegzunehmen, das nicht ihnen gehörte, Völker zu unterjochen, ihnen den eigenen Willen aufzuzwingen, und all das im Namen Gottes.

Gunhild hatte sich viel Zeit genommen und die Bibel gründlich studiert. Sie war zu einem erschreckenden Ergebnis gekommen. Wer immer einen anderen Menschen wegen seines Glaubens tötete, verschleppte oder ihm in irgendeiner anderen Form ein Leid antat, handelte nicht nach den Gesetzen des Herrn und verstieß gegen das Wort Jesu Christi. Doch mit diesen Gedanken stand sie allein da. Selbst Autkar, der wahrhaftig ein weiser und milder Herrscher war, ließ in diesem Punkt nicht mit sich reden. Sie hatte es einmal vorsichtig versucht, doch seine Ablehnung ihrer Auffassung war deutlich gewesen. Sie vertraute Gott, dass er wusste, was er tat, indem er die Menschen gewähren ließ.

Ihren Kindern jedoch brachte sie ein anderes Weltbild bei. Sie erzog Chlodwig und Liutada getreu der Bibel zu guten Christen, lehrte sie lesen und schreiben und alles, worin ihr Vater sie unterwiesen hatte. Allerdings musste sie Liutada noch beibringen, ihr Temperament etwas zu zügeln, ihren Bruder nicht ständig zu besiegen, sondern ihn beim Bogenschießen auch gewinnen zu lassen. Doch sie weigerte sich. Chlodwig würde sie ja immer im Schwertkampf besiegen und sie auch nicht gewinnen lassen, also sei es doch nur gerecht, dass sie ihn nicht gewinnen lasse. Außerdem würde er es merken, und dann wäre er richtig wütend, denn sie würde ihn ja wie ein kleines Kind behandeln.

»Legt eure Bögen weg und kommt zu Tisch! Oder wollt ihr hungrig ins Bett gehen?«

Chlodwig trennte sich von seinem Bogen, Liutada allerdings legte auf ihren noch einen Pfeil auf. Gunhild durfte das nicht durchgehen lassen. Sie machte ein paar lange Schritte und nahm der Tochter den Bogen aus der Hand. »Wenn ich sage, du legst den Bogen weg, dann legst du ihn weg. Keine Widerrede.«

Liutada starrte sie wütend an. Da sah Gunhild Warmunt vor sich und musste sich beherrschen, nicht zu lächeln. Sie würde mit Liutada nicht denselben Fehler machen wie ihre Eltern mit Warmunt. »Morgen ist ein neuer Tag, mein Schatz. Dein Bogen wartet auf dich und viele neue Abenteuer. Und ein neues Kapitel in der Geometrie. Ich werde euch zeigen, wie man den Umfang eines Kreises berechnen kann, sodass man genau weiß, wie viel Steine man braucht, um einen Turm zu bauen.«

Liutadas Miene hellte sich auf, sie klatschte in die Hände. »Und dann bauen wir für Vater einen Turm, der so hoch und stark ist, dass er niemals erobert werden kann.«

»Das werden wir versuchen, mein Schatz.«

Liutada wurde ernst. »Wann kommt Vater wieder?«

Gunhild blickte in die Ferne. Diese Frage stellte sie sich jeden Tag. Wann kommst du nach Hause, Geliebter? Wann darf ich dich in die Arme schließen, und wann endlich berühren sich unsere Lippen, wann endlich spüre ich deine Hände auf meinem Leib? Bis ans Ende ihrer Tage würden diese Fragen sie verfolgen und die Sorge, ob er überhaupt heimkehrte oder in der Fremde, auf einem namenlosen Schlachtfeld, sterben würde. Es gab nur einen Trost:

So wie ihre Sorgen nie enden würden, würde ihre Liebe zu Autkar nie erlöschen.

Fakten und Fiktion

Gräfin Gunhild, Tochter des Grafen Hardrad, hat es nie gegeben. Aber Hardrad hat tatsächlich gelebt, er war ein Fürst in Thüringen, der seine Tochter, deren Name nicht überliefert ist, einem von dort stammenden Grafen versprochen hatte. Karl der Große, wie der damalige König und spätere Kaiser von der Nachwelt genannt werden sollte, hatte allerdings andere Pläne. Pläne, die zu einer in den Quellen belegten Verschwörung gegen ihn geführt haben, denn er schränkte, unsensibel wie er meistens war, die Rechte der thüringischen Grafen immer mehr ein. So auch die Rechte des Hausvaters, der bestimmen durfte, wen seine Tochter heiraten sollte. Karl befahl, dass Hardrads Tochter einen fränkischen Gaugrafen heiraten solle. Ein Affront, der das Fass zum Überlaufen brachte. Man vermutet, dass am Hof des Königs einige hochgestellte Beamte an der Verschwörung zu seinem Sturz beteiligt waren, jedoch einen Rückzieher machten und ihren Komplizen dem Untergang preisgaben.

Das Komplott wurde schnell aufgedeckt, Hardrad als Rädelsführer sehr wahrscheinlich geblendet und anschließend getötet, so wie viele seiner Mitstreiter. Dennoch hatte Karl der Große Jahre später ein Einsehen und erkannte die althergebrachten Rechte der Fürsten an, wenn sie ihm den Treueid schworen. Wunderbarer Stoff für eine Geschichte über Liebe, Treue und Verrat.

Karl der Große! Was für ein Name. Was für ein Klang.

Vater Europas wird er genannt, doch was wäre das für ein Europa, wenn es nach seinem Willen geformt wäre? Eine christliche absolute Monarchie, in der die Bibel das Gesetz wäre und alle, die es wagten, gegen die Herrschenden aufzubegehren, entweder erschlagen oder verschleppt würden und der Krieg gegen den Islam nie geendet hätte. Karl der Große war ein Herrscher seiner Zeit, der ein Ziel hatte, von dem er glaubte, es sei ihm von Gott vorgegeben: das Reich der Franken zu vergrößern, seine Macht auszubauen und das Christentum zu verbreiten, mit allen Mitteln. Das war seine Aufgabe, und zu seinen Lebzeiten ist er seinem Ziel durchaus näher gekommen.

Man sagt, er habe die Bildung vorangetrieben. Doch die blieb nur denen vorbehalten, die ihm als Beamte in seinem Reich dienten. Er hat nie daran gedacht, Bauern zur Schule zu schicken oder das Lesen und Schreiben flächendeckend lehren zu lassen.

Karl den Großen habe ich nicht erfunden. Genauso wenig wie Fastrada, seine vierte Gemahlin, die bei ihrer Heirat gerade achtzehn Jahre alt und damit zweiundzwanzig Jahre jünger als der alternde König war und wohl seine leidenschaftlichste Liebe. Tatsächlich übertrug er ihr wichtige Geschäfte des Reiches, wenn er auf Reisen war. Sie galt als unerbittlich und rachsüchtig, aber vor allem liebte sie Karl den Großen bis zur Selbstaufgabe. Auch ihr Vater Radulf ist nicht erfunden. Ob er einer der Anführer des Aufstandes der Thüringer gegen Karl war, ist nicht bekannt, ich aber fand es den Zeiten durchaus angemessen, dass er, getrieben von Ehrgeiz und Machtgier, der eigentliche Rädelsführer der Verschwörung ist.

Baugulf, der Abt von Fulda, der Hardrad Asyl gewährt hatte, ist gleichfalls eine historische Person, ebenso wie Alkuin, der Leiter der Hofschule. Ob er so war, wie ich ihn beschrieben habe? Wer weiß. Aber mir hat er auf diese Art gut gefallen, denn er ist witzig, weise und treu und hat, so sagen es meine Quellen, Karl den Großen davon überzeugen können, Widukind das Angebot zu unterbreiten, aufzugeben und sich reich beschenkt zur Ruhe zu setzen. Ein politischer Schachzug, gewiss, aber auch ein Zeichen, wie Alkuin die Lehre Jesu Christi verstand, der stets Gewalt ablehnte und betonte, dass nur bekehrt werden könne, wer sich aus freien Stücken dazu entscheide.

In diesem Sinne ist Gunhild eine gläubige Christin, folgsame Tochter und ihrer Familie bis in den Tod ergeben. Sie stellt die Entscheidung ihres Vaters nicht infrage.

Doch letztlich ist es wie so oft im Leben. Es kommt alles ganz anders, und erst wenn man durch Tiefen und Höhen gegangen ist und alles gewagt hat, steht am Ende die Erlösung – vielleicht. Ich wünsche allen meinen Leser:innen, dass sie stets Erlösung finden für Kummer und Leid und sie ihre Träume vom guten Leben verwirklichen können.

Isabel Voss

ORTSVERZEICHNIS

Im frühen Mittalter hatten Städte, Orte und Landschaften zum Teil völlig andere Namen als heute. Das folgende Verzeichnis der zeitgenössischen geografischen Bezeichnungen dient als Orientierung.

Adlerburg	Radulfs Burg
Alpes	Alpen
Anglia	England
Aquis	Aachen
Berenburg	Burg Hugberts von Sulaha bei Ilmenau
Bere; Beretal	Fluss und Landschaft im Harz
Bodan	Bodensee, Bodan abgeleitet von »Bodman«
Büraburg	Fränkische Festung bei Fritzlar
Diviodonum	Dijon
Edderfurt	Furt der Eder bei Fritzlar
Eddertal	Tal der Eder
Eoforwic	York, England
Erphes	Gera, Fluss

Erphesburg	Erfurt an der Gera
Erphesfurt	Furt der Gera
Friedeslar	Fritzlar an der Eder, Kloster
Geismar	Ort bei Fritzlar. Dort stand die Donar-Eiche.
Hart	Harz
Ilmena	Ilmenau
Isinacha	Eisenach
Leuphana	Lüneburg
Luitdraha	Jena
Massilia	Marseille
Minda	Minden
Nordhusa	Nordhausen im Harz
Odinwald	Odenwald
Oldonastath	Winterlager von Karls Heer im Bardengau
Padaribrunno	Paderborn
Potamico	Bodman, bedeutende Königspfalz am Bodensee
Rahaburg	Graf Sintwichs Burg
Saravus	Saar, Fluss
Uulthaha	Fulda